AHORA QUE LO DICES

Ahora que lo dices

Título original: *Now That You Mention It*

Por acuerdo con Maria Carvainis Agency, Inc. y **Julio F. Yáñez, Agencia Literaria.** Traducido del inglés **NOW THAT YOU MENTION IT.** Copyright © **2017 by Kristan Higgins.** Publicado por primera vez en los Estados Unidos por **Harlequin Books, S.A.**

© de la traducción: Ana Isabel Domínguez Palomo y María del Mar Rodríguez Barrena

© de esta edición: Libros de Seda, S.L.
Estación de Chamartín s/n, 1ª planta
28036 Madrid
www.librosdeseda.com
www.facebook.com/librosdeseda
@librosdeseda
info@librosdeseda.com

Diseño de cubierta: Nèlia Creixell
Imágenes de cubierta: para las tazas, © Azem/Shutterstock;
    para la ventana, © Vipman/Shutterstock;
    para el paisaje de fondo, © Lucas Proszowski/Shutterstock
Maquetación: Rasgo Audaz.

Primera edición: julio de 2019

Depósito legal: M-17879-2019
ISBN: 978-84-16973-67-5

Impreso en España – Printed in Spain

KRISTAN HIGGINS

AHORA QUE LO DICES

Libros de
seda

Este libro está dedicado a Stacia Bjarnason,
doctora en Filosofía,
la amabilidad personificada, inteligente a más no poder,
valiente, graciosa y, además, una amante de los perros.
Es un honor ser tu amiga.

Capítulo 1

Lo primero que se me pasó por la cabeza después de morir fue: «¿Cómo va a afrontar esto mi perro?».

Lo segundo fue: «Espero que por lo menos puedan abrir el ataúd durante el velatorio».

Lo tercero: «No tengo nada que ponerme para el entierro».

Lo cuarto: «Ya nunca conoceré a Daniel Radcliffe».

Lo quinto: «¿Acaba de cortar Bobby conmigo?».

Déjame retroceder en el tiempo y contarte lo que sucedió hace más o menos una hora.

Era una noche tranquila en el hospital Boston City... para mí. Normalmente lo eran. Trabajaba como gastroenteróloga en el hospital más grande y concurrido de Nueva Inglaterra. La mayoría de nuestros pacientes recibía un diagnóstico en la consulta antes de que las cosas fueran a más. Al fin y al cabo, todo el mundo se asusta si no puede comer o hacer caca. Así que, salvo las urgencias ocasionales, hemorragias o rotura de la vesícula biliar, la mía era una especialidad muy tranquila. Además, es una especialidad con una tasa de mortalidad muy baja.

Acababa de visitar a los cuatro pacientes que teníamos en planta: dos ancianas procedentes de las residencias de ancianos donde vivían, ambas con estreñimiento, ingresadas para que les pusiéramos unos enemas; un paciente con una obstrucción intestinal sin importancia que se estaba resolviendo con una dieta líquida; y un caso de colitis ulcerosa que mi compañero iba a operar a la mañana siguiente.

—Así que tiene que tomar más fibra, ¿de acuerdo, señora DeStefano? Coma menos pasta y más verdura —le dije a una de las pacientes con estreñimiento.

—Cariño, soy italiana. Que coma menos pasta... ¡por favor! Antes prefiero morirme.

—Bueno, pues coma más verdura y un poco menos de pasta. —Al fin y al cabo, la mujer tenía noventa y seis años—. No querrá que la traigan en camilla otra vez, ¿verdad? Los hospitales no son lugares divertidos.

—¿Estás casada? —me preguntó.

—Todavía no. —Sentí la cara rara, algo que siempre me pasaba cuando esbozaba una sonrisa falsa—. Pero tengo un novio estupendo.

—¿Es italiano?

—De ascendencia irlandesa.

—No hay para todas —comentó la mujer—. Ven a mi casa. Estás muy delgada. Te prepararé unos *fagioli* que harán que se te salten las lágrimas de lo buenos que están.

—Me tienta mucho. —No le recordé que ya no vivía en su casa. Tampoco le comenté que por muy simpática que pareciera, no tenía por costumbre visitar a desconocidos. Una lástima—. Descanse un poco esta noche —le dije—. Vendré a verla mañana por la mañana, ¿de acuerdo?

Salí de la habitación acompañada por el taconeo de mis zapatos sobre las relucientes baldosas del suelo. Siempre me arreglaba para ir a trabajar, me había enamorado de la ropa más tarde de lo normal. Me coloqué bien la bata, una prenda que todavía me emocionaba, en la que se había bordado a la altura del corazón: «Nora Stuart, doctora, aparato digestivo».

Supuse que podía sentarme delante del ordenador y hacer un poco de papeleo. A las enfermeras les haría un favor. Había acabado las rondas y tenía que distraerme de alguna manera, con la esperanza de que Bobby estuviera preparado para marcharse cuando acabara su turno. Trabajaba en Urgencias, así que lo normal era que no lo estuviese.

Pero no quería irme a casa sola, aunque *Boomer,* nuestro cruce de boyero de Berna, estaba allí: *Boomer,* el único rayito de alegría en mi vida, cada vez más gris.

No. Mi vida estaba bien. Era estupenda. Se acabó lo de mirarme tanto el ombligo. Podía llamar a Roseline, mi mejor amiga en Boston, una obstetra. A lo mejor estaba de guardia y podía ayudarla en algún parto. Le envié un mensaje de texto, pero me contestó al cabo de un momento diciéndome que estaba cenando en casa de sus suegros y que había llegado al punto de contemplar el asesinato.

Qué mal. Roseline entendía el motivo por el que lo veía todo gris. Aunque claro, de un tiempo a esa parte dependía demasiado de ella. Le respondí ofreciéndole varias sugerencias para deshacerse de los cadáveres y, después, me guardé el teléfono móvil en el bolsillo.

Seguí caminando despacio hasta el mostrador de las enfermeras. Ah, estupendo. Del, uno de mis auxiliares preferidos, estaba sentado con un chupachups en la boca, ocupado con un montón de papeles.

—Hola, colega —dije.

—Doctora Stuart, ¿qué tal?

—¡Muy bien! ¿Cómo estás? ¿Qué tal la cita de la otra noche?

Él se acomodó en la silla y sonrió de oreja a oreja.

—Es la mujer de mis sueños —contestó, ufano—. Lo supe en cuanto me sonrió.

—¿De verdad?

—De verdad. Cuando me miró por primera vez estuve a punto de hincar la rodilla en el suelo. Fue como si nos conociéramos de toda la vida. Como si estuviéramos hechos el uno para el otro, a medida, ¿me entiende?

—¡Claro! —contesté, con más entusiasmo de la cuenta—. Lo mismo que nos pasó a Bobby y a mí.

La sonrisa de Del flaqueó un pelín.

En ese momento, se anunció por megafonía:

—Atención, por favor. Atención, por favor. Doctora Stuart, doctora Nora Stuart, acuda a Urgencias lo antes posible. Box once.

Di un respingo.

—¡Ah, es para mí! —Una llamada semejante a Urgencias era tan poco frecuente que todavía me resultaba emocionante—. Me voy entonces. ¡Adiós, Del!

Enfilé el pasillo a la carrera y envalentonada, con una mano sobre el estetoscopio para que no se moviera, mientras me preguntaba para qué me necesitarían. ¿Un cuerpo extraño alojado en el esófago? Vamos, que alguien se estaba ahogando. ¿Hemorragia digestiva alta? Siempre era emocionante. Lo más normal en el servicio de Urgencias de un hospital de ciudad eran varices esofágicas derivadas del alcoholismo o de la hepatitis, o venas en la garganta que reventaban: la hemorragia resultante podía ocasionar la muerte del paciente.

Me encantaba ir a Urgencias. Mi especialidad era tan importante como la de urgencias, pero nadie hacía series de televisión sobre ella, ¿a que no? Urgencias era el lugar frecuentado por la gente interesante, y mi novio era el rey. Bobby solía decir que había pocas cosas que no encontraran solución en urgencias, pero si me habían llamado... en fin, la capitana era yo.

Bajé las escaleras a toda pastilla y llegué al mostrador de Urgencias, donde estaba Ellen, la enfermera encargada de catalogar a los pacientes.

—Niño de doce años con dolor abdominal y náuseas, *box* once.

—¡Gracias, Ellen! —No me devolvió la sonrisa. Bobby la adoraba, pero conmigo era tan simpática como un *dementor* de Harry Potter, siempre en busca de una chispa de felicidad que destrozar.

Al *box* once que me fui, caminando rápido, pero sin correr. Era una noche tranquila en Urgencias. Los de siempre: ancianos, algunos niños, unos cuantos drogadictos, un chico con la mano ensangrentada que me sonrió al verme pasar.

Mi especialidad... Bueno, alguien tenía que encargarse del aparato digestivo, ¿no? Y a mí me gustaba, casi siempre. El noventa por ciento de mis pacientes mejoraba. Las colonoscopias... lo creas o no, son un momento zen. Pero es cierto, no es como para ponerse a cacarear. A esas alturas, había perdido la cuenta de los estremecimientos que solía sentir la gente cuando se enteraban de mi especialidad, pero sí que les gustaba cuando tenían una úlcera, ¿eh?

Jabrielle, una de las nuevas residentes de Urgencias, me esperaba junto al *box*. Estaba coladita por Bobby, tal como demostró al mirarlo a los ojos en la última fiesta a la que fuimos, una de esas miradas a las que resulta imposible ponerle fin por lo intensas que son. Por si eso fuera poco, además, era guapísima.

—¿Eres la especialista a la que hemos llamado? —me preguntó, sin reconocerme. Otra vez.

—Sí —contesté—. Soy Nora. Nos hemos visto antes. Tres veces.

—Seguía sin reconocerme—. ¿La novia de Bobby?

—Ah. Sí. El caso, sospecho que es apendicitis, pero le duele más hacia el centro y menos en el costado. Estamos esperando los resultados de los análisis. Iba a hacerle un TAC, pero la madre quiere consultar con el especialista para ver si se puede evitar.

El paciente parecía demasiado pequeño para tener doce años. Tenía un color macilento y la cara, desencajada por el dolor. No había por qué exponerlo a la radiación del TAC si no era necesario.

—Hola —lo saludé—. Vamos a ponerte bueno, ¿eh? —Sonreí a la madre mientras me lavaba las manos—. Soy la doctora Stuart. Siento que su hijo esté así. —Miré el informe. Caden Lackley, sin traumatismos, había comido normalmente hasta ese día, dolor abdominal intenso, náuseas y vómitos—. Caden, ¿has tenido diarrea o cacas blandas? —Como ya he comentado, mi especialidad no se presta a las conversaciones agradables.

—No —contestó él.

—Muy bien. Vamos a echar un vistazo.

Le palpé el abdomen, lo tenía duro, uno de los síntomas de la apendicitis. Sin embargo, el dolor no estaba localizado en el sitio que le correspondía. De hecho, ni siquiera estaba cerca del punto de McBurney, en la parte inferior derecha del abdomen.

—No es apendicitis —anuncié.

Jabrielle hizo un mohín contrariado con esos labios perfectos, irritada porque se había equivocado. Todos los médicos de Urgencias eran así, detestaban que los especialistas les lleváramos la contraria.

El niño contuvo el aliento cuando lo palpé en el costado derecho, debajo de las costillas. En el izquierdo no le dolía. Lo coloqué de costado y le di unos golpecitos en la espalda para comprobar si había problemas de riñón, pero no reaccionó.

Era demasiado pequeño para tener cálculos renales. Podía ser una pancreatitis, pero también era poco probable debido a su edad. Y no podía tratarse de la enfermedad de Crohn sin diarrea.

—Caden, ¿cuánto hace que te duele la tripa?

—Desde el domingo.

Una respuesta muy específica. Era jueves, así que llevaba cinco días con dolores.

—¿Va y viene?

—No. Me duele todo el rato.

Pensé un segundo.

—¿Comiste algo distinto el fin de semana?

—Fue a una fiesta que se celebró en casa de mi hermana —contestó la madre—. Había mucha comida, pero nada que no hubiera comido antes.

—¿Algo que tuviera huesecillos o espinas pequeñas? ¿Pescado, pollo? Se miraron.

—No, no había nada con huesos —respondió la madre.

—¿Algo que llevara palillos de dientes? —les pregunté.

—Sí —contestó él—. Las vieiras envueltas con beicon.

Bingo.

—¿Puede ser que te hayas tragado un palillo de dientes? —le pregunté.

—No creo —contestó él.

—Se las comía como si fueran palomitas —terció la madre.

—Bueno, es que están riquísimas. —Sonreí—. Caden, a veces podemos tragarnos cosas sin darnos cuenta, así que voy a hacerte una endoscopia. Voy a darte una pastilla para que te relajes y después introduciré una cámara diminuta en tu estómago para echar un vistazo y ver si encontramos algún palillo de dientes. ¿Qué te parece?

A mí me parecía divertido.

Le dije a Jabrielle que le diera una dosis de midazolam y le rocié la garganta con lidocaína para anestesiársela y que no sufriera náuseas. Su madre siguió sentada a su lado, aferrándose a la mano del niño.

—Esto no te va a doler nada —aseguré, y me puse manos a la obra, introduciéndole el endoscopio por la garganta. Empecé a hablarle de forma relajada mientras miraba el monitor y le examinaba el esófago y el estómago a medida que avanzaba la exploración. Mucosas sanas, unos vasos sanguíneos preciosos, las paredes grisáceas del estómago moviéndose y palpitando.

Y allí, en la parte inferior del estómago, vi el palillo, ya negro a causa de los ácidos estomacales, clavado en el duodeno. Usé las pinzas del endoscopio para extraerlo y lo saqué poco a poco.

—¡Tachán! —exclamé, al tiempo que lo levantaba para que mi paciente lo viera—. Caden, lo tenemos. Mañana te sentirás mucho mejor.

—Bien hecho —murmuró Jabrielle.

—Gracias —repliqué—. Le recetaré antibióticos, pero debería mejorar de inmediato. En el futuro, amigo mío, come con más cuidado, ¿eh? Esto podría haberte ocasionado un problema gordo. Podría haberte llegado al hígado y eso sí que habría sido peligroso.

—Muchas gracias, doctora —me dijo la madre—. ¡Ni siquiera habíamos pensado que pudiera ser un palillo!

—De nada —repliqué—. Parece un niño estupendo.

Me quité los guantes, le estreché la mano a la mujer y, tras alborotarle el pelo a Caden, salí para hacer la receta.

Me sentía como una heroína.

Si no lo hubiera tratado, el palillo podría haberle ocasionado una septicemia. Tal vez, podría haber llegado a ser mortal. Aunque no era frecuente que sucediera, aquella noche podía afirmar que había salvado una vida.

En ese momento, se abrieron las puertas de golpe y entró un montón de gente alrededor de una camilla.

—¡Disparo en la garganta mientras conducía! —anunció alguien a voz en grito... Bobby, ¡mi amorcito!—. Ha perdido mucha sangre antes de que lo trajeran. Preparad el transfusor con cuatro bolsas de 0+. ¡Llamad al banco de sangre para que prepare una transfusión masiva y que preparen el quirófano uno de trauma! ¡Vamos, gente, a mover esos culos, ya!

Urgencias se convirtió en un hervidero de actividad con gente corriendo en todas direcciones, obedeciendo al jefe. Me acerqué hipnotizada al *box* donde estaba sucediendo todo. Por Dios. Al hombre parecía faltarle la mitad del cuello y Bobby le había metido la mano por un agujero del tamaño de un puño.

—¡Estoy pinzándole la carótida con los dedos, joder! —gritó Bobby—. ¿Dónde está el cirujano?

Efectivamente, Bobby tenía el brazo empapado de sangre y los pantalones salpicados, debido a la hemorragia arterial. El resto de su equipo revoloteaba en torno al paciente, cortándole la ropa y colocándole vías intravenosas.

—¡No, idiota, no puedes intubarlo! —le soltó Bobby a un residente—. ¿Es que no ves que tengo la mano en su garganta? ¡Usa una bolsa, imbécil!

No echaba de menos la época de la residencia, de verdad que no. Los médicos de Urgencias fueron brutales conmigo.

En ese momento, entró la doctora McKnight, la cirujana, poniéndose los guantes y con una máscara en la cara para evitar posibles contagios por las salpicaduras de sangre. Alguien le puso una bata.

—¡Pinzas! —masculló—. ¡Ya! —Si había alguien más seguro de sí mismo que un médico de Urgencias era un cirujano—. Bobby, no apartes la mano y no se te ocurra ni respirar. Como lo sueltes, se desangra en cinco segundos. ¿Cómo es posible que haya llegado con pulso?

En ese momento, una enfermera me vio contemplar la escena boquiabierta y cerró la puerta. Al fin y al cabo, yo no pertenecía a Urgencias.

Salí del estupor y cerré la boca. El personal de limpieza ya estaba quitando el reguero de sangre del suelo, y la mitad de los residentes, entre ellos Jabrielle, que me miraba con cara de malas pulgas porque con mi aburrida endoscopia había hecho que se perdiera la fiesta, revoloteaba cerca de la ventana del *box* para ver si el hombre lo lograba.

Los otros pacientes seguían tranquilos, en sus respectivas camillas, por respeto, al parecer. Acababa de pasar por delante de ellos un herido digno de aparecer en una serie de televisión.

Regresé al mostrador de la enfermera.

—Hola otra vez, Ellen —dije—. Vaya...

—¿Ha acabado la consulta? —me interrumpió ella.

—Ah, sí. Mmm... se tragó un palillo. Le he practicado una endoscopia y...

Me miró con expresión asesina y cogió el teléfono. Muy bien. Estaba ocupada y yo solo era una doctora irritante que solo servía para complicarle la vida... Algo que era cierto para muchas enfermeras, sobre todo para las de Urgencias. Razón de más para dejarles claro que me caían bien. Pero Ellen no era de esas personas dispuestas a apreciar la amabilidad del ser humano, así que me acerqué al ordenador para completar el informe.

Justo cuando acababa, se abrió la puerta del *box* donde estaba Bobby y salió todo el equipo de nuevo, de camino al ascensor para subir al herido a cirugía. Alcancé a oír el pitido que indicaba que el paciente tenía un pulso estable. De alguna manera, le habían salvado la vida o, al menos, le habían dado otra oportunidad.

La doctora McKnight entró en el ascensor con el resto del equipo y, mientras las puertas se cerraban, gritó:

—Buen trabajo, chicos. Bobby, ¡has estado fenomenal!

Las puertas se cerraron y todo el personal de Urgencias empezó a aplaudir.

El siguiente turno estaba llegando y ya sabían que habían logrado salvar a un paciente crítico, así que estaban celosos porque no les había tocado a ellos.

Bobby y sus chicos no parecían muy dispuestos a pasarles la antorcha. No paraban de chocar los cinco, de señalarse la ropa empapada de sangre, de rememorar el papel que habían interpretado en el drama y de alabar la rápida y delicada anastomosis de extremo a extremo que había practicado la doctora McKnight.

Bobby no hablaba mucho. Tampoco necesitaba hacerlo, saltaba a la vista que era un dios.

Sus ojos por fin se clavaron en mí. Sonreí, orgullosa de él, aunque esa vocecilla irritante que vivía en mi cabeza me dijera que ya era hora de que me mirara.

—Ah, hola —dijo. Llevábamos juntos el tiempo suficiente para darme cuenta de que se le había olvidado que yo también trabajaba aquella noche—. Esto... vamos a pedir una *pizza* y a quedarnos por aquí para ver cómo le va al paciente.

—Claro, por supuesto. Bobby, ha sido asombroso. He visto un poco.

Él se encogió de hombros, con modestia.

—¿Me estabas esperando? —me preguntó.

La irritación me invadió de nuevo.

—No, he bajado por una consulta. Un niño de doce años que se ha tragado un palillo de dientes. Le he practicado una endoscopia y no parece que haya habido perforación. Además, creo que lo hemos sacado antes de que se produjera una septicemia.

—Estupendo. Bueno, ¿quieres quedarte con nosotros?

Contuve un suspiro. No quería. Quería irme a casa, salir a pasear con él y con *Boomer* y comer *pad Thai*. Si nos quedábamos en el hospital, tendría que llamar a Gus, el muchacho que sacaba a pasear a *Boomer*. Quería contarle a Bobby lo de la urgencia que había hecho y hablarle del instinto que me había indicado la causa del dolor, que era lo que separaba a los médicos buenos de los mediocres.

Pero él era quien había metido la mano en la garganta de un hombre.

—Claro —contesté.

—Muy bien. Déjame que me lave. —Se fue y se detuvo para estrecharle la mano a un celador.

Cinco minutos después, entró en la sala de descanso del personal, donde el resto de su equipo estaba de cháchara, todavía con el subidón de adrenalina. Hubo más felicitaciones. Siguieron chocándose los cinco. Más chistes.

—¿Quién va a por la *pizza*? —preguntó Jabrielle.

Todos me miraron, porque yo era la intrusa. La aburrida gastroenteróloga que también había salvado una vida esa noche, aunque esa historia no fuera digna de una serie de televisión.

—Voy yo—me ofrecí—. ¿Qué queréis?

A pesar de haberme sacado el grado de Medicina *magna cum laude* en la Universidad de Tufts y de tener un trabajo en el que ganaba más dinero que mi novio, parecía haber vuelto a la época en la que servía almejas en el Clam Shack de Scupper Island.

—Gracias, Nora —dijo Bobby. Unos cuantos más dejaron de felicitarse y lo imitaron.

—De nada. —Atravesé Urgencias intentando no suspirar.

En el pasillo había una camilla. Una mujer joven con un collarín esperaba tumbada en la camilla, tomada de la mano de un joven que tendría la misma edad, y que también llevaba collarín. Estudiantes universitarios que habían sufrido un accidente en la carretera, supuse. El muchacho se inclinó hasta apoyar la frente sobre la suya, y ella le acarició el pelo. No hablaron. No les hacía falta. Su amor era palpable.

Bobby y yo fuimos así en otra época, justo después del Incidente Aterrador.

Pero ya no lo éramos desde hacía muchísimo.

Eso hacía que me sintiera... gris.

Afuera descubrí la típica noche fría de abril en Boston: lluvia, viento gélido procedente de la bahía, el olor del mar y de basura —los trabajadores del servicio de recogida estaban en huelga—. Eran las ocho y media, lo que significaba que había llegado la hora de la tranquilidad. Boston no era como el SoHo.

Bajé de la acera y miré a la izquierda.

Y me encontré encima, justo encima, a una hormiga verde gigante colocada en el techo de una furgoneta con el nombre Fumigaciones Beantown. En décimas de segundo, vi que el conductor tenía una de esas barbas mal cuidadas, llena de migas, y una gorra de los Red Sox, había servilletas de Dunkin Donuts en el salpicadero y, después, me arrolló. Al principio, no sentí nada, pero estaba segura de que me dolería y... La leche, la cantidad de pensamientos que podían pasar por la cabeza en un segundo. ¿Se habían cuantificado alguna vez? Oí el chirrido de los frenos mientras volaba por los aires como si fuera una muñeca de trapo, consciente en el fondo de que la cosa iba a ser seria. Ni siquiera había podido dar un paso para esquivarlo, no me había dado tiempo. Y, después, me estrellé contra el suelo y me golpeé la cabeza contra el asfalto. Fuerte. Oí un portazo seguido de un marcado acento sureño.

—¡Señora, no me fastidie! ¡Pero si ni siquiera la he visto! ¡Por Dios! ¿Está bien? ¡Mierda!

Su voz se desvanecía.

Me percaté del olor a basura, dulzón y putrefacto. Había caído cerca de un contenedor a rebosar de bolsas. ¿Sería eso lo último que verían mis ojos? ¿Basura? Quería ver a *Boomer*.

Quería ver a mi madre.

El contenedor se oscurecía. Ya no veía.

«Me estoy muriendo», pensé. «Esta vez sí que voy a morir».

Y me fui.

Capítulo 2

«¿Cómo lo va a soportar mi perro?».

Mi alma, al parecer, no estaba preparada para irse sin más y permanecía anclada por las preocupaciones del mundo terrenal.

Pobre *Boomer,* el mejor perro del mundo mundial, mi dulce cachorrito de cuarenta y cinco kilos, que me protegía y que entraba conmigo en el cuarto de baño mientras me duchaba para montar guardia por si alguien se colaba en casa. *Boomer,* que me quería con su enorme corazón, que apoyaba la cabeza en mi pierna, que lo único que me pedía era que le rascase detrás de la oreja, que le daban miedo las palomas, pero que le encantaban los patos... Nadie lo quería como yo. Se sentiría triste y confundido el resto de su vida.

¡Sabía que no debía haber esperado al imbécil de Bobby! Además, ¿por qué narices tenía que ser yo quien comprara la *pizza?* ¿Por qué no me había plantado y le había dicho a la guapísima pero estúpida Jabrielle que fuera ella a buscarla? ¡Jabrielle era una residente! ¡Yo era toda una doctora, solo faltaba!

Pero no lo había hecho, y ya estaba muerta.

«Espero que por lo menos puedan abrir el ataúd durante el velatorio».

Había imaginado mi funeral muchas veces: yo estaría tumbada sobre un lecho de satén rosa, con aspecto despampanante, y de fondo sonarían las canciones más tristes de U2 y de Ed Sheeran, mientras mis amigos lloraban y reían al rememorar los preciados recuerdos que tenían de mí. Un ataúd cerrado no pintaba nada en esa imagen, me hubiera atropellado la camioneta de Fumigaciones Beantown o no. Me preguntaba si tendría la cara aplastada. ¡Puaj!

«No tengo nada que ponerme para el entierro».

Cierto que, mientras vivía, fui una loca de la ropa, al menos durante los últimos quince años o así. Pero para mi entierro quería algo especial. El vestido azul marino con lunares blancos de Brooks Brothers al que le tenía echado el ojo o ese vestido de flores rosas de Kate Spade. Aunque, a lo mejor, ese fuera demasiado alegre.

«Ya nunca conoceré a Daniel Radcliffe».

Siempre había sido un sueño inalcanzable, lo sabía, pero me había imaginado que lo seguía después de una actuación en Broadway, que lo esperaba junto a la puerta trasera, que nuestras miradas se encontraban, que íbamos a tomar una copa, que compartíamos nuestros momentos preferidos de Harry Potter, que yo descubría que él también detestaba la destrucción de Hogwarts y que me daba la razón en que Ron no le llegaba a Hermione a la suela de los zapatos. Pero como ya estaba muerta era imposible que eso pudiera suceder.

Cierto que nadie se comportaba como si yo estuviera muerta, pero estaba casi segura de que así era. A lo mejor todavía no se habían dado cuenta. A lo mejor esa unidad de emergencias no era lo mejorcito de la medicina moderna, ¿no? Creía haber oído las palabras «rótula dislocada», «consulta de traumatología» y «traumatismo craneoencefálico». Estaba segurísima de haber visto el túnel de luz, pero mi espíritu entraba y salía.

¿Qué eran esos pitidos? Me estaban poniendo la cabeza como un bombo.

Había leído sobre este tipo de cosas. Experiencias extracorpóreas. El alma que se quedaba atrás un tiempo antes de poner rumbo a la otra vida. ¿Conocía a alguien que pudiera recibirme en el cielo? ¿Tal vez mi padre, si es que estaba muerto? ¿Esa abuela mía tan desagradable que solía decirme que estaba gorda? Ojalá que ella no estuviera allí. ¿Quién más? A lo mejor la maravillosa paciente que murió de cáncer de páncreas durante mi residencia. Dios, cómo la quise. Mi primera baja.

—Así que... ¿es tu novia? —preguntó alguien. Conocía esa voz. Jabrielle. Ese deje desdeñoso era inconfundible.

—Sí. —dijo Bobby.

¿Estaba a punto de echarse a llorar? Un momento, ¿había sido Bobby quien se había hecho cargo de mi urgencia? ¿O estaba tan histérico, gritando mi nombre, que dos fornidos celadores habían tenido que sacarlo a rastras? Fuera como fuese, pobrecillo, de verdad. ¡Madre mía, ojalá pudiera verlo con claridad! Supongo que había llegado un pelín tarde a mi propia muerte.

Los pitidos eran persistentes e irritantes.

—¿Cuánto lleváis juntos? —dijo Jabrielle.

—Ah, algo más de un año. Pero es curioso. Pensaba cortar con ella este fin de semana. —Una pausa—. De todas maneras, no está en muy buena forma. —Una risilla.

Casi sonreí.

Un momento. ¿Cómo?

«¿Acaba de cortar Bobby conmigo?».

¡Pero si todavía estaba de cuerpo presente! ¿Había...? ¿Iba a...?

—¿Y qué vas a hacer? —le preguntó Jabrielle.

—Supongo que estaría muy feo cortar con ella ahora.

Un gruñidito femenino.

—En fin, pues cuando estés libre, llámame.

—Ojalá no tuviera que esperar tanto.

«¿Me estás vacilando?».

No. No, no. Estaba muerta. Estas cosas me daban igual. Pronto estaría flotando hacia las estrellas o algo parecido.

Pero, por si las moscas, decidí intentar abrir los ojos.

Ay, mierda. ¡No estaba muerta! Estaba en Urgencias. Los pitidos eran del monitor cardíaco, constantes y fuertes: 78 pulsaciones por minuto, saturación de oxígeno al 98 por ciento, presión sanguínea 130/89, un poco alta, pero teniendo en cuenta el dolor era de esperar.

Y Bobby estaba acariciándole un mechón de pelo a Jabrielle.

—¿Os importa? —les pregunté con voz ronca.

Se separaron de un salto.

—¡Hola! ¡Te has despertado! Tranquila, cariño, vas a ponerte bien. —Bobby me tomó de la mano... ¡Ay, el hombro! Luego me sonrió para tranquilizarme. Tenía los ojos azules más bonitos del mundo—. Te han atropellado.

—Fumigaciones Beantown —añadió Jabrielle.

—¿He muerto?

Bobby esbozó una sonrisa torcida.

—Te hemos tenido que sedar. Tenías una conmoción... Te hemos hecho un escáner y está todo bien. Contusiones en los riñones, la clavícula rota y la rótula dislocada, que hemos corregido en parte. Tienes una fisura y estamos esperando a que el traumatólogo te eche un vistazo. ¿Te sientes los dedos de los pies?

Todo me dolía. La espalda, la cabeza, el hombro y la rodilla. Era un enorme agujero de dolor. Sin embargo, el sedante que me habían dado hacía que me importase poco.

Supongo que el túnel de luz había sido la máquina del TAC.

—Quiero otro médico —dije.

—Cari, no seas así.

—Que te den. Estabas coqueteando mientras yo estaba de cuerpo presente. —Aparté la mano. Ay, qué dolor.

Bobby puso los ojos en blanco.

—Nora, no estabas muerta.

La rabia empañó el dolor un instante.

—Pues yo creía que sí. Fuera. Los dos. No te sorprendas si pongo una queja por conducta inapropiada. Y avisa a Gus para que saque a pasear a *Boomer*.

El sedante o la conmoción me pasó factura y, antes de que se cerrara la puerta, ya me había dormido.

Cuando me desperté, estaba en una habitación de hospital y vi a Bobby dormido en un sillón, junto a la cama. Unos claveles blancos algo mustios estaban en un jarrón, cerca de mí, con los bordes marrones. ¿Qué mejor imagen como metáfora de nuestra relación? Tenía la sensación de que moverme sería muy doloroso, de modo que respiré con sumo cuidado y me inspeccioné mentalmente.

Tenía el brazo izquierdo en cabestrillo. Una especie de férula me inmovilizaba la pierna derecha. Me dolía la espalda, tenía malestar en el abdomen, un dolor palpitante en la cabeza y la visión periférica captaba puntos brillantes cada vez que me latía el corazón.

Pero estaba viva. Al parecer, la conmoción y los medicamentos me habían provocado esa sensación de experiencia extracorpórea.

Bobby se despertó, nunca fue de sueño profundo. Abrió los ojos.

—Hola, ¿cómo estás?

—Bien.

—¿Recuerdas lo que ha pasado?

—Me ha atropellado una furgoneta.

—Eso es. Estabas cruzando la calle y te atropelló. Además de la dislocación de rótula, tienes la clavícula izquierda rota y te has fracturado la sexta y la séptima costilla del lado izquierdo. Y también tienes una buena conmoción. El equipo de traumatología te ha ingresado durante un par de días.

—¿Llamaste a Gus?

—¿Cómo? Ah, sí. —Se quedó callado un segundo, antes de inclinarse hacia delante—. Siento lo de Jabrielle.

Me sorprendí al sentir un nudo en la garganta justo antes de que se me llenaran los ojos de lágrimas, que se deslizaron por las sienes hasta el pelo.

—Al menos, me lo has puesto fácil —susurré.

—¿Qué te he puesto fácil?

—Cortar contigo. De verdad que no puedo pasar por alto que le tiraras los tejos a una mujer mientras yo estaba hecha polvo en urgencias, ¿no te parece?

Bobby parecía avergonzado.

—Lo siento muchísimo. No ha sido nada elegante.

—No.

—Roseline ha venido a verte. La llamé. Está arriba, en Maternidad, pero bajará después.

—Estupendo.

Permanecimos en silencio unos minutos.

Hubo un tiempo en el que creí que me casaría con Bobby Byrne. Hubo un tiempo en el que creí que tendría suerte de tenerme. Pero en algún momento de ese año que pasamos y cambiamos juntos, después del Incidente Aterrador, me perdí. Lo que una vez fue un pedacito de cielo se convirtió en algo feo, sucio e inútil, y ya era hora de que lo admitiera.

Bobby no me quería desde hacía mucho tiempo.

Iba a necesitar ayuda durante las semanas siguientes. Las conmociones eran algo muy grave y, con el brazo y la pierna inservibles, tendría problemas de movilidad. Necesitaba ayuda, pero no pensaba quedarme con él.

El problema era que vivíamos juntos. Roseline se acababa de casar, si no, me hubiera podido con ella. Otras amistades... No.

—Quiero irme a casa —dije.

—Claro. Mañana. Me tomaré unos días libres.

—Me refiero a mi casa. A la isla.

Bobby parpadeó.

—Ah.

Por raro que pareciera, quería a mi madre. Quería los pinos y las playas de guijarros. Quería dormir en la habitación en la que llevaba quince años sin dormir.

Quería ver a mi hermana.

Sí. Volvería a casa, como se suele hacer tras un roce con la muerte. Pediría una excedencia y volvería a Scupper Island, haría las paces con mi madre, pasaría tiempo con mi sobrina, esperaría a que mi hermana volviese y... en fin... reconsideraría mi vida. Tal vez no hubiera muerto, pero había estado a punto. Tenía otra oportunidad. Podía hacerlo mejor.

—Y me llevo a *Boomer* —añadí.

Una semana más tarde, todavía dolorida y lenta, con un brazo en cabestrillo, la pierna con una rodillera inmovilizadora y una muleta para mantener el equilibrio, contemplé nuestro apartamento por última vez. El apartamento de Bobby, en realidad. Roseline fue a verme la noche anterior y nos dio por llorar un poco, pero me dijo que iría a verme a Scupper Island. Bobby había tenido el buen juicio de no atosigarme y había estado durmiendo en el sofá toda la semana.

Nunca debería haberme ido a vivir con él. Solo llevábamos saliendo un par de meses antes del Incidente Aterrador, tras el cual nos fuimos a vivir juntos. Demasiado pronto. Claro que volver a mi apartamento entonces era impensable. Bobby me preguntó si quería que viviésemos juntos y yo le contesté que sí. Además, estábamos enamorados.

Y que no se nos olvide: a Bobby lo ponía salvar a los demás.

Durante la semana posterior a que me atropellara la furgoneta de Fumigaciones Beantown —que me habían enviado flores todos los días—, había estado pensando mucho. Quería dejar de tener miedo, dejar de conformarme con el amor a medias de Bobby, dejar de sentirme tan aburrida. Había llegado el momento.

Bobby estaba junto a la puerta, sujetando a *Boomer* con la correa. Había lágrimas en sus ojos azules aguamarina.

—Es más duro de lo que había pensado —admitió él.

—Vamos a seguir viéndonos. Tenemos custodia compartida...

Bobby sonrió al tiempo que acariciaba la enorme cabeza de *Boomer*.

—Te lo agradezco.

Sí, íbamos a compartir el perro. Al fin y al cabo, lo habíamos adoptado juntos.

—¿Quieres que demos un paseo, *Boomer*? —le pregunté, usando las palabras más maravillosas a oídos de un perro—. ¿Quieres darte una vueltecita?

Bobby nos llevó al muelle donde atracaba el *ferry*, donde la gente podía embarcar para que los llevara a Nantucket, a Martha's Vineyard, a Princetown o, como en mi caso, a Scupper Island, mi pueblo natal, una islita a unos cinco kilómetros de la escarpada e irregular costa del sur de Maine. El *ferry* iba a Boston casi todos los días; también transportaba el correo y era capaz de albergar tres vehículos.

Bobby sacó mis maletas y me compró el pasaje. Nuestra ruptura había conseguido que fuera solícito una vez más. Los últimos días se había comportado de maravilla: me llevaba los calmantes, me leía para que me quedase dormida e incluso me preparaba la comida.

Me daba igual. Le había acariciado el pelo a otra en mi habitación de hospital, y eso era algo que no podía olvidar.

El *ferry* atracó, una embarcación pequeña y destartalada, la misma de siempre. Jake Ferriman, el capitán del *ferry* de Scupper Island, con ese apellido que subrayaba su profesión, era un clásico. No me saludó, se limitó a amarrar la embarcación y a saltar a tierra, llevando un pequeño saco con cartas en una mano.

Había esperado que mi madre fuera en el *ferry* a buscarme; la llamé cuando me dieron el alta en el hospital y le conté que iba a volver a casa, que había sufrido un accidente, pero que estaba bien —creo que usé las palabras «se espera mi recuperación»—, siempre he querido conseguir su atención. Su única respuesta fue un suspiro, seguido de «te recogeré en el muelle cuando llegues». Tuve que morderme la lengua para no decir todo lo que quería. Podía esperar. Al fin y al cabo, estaba haciendo borrón y cuenta nueva.

Jake volvió de donde fuera que había soltado el correo, con la correspondencia de vuelta en la mano. Miró su portapapeles.

—¿Viaja sola? —me preguntó mientras miraba a *Boomer*.

—Con el perro que tengo al lado.

Él frunció el ceño, me miró de nuevo y luego marcó una casilla en su portapapeles.

—Supongo que ya está —me dijo Bobby—. Llámame cuando llegues, ¿de acuerdo?

Me abrazó con mucho cuidado y luego me abrochó el abrigo por encima del cabestrillo. Otra vez tenía un nudo en la garganta.

—Cuídate —le susurré.

Éramos amigos desde hacía mucho tiempo y habíamos sido pareja durante más de un año. Todo eso se acababa en ese momento.

Bobby también tenía los ojos brillantes por las lágrimas.

Jake subió mis maletas al *ferry* y luego se hizo con la correa de *Boomer*. Mi perro saltó al *ferry* con soltura y levantó el hocico para olisquear el aire. Yo lo seguí con más tiento.

Entré en la cabina y me senté, con la muleta a mi lado. Miré a Bobby a través de la ventana y me despedí con la mano. Intenté sonreír.

—¿Ya has estado en Scupper Island? —me preguntó Jake.

Parpadeé, sorprendida por el hecho de que no me reconociera. Claro, ya era una mujer adulta, no era la muchacha regordeta con espinillas y encorvada de antes.

—Crecí allí. Soy Nora Stuart, señor Ferriman.

—¿La hija de Sharon?

—Sí.

—¿La que tiene una cría?

—No. La otra. —«La doctora», estuve a punto de añadir, pero eso habría sido alardear, y a la gente de Maine no le gustan esas cosas.

Jake gruñó, y me di cuenta de que se había acabado la conversación.

Después, arrancó los motores, soltó los cabos y zarpamos, dejando atrás la silueta recortada de Boston que se hacía cada vez más pequeña, a medida que nos adentrábamos en el océano gris oscuro, hacia las nubes que cubrían el cielo.

Me ardían los dedos por los nervios, de modo que acaricié la cabeza de *Boomer*. El perro me miró con esa sonrisa perruna tan dulce.

—Lo siento, compañero —le susurré—. Nadie va a alegrarse mucho de vernos.

Capítulo 3

Scupper Island, Maine, se llamaba así en honor a Jedediah Scupper, el capitán de un ballenero que se marchó de Nantucket después de perder unas elecciones municipales. Llegó para fundar su propia isla y hacerle la peineta a Nantucket. A Nantucket no pareció importarle. El capitán Scupper llegó con su mujer y sus cinco hijos, y esos cinco hijos encontraron pareja en la isla y, antes de que se dieran cuenta, establecieron una verdadera comunidad.

A lo largo de los años, sus residentes llevaron la misma vida de todos los habitantes de las islas de Maine: sufrieron cuando la industria ballenera desapareció y acabaron transformándose en pescadores de langostas o de otras especies.

Los isleños se enorgullecían de su capacidad para la supervivencia y de su resistencia, y lograron crear un vínculo especial después de sufrir huracanes y ventiscas infernales, inundaciones y penurias. A finales del siglo XIX, se desarrolló una nueva actividad en la isla: el sector servicios. Limpieza, jardinería, *catering*, carpintería, fontanería, cuidado de niños, distintos servicios para la gente rica y mantenimiento de sus propiedades.

Eso no cambió.

Crecí con la certeza de que, aunque los ricos llegaban en junio, el «tostón veraniego» los llamábamos, Scupper Island era nuestra, de los recios yanquis. Lidiábamos con los residentes estivales, con los dueños de las grandes mansiones emplazadas en los acantilados y de los grandes yates fondeados en nuestras pintorescas calas. Los niños eran guapos y educados, pero nunca trabábamos amistad con ellos, no cuando vestían Vineyard Vines y Ralph Lauren y tenían niñeras europeas. No cuando comían en los restaurantes donde trabajaban nuestros padres.

Pero gracias a ellos conseguíamos el pan que llevarnos a la boca, y muchos eran buenas personas. Donaban dinero para nuestras escuelas, pagaban los impuestos que mantenían nuestras carreteras y contribuían a la economía local. Sin embargo, nos alegrábamos siempre que se marchaban el Día del Trabajo. Ser los sonrientes representantes de su refugio estival resultaba agotador.

Scupper Island nos pertenecía. A mi hermana y a mí, a nuestro padre y, desde luego, a nuestra madre.

Mi madre, Sharon Potter Stuart, y te aseguro que su apellido de soltera era una fuente de alegría para esta *muggle,* era una isleña de cuarta generación, nacida y criada en la isla. Era la típica mujer recia de Maine: capaz de cazar un ciervo, limpiarlo y hacer un estofado el mismo día. Cortaba y apilaba leña, cocinaba y le parecía un derroche comer en restaurantes. Sabía hacer de todo: pescar, navegar, arreglar un vehículo, hacer galletas o confeccionar nuestros vestidos. Una vez, incluso suturó una herida mientras el único médico de la isla estaba atendiendo un parto complicado.

Scupper, además de ser el apellido de nuestro fundador, estaba muy relacionado con el mar, porque significa «imbornal», que es un orificio a través del cual se da salida al agua de la cubierta al mar. De manera que el nombre describía muy bien la situación de los habitantes de la isla, muchos de los cuales se marchaban en busca de aguas más profundas. Si no lograbas ganarte la vida en el mar o gracias al turismo, Scupper Island era un sitio difícil para vivir.

Mi madre no fue a la universidad ni tampoco de vacaciones. Una vez, cometí el error de preguntar si podíamos ir a Disney World, como cualquier otra familia norteamericana.

—¿Qué narices se nos ha perdido allí? ¿Crees que es más bonito que esto? —me respondió ella, con su marcado acento, que a veces dificultaba entender algunas palabras.

Los recuerdos más tempranos que guardo de mi madre son todos buenos. Era cuidadosa y seria, como debían ser las madres. Nuestras comidas eran nutritivas, aunque poco imaginativas. Todos los días me trenzaba el pelo, que tenía un poco indomable, y me lo desenredaba sin darme tirones. Se aseguraba de que estuviéramos limpias. Se pasaba el día bebiendo café solo, que preparaba en un cazo en la cocina, y nos veía jugar mientras ella limpiaba y hacía las tareas domésticas con el asomo de una sonrisa en la cara.

Nuestra casa, aunque amueblada con sencillez, estaba limpia y ordenada. Hacíamos los deberes en la mesa de la cocina, bajo la atenta mirada de mi madre. Asistía a todas las reuniones de padres de la escuela. Cuando atravesábamos un aparcamiento o el cruce entre la calle Main y Elm, me daba la mano. Salvo por eso, apenas había contacto afectuoso. Cuando yo era muy pequeña y me bañaba, a veces me ponía la manopla en la cabeza y me decía que llevaba un sombrero muy elegante. Por lo demás, se limitaba a estar presente. Pero no me malinterpretes, yo tenía muy claro lo importante que era eso.

Claro que me quería. En cuanto a mi hermana... En fin, Lily era mágica.

Mi hermana era un año y un día más pequeña que yo, y no podíamos ser más distintas. Yo tenía el pelo encrespado y castaño, ni rizado ni liso. El pelo de Lily era negro y fino. Mis ojos eran una mezcla de castaño y verde. Los de Lily eran de un azul claro. Yo era alta y corpulenta, como nuestra madre. Lily parecía un hada, de huesos finos y piel tan blanca que parecía azulada. Mi madre solía llevarla de un lado para otro, apoyada en una de sus caderas. Si yo le pedía que me llevara a mí también, me decía que yo era su niña grande.

Yo quería a mi hermana. También era mi bebé, aunque solo nos lleváramos un año. Me encantaba ese pelo tan suave, como el de un pollito, sus ojos y su cuerpecito huesudo acurrucado junto a mí cuando se metía en la cama por las noches después de haber tenido alguna pesadilla. Me encantaba ser mayor, más grande y más fuerte.

Aquellos primeros años... fueron entrañables. Cuando los recuerdo, se me encoge el corazón al pensar en la sencillez de todo. Era cuando Lily me quería. Cuando mis padres se querían. Antes de que el corazón de mi madre acabara encerrado entre paredes de hormigón.

Cuando mi padre estaba con nosotras.

Mi padre tenía un trabajo misterioso, algo que Lily y yo llamábamos «negocios». Mi padre no era isleño. Nació en la ciudad mágica de Nueva York, pero creció en Maine. Tenía un despacho con secretaria en la ciudad. Con el paso de los años, descubrí que vendía seguros.

Pero cuando tenía seis años, cuando empecé a ir al colegio, mi padre comenzó a trabajar desde casa. Se adueñó de nuestro cuarto de juegos y se pasaba el día tecleando en el ordenador, el primero que tuvimos. Decía que estaba escribiendo un libro y que, a partir de ese momento, pasaría mucho más tiempo con nosotras. Lily y yo nos pusimos contentísimas. ¿Papá y mamá en casa? Sería como vivir en un fin de semana eterno.

Pero no fue así. Entre mis padres había muchas conversaciones tensas. Desde el dormitorio que mi hermana y yo compartíamos, no alcanzábamos a oír las palabras, pero la tensión y el malestar existente entre ellos eran evidentes, y en el ambiente flotaba todo aquello que no se decían.

Mi madre empezó a trabajar como gerente en el hotel Excelsior Pines, un enorme edificio situado en un extremo de la isla. Siempre había llevado la contabilidad de unos cuantos negocios y se pasaba las noches tecleando en la calculadora; pero en aquel entonces salía de casa antes de que nosotras nos subiéramos en el autobús escolar y no regresaba hasta la hora de la cena.

La vida cambió de la noche a la mañana. Antes solo veíamos a mi padre una hora o dos al día. A partir de aquel momento, parecía entregado en cuerpo y alma a alegrar a sus niñas. Después del colegio, nos esperaba en la calle cuando llegábamos en el autobús, nos montaba en la camioneta y nos íbamos de aventura. Nada de «lavaos las manos y empezad a hacer los deberes. Aquí tenéis una manzana». Ni hablar. Subíamos Eagle Mountain fingiendo ser fugitivos de la ley. Explorábamos las cuevas que se inundaban con la marea alta en la parte agreste de la isla y nos preguntábamos si podríamos vivir allí, comiendo mejillones como los indios passamaquoddy que Lily y yo queríamos ser.

A finales de primavera, mi padre nos tomaba de la mano en lo alto de Deerkill Rock, un acantilado de granito con una roca que sobresalía hacia el océano.

—¿Estáis listas, mis pequeñas y valientes guerreras? —nos preguntaba, y corríamos hacia el borde para saltar lo más lejos que éramos capaces. La gravedad actuaba de inmediato y nos separaba. La caída era tan larga que yo pensaba que podríamos volar al sentir el aire en la cara, enredándome el pelo, y después el gélido impacto contra el agua. Subíamos a la superficie como si fuéramos corchos, mi hermana y yo, tosiendo y gritando, con las piernas entumecidas por el frío mientras nadábamos hacia la orilla, acompañadas por mi padre, que nadaba y reía a nuestro lado.

Después, nos llevaba a lo más alto de la carretera de Eastman Hill, un camino lleno de baches, y sacaba las bicis de la parte posterior de la camioneta. Y desde lo más alto bajábamos y la velocidad agitaba las cintas que adornaban el manillar de mi bici mientras el viento me hacía llorar y los brazos me temblaban por el esfuerzo de mantener el control. En aquel entonces, no llevábamos casco, qué va. Lily era demasiado pequeña como para controlar el descenso, así que mi padre la sentaba en su manillar y los dos volaban delante de mí, riéndose a carcajadas que resonaban en mis oídos.

Mi padre también nos preparaba una comida estupenda. Comida de viajero, la llamaba. Estofados cocinados en una fogata, tal y como le había enseñado su abuela, que era húngara. Nos contaba historias de personas mágicas capaces de hipnotizar a los demás y hacer que volaran, de gente capaz de hacerse invisible, de hablar con los animales y de montar caballos salvajes. Allí, a la luz de la hoguera, mientras el océano golpeaba las rocas de granito de la costa y acompañados por el solitario ulular de una lechuza norteña, nos parecía más que posible. Nos parecía verdad.

Pero después, cuando llegábamos a casa, mi madre nos llamaba para que entráramos, y lo hacíamos con el gesto torcido y, al ver lo sucios que teníamos los pies, meneaba la cabeza y nos mandaba directas a la bañera.

En verano, construíamos fuertes y dormíamos al aire libre, así que acabábamos llenas de picaduras de insectos. Polvorientas, felices y comidas por los bichos. Durante el día, mientras mi madre estaba trabajando o iba a hacer la compra por las tardes, mi padre nos dejaba a Lily y a mí jugar fuera, mientras él trabajaba en su libro. Vagábamos de un lado para otro, espiando las casas de los ricos, recorriendo la playa rocosa en busca de tesoros, felices y sin que nadie nos vigilara; y, cuando volvíamos a casa, Lily se había quemado por el sol y yo me había bronceado.

Entretanto, el enfado de mi madre iba creciendo. Claro que solo lo demostraba con las ásperas órdenes sobre los deberes y nuestras tareas domésticas. Pero la llamada de la libertad era demasiado poderosa y, contando como contábamos con la aprobación de mi padre y su frecuente compañía, aprendimos a no preocuparnos por la opinión de mi madre.

A veces, intentaba que se sintiera mejor: le llevaba ramos de lupino, que arrancaba de las cunetas, o buscaba algún cristal pulido por el mar para su cuenco; pero la verdad era que me encantaba que mi padre tuviera el mando. A medida que crecía la irritación de mi madre, aumentaba el amor que le profesábamos a nuestro padre. Antes tenía amigos, Cara Macklemore y Billy Ides, pero en aquel entonces ya no venían a casa y yo rechazaba sus invitaciones para jugar con ellos. En casa me divertía más. No necesitábamos amigos, ni Lily ni yo. Nos teníamos la una a la otra, y teníamos a papá. Y a mamá, claro que sí, a ella también.

Así que fingí que la tensión entre mis padres no existía. Mi madre trabajaba a todas horas, mi padre escribía su libro y jugaba con nosotras, y la vida era casi maravillosa.

Pero mi madre siempre nos encontraba. No sé cómo sabía dónde estábamos, pero de vez en cuando aparecía con su automóvil allí donde nosotros estuviéramos de aventuras, salía y le gritaba a papá:

—¿Qué hacéis aquí? ¿Te has vuelto loco o qué?

—¡Sharon, tranquilízate! —replicaba mi padre con una sonrisa, mientras jadeaba por la actividad que hubiéramos estado haciendo—. Se están divirtiendo. Están fuera de casa, jugando y respirando aire fresco.

—¡Un día de estos estaremos plantados delante de un ataúd, como sigas así!

La sonrisa de mi padre desaparecía y su cara se transformaba en granito.

—¿Crees que voy a dejar que les pase algo a mis niñas? ¿Crees que no las quiero? Niñas, ¿creéis que papá os quiere?

Contestábamos que sí, por supuesto. Mi madre torcía el gesto, su mirada se endurecía y nos ordenaba subirnos a su automóvil o se subía ella y se iba sola, que era peor, porque nos fastidiaba el resto del día.

—Sois muy valientes, hijas mías —nos decía mi padre—. ¿De qué sirve estar vivos si no podemos tener aventuras, eh? ¿Quién quiere estar tenso y enfadado a todas horas?

Para demostrar su razonamiento, íbamos a nadar una vez más, dábamos un último salto o hacíamos un último descenso por la carretera de Eastman Hill. Tardábamos media hora más de la cuenta en regresar y comíamos helado para cenar.

A Lily se le daba especialmente bien abrazar la filosofía de vida de papá. Aunque antes era la niña de mamá, empezó a evitarla, a no hacerle caso o, lo que era peor, a decir delante de ella que estar con mi padre era más divertido.

Mis flores y mis cristales no surtían efecto.

—Gracias, Nora —me decía. Pero me resultaba imposible restañar las heridas. Al fin y al cabo, yo no era Lily, la hija mágica y preciosa.

Nada de lo que yo hacía parecía tener mucho impacto sobre mi madre, ni los sobresalientes en las notas, ni los regalos que hacíamos en la clase de Arte para el Día de la Madre: un cuenco pintado de amarillo con lunares azules. Lily adujo que se había olvidado el suyo en el colegio, pero nunca lo vimos en casa.

Aprendí a saludar a mi madre con un beso cuando ella llegaba a casa, a contarle cómo me había ido el día para poder marcar la casilla mental de «hablar con mamá». De vez en cuando, mi madre me miraba con cara de «no estás engañando a nadie». No era un nubarrón en nuestras vidas, nuestra madre, pero sí que estaba rodeada de un aura gris.

Por el contrario, mi padre se reía muchísimo. Lily, él y yo nos lo pasábamos en grande, jugábamos mucho, salíamos de aventuras, disfrutábamos de comidas imaginarias, de largos cuentos antes de dormirnos o en la camioneta, cuando íbamos de camino a algún lado. Por supuesto, quería más a mi padre que a mi madre. Y ni siquiera me remordía la conciencia. Porque Lily era la que realmente se portaba mal con mamá, no yo. Al menos, yo intentaba hacer algo.

Un día de primavera, cuando tenía once años, Lily y yo bajamos del autobús y nos encontramos a mamá sentada ante la mesa de la cocina bebiendo café, algo extraño, porque siempre llegaba mucho más tarde del trabajo. Lily pasó corriendo a su lado y subió la escalera para dejar la cartera en el suelo y tirarse en la cama, tal como era su costumbre.

—¡Hola, mamá! —la saludé con fingida alegría—. ¿Sabes qué? ¡Brenda Kowalski ha vomitado durante el examen de Matemáticas y casi me mancha el pupitre! Ha tenido que irse a casa temprano.

—Vaya, pobrecilla —replicó ella, sin alzar la vista. Siguió sentada frente a la mesa, con la mirada perdida y la taza de café entre las manos. Se había quitado el uniforme de trabajo, pantalones negros y camisa blanca, y se había puesto unos *jeans* y una camisa de cuadros.

No hablamos nada más. Mi madre siguió sentada, jugueteando con la alianza del dedo anular.

—¿Dónde está papá? —le solté, incapaz de soportar más rato el silencio.

Sus ojos se clavaron en mí y, después, regresaron al lugar que contemplaban antes.

—Se ha ido —contestó.

—¿Dónde?

—No lo sé. Se ha ido de la isla.

¿Sin nosotras? Qué raro. Normalmente nos esperaba, nos llevaba en el *ferry* a Portland, donde había una pastelería que vendía los dulces más deliciosos, y nos dejaba comer lo que quisiéramos.

—¿Cuándo volverá? —pregunté.

—No estoy segura.

El corazón empezó a latirme con fuerza en el pecho.

—¿Cómo que no estás segura?

—No lo sé, Nora. No se ha molestado en decírmelo.

Había pasado algo. Algo gordo. En ese momento, sentí cómo mi infancia se tambaleaba.

Subí corriendo la escalera. Nuestra habitación tenía el techo abuhardillado, a dos aguas, de manera que dividía el espacio en dos mitades idénticas. La mía estaba limpia y ordenada, tal como quería mi madre. La de Lily era un desastre. Estaba tumbada en la cama, que no había hecho, con los auriculares puestos, esperando que mi madre se fuera para que apareciera mi padre con el entretenimiento de esa tarde, porque siempre había algo divertido que hacer. Todos los días.

Entré en el dormitorio de mis padres y sentí que me faltaba la respiración.

El armario estaba abierto, así como los cajones superiores de la cómoda, los cajones de mi padre. Abiertos y vacíos. Los zapatos de mi padre, y tenía muchos más que mamá, habían desaparecido. Igual que sus calcetines. Las perchas vacías parecían huesos colgados en el armario.

Encima de la cómoda, en el centro, estaba su alianza.

Corrí al cuarto de baño y vomité. Las arcadas me sacudieron todo el cuerpo mientras echaba el bocadillo de jamón cocido y tomate y las dos galletas de avena, con trocitos de manzana.

—¿Qué te pasa ahora? —me preguntó Lily. A sus diez años ya hablaba con cierto desdén.

—Papá se ha ido —contesté con los ojos llenos de lágrimas. Las arcadas regresaron y el vómito me llenó hasta las fosas nasales.

—¿Cómo que se ha ido? ¿Qué dices?

—No lo sé. Se ha llevado la ropa. Ha hecho el equipaje.

Mientras yo me sentaba en el suelo, presa de las arcadas, mi hermana corrió al dormitorio de mis padres y, después, bajó la escalera. Empezó a lanzarle acusaciones a mi madre a gritos y ella contestó a sus preguntas con tono implacable. Oí cómo se rompía algún objeto de cerámica, estaba segura de que se trataba de la taza de mi madre, y vomité otra vez al pensar que olía el café.

—¡Te odio! —gritó Lily—. ¡Te odio!

Después, se oyó un portazo y se hizo de nuevo el silencio.

Esperé a que mi madre subiera y me cuidara. No lo hizo.

Esa misma noche, Lily me contó lo que había pasado. Su versión, en todo caso. Nuestra madre, que era tan aburrida, odiosa y mala, había echado a papá. Él se había cansado de aguantarla, había cogido su novela y se había mudado a Nueva York, donde nació, al fin y al cabo, y seguramente estuviera a punto de convertirse en un escritor de éxito. Nos llamaría y nos diría que hiciéramos las maletas, que Nueva York era el mejor sitio para irse de aventuras, y nos mudaríamos con él, y mamá se quedaría en su estúpida Scupper Island.

Si era cierto, si nuestro padre no soportaba más a nuestra madre, no podía culparlo. Mi padre era como una tángara rojinegra migratoria, un pájaro precioso y poco común, que yo solo había visto una vez en la vida, luciendo sus plumas rojas y emitiendo sus alegres trinos. Mi madre era una tórtola, gris y mustia, con un canto deprimente y repetitivo.

Yo no quería que se divorciaran.

En mi versión de lo sucedido, que no me atreví a contarle a Lily, mi padre regresaría con un ramo de rosas. Mi madre llevaría su vestido blanco estampado con flores rojas, el único vestido que tenía, y se abrazarían y nos mudaríamos todos a Nueva York, pero volveríamos a Scupper Island durante el verano, como los ricos.

Pasaron los días. Una semana. Lily se negaba a ir al colegio y a mí me tocó hacer el desayuno mientras mi madre se iba al trabajo. Por las noches, oía los espeluznantes ruidos que hacía la vieja casa y que antes no me asustaban; los suaves sollozos de Lily en la cama de al lado. Intenté meterme en la cama con ella para consolarla, pero me echó de un empujón.

Esperaba que mi padre llamara. No lo hizo.

Tampoco había dejado un número de teléfono. Tenía un hermano en Pensilvania, Jeff, que era ocho años mayor que él, un hombre que solo habíamos visto dos veces en la vida. Lo llamé una tarde que mi madre salió para asistir a una reunión en el colegio. Lily no se portaba bien. Hubo un largo silencio cuando le pregunté si sabía dónde podía estar mi padre.

—Lo siento, cariño —contestó él—. No lo sé. Pero si tengo noticias suyas, te lo diré.

Su voz me dejó claro que no lo creía probable.

Pasó otra semana muy despacio. Mi madre llegó el sábado por la mañana y nos dijo que había cambiado su horario de trabajo para poder estar con nosotras por las tardes, cuando llegáramos del colegio.

—Nadie te quiere aquí —replicó Lily con una voz tan fría y cruel que di un respingo.

—Nadie te ha pedido opinión —le soltó mi madre como si tal cosa.

Y así acabó nuestra profunda discusión familiar.

¿Y si mi madre había matado a mi padre? ¿Era posible? Era capaz de cortarle la cabeza a una lubina y destriparla en cuestión de segundos. Sabía usar una pistola. Vivíamos en una isla, así que podía arrojar el cuerpo en cualquier lado y dejar que lo arrastraran las corrientes. Me arrepentí de haber leído las novelas de Patricia Cornwell que sacaba a escondidas de la biblioteca, por no mencionar las de Stephen King, el santo patrón de Maine. ¿Estaría mi padre en el fondo del pozo como el marido de Dolores Claiborne?

Nosotros no teníamos pozo. Mi madre no había ido a la Policía.

Mi padre había hecho las maletas. Había dejado atrás su alianza. Sí, mi madre podría haberlo dispuesto todo para que pareciera así, pero no lo había hecho. Lo tenía clarísimo.

Mi padre se había ido... sin más. Pero Lily y yo éramos la alegría de su vida. Nos lo decía siempre. No podía dejarnos de esa manera. Seguramente regresaría a por nosotras.

No lo hizo. No regresó, no nos escribió, no llamó.

Las semanas se transformaron en meses. Intenté consolar a Lily, le pregunté si quería que hiciéramos cosas juntas, pero pasó de mí, sola en su dolor, que le parecía claramente más profundo que el mío. Yo había perdido a mi padre y a su exuberante y alegre amor, y también me parecía haber perdido a Lily.

Me pasaba las noches despierta, con el corazón desbocado y el pelo húmedo por las lágrimas, echándolos de menos a los dos, y con el corazón tan dolorido que no sentía nada más. Mi infancia había acabado, y ni siquiera había tenido la oportunidad de despedirme de ella.

Capítulo 4

Jake me ayudó a desembarcar. Era una travesía de tres horas, y estaba un poco mareada. O tal vez las náuseas se debieran a lo mucho que me dolía la rodilla. O a lo mejor solo era por estar de vuelta en casa.

Sin mediar palabra, se hizo cargo de las maletas y sacó a *Boomer* del *ferry*, dejándome sola con mi muleta para que cruzara con paso tambaleante la pasarela hasta descender al viejo muelle.

Aunque estábamos a mediados de abril, la primavera todavía no había hecho acto de presencia en la isla. Mi madre no había llegado aún y el centro estaba tranquilo. Una ráfaga de viento me trajo el olor a pescado, a sal y a los donuts de la pastelería de Lala, y con esos olores, los recuerdos de mi infancia. Durante los fríos domingos de invierno, mi padre solía despertarnos a Lily y a mí a las cinco de la mañana para comprar los primeros donuts que hacía Lala, demasiado calientes para sostenerlos en las manos, y el azúcar nos manchaba la cara mientras las volutas de vapor caliente flotaban en el aire.

Pronto la vería, a mi hermana. Arreglaría las cosas entre nosotras. Esa era la oportunidad que la furgoneta de Fumigaciones Beantown me había brindado, y pensaba aprovecharla.

Y descubriría qué pasó con mis padres. Dónde estaba mi padre. Si seguía vivo, pensaba encontrarlo, qué narices.

Durante mi primer año como residente, traté a un antiguo policía de Boston que realizaba investigaciones privadas. Lo contraté para que encontrase a mi padre, pero no dio con nada. Con un nombre tan común, William Stuart, y ningún hilo del que tirar desde que se fue, el policía no encontró pistas. Había llegado el momento de intentarlo de nuevo y, en esa ocasión, iba a empezar por el principio.

Pero de momento tenía que recorrer el muelle. Paso a paso.

Con el cabestrillo, la rodillera y la muleta, tenía que pensar mucho dónde apoyar los pies, y la madera envejecida y medio rota del muelle no me lo ponía fácil. Paso, saltito, muleta. Paso, saltito, muleta. Fue un camino muy lento.

Jake ya estaba atando la correa de *Boomer* al aparcamiento de las bicicletas. Yo solo estaba a medio camino. El hombre pasó junto a mí de camino al *ferry*.

—Gracias por la ayuda, señor Ferriman —le dije al pasar.

Él gruñó, pero ni me miró. Qué hombre más agradable...

Con la respiración agitada, llegué al final del muelle y le di unas palmaditas en la cabeza a mi perro. Una gaviota se posó en un poste de madera, y *Boomer* ladró por lo bajo. Salvo por eso, la isla estaba en silencio, un silencio siniestro, muy parecido al de los pueblos de las novelas de Stephen King. Echaba de menos los Duck Boats, los autobuses anfibios que hacían sus rondas por el parque Boston Common, y también las elegantes tiendas de la calle Newbury. Allí no había nada abierto.

El Clam Shack de Scupper Island, donde trabajé dos veranos, estaba al final de la calle Main, justo al lado del mar. No abriría hasta el Día de los Caídos, si seguía la misma rutina de antes.

Allí trabajé con Sullivan Fletcher, uno de los mellizos Fletcher de mi clase. Sully se vio involucrado en un accidente de tráfico durante el último año, poco después de que yo me fuera de Scupper Island, y me pregunté cómo estaría. Me lo había preguntado mucho a lo largo de los años. Se suponía que se había recuperado, pero nunca pedí detalles. Y mi madre tampoco era de las que los compartían.

Miré a la derecha y vi cómo el antiguo Subaru de mi madre enfilaba la calle Main. Agité una mano, aunque tampoco podía pasar de largo, porque yo era la única que estaba allí. Aparcó, apagó el motor y se bajó. Tenía el mismo aspecto de siempre, y, de repente, sentí que las lágrimas me formaban un nudo en la garganta.

—Hola, mamá —la saludé, e hice ademán de acercarme para abrazarla.

En cambio, ella me saludó con un gesto de cabeza y luego metió mis dos maletas en la parte trasera del Subaru.

—No sabía que ibas a traerte el perro —me dijo. *Boomer* meneó el peludo rabo, ajeno a su tono—. Será mejor que deje tranquilo a *Piolín*.

Piolín era el periquito de mi madre... y también su criatura preferida del mundo.

—¿*Piolín* sigue vivo?

—Pues claro que sí. ¿Dónde va a dormir el perro?

—Yo también me alegro de verte, mamá —repliqué—. Estoy bien, gracias por preguntar. Me duele mucho, la verdad, pero voy mejor. Después de que me atropellaran. Una furgoneta. Ocasionándome múltiples lesiones, por si se te ha olvidado.

—No se me ha olvidado, Nora —me dijo—. Sube.

Boomer dio un salto al oír las palabras mágicas, ocupando todo el asiento trasero.

Una mujer corpulenta de pelo amarillo y tieso se nos acercó.

—Hola, Sharon. ¿A quién tienes ahí? —Pronunció las palabras con un acento cerrado y me alegró comprobar que el acento de Maine seguía vivo y coleando. Quien hablaba era la señora Hurley, la madre de Carmella Hurley, una de las populares del instituto. En aquel entonces, las llamaba Cheetos, aunque nunca en voz alta, claro, porque las populares, y más mezquinas, iban a Portland para buscarse un cáncer en los salones de bronceado y acababan con un tono de piel anaranjado que no se encontraba en la naturaleza.

—Es mi hija —contestó mi madre.

—Lily, cariño, ¿has vuelto?

—Esto... no. Soy Nora. Hola, señora Hurley. Me alegro de volver a verla. ¿Cómo está Carmella?

Su expresión se endureció. Claro. Yo no era una isleña que había llevado a lo más alto el nombre de mi pueblo. Era la muchacha que le había robado la corona al príncipe de la isla. Además, no me parecía en nada a como era en los viejos tiempos, una adolescente gorda y encorvada con el pelo grasiento y la cara más grasienta todavía.

—Carmella está en la gloria —contestó la señora Hurley con sequedad y ese acento tan marcado—. En fin. Que tengas un buen día, Sharon. Nora.

Pronto todo el pueblo sabría que había vuelto.

Mi madre se sentó al volante y yo me dejé caer en mi asiento con muy poco arte, apoyando el culo en primer lugar y golpeándome la cara con la muleta.

—Bueno, ¿cómo está Carmella de verdad? —le pregunté a mi madre mientras me abrochaba el cinturón de seguridad.

—Bien. Cinco hijos. Limpia habitaciones de hotel en verano y trabaja de camarera en Red's. Se parte el lomo trabajando. —Me costó entenderla. Por Dios, debía de haber olvidado el acento de la isla. Eso, y que no había hablado mucho con mi madre durante los últimos años. Las llamadas de rigor y su visita anual a Boston de doce horas—. Vas a compartir la habitación con Poe —anunció.

—¿En serio?

—En fin, ¿dónde crees que ha estado durmiendo? —Mi madre arrancó.

En eso tenía razón. Contuve un suspiro y miré por la ventanilla. La calle Main mostraba ciertos indicios de gentrificación. Había una librería que no había visto nunca, llamada El Lomo Abierto. Curioso nombre. La pastelería de Lala, que habría tenido una cola que le daría la vuelta a la esquina en verano, estaba desierta. Una tienda de menaje de cocina. Uf.

—¿Cómo está Poe? —pregunté. Llevaba cinco años sin ver a mi sobrina.

Mi madre se encogió de hombros.

—Mamá, ¿te importa contestarme con palabras? —solté. No habían pasado ni cinco minutos y ya me subía por las paredes.

—Está muy gruñona. Odia la isla.

Enfiló Pérez Avenue, rebautizada en honor al hombre que había enviado a un adolescente de Scupper Island a la universidad todos los años durante los últimos veinticinco... incluida yo. Pasamos por delante de la sempiterna tienda de regalos fabricados en China, con el poco creativo nombre Souvenirs Scupper Island —siempre he detestado esa palabra—, de un restaurante que nunca había visto, de una galería de arte y de otro restaurante.

Nunca seríamos otro Martha's Vineyard, ya que estaba demasiado lejos, hacía demasiado frío y la isla era demasiado pequeña, pero parecía que mi pueblo natal había florecido.

—¿Qué tal las cosas en Seattle? —le pregunté a mi madre, haciendo referencia a su reciente viaje para recoger a Poe.

—Una ciudad asquerosa —contestó mi madre—. Mucha basura. Y vagabundos.

Por supuesto. Ver el lado negativo, ese era el credo de mi madre. No le gustaba la mendicidad porque ella había crecido siendo pobre. Sin embargo, su versión de ser pobre era sesgada. Para ella, implicaba cazar y pescar para comer si era necesario, implicaba saber cultivar las verduras en tu propio jardín, salar el pescado y ahumar la carne. Si no tenías algo, lo fabricabas.

Yo había estado en Seattle en cuatro ocasiones para ver a mi hermana. Habría ido más veces, pero Lily siempre me ponía pegas para dejarme ver a mi sobrina. En una ocasión, Roseline me acompañó, y menos mal, porque Lily estaba «demasiado ocupada» de repente para verme y solo pude pasar una hora con Poe. Me quedé destrozada, ya que me había imaginado que las cuatro iríamos a comprar dulces, visitaríamos el mercadillo de la calle Pike y comeríamos en lo más alto de la torre Space Needle. Rosie salió al paso de las circunstancias y nos lo pasamos bien: comimos cangrejo y salmón hasta ponernos rosas y recorrimos en kayak el estrecho de Puget, y casi nos hacemos pis encima cuando una manada de orcas pasó a menos de cien metros de nosotras, pero nos echamos a reír, histéricas, a caballo entre el miedo y el asombro.

Sin embargo, en el fondo, no dejaba de pensar: «ojalá Lily estuviera aquí. ¡Esto sí que es una aventura! Ojalá fuera como en los viejos tiempos». El hecho era que habían pasado más de diez años desde aquellos viejos tiempos.

—¿Y cómo está Lily? —le pregunté a mi madre, cuando me quedó claro que no iba a hablar de ella.

Mi madre no apartó la vista de la carretera.

—Está en la cárcel, Nora, ¿tú qué crees?

Tomé una honda bocanada de aire antes de hablar. Sabía que estaba en la cárcel. No hacía falta que fuera tan borde.

—¿Se las apaña? ¿La has visto?

—Ajá. Parece que bien.

«Bien». ¿De verdad? ¿Estaba desolada? ¿Con el corazón destrozado? ¿Arrepentida? ¿Furiosa? Seguramente estuviera furiosa. Llevaba así veinticuatro años, al menos que yo supiera. Desde que nuestro padre se marchó.

A los tres meses de llegar a Seattle, con dieciocho años, Lily se hizo un tatuaje y un *piercing,* y se quedó embarazada. Tuvo una serie de novios. Nunca conocí al padre de Poe y, que yo supiera, la niña tampoco lo conocía. El currículo laboral de Lily era un poema: camarera —a ver, estamos hablando de Seattle—, agente de una banda de *rock* local, asistente administrativa, camarera de nuevo, tatuadora.

Mi hermana también era una delincuente de poca monta. Robo de identidad, fraude de tarjetas de crédito y menudeo de droga, aunque la legalización de la marihuana hizo estragos en su negocio. No me había enterado de nada de eso hasta hacía un mes, cuando mi madre me dijo que tenía que montarse en un avión para recoger a Poe, porque a mi hermana la habían condenado a dos años de cárcel, aunque podría salir en agosto por buen comportamiento.

Fumigaciones Beantown me había dado un plan: quedarme en Scupper Island hasta que mi hermana saliera de la cárcel. Después, ella iría a la isla para recoger a su hija o yo llevaría a Poe a casa. Y... arreglaría las cosas.

¿Cómo? No lo tenía muy claro.

Enfilamos el camino de tierra que conducía a nuestra casa, y me pegué el brazo al pecho para minimizar las sacudidas. La clavícula me dolía. Mi madre me miró de reojo, pero no dijo nada. En el asiento trasero, *Boomer* gimoteaba, emocionado, al presentir que nos acercábamos a nuestro destino. Pasamos por encima de un agujero en el suelo, y me quedé sin aliento al sentir un dolor lacerante en la rodilla y en el hombro. La espalda también me dolía, y la sentía muy pesada y entumecida por culpa de las contusiones en los riñones. Con un poco de suerte, no orinaría sangre después.

Y allí estaba. Mi casa. Una humilde casa gris de estilo Cape Cod con un porche lateral acristalado, casi igual a como la había dejado, aunque los arbustos estaban más altos de lo que recordaba.

Llevaba fuera demasiado tiempo.

Mi madre paró el Subaru en el camino de entrada sin pavimentar, porque no teníamos garaje cubierto, y lo puso en punto muerto. Se bajó y le abrió la puerta trasera a *Boomer,* que salió disparado para olfatear y marcar su territorio.

Lily y yo creíamos que nuestra casa era el lugar más mágico del mundo: los sonidos de las cigarras, los cuervos y las gaviotas; el gélido océano que golpeaba las rocas a unos cientos de metros de la casa; las focas grises que visitaban las playas con sus crías. El viento azotaba y rugía en el cielo casi a todas horas, aullando en invierno. El patio era una alfombra de agujas de los pinos y, más allá, estaban el bosque y el océano. Los Krazinski eran nuestros vecinos más cercanos, y estaban a casi un kilómetro de distancia. Lily y yo, y a veces nuestro padre, solíamos pasarnos horas sentados en los árboles o en fuertes improvisados a la espera de ver los animales, como zorros, ciervos, faisanes, ardillas, puercoespines y mapaches.

Abrí la puerta del Subaru, el olor a pino y a leña quemada flotaba en el ambiente.

Aunque no diría que me alegraba de volver a casa, al menos todavía, sabía que tenía que estar allí.

Intenté salir, pero como tenía una rodillera inmovilizadora en la pierna y no podía doblarla, me caí de culo en el asiento, y el dolor me recorrió todo el cuerpo, hasta llegar a las yemas de los dedos.

Estar imposibilitada era un asco.

Además, mi madre no era la cuidadora más cariñosa del mundo. Ya estaba a medio camino de la casa, con mis maletas.

—¿Mamá? ¿Me puedes echar una mano?

—¡Poe! —gritó mi madre—. ¡Sal y ayuda a tu tía! —Entró en casa.

El viento arreció y se me coló por debajo del abrigo, pegándome al asiento mientras me esforzaba por levantarme. El mejor perro del mundo mundial se acercó para comprobar cómo estaba, y le acaricié la cabeza con la mano buena. Los perros son muchísimo mejores que las personas.

—Qué guapo eres —le dije. Él meneó el rabo para darme la razón antes de alejarse de nuevo.

Por fin, la puerta se abrió y salió mi hermana.

No. Era Poe, pero el parecido era asombroso.

Mi sobrina era guapísima. Tenía el pelo teñido de azul, rapado en un lateral y cortado en escala en el otro. Llevaba unos *leggins* rotos y una camiseta con una calavera. A medida que se acercaba, pude ver que llevaba montones de pulseras negras de goma y más *piercings* en la oreja de los que podía contar, y un tatuaje en el cuello.

Parecía mucho mayor de los quince años que tenía. Sin embargo, tenía la piel blanquísima y sus ojos eran del mismo color que los arándanos, como los de Lily.

—Hola, cariño —la saludé—. Cuánto has crecido. —Hablaba con voz ronca. La última vez que la vi, hacía cinco años, me pidió que la llevara a caballito, algo que hice encantada. En aquel entonces, tenía una larga melena negra, y yo le enseñé a hacerse una trenza de espiga.

Ella me miró con cara de pocos amigos, y se pareció a Lily más todavía.

—Esto, ¿te importa...? —Le tendí la mano—. Sujetarme la muleta...

Lo hizo, y yo tomé impulso, di un salto y luego me aferré a ella con la mano buena para mantener el equilibrio. Recuperé la muleta.

—Gracias, Poe.

—¿Qué te ha pasado?

Parpadeé.

—¿La abuela no te lo ha dicho? —¿No era lo bastante importante para mencionarlo?—. Me atropelló una furgoneta.

—¿De verdad?

—Ajá. Me rompió la clavícula, me provocó una conmoción y también me disloqué la rótula. Y me dejó contusiones en los riñones.

—Puaj.

—Ya te digo.

—¿No puedes demandarlos o algo? —me preguntó con cierto interés—. A ver, ¿fueron los de FedEx o la poli?

—Fue una furgoneta de Fumigaciones Beantown, y no, crucé sin mirar.

El interés desapareció, reemplazado nuevamente por el asco.

Entramos en la casa, aunque ella andaba más deprisa que yo, cómo no, y no me sostuvo la puerta.

—Vamos, *Boomer* —le dije al perro, y casi me tiró al suelo cuando entró en la casa, sin darse cuenta de que ya no pesaba cinco kilos. Lo seguí con paso torpe. Poe ya estaba tirada en el sofá, ensimismada con el móvil. Mi madre estaba en la cocina, con el periquito amarillo en el hombro.

El interior de la casa estaba igual. Miré hacia el pequeño despacho, casi esperando ver a mi padre allí, tecleando delante del ordenador, o a Lily, jugando con sus muñecas en el suelo del salón. La estufa de leña estaba en el hueco de la chimenea de piedra, una forma más eficiente de calentar la casa. El mismo sofá de tela marrón, la misma mecedora vieja, la misma mesa auxiliar donde Lily y yo coloreábamos y hablábamos.

Por supuesto que estaba igual. Mi madre no era de las que tiraban las cosas y podía arreglar lo que fuera.

Pensé en mi apartamento. No en el de Bobby, en el mío, el que tuve antes del Incidente Aterrador. El sofá verde claro, el balcón, los bonitos cojines de la cama. Todas esas preciosidades, guardadas en un guardamuebles de Brookline.

—No te me acerques, perro —dijo Poe—. ¿De verdad va a vivir con nosotras?

—Se llama *Boomer*. Le encantan las personas. —El perro gimió, dándole validez a mis palabras, y le dio un lametón a Poe en la mano. Ella se apartó sin levantar la vista del móvil.

Fui a la cocina. La misma mesa destartalada donde había hecho tantos deberes.

Mi madre se estaba sirviendo una taza de café que se podía cortar con un cuchillo.

—¿Quieres una taza? —me preguntó. El periquito se había posado en un estante. Cerca de la comida.

—¿Es que ese pájaro nunca está en su jaula?

—A veces. Por las noches. Normalmente, revolotea por donde quiere. ¿Café?

—Claro.

Cuando estaba estudiando Medicina, mi madre hizo una de sus «visitas a Boston porque tengo que ver a mi hija» y me dijo que se había comprado un pájaro. *Piolín,* un nombre muy poco original. Le enseñó trucos, como comerse una galletita salada de sus labios o posarse en su cabeza mientras ella bebía café. *Piolín* sabía dar besos, algo que me provocaba escalofríos y pesadillas en las que mi madre tenía una muerte agónica por una encefalitis aviaria. Cuando la llamaba dos veces al mes, solía oír a *Piolín* de fondo, como un cuchillo que arañaba un plato.

Sin embargo, mi madre estaba loquita por el pájaro y, a veces, se echaba a reír mientras me contaba lo listo que era *Piolín,* así que ¿quién era yo para juzgarla?

Mi madre me dejó una taza delante de mí. «Cámara de Comercio de Scupper Island», una taza tan aburrida y poco imaginativa como pocas. Una vez más, me imaginé mis cosas bonitas: mis tazas azules y verdes, empaquetadas, con suerte, en plástico de burbujas. Yo había sido incapaz de encargarme de hacerlo.

Me senté y sentí una punzada de dolor en la rodilla.

—Mamá, ¿tienes una bolsa de hielo?

—¿Te sirve una bolsa de guisantes?

—Mejor todavía.

Sacó una bolsa del congelador y me colocó el pie en una silla libre, antes de ponérmela en la rodilla.

—¿Qué tal?

—De maravilla. Gracias. —Bebí un sorbo del café —solo, porque mi madre no comulgaba con eso de mezclarlo con leche y ni de endulzarlo— e intenté no estremecerme.

Se sentó enfrente.

—Bueno, ¿qué planes tienes, Nora?

—He pensado en quedarme aquí hasta encontrar algo mejor. Y después... En fin, la verdad es que no lo sé.

«Quiero que seamos una familia unida. Echo de menos a Lily. Quiero conocer y querer a Poe. Me atropelló una furgoneta y, según el canal Hallmark, se supone que tengo que volver a casa. Quiero descubrir por qué nos abandonó papá y dónde ha estado todos estos años... Si acaso sigue vivo».

—¿Cuánto falta para que te recuperes?

En realidad, me estaba preguntando cuánto tiempo faltaba para que pudiera irme. *Piolín* graznó, seguramente preguntándose lo mismo, y lo miré con desconfianza.

—Es probable que necesite ayuda un par de semanas.

Mi madre asintió con la cabeza.

—De acuerdo. ¿Y luego? Supongo que volverás a Boston, ¿no?

—He pensado pasar aquí el verano. He pedido una excedencia.

—¿Por qué lo has hecho? ¡Eres médico, Nora!

—Lo sé muy bien. Pero, mamá, por favor... Me ha atropellado una furgoneta. Casi muero.

—Eso no es lo que dijo Bobby.

—Ah, lo siento. ¿Debería haber sufrido más daños en tu opinión? ¿Que me quedara tirada en la calle, inconsciente y maltrecha, no te parece lo suficientemente dramático?

Por un instante, pensé en contarle lo del Incidente Aterrador, pero dudé de que fuera a hacerle mella. Al fin y al cabo, había sobrevivido. ¿Cómo iba a ser tan malo?

—En fin, solo digo que aquí no hay mucho espacio, con eso de que está Poe y demás.

—Alquilaré algo unas semanas, ¿de acuerdo? —Tomé una honda bocanada de aire, me recordé mis propósitos y la nueva forma en la que pensaba afrontar la vida. Iba a ser alegre otra vez, por mis muelas que sí—. Te he echado de menos, mamá. Quiero que pasemos tiempo juntas.

Me di cuenta de que tenía ganas de poner los ojos en blanco, pero se contuvo.

—¿Eso quiere decir que nos vamos a tomar de las manos y a cantar el *Kumbaya*?

—Sí —contesté—. Es mi canción preferida.

Eso le arrancó una sonrisilla.

—Voy a ducharme —le dije—. Y a tomarme una pastilla de hidrocodona.

—No te enganches —me advirtió mi madre.

Se equivocaba de hija con la charla antidrogas.

—Gracias por el consejo.

Me puse de pie, me coloqué la muleta debajo de la axila y me fui, tambaleante, al salón.

—Poe, ¿podrías subirme las maletas?

Mi sobrina tomó una lenta y larguísima bocanada de aire, que procedió a soltar antes de clavar la vista en el techo.

—Claro.

Subí la escalera, escalón a escalón, mientras *Boomer* intentaba ayudarme subiendo y bajando a toda prisa, casi matándome en el proceso. El periquito se lanzó a por mi cabeza, ya fuera para atacarme o para hacerse un nido en mi pelo.

—¡Dios! ¡Largo, *Piolín*! —El periquito pasó volando a toda pastilla y *Boomer* se lanzó a por él—. ¡No, *Boomer*! Quieto. —Lo único que me faltaba, que mi perro se comiera el periquito de mi madre el primer día—. Pájaro no —le dije, y *Boomer* pareció avergonzarse. Por suerte, mi madre llamó a *Piolín,* y ese pajarraco pasó de nuevo a toda pastilla, como atacando a *Boomer,* que en esa ocasión se agachó, antes de entrar en la cocina.

Cuando por fin llegué al piso superior, estaba empapada de sudor y me dolían hasta las pestañas. ¡Dios, las costillas me estaban matando! Y la espalda. Y la dichosa clavícula. Era un dolor andante.

Entré en mi dormitorio. Poe se había quedado con mi antigua cama, a juzgar por las sábanas revueltas. La otra cama, la que fuera de Lily, estaba cubierta de ropa, revistas y maquillaje.

Poe apareció con mis maletas y las soltó en el suelo.

—Vas a tener que despejar la cama —le dije.

—¿Y dónde se supone que voy a meter mis cosas?

—¿En la cómoda? ¿En el armario? ¿En la basura? No lo sé, cariño, pero tengo que dormir ahí. Vamos a intentar llevarnos bien, ¿quieres? Voy a quedarme todo el verano.

—¿Tengo que compartir habitación con mi anciana tía todo el verano? ¿También tengo que ponerte crema en los pies y darte masajes en el hombro?

—Esperaba que me limaras los callos.

—¡Dios!

—Poe, es broma. Y no soy tan vieja, de verdad. Solo tengo treinta y cinco. Alquilaré algo en cuanto pueda valerme por mí misma. Si duermo bien y no me rompo otro hueso al tropezarme con tus cosas, me iré antes. ¿Lo ves? Despejar la cama es algo que nos beneficia a las dos.

—Lo que tú digas.

Me apareció un tic nervioso en el ojo.

—¿Te importa traerme un vaso de agua? —le pedí con voz dulce—. Tengo que tomarme unas pastillas.

Hice hueco en la cama y luego usé la muleta para recoger el bolso mientras Poe entraba en el cuarto de baño. Volvió enseguida con un vaso de cristal un poco opaco lleno de agua que, si no me fallaba la memoria, estaría templada, dado que no había dejado correr el agua.

Y sí, estaba templada, pero la rodilla me estaba matando y el brazo izquierdo me pesaba como si fuera de plomo. Me tragué la pastilla. Poe levantó el bote.

—Ah, de las buenas —dijo—. Nada de genéricos para los médicos, ¿eh? ¿Puedo tomarme una?

—Suelta ese bote y ni se te ocurra tocarlo.

—Era broma. Dios... —Bajó la escalera en tromba.

Boomer se acercó y me acarició la mano con el hocico.

—Tú me quieres, ¿verdad? —le pregunté. Me dio un lametón para confirmar que sí.

El trayecto y el estrés de las lesiones empezaron a pasarme factura. Me tumbé sobre la ropa de Poe y cerré los ojos. Me sorprendí cuando empecé a llorar. Aunque no se lo merecía, echaba de menos a Bobby. Echaba de menos Boston. Echaba de menos a Roseline, el hospital y al doctor Breckenridge, ese encanto de hombre.

Echaba de menos mi antigua vida y mi antiguo yo, cómo eran las cosas antes, cuando Bobby y yo estábamos empezando y cuando la vida parecía perfecta, brillante y pura.

En la isla no me querían. Era bastante posible que volver hubiera sido un espantoso error.

Capítulo 5

La primera semana transcurrió al paso de un caracol reumático. Poe tenía la costumbre de no despertarse por mucho que le sonara la alarma del móvil —una preciosa cancioncilla titulada *Black Dying Rose*, que consistía en unos berridos tan espantosos que el cantante acabaría sufriendo un sangrado varicoso, si no me equivocaba en el diagnóstico—. Por algún motivo que se me escapaba, Poe no se despertaba aterrada, como me sucedía a mí, así que tenía que tirarle mi almohada todas las mañanas.

—¿Qué? ¡Por Dios! —Ese era su saludo habitual. Después, se movía dando tumbos por el dormitorio tirando ropa al suelo, gruñendo y acusándome de haberle cambiado las cosas de sitio, tras lo cual gastaba toda el agua caliente, porque tardaba demasiado en ducharse. Bajaba la escalera haciendo tanto ruido como si fuera el gigante Hagrid, se negaba a desayunar y, después, se metía en el Subaru de mi madre, que la dejaba en el instituto de camino al hotel. Al menos, dejaban a *Boomer* salir antes de irse.

A mi perro le encantaba estar en la isla. Volvía a casa después de pasarse media hora trotando por el bosque, con el pelo lleno de ramitas y hojas. Lo cepillaba lo mejor que podía con el brazo sano y él gruñía de placer, sumido en un trance perruno.

Notaba la mejoría en la rodilla, aunque si apoyaba demasiado el peso en esa pierna, veía las estrellas. La clavícula tardaría más en sanar, pero el dolor había disminuido bastante.

Dormía. Leía. Me vi tres temporadas de *House of Cards*. Me dije que me estaba recuperando de un *shock*, que no era simple pereza. *Piolín* seguía todos mis movimientos y, si no me equivocaba mucho, le soplaba todo lo que hacía a mi madre cuando llegaba por la tarde.

Pero la pereza me estaba sentando de maravilla. También empezaba a sentirme... segura. Desde el Incidente Aterrador, me había esforzado mucho por seguir adelante, sobre todo en lo referente a Bobby. Intenté no ser deprimente, tener algo interesante que decir, dejar el pijama para la hora de irme a la cama, fingir que no me importaba que saliera algunas noches con sus amigos, durante las cuales *Boomer* y yo cerrábamos todas las ventanas con pestillo sin importar el tiempo que hiciera y, para asegurarnos, colocábamos una silla detrás de la puerta.

En la isla, era muy fácil no hacer nada. Estar sola en la casa de mi infancia no me aterrorizaba tanto como estarlo en Boston.

Por las noches, después de cenar algo consistente en «Comida de Subsistencia», *Piolín* se comía unas cuantas miguitas directamente de los labios de mi madre, momento en el que yo intentaba contener las arcadas y no mencionar los patógenos transmitidos por las aves, después yo le preguntaba a Poe si le apetecía jugar al Scrabble, al Manzanas con manzanas o al Monopoly. Sorprendentemente, ella se negaba y se iba al dormitorio para escuchar más música *screamo*. Yo me tomaba una pastilla de hidrocodona a falta de una copa de vino, me colocaba hielo en la rodilla y veía *La ruleta de la suerte* con mi madre. No estaba permitido hablar, aunque sí podíamos gritar la respuesta. Mi madre me ganaba siempre.

La octava noche de mi emocionante nueva vida, *Boomer* y yo estábamos en el sofá, y Bernard, de Duluth, Georgia, por fin logró averiguar el nombre de la «ciudad que nunca duerme», cuatro letras después de que mi madre y yo lo hubiéramos conseguido, y ganó un viaje a Hawái. Mi madre apagó la tele y se fue al despacho, y *Piolín* arrancó a volar desde algún lado y se posó en su cabeza. Puaj.

La diversión había acabado. Decidí buscar compañía y distracción en el ciberespacio.

Mierda. El portátil estaba arriba.

—¿Poe? —dije, intentado hacerme oír por encima de la música—. Cariño, ¿te importaría bajarme el portátil?

Nada. Esperé diez segundos.

—¿Poe?

—¡Ya voy! Te he contestado, por Dios. —Ocho estruendosos pisotones sacudieron la casa mientras bajaba la escalera y después me arrojó literalmente el portátil al regazo.

—Gracias, corazón.

Regresó al dormitorio dando más pisotones.

¿Estaba mal desear darle una patada a una sobrina? Seguramente sí. Me obligué a sonreír, le acaricié las orejas a *Boomer,* respiré hondo para relajarme y me recordé que Poe lo estaba pasando mal. Había llevado una vida difícil desde el principio. Probablemente. Lo cierto era que yo no lo sabía, ¿verdad?

Pero mi hermana estaba en la cárcel, Poe estaba muy lejos de sus amigos y la noche anterior se me había olvidado llevarme una toalla al cuarto de baño, así que me vio metida en la bañera tapada solo con la manopla, una escena que debía de ser la peor pesadilla para una adolescente.

El día menos pensado, me la ganaría, pensé —insertar risas enlatadas—.

Abrí el buzón del correo electrónico. Ah, tenía un mensaje gracioso de Roseline, preguntándome si había visto algún pescador de langostas buenorro —no—, por mi madre, por *Boomer* y por mi sobrina. Había adjuntado una foto suya sonriendo de oreja a oreja mientras sostenía una muñeca de vudú que representaba a Bobby. Estaba claro que era Bobby porque llevaba el uniforme del hospital y una mascarilla, y porque había escrito su nombre en la camisa. Estaba cubierto de alfileres, ¡qué bonito! Su nota rezaba:

> *¡Tienes el apoyo de mis ancestros! Bobby va a acabar con una diarrea explosiva en cuestión de segundos.*

Resoplé y tecleé:

> *¡Oh! ¡Eres la mejor! Además, Harvard quiere que devuelva el grado. Todo bien por aquí. ¡Me he enamorado de la hidrocodona! El pájaro de mi madre intenta matarme. Envía ayuda.*

Empecé a escribir más cosas, pero me di cuenta de que no tenía mucho que contarle. La verdad sobre mi madre y Poe la preocuparía. Sería algo como: «¡Apenas hablamos, pero me soportan como pueden!». Además, a esas alturas yo me mantenía impasible ante la adversidad. No protestaba ni me quejaba, porque no había acabado dejando una mancha en la calzada y un ramo de flores para señalar el lugar de mi muerte. ¡Estaba viva! ¡Bien! Además, solo llevaba una semana en la isla, más un día. Así que le pregunté sobre Amir y su vida de casada, y si tenía alguna anécdota divertida de los últimos partos que había asistido.

Se oyó el sonido que anunciaba la llegada de un nuevo mensaje de correo... Era de Bobby.

> *Hola. Te echo de menos. Este sitio parece demasiado grande sin ti y sin Boomer. ¿Estás bien? ¿Estás haciendo los ejercicios de rehabilitación? ¿Duermes bien? A lo mejor podemos hablar mañana.*
>
> BOBBY

¡Ostras! Quería oír su voz, pero no quería oírla. ¿Estaría saliendo ya con Jabrielle? ¿Por qué decía que me echaba de menos? Esperaba que lo hiciera. Me alegraba mucho que lo hiciera. Deseé que estuviera sufriendo y que tuviera un episodio explosivo de diarrea.

Pero no. Me había convertido en una persona mejor. Por lo cerca que había estado de la muerte y tal. Así que respondí:

> *¡Estoy bien! A Boomer le encanta la isla y casi todos los días descubre un bicho muerto que traer a casa. Me encuentro mucho mejor y estoy disfrutando a tope del tiempo que paso con mi sobrina. ¡Es estupenda! (Mentira, todo mentira). Boomer también te echa de menos (Verdad). Mi madre te manda recuerdos (Mentira). Sí, llámame mañana. He quedado para cenar (con Poe y con mi madre, para disfrutar de su comida de subsistencia), pero tengo toda la tarde libre.*

Y lo envié.

Parecía haber pasado mucho tiempo desde que Bobby y yo fuimos aquella pareja. La pareja con los collarines que vi en Urgencias. Sí, de acuerdo, no era la imagen más romántica del mundo, pero tú ya me entiendes. Aquella pareja que parecía conectada por una vibrante energía. Cuyo amor hacía que la gente desapareciera y que se sintieran como si fueran los únicos seres humanos del mundo.

«Nora, te dejó después de que te atropellaran», me recordó mi mitad más inteligente.

Era muy probable que no me llamara al día siguiente. La historia podía servirle de referente, tendría un paciente o un colega que lo necesitaría.

Suspiré. Después, miré en dirección al despacho, donde mi madre seguía trabajando. Abrí la página de Google y tecleé las mismas palabras que había tecleado cientos de veces antes.

«William Stuart, Maine, obituario». *Piolín* trinó en el despacho, asumiendo el papel del cuervo de Edgar Allan Poe. *Boomer* gimió. *Piolín* le había dado un picotazo unos días antes en la cabeza y, desde entonces, lo tenía aterrado. De tal dueña, tal perro.

Por algún extraño motivo, mi padre no tenía un segundo nombre, algo que Lily y yo habíamos intentado remediar. Desde Sepo, como el protagonista del cuento que leíamos de pequeñas, *Sapo y Sepo son amigos,* hasta Denzel, por Denzel Washington. Habría sido útil a la hora de seguirle la pista, seguro.

Había muchos William Stuart muertos, muchos Bill y muchos Will. Pero sus fechas de nacimiento no encajaban con la de mi padre.

En esa ocasión, tampoco lo encontré. Si mi padre estaba muerto, no podría averiguarlo de ninguna manera.

Allí sentada, en la casa donde en otra época me sentí tan querida y segura, me resultaba difícil creer que mi padre jamás hubiera regresado.

Que nunca hubiera llamado.

Pero tal vez en ese momento, después de haber regresado a la isla, podía descubrir lo que había sucedido.

Capítulo 6

En mi novena noche de convaleciente, mi madre nos dijo a Poe y a mí que nos fuéramos de la casa.

—Tengo que hacer una cosa —anunció—. ¿No podéis ir a tomar un helado o algo?

—Estoy lesionada —protesté—. Y acabo de tomarme una pastilla de hidrocodona, no puedo conducir. —Además, estaban poniendo *Juego de Tronos* y, como cualquier espectadora que se preciara, estaba enamorada de Jon Nieve.

—Pues id a vuestro dormitorio y cerrad la puerta.

—Ya soy mayorcita para que me mandes a mi habitación.

—Hazme caso, te conviene irte —me aseguró Poe.

—¿Por qué?

—Es trabajo —contestó mi madre. Pero estaba colorada.

Eso sí que era raro. Mi madre nunca se ponía colorada. En la vida. Nada la avergonzaba. Una vez, cuando estaba en el instituto y mi madre se encontraba en las puertas de una menopausia especialmente desagradable —o perimenopausia, para ser más exactos—, sangró tanto en el supermercado que dejó un reguero rojo a su paso. Abrió un paquete de servilletas de papel, lo limpió todo y añadió un paquete de pañales para adultos al carrito de la compra. Ni pestañeó.

Así que verla colorada en ese momento... ¿Sería por una de esas reuniones de juguetes eróticos?

—¿Qué clase de trabajo? —le pregunté.

—Es un proyecto nuevo —contestó ella, y metió a *Piolín* en su jaula. Algo bueno, al menos.

—¿Qué clase de proyecto nuevo?

—Nora, vete a tu habitación —masculló mi madre.

—Es abrazoterapia —explicó Poe.

Resoplé. Nadie esbozó una sonrisilla siquiera.

—¿De verdad? —No me respondieron—. Mamá, si necesitas un abrazo, aquí me tienes. —Intenté recordar la última vez que nos abrazamos. No lo conseguí.

—Yo doy abrazos, Nora. No los recibo.

—¿En serio?

—La gente paga por recibirlos —añadió Poe.

—¿Como la prostitución?

Mi madre frunció el ceño.

—Es una terapia reconocida...

—¿Por quién?

—... y la gente da pena y pagaría por cualquier cosa —terminó mi madre.

—Qué bonito.

—A veces, se echan una siesta aquí.

—¿Me tomas el pelo?

—Tú cierra la boca y sube a tu habitación. Y llévate a tu perro contigo.

—¿No lo quieres para hacer terapia de mascotas? Que, por cierto, sí es una terapia reconocida.

—Nora, largo.

Miré a Poe, quien, por una vez, estableció contacto visual.

—¿Se convierte en una estatua de sal cuando alguien la toca? —pregunté.

—¡Largo! —gritó mi madre, con la cara más colorada si cabía.

Boomer corrió escaleras arriba y luego abajo, y luego arriba de nuevo, mientras yo subía como podía los escalones. En vez de irme a mi habitación, me detuve.

—Vamos a espiar —sugerí.

—Es asqueroso —dijo Poe.

—Mejor todavía.

Me planté a un lado de la escalera, donde no podían verme, pero desde donde yo sí podía ver. Poe entró en nuestra habitación y salió con el puf de terciopelo rosa, se sentó y, después, me miró. Suspiró, se levantó y empujó el puf hacia mí.

—Eres una cría estupenda —le susurré.

Ella puso los ojos en blanco.

—¿Tu abuela hace esto todas las semanas? —le pregunté.

—Solo durante el último mes.

Unos minutos después, alguien llamó a la puerta.

—Hola, Hazel —saludó mi madre—. Bob. John —añadió, alargando las vocales de los dos nombres.

¿Quiénes eran Bob y John? Eché un vistacillo. ¡La leche! Había ocho o nueve personas. ¡Para recibir abrazos! ¡De mi madre!

—¿Cuánto cobra? —le pregunté a Poe.

—Veinte pavos —susurró ella. Casi sonrió.

¿Mi madre estaba a punto de ganar casi doscientos dólares dando abrazos? Ostras. A lo mejor había dado con un filón.

—Bienvenidos todos —dijo mi madre.

¡Madre del amor hermoso, allí estaba Amy, que había salido con Sullivan Fletcher durante el instituto! ¿Necesitaba un abrazo de mi madre? Y la señora Downs, que era el mejor ejemplo de alguien que tenía cara de mala leche perpetua. Estaba preocupada por mi madre. La señora Downs parecía de las que podrían arrancarle a mordiscos la cabeza a un osezno y comérsela. El señor Dobbins era el alcalde de Scupper Island desde hacía veinte años. Y viudo, si no me fallaba la memoria.

Se me ocurrió algo.

Mi madre necesitaba un hombre.

—¿La abuela tiene a alguien especial? —le pregunté a Poe en un susurro.

—¿El qué?

—Un novio.

—Ay, Dios, Nora. No.

—Creo que deberíamos buscarle uno.

El móvil de Poe vibró y ella se levantó para entrar en la habitación, cuya puerta cerró. Supuse que no íbamos a estrechar lazos riéndonos de la abrazoterapia.

Suspiré y luego me concentré en la planta baja. Ese era el lugar desde el que Lily y yo espiábamos en Nochebuena, a la espera de que Papá Noel apareciera. Nunca conseguimos mantenernos despiertas.

El anhelo abrumador de tener a mi hermana al lado me asaltó y me dejó sin respiración. Mi delgaducha hermana menor, de tez de alabastro y ojazos azules, que siempre era tan cariñosa, que siempre me tocaba... que se acurrucaba a mi lado, me tomaba de la mano o me echaba el brazo por encima de los hombros, mientras su voz dulce y apacible hacía que el corazón se me hinchase en el pecho.

Lily. Mi florecilla.

¿Cómo habíamos perdido esa conexión? ¿Cuántos años llevábamos sin estar unidas?

Mi madre empezó a hablar y me sacó de los recuerdos.

—En fin, habéis venido todos por la abrazoterapia, así que empecemos. —El acento de mi madre se hizo más evidente—. Amy, preciosa, ven aquí. —Vi unas piernas delgadas cubiertas por unos *jeans* ceñidos y unas bailarinas que se acercaban a las resistentes zapatillas de mi madre. Ladeé la cabeza, y sentí que el dolor me atravesaba la clavícula como un cuchillo, pero tenía que verlo todo.

Sí. Mi madre estaba abrazando a otro ser humano. Y fue un abrazo largo.

—Eres una buena persona —dijo mi madre—. Eres una buena muchacha.

En realidad, Amy había sido una víbora de cuidado, la Reina de las Cheetos, que había convertido la vida de la hija de mi madre en un infierno, pero qué más daba. A lo mejor la gente cambiaba. Seguramente no, pero nunca se sabe.

Seguían abrazándose. Amy estaba recibiendo más afecto en ese abrazo del que yo había recibido de mi madre en veinte años. ¿Estaba celosa? Y tanto que lo estaba.

—¿A qué juega? —le pregunté al perro. Él tampoco lo sabía.

Mi madre la soltó y Amy sorbió por la nariz antes de perderse en la cocina.

A continuación, le tocó al señor Dobbins.

—Bob. Eres un buen hombre. Tienes un corazón que no te cabe en el pecho. —Él se inclinó para abrazar a mi madre, y ella le devolvió el abrazo con ternura, con firmeza.

Me estaba acojonando mucho. A lo mejor era por la pastilla. A lo mejor podía aflojar veinte pavos para que también me abrazase.

Miré a *Boomer,* que agachó la cabeza para lamerme la mano. No. ¿Quién necesitaba una madre cuando tenía la versión masculina de Nana, de *Peter Pan*? Estaba segurísima de que, en algún lugar, el manual de instrucciones de cómo ser madre decía que los hijos no tenían que sobornarte para que los abrazaras.

Mi madre fue pasando de una persona a otra, abrazándola y diciéndole cosas bonitas. Me saqué el móvil del bolsillo y le mandé un mensaje de texto a Roseline, diciéndole que o estaba alucinando por los calmantes o mi madre estaba dando abrazos en nuestro salón por veinte pavos cada uno.

Sin vídeo no es verdad.

Eso me respondió.

El señor Dobbins pidió otro abrazo.

Sí. A mi madre le hacía falta un hombre. Estaba más claro que el agua. A lo mejor esto también era por ella. Después de tantos años sola... —Hola, sentimiento de culpa, ¿dónde te habías metido?—. Y dado que yo iba a pasar el verano en la isla, bien podría buscarle a alguien. A ver, ¿por qué no? Le mandé otro mensaje de texto a Roseline.

Yo: *Voy a buscarle novio a mi madre.*
Ella: *No te precipites mientras tomas calmantes. Vuelve a la cama.*

Estaba muy mareada, sí. Y aunque quería ver cómo mi madre arropaba a otras personas en nuestro viejo sofá y en nuestros sillones, también sabía que estaba demasiado celosa para mirar.

Capítulo 7

El día posterior a la abrazoterapia, salí a dar un paseíto con mi muleta, tal como hacía todos los días, y cada vez llegaba más lejos. El sol brillaba con fuerza y picaba bastante, las copas de los robles estaban cuajadas de yemas verdes y el aire salino llenaba mis pulmones y despertaba ciertas partes de mi alma de las que me había olvidado. Sí, Boston estaba en la costa, pero no era como Scupper Island. En la isla, el aire era limpio y estaba lleno de olores, a veces con la promesa de la lluvia, a veces con el del tabaco de pipa, seguramente de Burke Hollawell, un pescador de langostas de mi infancia... ¿Podría ser una posibilidad para mi madre? La semana anterior, el aire olía a moras. Alguien acababa de sacar una tarta de moras del horno. Y siempre, siempre, olía a pino.

Cojeé hasta llegar a una piedra en la playa y me senté para recuperar el aliento. *Boomer* llegó corriendo, con su sonrisa perruna, y dejó una piña a mis pies.

—¡Muy bien! —exclamé y se la lancé. Él salió corriendo, se olvidó de su misión y se puso a perseguir una ardilla, que acabó trepando a un pino.

Me quité la mochila de los hombros, saqué la botella de agua y bebí. Después, saqué un cuaderno y un bolígrafo, y empecé una carta para mi hermana.

> *Querida Lily:*
> *Espero que todo te vaya bien. No sé si mamá y Poe te lo han contado, pero he vuelto a la isla durante una temporada por culpa de un accidente de nada. Poe y yo compartimos nuestro antiguo dormitorio. Has hecho un trabajo magnífico con ella. Es maravillosa y muy lista, y me encanta hablar con ella.*

En fin, eso era mentira. Arranqué la hoja, la arrugué y la metí en la mochila.

Querida Lily:
Estoy pasando una temporada en la isla, y quiero que sepas que intentaré echarle un ojo a Poe. Aunque dejaste de responder a mis mensajes de correo electrónico, a mis mensajes de texto y a mis cartas, te sigo queriendo e intentaré ayudar a Poe en todo lo que pueda.

Demasiada superioridad, con un toque de sano rencor. Arrugué el papel.

Querida Lily:
Seguro que no adivinas dónde estoy sentada ahora mismo. En Lookout Rock. Estoy pasando una temporada en Scupper Island, seguramente estaré aquí un par de meses. He pedido una excedencia en el trabajo después de acabar lesionada por un accidente. Aquí todo sigue igual. El pájaro de mamá intenta matarme. Me resulta un poco espeluznante el amor que se profesan.
Acaba de aparecer un cormorán justo delante de mí y no ha tardado nada en sumergirse otra vez en el agua. El mar está picado hoy y las olas hacen mucho ruido al romper contra las rocas.
Mamá y Poe están bien. Espero que tú también lo estés.

Te quiere,
NORA

Esa sí podía enviarla. Al menos, ya tenía una dirección donde hacerlo. A la cárcel de mujeres del Estado de Washington.

Por motivos desconocidos, mi hermana se había distanciado de mí hacía mucho tiempo. Sí, yo no era la alegría de la huerta después de que mi padre se fuera, pero ella tampoco. ¿Por qué no nos unimos más después de su abandono? Bien sabe Dios que yo lo quise. Pero que dos hermanas no se llevaran bien no era nada nuevo. Estaba el tema de la hermana fea y la hermana guapa, por supuesto. El tema de la gorda y la delgada. El hecho de que yo conseguí salir de la isla y labrarme un futuro mejor mientras que ella se fue para... en fin, para ser madre soltera, vivir casi en la pobreza y acabar en la cárcel.

Tuvo a Poe. Durante las contadas visitas que me permitió hacerle, fui testigo del amor que mi hermana sentía por su hija.

Esa noche, una vez que Poe y yo nos acostamos, decidí lanzarme. Era una noche fría y oscura, pero despejada. A través de la claraboya, veía un trozo de la reluciente Vía Láctea.

—¿Has hablado con tu madre últimamente? —le pregunté.

Poe tardó un minuto en contestarme.

—¿Y a ti qué te importa?

—Quiero saber cómo está.

—Está bien. —Poe se dio media vuelta y se colocó mirando hacia la pared.

—Si alguna vez quieres hablar del tema, estoy aquí, cariño.

Ella murmuró algo.

—¿Qué has dicho?

—Que no necesito hablar contigo —contestó, pronunciando las palabras con claridad, en voz alta, como si estuviera dirigiéndose a una habitación llena de bobalicones medio sordos—. Aunque mis circunstancias son difíciles, estoy centrada.

—Eso es fantástico —repliqué—. Me alegro. —Tomé una honda bocanada de aire sin apartar la mirada de las estrellas—. Tu madre y yo estuvimos muy unidas en otra época.

—Lo que tú digas.

—La quería más que a nadie.

—Me alegro por ella.

—Y también te quiero a ti, pase lo que pase. Me encantaría que estuviéramos más unidas y...

—¿Puedes callarte ya? Estoy intentando dormirme.

Extendí un brazo para acariciar a *Boomer,* que dormía a mi lado, en el suelo porque los dos no cabíamos en la cama. Empezó a mover el rabo para hacerme saber que me quería. «Señor, dame fuerzas para no soltarle a mi sobrina que es insoportable», supliqué en silencio.

—Buenas noches, Poe. Que duermas bien —dije en voz alta.

Llevaba ya dos semanas en Scupper Island cuando mi madre me preguntó que si quería algo del pueblo. Era sábado, el día que hacía la compra.

—¿Puedo acompañarte? ¿Por favor? ¿Sí?

—Claro, pero solo si te tranquilizas. —Le dio un beso a *Piolín* en el pico, lo que me hizo contener un grito, y se alejó hacia la escalera—. Poe, ¿necesitas algo?

—No.

—Mándame un mensaje si te acuerdas de algo.

No hubo réplica.

—Dame un momento —le dije a mi madre—. Necesito peinarme. —Y cambiarme de ropa, y maquillarme. Seguro que me encontraba con algún conocido.

Media hora después, estaba limpia, reluciente y lista para salir.

—Ve a ver a Poe —le dije a mi perro. Con el tiempo, sabía que la conquistaría. Me obedeció y subió la escalera a toda pastilla, porque era un genio.

A esas alturas, ya solo llevaba una vieja rodillera de compresión, que hacía un bulto feísimo debajo del pantalón, pero que era una mejora considerable si se comparaba con la de inmovilización. Mi madre me esperaba en la puerta, con gesto avinagrado y los brazos cruzados por delante del pecho.

Entramos en el pueblo mientras ella refunfuñaba sobre la multitud que habría ya de compras, porque eran las diez de la mañana. La «multitud» a la que se refería estaría compuesta por seis personas como mucho.

Nos detuvimos en el aparcamiento de la tienda.

—Creo que voy a dar un paseo, si te parece bien —le dije.

—Como prefieras.

—A ver, voy a darte dinero para la comida. —Saqué el monedero.

—Guárdalo.

—Mamá, tengo un buen sueldo. Déjame ayudarte.

Me miró con el gesto torcido y apagó el motor.

—Nora, puedo permitirme poner comida en la mesa.

—Bueno, pues ahora tienes una boca más que alimentar y...

Mi madre se bajó del Subaru y se alejó mientras las bolsas de loneta se agitaban, indignadas.

—¡Gracias! —le grité. No volvió la vista atrás.

Definitivamente, tendría que buscar algo que alquilar, y rápido. Si no, pronto correría la sangre. Detestaba usar expresiones como «matanza», pero entre Poe hablando por teléfono a las tres de la madrugada y, después, gastando toda el agua caliente, y la negativa de mi madre a mantener una conversación de más de dos frases, empezaba a sentir un leve instinto asesino.

Conseguí salir del Subaru como pude. La tienda de Sammy estaba detrás de la calle Main, el corazón del pueblo, y seguramente había llegado el momento de que empezara a andar sin muleta.

Ya sabes, no quería parecer patética. Bastante malo era lo de la cojera.

Despacio y con cuidado, subí cojeando la pequeña cuesta. Estábamos a finales de abril, y durante los años que había estado lejos de la isla, habían plantado manzanos silvestres en la calle Main. Todavía estaban pensándose lo de florecer y sus ramas estaban cubiertas de brotes rosas. Uno de los restaurantes, Stone Cellar, tenía jardineras en las ventanas, cuajadas de pensamientos. Eché un vistazo al interior. Vigas de madera, suelo oscuro, una barra decente. Anda, y estaba abierto los fines de semana, aunque fuera temporada baja. Qué detalle. Solo Red's, el bar frecuentado por los más bebedores, abría durante todo el año cuando yo era pequeña.

Me detuve en la esquina. El edificio de tejas grises era, qué oportuno, una inmobiliaria y tenía las ventanas llenas de fotos de casas.

Había llegado la hora de independizarse y tal.

De repente, pensé en Bobby. Lo echaba tanto de menos que su ausencia fue como si me rodeara una manta de plomo cuyo peso me arrastrara hasta el suelo. El otro día me llamó, a las dos y cuarto de la tarde, y se me saltaron las lágrimas al oír su voz. Charlamos con tranquilidad y cariño, le pregunté por el trabajo, y luego hablamos de cómo nos encontrábamos. Nos escuchamos respirar y fue... agradable.

Si estaba saliendo con Jabrielle, ni siquiera lo comentó.

En un momento de mi vida, me imaginé que me casaría con Bobby. Antes de que empezáramos a salir y después de empezar incluso, no me imaginaba a nadie tan perfecto para mí como él. ¡Nos lo pasábamos fenomenal! La vida parecía maravillosa a todas horas.

Y, después, pasó el Incidente Aterrador, pero incluso entonces me demostró lo maravilloso que era. Unos tres meses después del IA, me dijo como si nada: «Cuando lo hagamos oficial, un día de estos...». El comentario me hizo tan feliz que casi empecé a flotar. Se lo dije a Roseline, que ya estaba comprometida, y me llevó a una tienda elegante de vestidos de novia donde ella se había comprado el suyo, y nos pasamos una hora jugando a vestirnos de novia.

Y, en ese momento de mi vida, estaba buscando casa para independizarme en mi pueblo natal, al que nunca quise regresar.

Por lo menos, no me veía obligada a recordar buenos tiempos con Bobby aquí. Porque nunca había venido a la isla. Yo no se lo había permitido. Ni siquiera había venido yo, y siempre insistí en que mi madre fuera a Boston, algo que ella hacía con estoicismo, sin montar el pollo, y sin prolongar su estancia más de un día.

El hombre que estaba trabajando en la inmobiliaria me vio en una de las ventanas y abrió la puerta.

—¿Puedo ayudarla? —me preguntó.

—Quiero alquilar una casa para un par de meses —contesté. «Hasta que vuelva Lily. Hasta que pueda solucionar las cosas», añadí para mis adentros.

—¡Pase! —me dijo con tal alegría que supe que no era isleño—. Soy Jim Ivansky. Tenemos muchas propiedades para alquilar. ¿Qué la trae por Scupper Island?

Le respondí, le hablé de *Boomer* y él sonrió y sonrió, como buen vendedor de casas que era.

—Tenemos varios sitios estupendos. Como va alquilar durante la temporada alta, los precios subirán una vez que pase el Día de los Caídos, pero estoy seguro de que podremos encontrarle algo.

Las primeras casas que me propuso fueron los casoplones de los ricos que llegaban en verano. Cinco dormitorios, seis cuartos de baño, en primera línea y con embarcadero.

—Solo somos mi perro y yo —le recordé e hice una pausa—. A lo mejor una casa de dos dormitorios, por si mi sobrina quiere quedarse conmigo alguna vez.

Él ojeó el listado de propiedades.

—¿Y esto? —me preguntó al tiempo que giraba el monitor del ordenador para que yo lo viera. Era la casa de los Krazinski, un edificio de una sola planta sin pena ni gloria, situado en la Ruta 12, la casa más cercana a la de mi madre. Me pregunté por qué estaba desocupada. Las fotos del interior mostraban un lugar anodino y un poco ajado; y una cocina que no renovaban desde la década de los setenta, a juzgar por los electrodomésticos de color amarillo.

—¿No tiene algo con un poco más de... personalidad? —le pregunté, sintiéndome un poco culpable. Lizzy Krazinski, o Lizzy Krizzy tal como la conocíamos, era un año más pequeña que yo. Íbamos juntas al colegio en el autobús. Era buena persona, Lizzy.

—Entiendo a lo que se refiere —me dijo Jim, que siguió bajando por el listado de propiedades. Al parecer, era un casoplón o una casa espantosa.

—Ah, espere un momento, ¿y esa? —le pregunté.

—¿Esta? Es una casa flotante.

—¿En Maine? ¿Con lo agresivo que es el océano?

—Sí, pero está en Oberon Cove —contestó Jim—. Un ricachón cortito de mente la mandó construir en WoodenBoat y después compró casi todo Oberon Cove, construyó un bonito embarcadero y la instaló allí. Que yo sepa, ni siquiera ha vivido en ella todavía. Es uno de esos hombres que tiene casas por todo el mundo.

—¿Cree que la alquilaría? —le pregunté.

—No está en venta. La tengo en el listado de propiedades por las exenciones fiscales. Formo parte del comité de tasación del pueblo. Déjeme llamarlo. Creo que está en Nueva Zelanda, de excursión espiritual.

—Claro. —Sonreí. Los ricachones cortitos de mente hacían ese tipo de cosas.

Jim marcó una ristra de números y, oh, milagro, el hombre contestó la llamada.

—Collier, soy Jim Ivansky, de Island Real Estate. Tengo a una mujer preciosa aquí delante que se ha enamorado de tu casa flotante. —Activó el manos libres del teléfono—. Te presento a Nora Stuart. Nora, este es Collier Rhodes.

—¡Hola! —lo saludé con mi voz más simpática—. Encantada de hablar con usted. Jim tiene razón, ¡me he enamorado de su casa! ¡Es increíble!

—¡Muchas gracias! —replicó él—. Así que está buscando refugio e inspiración, ¿no es así?

Más bien no, pero...

—¡Exacto! —Le conté que había vuelto a casa después de haber sufrido un accidente, le dije que no podía resistirme a la llamada del mar, a la belleza agreste de Maine—. Me preguntaba si podría alquilármela. Es tan bonita que la cuidaría como si fuera mía. Tiene algo que me atrae.

—La entiendo. Ha regresado a sus raíces y quiere tomarse un tiempo para respirar ese poder cósmico que le ha salvado la vida. Lo entiendo perfectamente. Será un honor alquilársela. ¿Sabe qué? Ni siquiera tiene que pagarme.

Jim dio un respingo. Adiós a su comisión.

—No, no —repliqué—. Estoy encantada de pagarle el alquiler.

—De acuerdo. Lo respeto. Muy bien. Dejaré que Jim se ocupe de los detalles. *Namasté*, Nora Stuart. —Y colgó.

—Ay, estos genios de la tecnología —comenté, y Jim se echó a reír.

Diez minutos más tarde, la casa flotante era mía hasta mediados de septiembre, aunque planeaba regresar a Boston en agosto. A lo mejor a Poe y a Lily les gustaría quedarse en ella una vez que mi hermana saliera de la cárcel. Entretanto, era toda mía. Incluso estaba amueblada. Estaba deseando verla. A lo mejor mi madre y Poe querían venir conmigo. O tal vez no.

A *Boomer* le encantaría, estaba segura.

Salí de la inmobiliaria con las llaves en la mano y enfilé la calle, sintiéndome muy satisfecha conmigo misma. Ya no tendría que soportar las miradas maliciosas de *Piolín*.

Viviría sola de nuevo. La primera vez desde el IA.

El corazón empezó a latirme a toda pastilla, como si tuviera un colibrí atrapado en el pecho y aleteara frenéticamente intentando salir por algún lado. Tenía la boca seca y me sudaban las manos.

No me pasaría nada. Todo saldría bien. Tenía a *Boomer*. Y estaba en Scupper Island. Un lugar muy seguro.

Mierda. No podría hacerlo. Tendría que seguir viviendo con mi madre. Ella no me echaría. Me di media vuelta para regresar a la inmobiliaria, pero me lo pensé mejor.

No. Ahora o nunca. No más grises. No más miedos. Además, cuando Lily volviera, podría quedarse conmigo.

—Hora de comerse un donut —murmuré. Respiré hondo y solté el aire despacio. La pastelería de Lala estaba cuatro tiendas más allá de donde yo me había parado. Me vendría bien un chute de azúcar, ya que mi madre no creía en las bondades del postre, porque lo veía como una debilidad tal y como lo veían sus antepasados calvinistas antes que ella. Pobre. A ver, que sí, que yo era médico y creía en los principios de la nutrición saludable, pero también era una criatura con sentimientos.

Sí. Me había relajado solo con pensar en un donut. Me sentía más tranquila.

—Permíteme abrirte la puerta —dijo un hombre mayor, que se acercaba con un periódico debajo del brazo. El señor Carver, que hacía trabajos de mantenimiento para los turistas. Abría sus casas, cortaba la hierba del jardín, les hacía saber si se caía algún árbol durante el invierno...

Mi padre le echaba una mano de vez en cuando.

—Hola, señor Carver —lo saludé.

—Ah, hola, jovencita.

—Nora Stuart. La hija de Bill y Sharon. —Miré su mano izquierda. Casado y, por tanto, descartado como posible novio de mi madre.

—¿Ah, sí? Madre del amor hermoso, qué grande te has puesto. Que tengas un buen día. —Me sonrió y se marchó.

No todo el mundo me odiaba. Me alegró descubrirlo.

—Oiga, señor Carver —lo llamé, y eché a andar despacio tras él—. ¿Me disculpa un momento?

—Claro. —Llevaba un humeante vaso de café en la mano.

—Mmm... —Era bochornoso tener que preguntarle algo tan personal a alguien a quien llevaba veinte años sin ver—. ¿Recuerda usted a mi padre, señor Carver?

—Por supuesto. Un buen hombre.

—¿Ha sabido algo de él? ¿Después de que se fuera de la isla? —«Porque no se ha molestado en ponerse en contacto conmigo». Sentí que me ardía la cara por la vergüenza.

—Pues que yo recuerde no, preciosa. —Hizo memoria unos segundos—. No, qué va. —Sus desvaídos ojos azules me miraban con tanta ternura que tuve que apartar la vista.

—No, supongo que era hilar demasiado fino. Pero gracias.

—De nada. Me alegro de verte.

Bueno. Pues había levantado la primera piedra y no había encontrado nada debajo. No era exactamente una sorpresa, pero... en fin.

El ambiente húmedo y dulzón de la pastelería de Lala fue como un abrazo que me hacía mucha falta.

Había una mujer con tres niños pequeños haciendo cola. Los dos mayores estaban en silencio, entretenidos con sus móviles, con las cabezas gachas en esa pose que decía a voz en grito: «No me molestes, estoy muerto por dentro». El más pequeño, que tenía unos seis años, un niño rubio que llevaba un plumífero, le dio un tirón a su madre de la mano.

—Quiero una galleta —dijo.

—No voy a comprarte una galleta. Ya te lo he dicho. —La mujer se colocó mejor la correa del bolso y suspiró.

El niño hizo un mohín y me pilló mirándolo.

—¿Qué te ha pasado? —me preguntó al ver el cabestrillo.

—No miré al cruzar la calle y me atropellaron —contesté—. Así que asegúrate de mirar siempre a un lado y a otro, y ve siempre de la mano de un adulto.

La madre volvió la cabeza para mirarme.

Era Darby Dennings, amiga de Amy Beckeman, la Reina de las Cheetos, la buscadora de abrazos. Era sorprendente la rapidez con la que reconocía a las personas, como si no hubiera pasado quince años fuera.

—Perdona si te está molestando —me dijo con una sonrisa. Sus ojos me recorrieron de arriba abajo, fijándose en mis lesiones y se detuvieron en mi bolso—. Qué bonito es —comentó—. ¿Te importa decirme dónde lo has comprado?

—Ah... mmm... Creo que fue en...

Lo compré en una boutique muy cara de la calle Newbury, después de que me contratara la compañía médica Boston Gastroenterology Associates. Roseline, que padecía de una adicción a las compras muy seria, creía que toda mujer necesitaba un bolso que fuera carísimo. Y nos fuimos a comprarlo, las dos un poco de subidón por culpa de los sueldos que acabábamos de cobrar, y nos decidimos por ese, marrón y de una piel tan suave que daban ganas de achucharlo.

Me había costado tanto que todavía me avergonzaba y me emocionaba al mismo tiempo.

—Lo compré en T.J. Maxx —contesté.

—Tienen unas cosas monísimas —comentó ella—. ¿En la tienda de Portland?

—En Boston.

—¿Eres de allí? —Ni siquiera me había reconocido, según me decían sus ojos.

—¡Mamá, quiero una galleta!

Ella hizo caso omiso del niño y siguió sonriéndome. Durante un satisfactorio segundo me vi a mí misma a través de sus ojos. Sí, llevaba cabestrillo. Pero tenía el pelo lustroso porque me había pasado la plancha y había usado acondicionador para alisarlo. El maquillaje era de Chanel. Llevaba un jersey de cachemira de color azul, unos *jeans* Lucky Brand y unas bailarinas de piel de Kate Spade.

—Soy de aquí —respondí—. Nora Stuart. ¿Cómo estás, Darby?

Se quedó boquiabierta y su expresión pasó de agradable a mortificada, hasta que dejó de sonreír.

—En fin, ostras.

—¿Son tus hijos?

—Ajá. Eh, Matthew, Kaylee y Jordan.

—Hola, niños —los saludé—. Fui al colegio con vuestra madre.

Los niños no replicaron, ni reaccionaron, ni me hicieron el menor caso.

—Has adelgazado. Por Dios. Ni siquiera te había reconocido. —Entrecerró los ojos y me miró como si la estuviera engañando.

—Darby, ¿qué te pongo? —le preguntó Lala.

En ese momento, se abrió la puerta y entró una bocanada de aire frío junto con un hombre muy apuesto.

Darby lo miró.

—Hola, Sully.

Por Dios. Sullivan Fletcher. El hermano mellizo de Luke Fletcher, el rey del instituto. Por un instante, me flaqueó la rodilla mala.

Él me miró de arriba abajo al verme.

—¡Nora! Hola. ¿Cómo estás? —No sonrió, aunque tampoco frunció el ceño.

—Hola —susurré—. Bien, gracias, Sullivan. Mmm... ¿Y tú?

Parecía estar bien, menos mal. Nunca supe qué le pasó exactamente en aquel accidente de tráfico durante el último año de instituto, pero sí sabía que tuvo una lesión cerebral. Recordaba haber oído que esperaban que se recuperara, pero ese tipo de comentarios son difíciles de interpretar.

Los años habían sido amables con Sullivan Fletcher. En el pasado, fue un muchacho normal y corriente, de pelo y ojos castaños. La edad le había otorgado personalidad. Su cara había perdido la suavidad de la juventud y le había acentuado los pómulos y el mentón. Pelo rizado, un tanto descuidado. Era alto, pasaría del metro noventa y cinco, delgado y... en fin, interesante.

Y era normal. Después del subidón de adrenalina, llegó el alivio. Aquellas palabras, traumatismo craneoencefálico, me habían perseguido desde entonces. Cada vez que llegaba un caso de traumatismo craneoencefálico a Urgencias mientras hacía la residencia, me acordaba de Sullivan Fletcher.

Pero allí estaba, tan sano y tan... en fin... Tan bien.

Tan estupendo, mejor dicho. El alivio me dejó la boca seca.

—Me habían dicho que habías vuelto —comentó.

—Sí. Aquí estoy. —Qué réplica más ingeniosa la mía...

Me pregunté cómo estaría Luke. En el pasado, estuve enamorada del mellizo de Sullivan Fletcher, hasta que el amor se transformó en odio.

—Darby, ¿qué te pongo? No tengo todo el día —dijo Lala.

—Un pan de centeno. Por Dios. ¿No es lo que me llevo siempre?

—¡Mamá, quiero una galleta! —insistió el niño. Los otros seguían mirando sus móviles.

Lala rebanó el pan, lo metió en una bolsa y se lo dio a Darby al tiempo que agarraba el dinero.

—¿En qué puedo ayudarla? —me preguntó.

—¿Me da un donut?

—¿Solo uno?

—Sí, por favor.

—¿Vives en Boston? —me preguntó Sullivan.

—Exacto —dije, asintiendo con la cabeza—. Estaré aquí una temporada. ¿Vienes a por un donut? A mí me encantan. A ver, ya sabes, ¿a quién no, verdad? Deberían ser el auténtico símbolo de la felicidad. Con el donut podríamos hasta ganar guerras. Además, nadie los hace tan buenos como Lala.

«Eres una doctora cualificada», me dijo el cerebro. «Deja de decir gilipolleces».

Sullivan frunció un poco el ceño.

—¿En qué trabajas? —me preguntó Darby, que no hizo ademán de marcharse.

Aparté los ojos a duras penas de Sully e intenté recuperar la pose de interesante.

—Eh... soy médico.

—¿Médico? —repitió ella—. ¿Médico de verdad?

—Sí. Soy gastroenteróloga.

—¿Qué eso?

—Soy especialista en el aparato digestivo.

—Qué asco —comentó Darby.

Por regla general, tenía una réplica preparada para ese comentario, una cita supuestamente de Mark Twain sobre la alegría de cagar, pero se me quedó la mente en blanco. ¿Sullivan estaba enfadado conmigo? ¿Qué le había pasado a Luke? ¿Seguiría viviendo en la isla? ¿Debería disculparme? A lo mejor debería irme de la pastelería.

Sí. Esa última era la opción correcta.

—Aquí tienes —me dijo Lala y le di dos dólares, tras lo cual salí cojeando, con la pierna lesionada agarrotada y la otra, muy endeble.

Sully me abrió la puerta y la sostuvo para que pasara.

—Nos vemos —me dijo.

—Sí —repliqué. Otra muestra más de mi elocuencia.

Acto seguido, antes de ponerme más en ridículo, bajé la calle con la pierna en tensión. Mantuve la cabeza gacha y el miedo que me había salpicado antes me inundó como si hubiera subido la marea.

Luke Fletcher se iba a enterar de que había regresado.

Capítulo 8

Cuando por fin quedó claro que mi padre no pensaba volver en breve, hice lo que todas las niñas infelices a lo largo y ancho del planeta hacían, sobre todo en Estados Unidos: comer.

Aquel primer verano triste transcurrió a paso de tortuga. Empezó un nuevo curso y yo tenía hambre a todas horas. La soledad por la ausencia de mi padre era como un pozo sin fondo, y era incapaz de ingerir la comida suficiente para llenarlo, aunque repetía y siempre rebañaba.

Después, empecé a comer en secreto y bajaba a hurtadillas a la cocina por las noches, cuando mi madre estaba acostada, para meterme una albóndiga en la boca, masticar el pegote de fría masa y extender la mano en busca de otra antes incluso de haberme tragado la primera. Le dije a mi madre que ya podía prepararme yo los almuerzos y añadía lonchas extra de queso al tiempo que doblaba una en cuatro y me la metía en la boca mientras untaba mayonesa en el pan.

En el instituto, empecé a robar postres en la cafetería, aunque me llevaba el almuerzo de casa. Pudines o gelatina con sucedáneo de nata por encima, y también las duras galletas que esparcían miguitas por todas partes al partirse. Me ponía en la cola de la cafetería, fingía que necesitaba más servilletas y luego me hacía con disimulo con un cuenco, una galleta o un pastelito relleno de nata, antes de escabullirme al gimnasio, que siempre estaba desierto a la hora del almuerzo, para zamparme ese premio a grandes bocados, saboreando únicamente el primero, antes de tragarme el resto a toda prisa.

Ya no tenía amigos. Los años que había pasado regresando a la carrera a casa para averiguar qué íbamos a hacer mi padre, Lily y yo —porque sería mejor que cualquier otra cosa en el mundo— me dejaron al margen de la dura vida del instituto, donde los tópicos estaban grabados a fuego y la disposición de asientos en la cafetería era más complicada que la genealogía de la nobleza británica.

En casa, me servía una segunda ración de las comidas sosas y repetitivas de mi madre. Cena del lunes: pollo, patatas cocidas, zanahorias y alubias. Cena del martes: pastel de carne, puré de patatas y guisantes. Cena del miércoles: chuletas de cerdo, arroz y alubias de nuevo. Ya te haces una idea. Pero yo comía y comía y comía.

—Te estás poniendo como una vaca —me acusó Lily. Ella seguía siendo un palo. Yo sabía que, pronto, sería guapísima—. Deja de comer. Qué asco.

Lily apartaba el plato, que ni había tocado, y en sus ojos brillaba la superioridad y el desdén. Una de las tareas que teníamos que hacer juntas era recoger los platos después de la cena. Yo siempre me ofrecía a hacerlo sola. Así, podía comerme también su cena.

—Ve a hacer los deberes, Lily —decía nuestra madre, mirándome a mí.

Parecía que mi padre no era el único que se había ido. El día que él hizo las maletas fue el mismo día que mi hermana dejó de quererme.

Comí y esperé un año entero, mientras intentaba volverme invisible en el instituto, contando las semanas hasta que llegara el verano, rezando para que, entonces, Lily y yo recuperásemos los momentos mágicos que habíamos vivido con nuestro padre. Rezando para que, entonces, volviera a quererme. Y yo volviera a tener un lugar en el mundo.

Cuando por fin llegó el verano, intenté recrear algunas de las cosas que habíamos hecho antes: dibujé en el suelo mapas de ciudades mexicanas secretas de las que nuestro padre nos había hablado, también hice nidos donde los pájaros querrían vivir, adecenté los retoños que flanqueaban la rocosa orilla, construí fuertes.

No funcionó.

Lily no quería saber nada del tema. Una vez, saqué el tema de nuestro padre y le eché un brazo por encima del hombro... al fin y al cabo, yo era la hermana mayor. Ella se sacudió para apartarme el brazo como si le quemara.

—Supéralo ya, Nora —me soltó con amargura antes de entrar en casa.

En muchos sentidos, Lily parecía mayor que yo. La envolvía cierta sequedad, una complejidad de la que yo carecía. Mientras yo me ocultaba en sexto, Lily empezó el curso acercándose a las más ricas y guapas del instituto para hablar con ellas, sin miedo, sin titubeos, como si fuera una más del grupo. Y la aceptaron.

Todo el mundo sabía que nuestro padre se había ido. A Lily, eso la convirtió en una persona atrevida y chula. A mí me convirtió en una fracasada.

Mi aislamiento continuó durante el siguiente curso. Trabajé duro, los deberes podían llevarme varias horas, porque si estaba enfrascada en un ejercicio de matemáticas en la mesa de la cocina, no tenía que ver a mi hermana pequeña, a la que quise tanto, fulminándome con la mirada. Pedí que me asignaran proyectos para subir nota, de modo que pudiera pasar más tiempo en la biblioteca, sentada en la sala fresca y poco iluminada, entre estanterías, leyendo y tomando notas, de modo que no tuviera que volver a una casa en la que mi padre ya no vivía. Lo único bueno de mi vida por aquel entonces eran los sobresalientes todos los semestres.

Me preocupaba que nuestro padre llamase a Lily, que volviera para llevársela a ella, pero me dejara a mí con nuestra madre. Todos los días, cuando volvía a casa, comprobaba el contestador automático. Todos los días, el aparato seguía sin parpadear.

Una vez, me armé de valor cuando mi madre me llevaba al dentista. Por algún motivo, hablar mientras ella conducía siempre se me hacía más fácil.

—¿Crees que papá va a volver? —le pregunté, con la vista clavada en la ventanilla.

Se hizo el silencio antes de que contestara.

—No lo sé.

Y así terminó la conversación.

De modo que tenía los deberes, tenía mi comida secreta, que tampoco era tan secreta, la verdad. Y luego llegó la pubertad. De la noche a la mañana, era como si las plagas de Egipto se hubieran cebado con mi cuerpo. Pasé de ser una niña regordeta a una adolescente con tetas y barriga cervecera, con gruesos muslos que se hacían rozaduras, y con un culo que era enorme y aplastado a la vez. Tenía el vello de las piernas tan fuerte como el pelo de la cabeza. Tenía que depilarme las axilas a diario o me picaba horrores. Tenía bigote. Tenía la cara que parecía un empedrado. Me salieron verrugas en los nudillos.

No había humillación lo bastante grande. Mi primera regla: con pantalones blancos. La segunda regla dejó una mancha en la silla durante la clase de Matemáticas. Durante esos días del mes, sudaba como si acabara de correr el maratón de Boston en mitad de una ola de calor. Sufría de una halitosis inexplicable, aunque usaba hilo dental y me cepillaba tres veces al día. Una nueva torpeza se apoderó de mí cuando me crecieron las tetas, desequilibrándome y haciendo que me tropezara y me cayera más veces que cualquier otra persona en el mundo.

Empecé a documentarme sobre brujería para averiguar quién me había hecho eso.

Y, tal como había predicho, mi hermana se convirtió en una adolescente guapísima.

Durante un tiempo, me limité a existir, viendo cómo mi hermana vivía sin mí, aunque durmiera a un metro de mi cama. Mi madre iba al hotel a trabajar y luego volvía, por las noches se encargaba de los libros de contabilidad que hacía por cuenta propia, nos preparaba la cena y también los almuerzos. No decía nada de mi aumento de peso. Si sabía que me sentía fatal, no lo comentó. Me dijo que lo estaba haciendo bien con las notas y me puso una mano en el hombro durante un segundo, algo que casi me hizo llorar.

Todos los días, rezaba para que mi padre llamase. Para que volviera. Para que le devolviera la alegría a nuestras vidas.

Luego llegué a tercero de secundaria y me enamoré.

Fue una estupidez, de verdad. Allí estaba yo, la «fortachona» en un mundo de palos de escoba, con mi ropa hecha a mano —los *jeans* se me clavaban en la grasa de la cintura—, mis jerséis de cuello vuelto para tapar toda la piel posible, zapatos reforzados y calcetines altos para ocultar que las verrugas también me habían salido en los pies. Tenía una espantosa combinación de pelo crespo, como de alambre, rizado y liso a la vez; y como las pelotillas de papel se escondían de maravilla entre los mechones, acostumbraba a llevarlo casi siempre recogido en una coleta. Tenía toda la pinta de una «solterona», aun con catorce años.

Luke Fletcher jamás se fijaría en mí.

Pero el amor es idiota, ¿verdad? Mi cerebro fue incapaz de evitar que mi corazón sucumbiera. Sabía que la mera idea era ridícula, pero el estómago me daba un vuelco y sentía un millar de mariposas cuando él pasaba cerca de mí. Siempre había sido mono, el mellizo Fletcher más guapo, más gracioso y más atlético. Sullivan no era un adefesio ni mucho menos... solo del montón.

Luke, en cambio, era arrebatador. Los pulmones se me paraban nada más verlo. Tenía el pelo rubio oscuro, los ojos verdes y hoyuelos. Una sonrisa deslumbrante que aparecía a menudo y una risa que resonaba en las estancias vacías de mi henchido y vacío corazón.

Se le daban bien los deportes, ya medía metro ochenta y había pasado de estar delgado a musculoso durante el verano. Estaba moreno por el trabajo al aire libre. Su padre era el dueño de Scupper Island Boatyard, los astilleros de la isla, y los mellizos trabajaban con él, de modo que la piel de Luke era dorada y perfecta, hipnótica. Estaba en el equipo de fútbol, el novato en ese curso.

Estaba coladísima por él, algo absurdo y vergonzoso. Deseé que mi corazón se secara y muriera, pero no lo hizo. Al contrario, creció. Era un virus.

Por si Dios no le había dado suficientes dones a Luke, era listo. Tan listo como yo, tal vez incluso más, porque mis buenas notas eran por hincar los codos y leer, mientras que las suyas eran por el mero hecho de existir. Éramos los únicos de la clase que escogimos Álgebra II en tercero de secundaria. Los dos únicos que conseguimos una matrícula de honor en la clase de Lengua. Los dos únicos que rozamos el diez en los parciales de Biología.

También era simpático. Cuando le convenía, era simpático.

Sabía que yo nunca tendría una oportunidad con alguien así. Claro que no. Sin embargo, mi estúpido y ridículo corazón vivía por cualquier gesto suyo, por cualquier momento en el que él estuviera. Una vez, me senté a su lado por puro milagro en una asamblea, y me pasé toda la hora sudando, colorada, emborrachándome con su olor, a champú y sudor. Su brazo rozó el mío, y el cuerpo se me tensó por el deseo.

Dos veces a la semana, el señor Abernathy, el profesor de Lengua, nos obligaba —como si fuera un sacrificio en mi caso— a quedarnos después de clase para hacer redacciones como las que se hacían en la universidad. El profesor de Matemáticas quería que compitiéramos como equipo en las Olimpiadas Matemáticas y, durante las dos gloriosas semanas hasta que se llevaron a cabo, nos reuníamos en la biblioteca, cuatro tardes en total. Sentarme a su lado durante la competición, tomando notas y mirándonos con sonrisas cuando acertábamos la respuesta fue... fue mágico. Quedamos los terceros en la competición estatal. Cuando la directora anunció los resultados por la mañana, me puse tan colorada que la cara me dolió.

—¡Así se hace, Fletcher! —le gritó Joey Behring—. Lástima que fuera con la trol.

¿He mencionado mi mote? Eso mismo. Mis congéneres no habían pasado por alto mi aspecto físico. ¿Tenía algunas cualidades buenas? ¿A quién le importaba a esa edad?

—Es legal —replicó Luke, y me ardió la cara todavía más por la galante defensa.

Sullivan Fletcher se detuvo junto a mi mesa cuando terminó la clase.

—Bien hecho, Nora —me dijo.

—Gracias —susurré.

Y así transcurrió el instituto. Estudiando y disfrutando de cada segundo que mis logros académicos me permitían pasar con Luke. Más que la universidad, más que la necesidad de hacerlo bien, fue su presencia lo que me motivó.

El verano entre tercero y cuarto de secundaria, conseguí trabajó en el Clam Shack de Scupper Island, lo que implicaba que tenía que freír mucho marisco. También comí mucho marisco. Trabajar allí fue un alivio; la clientela era en su mayor parte turistas estivales, e intenté mostrarme alegre y abierta, además de fingir que no estaba gorda, mientras los atendía. Le di a mi madre los cheques, porque siempre íbamos cortas de dinero, y ella me dijo que era una buena hija.

Sullivan Fletcher trabajaba en la marisquería, además de en los astilleros de su padre. No tenía un cuerpo tan atlético como su hermano y tampoco era especialmente inteligente, aunque no era un idiota. No era cruel, no hablaba mucho y tal vez me habría caído bien si no hubiera estado saliendo con Amy Beckman, una de las guapísimas Cheetos, una de la pandilla de Lily. Amy se esforzaba en ridiculizarme, y Lily fingía que no se daba cuenta —o le daba igual.

Lily, de lengua afilada, delgadísima, con ojos azules, mucha elegancia, una sensualidad innata y una experta en dejarte claro lo que pensaba con una mirada. Sus notas estaban por los suelos, pero le daba igual. Cuando nuestra madre sugirió que yo le diera clases, Lily puso tal cara de asco que se me llenaron los ojos de lágrimas.

Lo peor de todo era que seguíamos compartiendo habitación. Nuestra casita solo tenía dos dormitorios. Todos los días, Lily se vestía delante de mí, sin pudor alguno por su cuerpo, con las costillas estirándole la piel y las vértebras bien visibles mientras se ponía los pantalones. Era diminuta y perfecta, tan preciosa a mis ojos como lo fue de pequeña. Intentaba no mirar, pero su cuerpo me fascinaba. ¿Qué se sentiría al agacharte sin que se te salieran las mollas? ¿Y al no tener que llevar sujetador? ¿Y al tener los brazos tan largos y delgados como una bailarina, y un culo prieto y respingón que conseguía entrar en una talla 34?

Por las noches, a veces lloraba, aferrándome a mi infelicidad como cualquier adolescente digna de llamarse así. Carecía del férreo pragmatismo de mi madre, carecía del instinto de supervivencia de Lily. En cambio, me envolvía en la melancolía y recordaba cuando mi hermana y yo éramos pequeñas, cuando estábamos unidas, cuando éramos felices. Echaba de menos a mi padre, lo odiaba y lo quería y lo odiaba de nuevo por haberlo arruinado todo. Las lágrimas se me metían en las orejas mientras oía la respiración de Lily. O mientras oía cómo se escabullía, abriendo la ventana a hurtadillas y saltando al tejado, desde donde bajaba al patio, tan rápida, silenciosa y hermosa como una libélula.

La echaba tanto de menos que hasta me dolían los huesos. El asunto era que mi hermana se había convertido en una bruja, y me habría venido muy bien soltárselo a la cara y demostrar que tenía un par de ovarios, como habría dicho mi madre... pero eso es lo que tiene echar la vista atrás. En aquel momento, anhelaba su amor, anhelaba la amistad que nunca había puesto en duda hasta que nuestro padre se fue. «¿Terminas ya o qué?» era la frase más larga que me había dirigido en años.

De modo que Luke Fletcher era mi cielo y mi infierno. Los momentos emocionantes de mi vida sucedían cuando me emparejaban de vez en cuando con Luke en clase. Cada ocasión tenía cosas buenas y malas: podíamos hacer un problema de cálculo en la pizarra y quien terminase antes conseguía puntos extra; yo era muy consciente durante todo el rato de que se me movía la carne de los brazos mientras escribía y de que toda la clase animaba a Luke. Pero ganara él o lo hiciera yo, me sonreía, y con eso me bastaba.

Hasta el último año, claro.

Veinte años antes de que yo entrara en el instituto, Scupper Island había producido a un supergenio llamado Pedro Pérez, hijo de un pescador, con un cociente intelectual que se salía del mapa. Fue a Tufts, luego a Harvard, luego a Oxford, luego a Stanford y, antes de cumplir los treinta, tenía tres doctorados y había inventado un algoritmo informático que recogía los datos de consumo y que cambió el mundo de la publicidad para siempre. Tenía setenta y nueve patentes de un sinfín de cosas, desde herramientas agrícolas hasta cohetes espaciales —y máquinas del tiempo, si le hacías caso a los rumores—. Como cualquier buen ermitaño multi-millonario, poseía un rancho en Montana y se había mudado allí con toda su familia.

Sin embargo, una vez al año, el señor Pérez volvía a Scupper Island para demostrar su aprecio a sus conciudadanos, para lo cual enviaba al estudiante con mejor nota media a Tufts. La plaza que tenía Scupper Island en la universidad podía estar relacionada o no con el hecho de que el señor Pérez hubiera donado decenas de millones de dólares. Tal vez, sencillamente fuera la constatación de lo buenas que eran las escuelas públicas, financiadas por los impuestos de nuestros visitantes estivales. Sin embargo, cada año, un estudiante de Scupper Island se iba a Medford, Massachusetts, y no volvía la vista atrás.

La beca lo cubría todo. Matrícula, alojamiento, manutención, libros y una generosa asignación que, según se rumoreaba, lo costeaba todo, desde los muebles del alojamiento hasta comidas en restaurantes. El único requisito del señor Pérez era que el estudiante elegido terminase sus estudios universitarios; los que los dejaran tendrían que devolverle el dinero.

Nadie había abandonado la universidad.

Scupper Island estaba tan agradecida que renombraron una calle en su honor: la calle Maple se convirtió en la Avenida Pérez, y todos los años, al principio del segundo semestre, el señor Pérez abandonaba Montana, regresaba a la isla y anunciaba el ganador. El señor Pérez pedía que no se anunciaran las notas hasta después de los parciales de diciembre, de modo que el nombre del ganador fuera un secreto hasta la primera semana de enero, cuando todo el instituto se reunía para ver quién era el afortunado.

La mayoría de los años, era evidente quién ganaría, pero de vez en cuando tenía su suspense.

Cuando empezamos el último curso, Luke y yo estábamos casi a la par. Yo tenía una nota media de 9,230, gracias al peso de las asignaturas avanzadas —un sobresaliente en dichas asignaturas equivalía a un 10, no a un 9—.

La nota media de Luke era de 9,284, porque siempre raspaba el 10 en Educación Física... Y todos los años, durante ese espantoso semestre, yo sacaba un 9 raspado, como si cambiarme en los vestuarios delante de mis delgadas compañeras de clase no fuera bastante castigo.

Me esforzaba, me lo tomaba con filosofía, animaba a mis compañeros de clase, aunque ellos pasaran de mí. Sudaba, corría y jugaba al voleibol, me lanzaba a por las pelotas, me esforzaba al máximo, y aun así no conseguía subir la nota. Me preguntaba si era algo premeditado, ya que el profesor de Educación Física también era el entrenador del equipo de fútbol. Si Luke iba a Tufts, casi seguro que jugaría al fútbol, algo que sería un galardón para el entrenador.

—Un 9 es una buena nota —me dijo el entrenador cuando me acerqué, presa de la timidez, en tercero de secundaria, para preguntarle qué tenía que hacer para subir la nota. Me examinó de arriba abajo—. Para alguien con tu aspecto físico, diría que es hasta generosa. Te esfuerzas. Vas bien. —Estaba claro lo que quería decir. Solo los que estaban en forma rozaban el 10.

La primavera del año que estaba en primero de Bachillerato, mi madre me dio una charla y me dijo que si quería ir a la universidad, tenía que apañármelas yo solita, algo que ya sabía. Mi madre no quería que me hiciera ilusiones de que había dinero «ahí guardado para eso».

Si ganaba la Beca Pérez, iría gratis. ¡A Tufts! Ya el nombre era precioso, evocaba sol y alegría, encerraba muchas promesas.

Solo 0,054 en la nota media me distanciaba de Luke.

De modo que la cosa se puso seria... al menos para mí. Luke y yo teníamos las mismas asignaturas avanzadas. Si conseguía aunque fuera medio punto más que él en alguna nota, eliminaría ese margen de diferencia.

A él no parecía importarle. Luke tenía un don en Lengua y en Historia; yo tenía que hincar mucho los codos en esas asignaturas para conseguir buenas notas. Sin embargo, yo le llevaba ventaja en Ciencias, y era una de las asignaturas con más peso. La clase avanzada de Biología era mi gran baza.

Me imaginé yendo a Tufts. Pedí que me enviaran información, y la madre de Luke, que se encargaba de la oficina de correos, me gruñó cuando recogí el grueso catálogo, muy consciente de por qué lo había solicitado. Pasó de mí cuando le di las gracias, pero me dio igual, porque ya estaba aspirando el olor del catálogo nuevo antes incluso de sentarme en un banco del parque para ver las fotos y leer las descripciones de los cursos.

¡Ay, el campus! ¡Edificios de ladrillo rojo y unos jardines verdísimos! Me imaginaba en una de las residencias de estudiantes, con un edredón blanco en la cama, cojines y... y lo que fuera que la gente se llevaba a la universidad. Estaría en la preciosa ciudad de Boston —en fin, en Medford, que era casi Boston—. Me imaginaba a mi futura yo: delgada, guapa y con mejor pelo; relajada, riéndome con amigos, ¡amigos!, e invitándolos a una *pizza* gracias a la beca del señor Pérez.

Sacaría un 10 en Biología avanzada. No creía que Luke pudiera hacerlo.

Sin embargo, se sacó un conejo de la chistera... En realidad, se sacó a una humana de la chistera. Xiaowen Liu era una muchacha china cuya familia se acababa de mudar a la isla desde Boston y que vivía en una enorme casa en el acantilado. El primer día de clase, Luke le pidió que fuera su compañera de laboratorio.

—Oye, Nora —me dijo él con una sonrisa—. Adivina quién ha hecho un examen de admisión perfecto de Biología. —Abrazó a Xiaowen, haciendo que se ruborizara. No podía culparla. Lo entendía. Ella hablaba con acento. Las Cheetos habían fingido desde el minuto uno que no la entendían y ni siquiera se esforzaban en pronunciar bien su nombre: «siaoguén», tampoco era tan difícil. Sin embargo, ellas insistían en llamarla «Chao-chao-loquesea», las muy víboras.

Saludé a Xiaowen el primer día y ella me devolvió el saludo, pero así acabó el momento para que los raritos se compenetraran. Yo carecía de la confianza necesaria para preguntarle si quería que pasáramos tiempo juntas y, además, su madre la llevaba y la recogía del colegio en un Mercedes nuevecito. Cosas del dinero, ya sabes. Yo era una isleña, mientras que ella era una rica forastera. Ella tenía lo que yo deseaba tener, pero que era incapaz de desarrollar: confianza y tranquilidad.

Los tres conseguimos el diez en nuestro primer gran examen de Biología.

Adiós a mi ventaja en Ciencias.

Luego llegaron los discursos en clase de Lengua.

Luke sabía que iba a bordar el suyo. Al fin y al cabo, yo era la Trol, mientras que él era Apolo.

Hablar en público era lo que más pánico me daba: plantarme delante de mis compañeros mientras su desdén y sus prejuicios me rodeaban como gases tóxicos. Tendría que meter barriga. Me saldría un sarpullido además de un brote de acné. Tendría el pelo tan grasiento que parecería un surtidor de aceite. De verdad, me habían echado una maldición.

Sin embargo, necesitaba todos los dieces que pudiera conseguir. Nos asignaron los temas. El mío era el fracaso del sistema de justicia en cuanto a los menores en Maine. El de Luke era la ingeniería genética, un tema muy injusto por lo interesante que resultaba.

Trabajé en el discurso durante semanas. Me documenté y estudié, hice esquemas y organicé las ideas. Fui a la biblioteca para ver discursos de Martin Luther King, de Ghandi y de Maya Angelou para tomar notas acerca del lenguaje corporal y del ritmo. Practiqué delante del espejo. Me grabé en vídeo. Lo memoricé. Lo retoqué. Volví a memorizarlo.

Luke dio su discurso y fue, como era de esperar, todo un éxito. Se mostró relajado y seguro, cercano y comunicador. ¿Era uno entre un millón? La verdad era que no, pero de haber sido su profesora, le habría dado un sobresaliente. Tal vez incluso un diez.

El señor Abernathy lo felicitó efusivamente y le comunicó a la clase que, al día siguiente, oirían el mío. Sentí el sudor en las axilas y en la espalda ante la mención de mi nombre. Las Cheetos gimieron y suspiraron.

—No te preocupes, Nora —me dijo el señor Abernathy con gesto distraído cuando yo salía de la clase—. Lo harás bien.

—Ha puesto el listón muy alto —repliqué.

—Seguro que has trabajado muy duro. Intenta no preocuparte.

Ja.

Creía que le caía bien al señor Abernathy. Que a lo mejor hasta quería que ganase yo. Era el profesor de Lengua y Literatura: despistado, amable, desorganizado y elocuente. Su clase era un desorden muy alegre, con libros amontonados en la estantería del fondo, carteles de grandes autores descoloridos en las paredes y unas cuantas macetas medio secas en las ventanas. Tenía la mesa llena de papeles y de libros, y la enorme pizarra estaba llena de deberes que nunca borraba, de citas literarias y de acrónimos como OMC, para «Objetivo, Motivación, Conflicto» o NTC para «No Te Compliques», así como caricaturas de Walt Whitman y Emily Dickinson. Aunque yo era una rata de laboratorio, consiguió que me encantase la lectura.

—No te preocupes —me insistió al percibir mi inseguridad—. Confío en ti.

Al menos, alguien lo hacía. Volví a casa y practiqué el discurso una y otra vez en el sótano, para que ni Lily ni mi madre me oyeran. Dormí fatal y tuve pesadillas en las que me perdía, me olvidaba del discurso y luego lo pronunciaba, pero descubría que tenía las piernas peludas. Aquella mañana, fui incapaz de desayunar —una rareza, que lo sepas— y el corazón me estuvo dando tumbos toda la mañana.

Entré en clase de Lengua y me senté en mi pupitre.

—Muy bien —dijo el señor Abernathy—. Nora, te toca.

Fui a la pizarra y, antes de que el sudor empezara a brotar de todos y cada uno de mis poros, empecé.

La clase se iba a caer de espaldas. Igual que yo.

¿Eso de que la práctica lleva a la perfección? ¿De que hay que estar preparado para todo? Funcionó en mi caso.

—Sullivan Fletcher fue condenado por beber siendo menor de edad y por consumo de drogas después de un terrible accidente de tráfico en el que él conducía —empecé—. La tragedia quiso que su hermano mellizo, Luke Fletcher, lo acompañara y sufriera la amputación completa del pene.

Toda la clase soltó una carcajada sorprendida. Menos Luke.

El resto del discurso siguió la carrera delictiva ficticia de Sully Fletcher, de su escasa educación, de la violencia con la que se toparía en los infrafinanciados correccionales, de sus problemas para encontrar trabajo y casarse, de la alta probabilidad de que se divorciara y acabara siendo un padre holgazán. Hablé de sus problemas con las drogas y el alcohol.

Mientras tanto, me iba moviendo entre los pupitres, dirigiéndome a cada estudiante por su nombre.

—Imagínatelo, Lonnie. Siete de cada diez. ¿Y si estás en ese grupo? Caroline, tienes una hermana pequeña. Imagina que tuviera que ir a visitarte a la cárcel del condado.

Terminé junto al pupitre de Sullivan.

—Ojalá que nunca sufras un accidente de tráfico, grandullón —le dije con voz tierna, como si pudiera mantener una conversación con uno de los Fletcher, por no hablar de ponerle un mote. Luego me volví hacia su mellizo—. Y Luke, ojalá que tus partes permanezcan intactas. —Otra carcajada—. Pero ya sabéis lo que os espera si os adentráis en la senda delictiva.

Después... para mi absoluta sorpresa... aplausos. Creo que fue Xiaowen quien comenzó.

—Muy entretenido, Nora —dijo el señor Abernathy—. Buen trabajo.

Volví a mi sitio, con la cara como un tomate y empapada de sudor, y con la piel tan aceitosa que se podría escribir en ella, pero el discurso había terminado. Había conseguido meterme en la piel de un personaje seguro, relajado y gracioso, y había funcionado. En cuanto terminó la clase, salí corriendo al cuarto de baño, antes de que se me aflojara el esfínter.

Tuve que perderme la siguiente clase, por culpa de la diarrea nerviosa que me entró.

La semana siguiente, cuando nos devolvieron la versión escrita de nuestros discursos, el mío tenía un diez enorme en la parte superior de la primera hoja.

Tapé la nota con una mano, pero Luke la vio... y yo vi la suya: un nueve.

Luke me miró con expresión fría y calculadora. En ese instante, fue como si Luke Fletcher se diera cuenta de que tal vez no iba a conseguir algo que quería. Algo que él creía que se merecía.

Aquel mismo día, me golpeó con la cadera en los pasillos, tirándome al suelo y haciendo que el vestido de pana sin mangas se me subiera por los gruesos muslos al tiempo que los libros se desparramaban a mi alrededor.

—Mira por dónde vas, Trol —me dijo, con el mismo tono de voz desdeñoso que las Cheetos, un tono que se me clavó como un cuchillo, porque procedía de su boca perfecta.

Me pisó el cuaderno y se giró sobre el talón, rompiéndole la tapa.

Nunca antes me había llamado Trol.

Era noviembre, el semestre terminaría en diciembre, justo antes de Navidad. A petición del señor Pérez, las notas no se publicarían en el tablón hasta que se hiciera el anuncio oficial. Teníamos exámenes parciales a la vuelta de la esquina y, con los datos que tenía, hice cálculos.

Pese al nueve de su discurso, seguramente Luke consiguiera un nueve y medio, incluso un diez, en Lengua. Por culpa de mi dichosa nota en Educación Física, aunque sacara un diez en todos los exámenes —como pensaba hacer—, la nota media de Luke sería 0,016 más alta que la mía. Conseguiría la beca. Él iría a Tufts.

Yo tendría que ir a otro sitio. Me endeudaría hasta las orejas, tendría que buscarme varios trabajos y solicitar cualquier beca que pudiera encontrar.

Solicitaría el ingreso en universidades como Harvard o Yale, que becaban a estudiantes en mis circunstancias, pero no tenía muchas probabilidades de que me aceptaran. Todos los solicitantes tenían unos expedientes académicos increíbles y yo solo tenía las notas. Carecía de actividades extracurriculares, salvo las Olimpiadas Matemáticas, porque había estado demasiado ocupada estudiando. No practicaba deporte alguno que me hiciera más atractiva, no había dedicado horas a servicio comunitario, no había viajado al extranjero para hacer pozos de agua.

Quería ser médico: me encantaba la ciencia y me imaginaba en un quirófano, salvando vidas, adorada por mis compañeros de trabajo, sin tener que preocuparme por la ropa, porque para eso llevábamos la de quirófano. Para que ese futuro se hiciera realidad, necesitaba buenas notas de una gran universidad, de modo que pudiera especializarme en Medicina, algo que costaría, tirando por lo mínimo, otro cuarto de millón de dólares.

Sería un largo y tortuoso camino sin la Beca Pérez.

Los mellizos Fletcher lo tenían todo. Unos padres que los querían y que se querían. Su padre era el dueño de los astilleros y su madre no solo era la encargada del correo, sino que además dirigía el ultramarinos —todo en el mismo edificio, monísimo, una visita obligada si eres turista—. Comparado con el resto de los lugareños, estaban bien situados. No eran ricos, pero tenían un buen colchón. Suponía que a Luke lo aceptarían en muchas universidades, que podría conseguir muchos méritos, además de becas deportivas.

Pero yo necesitaba la Beca Pérez. Y tenía toda la pinta de que no iba a conseguirla.

Un día a primeros de diciembre, mientras estaba sentada en la cafetería sin comer —las gordas no comían en público—, leyendo *La letra escarlata*, Luke se me acercó, seguido por su séquito.

—Oye, Trol, adivina quién me llamó ayer.

Aunque me insultó, fui incapaz de no ruborizarme por la atracción que me quemaba el pecho y la garganta.

—No sé.

—El entrenador de fútbol de Tufts. Me dijo que me está esperando con los brazos abiertos. Supongo que la beca es mía. Buen intento. Pero ya sabías que la iba a conseguir yo, ¿verdad? Lo sabías en el fondo de ese corazón fofo tuyo.

Su grupo de fans se echó a reír. Luke golpeó mi mesa con los nudillos, haciéndome dar un respingo, algo que arrancó otra carcajada, y se fue.

Me ardían los ojos por las lágrimas y el odio, hacia Luke, hacia el instituto y hacia mí misma, me revolvía el estómago. Debía haber algo que pudiera hacer. Algo que a Luke le resultara imposible. Aunque no se me ocurría nada.

Los exámenes finales se acercaban y tanto Luke como yo sabíamos que teníamos que bordarlos. Para variar, él estaba estudiando, sin duda para asegurarse de no concederme la victoria. Todos los días después de clase, lo veía en la biblioteca, que en otra época fue mi refugio, y me susurraba:

—Lo siento, Trol.

No tenía la menor posibilidad de ganar.

A falta de dos semanas para terminar las clases, con el anuncio del ganador de la Beca Pérez justo después de las vacaciones, estaba desesperada. Estudié mis boletines de notas, haciendo cuentas una y otra vez. Aunque consiguiera un diez en todos los exámenes, si Luke sacaba la misma nota, ganaría él.

Claro que estaba el asuntillo de mi diez en el discurso y de su nueve. Un minúsculo rayito de esperanza. Era posible que ese nueve rebajara la nota de la asignatura a un sobresaliente raspado, y si eso sucedía... En fin, la leche. Aunque eso sucediera, él seguiría un poco por delante.

En el último día de clases antes del parón para los exámenes, el señor Abernathy nos deseó suerte y nos dijo que estudiáramos mucho.

—Para lo que te va a servir —dijo Luke al pasar junto a mi pupitre, golpeándolo con la cadera.

Me quedé sentada, con la cara como un tomate, mientras fingía tomar unas notas, a la espera de que todos se fuesen. No tardaron mucho.

—¿Va todo bien, Nora? —me preguntó el señor Abernathy mientras recogía sus cosas de la atestada mesa.

—Ah, claro —mentí.

—Me temo que tengo una reunión. ¿Te importa apagar las luces?

—Qué va, señor Abernathy.

Sonrió y se marchó, y yo me quedé sentada otro minuto entero. Me dije que había hecho todo lo que estaba en mi mano. Que la Universidad de Maine me daría una buena educación. O que tal vez podría asistir a la universidad estatal un par de años antes de cambiar el expediente a otro sitio. Me dije que el camino a la edad adulta sería más largo y más duro sin la beca, pero que aún podía recorrerlo.

Sin embargo, mi corazón, ese órgano idiota, estaba dolorido. El estómago, ese pozo sin fondo, me rugió. Iría a casa, me pondría morada a comer y me desahogaría llorando antes de que Lily volviera de lo que hiciese después de las clases.

Había tenido Tufts al alcance de la mano. Con todos los gastos pagados. La preciosa habitación de la residencia. Los gastos. Las *pizzas*. Los amigos.

Me levanté para apagar las luces.

Y, en ese momento, lo vi.

Allí, en la abarrotada pizarra llena de notas de Shakespeare, Frederick Douglass y Sojourner Truth, y de deberes de los últimos dos meses, estaba mi oportunidad.

Había estado allí todo ese tiempo, escrita con la letra descuidada del señor Abernathy durante la primera semana de clases, en el extremo inferior izquierdo. Bajo una caricatura de Edgar Allan Poe y sobre una cita de *El corazón de las tinieblas* de Conrad, estaba mi futuro.

Las palabras estaban medio borradas, pero se podían leer.

PSN: 12 obras maestras

PSN era por «Proyecto para Subir Nota».

Se me encendió la bombilla. El señor Abernathy, con un brillo travieso en esos ojos bajo las gruesas cejas, nos dijo el primer día del curso, cuando la pizarra estaba todavía prístina, que si alguien tenía tiempo de sobra, podía hacer un ensayo acerca de cualquier tema recurrente en doce obras maestras de la literatura. En los veintinueve años que el profesor Abernathy llevaba dando clase en el instituto de Scupper Island, nadie lo había hecho, nos dijo. Ni siquiera el señor Pérez. De todas formas, el señor Abernathy nos pasó una lista de unos cien títulos, además de los que teníamos que leer durante el curso, desde *La odisea*, de Homero, a *Qué fue de los Mulvaney*, de Joyce Carol Oates. Había que entregarlo al final del semestre.

Diez días a partir de ese momento.

Ni siquiera yo tenía tiempo para llevarlo a cabo. No con todas las clases avanzadas y con todos los trabajos que tenía pendientes.

Doce libros, un ensayo de veinticinco páginas durante los exámenes finales. Era total y absolutamente imposible.

El corazón empezó a latirme con fuerza en el pecho. Ya sabía que iba a hacerlo y que iba a conseguir un sobresaliente, claro que sí. Y Luke no haría el proyecto.

No iba a permitírselo.

Si no me hubiera llamado Trol... Si no me hubiera dicho que la beca era suya... Si no me hubiera tirado al suelo aquel día... Si no lo hubiera querido con todo el fervor de una adolescente gorda, fea y ninguneada...

Me asomé al pasillo. Las clases habían terminado y estaba desierto. A lo lejos, oí al señor Paul, el agradable bedel, que empezaba a silbar. El fuerte olor a desinfectante apenas se notaba. Eso quería decir que estaba limpiando la zona más cercana al gimnasio. Estaba sola.

«PSN: 12 obras maestras».

Sentía el corazón enorme, raro, como si se me fuera a salir del pecho.

Con mucho cuidado, pegué el brazo a las palabras ya medio borradas. Solo tenía que frotar un poquito, no quería que fuera demasiado evidente. Emborroné con cuidado las letras. Borré el 1 del 12... Solo lo justo. Después, usé el borrador para dejar una pátina de polvo de tiza sobre mis modificaciones, dándole un toque antiguo. Por si las moscas.

Me alejé de la pizarra y le eché un vistazo. Estaba convencida de que el aviso llevaba el tiempo suficiente allí para que, a esas alturas, fuera casi invisible, porque para mí lo había sido; pero si alguien miraba en ese momento, se leería como «PSN: 2 obras maestras».

Por si las moscas.

¿Me sentía orgullosa? Pues no. Pero sentía un odio visceral en el pecho que aplastaba mis principios.

Era posible que Luke ya hubiera hecho el proyecto, pero estaba casi segura de que no era así. Era un fanfarrón, y si hubiera escrito un ensayo de veinticinco páginas para el cual hubiese tenido que leer doce libros más los obligatorios, que ya eran bastantes de por sí, habría dicho algo.

Además, suponía que el señor Abernathy me habría avisado si mi competidor hubiera entregado el proyecto. Un «no te olvides del proyecto para subir nota, Nora, que Luke ya ha entregado el suyo» en voz baja. Así era el señor Abernathy.

Sin embargo, no podría recordárselo a Luke, porque pensaba entregar mi ensayo en el último segundo. La fecha tope para la entrega era el último día del semestre: el 23 de diciembre. Y precisamente el 23 de diciembre sería cuando el señor Abernathy lo recibiría.

Dado que era muy organizada, todavía conservaba la lista de libros en la carpeta de Lengua. Me fui a la biblioteca de Scupper Island e hice algo inédito hasta la fecha: robé seis libros, que metí a hurtadillas en la mochila. Si los sacaba en préstamo, Luke podría enterarse. La madre de su novia trabajaba en la biblioteca. Todo el mundo quería que Luke consiguiera la Beca Pérez. Nadie me animaba.

No sabía si el proyecto supondría gran diferencia, pero tenía que intentarlo.

Durante los siguientes diez días, trabajé como una mula. Leía y estudiaba a todas horas, ya me estuviera preparando algo, estuviera comiendo o me hubiera sentado en el inodoro. Solo me permitía dos horas seguidas de sueño por las noches, que pasaba en el sofá con la excusa de que estaba enferma y no quería contagiar a Lily. Si mi hermana estaba en casa por las noches, me escabullía al sótano para leer esos dichosos libros. La verdad era que temía que me delatara.

Leí, tomé notas, estudié para los exámenes y robé otros seis libros de la biblioteca. Leí todavía más. Redacté. Estudié. Leí. Redacté. Hinqué los codos.

—¿Estás bien? —me preguntó mi madre—. Pareces cansada.

—Los exámenes —murmuré—. Estoy bien.

Mi madre sabía que se estaba cociendo algo, pero no me insistió. Nunca lo hacía. Y yo no tenía tiempo para desear que fuera la clase de madre que te sentaba en una silla y te preguntaba: «¿Qué te pasa, cariño?». Tenía una misión que cumplir.

Cuando por fin llegó el último examen, estaba para el arrastre, literalmente temblaba por el cansancio. Cinco minutos antes de que terminase el último día del semestre, le entregué el ensayo al señor Abernathy.

Me miró, sorprendido.

—Madre del amor hermoso, Nora —dijo—. No me lo puedo creer. Eres la primera estudiante que lo entrega.

—Y vaya si me ha costado, estoy que me caigo —repliqué. Me apoyé en la pizarra y solté un suspiro dramático al tiempo que emborronaba lo que había hecho, por si al señor Abernathy le daba por echar un vistazo—. ¡Uf!

Estaba lloviendo a cántaros en la calle, el cielo encapotado y oscurecido mientras volvía a casa. Las lágrimas me caían por las mejillas, pero ni me molesté en secarlas. Subí la escalera del tirón, me metí en la cama y dormí diecisiete horas seguidas.

La Navidad llegó. Lily fue capaz de mantener las formas una hora, mientras nos dábamos los regalos, pero no se quedó a cenar. Mi madre y yo comimos solas, luego vimos la tele un rato. Dormí durante casi todas las vacaciones, vi algo de televisión y me quedé en pijama todo el tiempo.

No sabía qué tal me habían salido los exámenes, porque los profesores no habían colgado las notas en el tablón de anuncios, a petición del señor Pérez. No sabía cuánto me subiría la nota gracias al proyecto extra que le había entregado al señor Abernathy; además, en mi interior albergaba algo espantoso, cuya existencia desconocía hasta ese momento.

Técnicamente, no había hecho trampas. Éticamente, sabía que sí las había hecho. Me dije que no me importaba, que valdría la pena, que Luke Fletcher no se merecía que le pasara una sola cosa buena en la vida.

El 4 de febrero, el primer día del nuevo semestre, don Pedro Pérez fue al instituto, y todo el alumnado y el profesorado se reunieron en el gimnasio a las nueve en punto. Yo me senté al fondo, cerca de la puerta, porque sabía que si Luke ganaba, me echaría a llorar.

Xiaowen se sentó a mi lado, y me entró un sudor frío.

Xiaowen Liu. La madre que me parió, ¿y qué pasaba con Xiaowen? ¡Ni siquiera me sabía su nota media! Nada de mis clases avanzadas, nada de las clases avanzadas de Luke… ¿Qué pasaba con Xiaowen? Ni siquiera había pensado en ella. Durante tres años solo estuvimos compitiendo Luke y yo, y en ese momento una estudiante tránsfuga iba a quedarse con el galardón más codiciado del pueblo.

—Hola, Nora —me saludó.

—Hola —conseguí decir con voz estrangulada.

—Buena suerte —siguió ella.

—Lo mismo digo.

Luke pasó junto a nosotras con su séquito, con un brazo alrededor de Dara y la mano en su bolsillo trasero. Me miré los pies, porque no quería ver su cara perfecta y triunfal. Oí las palabras «culo gordo» y unas carcajadas desagradables.

El corazón me latía tan fuerte que casi no podía oír cómo la directora le hacía la pelota al señor Pérez, le daba las gracias y lo halagaba hasta tal punto que solo le faltó aferrarse a su pierna como un perro salido, mientras el genio multimillonario se sentaba en una silla plegable junto al podio, con la vista clavada en el suelo y una sonrisilla en los labios.

Por fin, ¡por fin!, se levantó.

—Hola a todos —dijo él—. Es un honor presentar la Beca Pérez al estudiante con mejor expediente académico de Scupper Island. Y este año, con una nota media de 9,306, la ganadora es Nora Stuart.

Se produjo un jadeo colectivo. Durante un segundo, ni siquiera supe por qué.

Era porque Luke no había ganado.

Y Xiaowen tampoco.

Había ganado yo.

Se oyeron unos aplausos. No muchos, seguramente solo por parte de los profesores.

—Nora, sube al estrado —dijo la directora, con un deje impaciente en la voz. Otra fan de Luke. No se perdía un solo partido de fútbol.

—Enhorabuena —me dijo Xiaowen. La miré, con la sensación de que se me iban a salir los ojos de las órbitas—. Ve —añadió.

Aunque tenía las piernas que parecían de gelatina, conseguí llegar hasta donde esperaba el señor Pérez.

—Bien hecho —me dijo al tiempo que me estrechaba la sudorosa mano.

—Gracias —susurré—. Gracias, señor Pérez. No... no... Gracias. —Estaba llorando a mares, y el señor Pérez soltó una risilla.

«Ojalá pudieras verme, papá». Habían pasado seis años y medio desde la última vez que lo vi o hablé con él, pero eso fue lo primero que pensé.

Busqué con la mirada a Lily. Ella me observaba fijamente, mientras Janelle Schilling le susurraba algo al oído.

A lo mejor, lo que veía en su cara era una sonrisilla.

De repente, Luke se levantó y salió escopetado del gimnasio, con paso furioso. Dara, su novia, lo siguió; y luego lo hizo Tate Ellister, que también jugaba al fútbol, y el resto del equipo. No dijeron nada. Amy se levantó y también se fue.

—En fin —dijo la directora—. Esto... enhorabuena, Nora. El trabajo duro siempre obtiene su recompensa, ¿no? Los de primero de Bachillerato y los demás, aplicaos el cuento, ¿de acuerdo? El año que viene podríais ser vosotros.

Tras decir eso, la reunión se disolvió.

—Si necesitas algo, dímelo —me dijo el señor Pérez, que me dio su tarjeta—. Buena suerte.

Un hombre de pocas palabras.

—Señor Pérez —le dije cuando él se dio la vuelta—. Usted me ha... me ha cambiado la vida. —Hice una pausa—. Y necesitaba un cambio.

Me miró un largo segundo.

—Aprovecha la oportunidad al máximo.

Después, me guiñó un ojo, dejó que la directora le dorase la píldora otro rato y me dejó temblando, aliviada y... sola.

Mi hermana se acercó al estrado.

—Felicidades —me dijo. Me miró de arriba abajo, pero su expresión tenía algo de risueña—. Tienes pinta de que vas a mearte encima.

—Tengo ganas de hacerlo —repliqué. Seguía hablando con voz rara y todavía me temblaban las piernas.

—Supongo que el año que viene estarás en Boston.

—Sí. —Y estaría allí. Me sentaría en esos jardines perfectos. Tendría amigos.

No sería la Trol. Tal vez. De hecho, tal vez... tal vez pudiera ser alguien totalmente distinto.

—Tengo que pirarme —me dijo Lily.

—Adiós —repliqué, pero ya era tarde, porque ya había atravesado la mitad del gimnasio.

Unos cuantos profesores me dieron la enhorabuena en los pasillos. En clase, con la flagrante ausencia de Luke, nos repartieron los boletines de notas.

Había conseguido dieces en todo menos en Educación Física, con el esperado nueve.

Exámenes perfectos.

El señor Abernathy, que también era nuestro tutor, me devolvió mi ensayo de veinticinco páginas. Tenía unas cuantas anotaciones en los márgenes, pero al final del todo había escrito «Estoy orgulloso de ti, Nora». Y la nota: un sobresaliente.

—Nora Stuart, por favor, acude a secretaría —dijo la secretaria del instituto por los altavoces—. Nora Stuart, a secretaría, por favor.

Tenía una llamada de la oficina de admisiones de Tufts, para felicitarme y para decirme que esperaban ansiosos verme el día en el que recibían a todos los alumnos nuevos, además de mencionar lo bien que les había ido a todos los beneficiarios de la Beca Pérez. No tenían la menor duda de que yo lo haría igual de bien.

Estaba sucediendo de verdad.

Durante el almuerzo, en vez de arriesgarme a ir a la cafetería, donde apenas había supervisión, me acerqué a toda velocidad al hotel, donde trabajaba mi madre.

—¡Mamá, la he conseguido! —exclamé al entrar en su despacho, mientras el sudor me corría por la espalda y sentía el escozor de la piel rozada entre los muslos.

—¿El qué, Nora? —Levantó la vista, expectante, del trabajo que estaba haciendo.

Dios. No lo sabía porque yo no se lo había dicho. Durante todo ese semestre ni se me había ocurrido decirle que iba la segunda en nuestra clase.

—La Beca Pérez. Voy a ir a Tufts. —Me eché a llorar—. Me han llamado. De Tufts. Me han admitido, y el señor Pérez corre con todos los gastos.

Mi madre abrió la boca y la cerró de golpe.

—¿En serio?

—Sí. Tengo la nota media más alta del instituto.

—¡Ay, Nora! —Se levantó y me dio un incómodo abrazo—. Así se hace. Siempre has trabajado duro. Estoy orgullosa de ti. —Hizo una pausa—. Bueno, será mejor que vuelvas al instituto, ¿no?

Esa fue toda la celebración. Daba igual. Iba a dejar atrás ese lugar espantoso, tal como lo había dejado atrás mi padre. Y, tal vez, una vez que estuviera lejos de la isla, él iría a buscarme. De acuerdo, era una teoría descabellada, pero cualquier cosa era posible ese día.

Regresé al instituto, rezando para que no fuera todo un sueño. Aprovecharía la oportunidad al máximo. Me convertiría en médico. Me reinventaría, perdería peso, me divertiría, incluso tal vez tuviera un novio. Me sentaría en primera fila en todas las clases y levantaría la mano, y no me costaría tanto demostrar que era lista. Me presentaría a los profesores el primer día y...

—Te crees la leche, ¿verdad?

Era Luke, que me esperaba con su grupito delante del instituto. El gélido viento arreció, colándose por el grueso abrigo que llevaba.

—Hola —dije mientras miraba a mi alrededor.

—Hola —se burló él con voz de falsete—. No me saludes, culo gordo. Esa beca era mía.

—Pues parece que no. —Parecía que mi confianza había subido unos cuantos escalones.

—Has hecho trampas, ¿verdad? No sé cómo, pero has hecho trampas.

—He estudiado, Luke. —Empezaron a arderme las mejillas.

—He estudiado, Luke —repitió Joey Behring.

—¿Sabes qué? —soltó Luke con una mueca en la cara—. Puede que hayas conseguido la beca, pero nunca vas a dejar de ser una trol. Lo sabes, ¿verdad, Nora?

—Déjala tranquila —dijo alguien. Sullivan.

—Que te den —replicó Luke. Se me acercó y me clavó un dedo en el pecho, con fuerza, lo sentí pese al abrigo—. Eres una trol. Eres gorda y fea, y todo el mundo te odia. Incluso tu hermana.

Di un respingo. El aliento le apestaba al dulzón olor del alcohol. Intenté rodearlo, pero no me dejó pasar.

—¿Tienes miedo? Haces bien.

—Luke, basta. —La voz de Sullivan se había endurecido.

Su mellizo se negó a obedecer.

—Será mejor que tengas cuidado, Nora. Puede pasarte algo muy malo. Puede que acabes fatal. Pasan cosas malas cuando alguien se cabrea. Creo que ya sabes a lo que me refiero, ¿verdad?

Lo sabía. Violación. Agresión. O algo peor.

—Luke, lárgate —dijo Sullivan, que se plantó delante de su hermano—. Ha ganado limpiamente. Déjala tranquila.

—¿Dónde narices está tu lealtad?

—¿Qué está pasando aquí? —Gracias a Dios, el señor Abernathy llegó desde el aparcamiento—. Adentro todos.

—Que le den —dijo Luke.

—Estás suspendido —le dijo el señor Abernathy—. Nora, ¿te encuentras bien? Anda, vamos dentro.

—Ten cuidado, Nora —me gritó Luke—. Nunca sabes lo que podría pasar.

El señor Abernathy se detuvo en seco.

—Voy a achacar tu comportamiento a la terrible decepción por no haber conseguido la beca, Luke. Pero como vuelvas a amenazarla, me aseguraré de que te detengan.

Y, en ese momento, para mi más absoluto espanto, Luke se echó a llorar.

—Ha hecho trampas. No sé cómo, pero las ha hecho. Las has hecho, Nora. Lo sabes.

El sentimiento de culpa cobró vida en mi interior y se retorció, pero no consiguió flanquear mis defensas. Había ganado yo. Luke podría haber hecho el proyecto y escogió no hacerlo. Que le dieran a él. Que llorase. Yo había llorado de sobra, y a nadie le importaba.

Sully se acercó a su hermano y le rodeó los hombros con un brazo.

—Vamos —le dijo—. Vamos a tomarnos el resto del día libre. Nos iremos a Portland, ¿te parece? —Nos miró de nuevo—. Señor Abernathy, ¿podría avisarlo en dirección?

—Claro que sí, Sullivan.

Los ojos de Sully se clavaron en mí un segundo y tuve la sensación de que iba a decirme algo.

No lo hizo. El señor Abernathy me acompañó al interior mientras se reía entre dientes por la pasión de la juventud.

Sullivan y Luke Fletcher acabaron yendo a Portland aquella tarde. Se quedaron en un hotel y Luke usó un carné falsificado para alquilar un automóvil.

A las tres de la madrugada, de vuelta a casa tras estar de fiesta, tuvieron un accidente de tráfico. Por una extraña coincidencia, se parecía mucho a mi discurso para la clase de Lengua, aunque en la realidad fue Luke quien conducía. También había esnifado coca y su nivel de alcohol doblaba el límite legal. Iban a casi ciento treinta kilómetros por hora cuando se salieron de la carretera, dieron vueltas de campana por el arcén a lo largo de unos cincuenta metros y luego chocaron contra un árbol.

A Luke no le pasó nada.

Sullivan acabó con lesiones cerebrales. Estaba en coma. Nos pidieron que rezáramos por él.

Todo eso nos lo dijeron dos días después de que se anunciara el ganador de la Beca Pérez, en la segunda reunión de esa semana. Amy Beckman no estaba en el instituto. Las Cheetos empezaron a sollozar. Una incluso se desmayó. El equipo de fútbol, así como varios profesores, estaba llorando.

Sully le caía bien a todo el mundo.

Recordé cómo me había defendido. Se había enfrentado a su hermano por mí.

Clavé la vista en el suelo mientras sentía cómo el odio visceral de todo el alumnado se me clavaba como puntas de flechas. Todo era culpa mía, eso pensaban. Claro que lo pensaban. Había robado la beca.

Y, en cierto sentido, lo había hecho.

Nunca me había sentido tan sola. Cuando la reunión terminó, alguien me escupió en el pelo. Un alumno le dio una patada a mi silla. Otro me dio un codazo en la cabeza.

En vez de volver a clase, salí a la calle, sin molestarme en recoger la mochila ni el abrigo. Recorrí los casi seis kilómetros hasta mi casa en medio del desolador y húmedo día, mientras el viento me azotaba las orejas y hacía que las lágrimas resbalaran hacia el pelo.

En cuanto crucé la puerta, levanté el teléfono y llamé a Tufts. Tenía suficientes créditos para graduarme en el instituto, ¿les parecía bien que empezara las clases ese mismo semestre?

Pues sí. La asesora del instituto, que había pasado de mí durante los últimos tres años y medio, me dijo que era buena idea cuando la llamé a continuación. Ella se puso en contacto con el señor Pérez, y ya estaba.

De modo que, sin fanfarrias, dejé Scupper Island tres semanas después, embarcando en el *ferry* hacia Boston con una maleta y dos cajas que contenían mis objetos personales. Mi madre y yo nos pasamos por unos grandes almacenes para comprar algunas cosas: el edredón blanco y los cojines y todo lo demás, que se cargaron a la tarjeta de crédito que todos los becarios recibían.

En la residencia, mi madre me hizo la cama y dijo lo que tenía que decir cuando otros estudiantes se acercaron a saludar. Me vio colgar un cartel de *Casablanca,* una película que yo no había visto nunca, con los brazos cruzados.

—¿Todo listo, Nora? —me preguntó.

—Supongo. —Miré a mi resistente madre, con sus canas. Ya solo estarían Lily y ella. Durante un segundo, me embargó la tristeza.

—En fin. Nos veremos en verano —me dijo—. Esfuérzate. —Me dio un beso para despedirse, uno rapidito en la mejilla, y yo observé desde la ventana de mi habitación cómo se subía a su destartalado vehículo.

Sin embargo, no nos vimos aquel verano, porque yo no regresé a Scupper Island. Conseguí trabajo como celadora en un hospital y me quedé en Boston. En Acción de Gracias, una tormenta me impidió embarcar en el *ferry* que me llevaría a casa —de lo que me alegré—. Cuando llegó la Navidad, volví durante treinta y seis horas, con la excusa de que tenía que terminar un informe de laboratorio, que era cierto.

La verdad, me aterraba la idea de volver a la isla, me daba miedo que alguien me viera, sobre todo Luke o Sullivan, que se había recuperado «casi por completo», según mi madre. Me sentí como una ladrona mientras me escabullía del *ferry* a casa de mi madre y vuelta, y sí, me puse un gorro, un abrigo y un pañuelo en ambas ocasiones para que nadie pudiera verme la cara.

No volví más.

No pude escaparme para la graduación de Lily, porque yo tenía exámenes finales, aunque ella fue a Boston al septiembre siguiente y se quedó conmigo una noche antes de embarcar en el avión que la llevó a Seattle. En algún momento durante el verano, se había hecho un colorido tatuaje tribal en el brazo y se había puesto aros en la nariz, en el labio y en una ceja, y seguía siendo tan guapa que la gente se paraba para mirarla.

Obligué a mi madre a visitarme, fingiendo que quería que viera la ciudad, que detestó, y con la excusa de que mis clases y mi trabajo como asistente de investigación no me permitían ir a la isla. Una o dos veces al año, mi madre se subía al *ferry* e iba a verme. Siempre volvía a casa antes de que anocheciera.

Lily se quedó embarazada cuando yo estaba en tercero de carrera y tuvo a Poe, y mi madre y yo fuimos a verla. Volví a Seattle ese mismo año, y luego dos años después, y llamaba a menudo, aunque solía encontrarme con el contestador de voz. Le mandé regalos para la niña, que era preciosa y sonreía en las pocas fotos que Lily mandó.

Sin embargo, cuando Poe tenía unos cinco años, Lily se cambió de número y se le olvidó darme el nuevo. De vez en cuando, contestaba un mensaje de correo electrónico. Yo le preguntaba si podía ir a verlas, y Lily me lo permitió una o dos veces más, la última vez cuando Poe tenía diez años. Lily salía con sus amistades y me dejaba a solas con mi sobrina, y no volvía hasta el día siguiente.

Capté la indirecta. Mi hermana no quería tener trato conmigo. Nuestra infancia mágica solo era un recuerdo, nada más.

La verdad era que yo seguí el consejo del señor Pérez: aproveché al máximo la oportunidad que me dio la beca. Durante el primer semestre en la universidad, me convertí en la persona que fingí ser durante el discurso de la clase de Lengua: extrovertida, graciosa, abierta. A lo mejor fue por la edad, a lo mejor fue por estar fuera de la isla, pero perdí casi catorce kilos en seis meses, me uní al equipo de remo, siempre había sido fuerte, y empecé a correr junto al río Mystic.

Hice amigos. Los invité a *pizza*. Me besaron por primera vez, tuve citas y acabé perdiendo la virginidad con un muchacho muy agradable. Los profesores me adoraban. Lo hice lo bastante bien como para poder entrar en la facultad de Medicina nada más acabar el primer ciclo en la universidad. Por irónico que parezca, el primer año de residencia lo pasé en Portland, a tres millas náuticas de Scupper Island, hasta que el hospital Boston City me fichó con una jugosa beca.

Llamaba a mi madre casi todos los domingos y le preguntaba por Lily y por Poe. Mi hermana había mantenido el contacto con mi madre mejor que conmigo. Mi madre tenía permiso para visitarla, y todos los años yo le regalaba el billete de avión por Navidad. Poe y Lily estaban bien, al menos que ella supiera.

En cuanto a mi regreso a Scupper Island... no. Conseguí mantenerme alejada de la isla durante quince años.

Hasta ahora.

Capítulo 9

Querida Lily:
Ha llovido mucho estos últimos días. Se me había olvidado cómo
suena la lluvia contra el tejado de nuestra habitación. El vien-
to sopló con fuerza y un viejo pino seco se partió por la mitad.
Sonó como un tiro. Poe ni se inmutó, siguió durmiendo. ¿Te he
contado que tengo un perro enorme, Boomer, que duerme en el
dormitorio con nosotras? A veces, apoya el hocico en la cama de
Poe, como si la quisiera arropar.

Te quiere,
Nora

Parecía que el muro que había entre mi madre y yo no se podía es-
calar. Intenté hablar con ella varias veces, le pregunté cómo estaba.
Quería saber si se sentía sola, triste, feliz o lo que fuera, pero las habilidades sociales que había desarrollado en Boston no funcionaban
con ella. Hizo caso omiso de mis preguntas sobre las sesiones de abrazoterapia y me dijo que debería tener otras cosas que hacer, aparte de
molestarla.

Tal como me pasó mientras estaba en la universidad, la única manera
de hablar con ella era fingir que se trataba de otra persona... alguien que
quería hablar conmigo. El resultado era que yo acababa llevando todo el
peso de la conversación, mientras que ella se limitaba a gruñir, a asentir
con la cabeza o a decir de vez en cuando: «¿Qué has dicho, Nora? No te
estaba prestando atención».

La noche posterior a mi primera incursión en el pueblo, intenté mantener una conversación con mi madre y mi sobrina a la vez, además de no
prestarle atención a *Piolín,* que estaba junto al plato de mi madre y me
miraba fijamente con odio.

—¿Has hecho amigos en la isla, Poe? —le pregunté al tiempo que apartaba los ojos del malvado pájaro amarillo y me llevaba un trozo de pollo seco a la boca. «Podrías ser tú, *Piolín*».

—No.

—Seguro que todos creen que eres la leche. Ya sabes, por venir de Seattle y con tus... —*piercings,* pensé—, con tu estilo.

Ni contestó ni entabló contacto visual.

De acuerdo. A por la otra Stuart sentada a la mesa.

—Mamá, adivina a quién he visto hoy.

Ella se encogió de hombros mientras masticaba.

—A Darby Dennings, ¿te acuerdas de ella?

—Ajá. La veo todos los días.

—Claro. También he visto a Sullivan Fletcher.

Mi madre asintió con la cabeza. Me pregunté si Poe y ella cenaban en silencio todas las noches o si, como sospechaba, yo era la aguafiestas. Al fin y al cabo, ellas tenían unos lazos más estrechos, ya que habían podido mantener el contacto.

—Esto... —comencé—. ¿Cómo está Luke Fletcher? ¿Qué tal le va?

Mi madre me miró de reojo.

—Le va bien.

—¿Sigue viviendo aquí? ¿En Scupper Island?

—Ajá.

Esperé a que dijera algo más. La espera no valió la pena.

—Nadie podrá acusarte de irte de la lengua, mamá.

—Eso es bueno, ¿no?

—¿Quién es Luke Fletcher? —preguntó Poe.

Guau, una frase entera.

—Fuimos compañeros de instituto.

—¿Fue novio tuyo?

Resoplé, tragándome un trozo de pollo con el que casi me atraganto.

—No. Los dos competimos para conseguir la beca, que al final gané yo. Él... se molestó un poco.

—Mi madre me lo contó.

—¿En serio? —¿Lily sabía que Luke me odiaba? ¿Sabía que me había gritado y que me había amenazado?

—Me dijo que te fuiste a la universidad y que no volviste. —Sus ojos azules me miraban con expresión de reproche.

Me llevé otro bocado de comida llena de nutrientes, pero absolutamente insulsa, a la boca.

—Bueno, tu madre se fue a Seattle y tampoco volvió. Yo fui a verte. ¿Te acuerdas de aquella vez que...?

—Lo que tú digas. —Y se acabó la conversación.

—Bueno, ya he alquilado una casa —anuncié, fingiendo todavía que éramos la clase de familia que mantenía conversaciones—. Es un sitio monísimo. Una casa flotante, de hecho.

—¿En serio? —me preguntó mi madre—. ¿La que está cerca de los astilleros?

—Esto... pues sí. En Oberon Cove. —Que estaba, bien pensado, a poco menos de un kilómetro de Scupper Island Boatyard, propiedad de los Fletcher.

—Pues vas a ver a Luke a todas horas —dijo mi madre mientras le daba un granito de maíz a *Piolín*—. Vive allí.

Mierda. El miedo que les tenía a su pandilla de secuaces y a él me aflojó las rodillas. Y no en plan bien. *Piolín* graznó y luego voló hasta la luz del techo.

—¿Cuándo te mudas? —me preguntó Poe.

—Dentro de unos días, creo. —*Boomer* golpeó el suelo con el rabo—. Tiene dos dormitorios, Poe, por si quieres quedarte alguna noche. Me encantaría que lo hicieras.

Mi sobrina me miró, con la expresión desdeñosa e incrédula que era marca de la casa en sus ojos azules.

—Claro.

—Tú también, mamá. Podríamos tener una noche solo de mujeres. Con palomitas y películas. —Luego, podríamos volar a Marte, porque era igual de posible.

—Ajá. Parece divertido. —Le dio un mordisco al maíz, que crujió entre sus dientes mientras lo masticaba—. Ahora que caigo —añadió—, a la clínica del pueblo le vendría bien un médico. Si te vas a quedar una temporada, claro.

—¿En serio? ¡Ostras, sí! ¡Sería estupendo! —Algo que hacer hasta que Lily saliera de la cárcel—. ¿Sabes quién la dirige?

Lo sabía, por supuesto, y después de la cena buscó el número de teléfono y me lo dio. La clínica era una extensión del Maine Medical Center, donde yo había trabajado brevemente.

Cuando era pequeña, la clínica no existía. El doctor Locke trataba a todo el mundo, desde los recién nacidos hasta los pacientes terminales. La familia Ames había reunido el dinero para una clínica unos diez años antes, algo que mi madre no me había contado. El doctor Locke se acababa de jubilar, y el mismo hospital de Portland en el que yo había pasado mi primer año de residencia estuvo enviando médicos recién licenciados para trabajar en la clínica.

Todavía conservaba la licencia para ejercer en Maine, por si mi madre necesitaba alguna vez mis cuidados en una emergencia, aunque no era de las que tenían emergencias y, menos todavía, de las que me llamaría en caso de tener una. Digamos que un oso pardo viene desde Canadá y le arranca el brazo de un mordisco. Mi madre se limitaría a disparar al oso, coserse el brazo con el hilo negro que usaba para cosernos los botones cuando éramos pequeñas y luego descuartizaría el oso, adobaría la carne y usaría la piel como alfombra.

Sería agradable trabajar un poco. Vivir sola de nuevo, algo que sería capaz de hacer sin problemas, por más que los desaforados latidos de mi corazón dijeran lo contrario. Ser útil.

Por primera vez desde que regresé a la isla, sentí un rayito de esperanza.

Unos días más tarde, Poe me llevó, junto a mis pertenencias, a la casa flotante. Yo todavía no conducía, aunque estaba segura de que podía hacerlo. Sin embargo, Poe se había sacado la licencia de conductora en prácticas y necesitaba las horas al volante. Supuse que iba a necesitar un vehículo para el verano; no tenía, porque soy una gran defensora del transporte público. De modo que me subí en el *ferry* a Portland y alquilé un Mini Cooper verde oscuro para el tiempo que me hiciera falta. Poe se quedó bastante impresionada, de modo que para seguir estrechando vínculos —ja—, sugerí que condujera ella.

Mala idea. No atinó con el freno, piso a fondo el acelerador, se saltó una señal de *stop* y luego frenó en seco en mitad del cruce, haciendo que mi perro se cayera en el asiento trasero.

—No pasa nada. Vas bien. Lo estás haciendo muy bien —mentí, mientras pisaba un pedal de freno imaginario con tanta fuerza que casi atravesé el suelo del Mini—. Solo tienes que pisar con menos...

Salimos disparadas y casi nos llevamos un árbol por delante. Hizo un giro de noventa grados al enfilar la Avenida Spruce Brook, que no estaba asfaltada, y tomó la curva a cincuenta por hora, levantando una nube de gravilla y de polvo. Desde el asiento trasero, *Boomer* gimoteó.

—Un pelín más despacio tal vez sería mejor —le sugerí con voz tensa.

Las dos estábamos sudando cuando enfilamos el camino lleno de hierba que conducía a Oberon Cove.

—No ha estado mal —mentí.

Poe puso el Mini en punto muerto antes de haberlo detenido del todo y las dos nos sacudimos hacia delante, aunque los cinturones de seguridad nos frenaron.

—Perfecto —le dije.

Mi sobrina salió, rodeó el Mini con paso furioso y abrió el maletero para sacar mi equipaje. Sí, era gruñona, pero tenía dos brazos fuertes. *Boomer* saltó del vehículo y se alejó para husmear por los alrededores.

Yo también salí, apoyando el peso en la rodilla convaleciente. Se acabaron las muletas para mí, solo necesitaba hielo por las noches.

Como de costumbre, los recuerdos de mi padre me asaltaron al tiempo que lo hacía el olor a mar y a pino. Por aquel entonces, teníamos una embarcación tipo Boston Whaler. De vez en cuando, íbamos a los astilleros para alguna reparación o en busca de alguna pieza de repuesto.

En ese momento, Luke vivía allí. Tendría que verlo tarde o temprano. A lo mejor, el tiempo había obrado un milagro y había reducido su rabia. Lo deseaba fervientemente. Al menos, ni Sullivan ni él habían sufrido daños permanentes por culpa del accidente de tráfico. De lo contrario, no tenía claro que yo pudiera estar en Scupper Island en ese momento.

Pero estaba allí y quería ver el lugar donde iba a vivir.

Por lo que me habían contado, Collier Rhodes tenía dinero a espuertas y, a juzgar por lo que veía, era verdad. El coste de la electricidad y del agua corriente en ese lugar debía de ser estratosférico. Incluso había instalado una fosa séptica, según me dijo Jim, el agente inmobiliario.

Había un pequeño prado entre la ensenada y el camino, y mi zona de aparcamiento, por llamarla de alguna manera, era un desvío del camino de tierra. Un sendero se abría paso entre la alta hierba, y me condujo hasta el agua, que estaba flanqueada por pinos y rocas. Las olas rompían en la orilla, y el viento ululaba entre los árboles. El muelle en sí era de madera gris, y una barandilla de cuerda pendía de un poste a otro. Unas candilejas de cobre iluminaban el muelle para que no me cayera por el borde de noche.

Y la casa flotante en sí era... ¡Uf! Era incluso más bonita que en las fotos.

También estaba construida con madera clara, y era una estructura moderna de ángulos y curvas raras. Por extraño que pareciera, encajaba bien en Oberon Cove. Ay, Dios, ¿eso de la parte superior era una azotea? ¿Y eso era... una antena parabólica? Que Dios bendijera a Collier Rhodes. Podría seguir viendo *Mi vida con 300 kilos*.

Llegué hasta donde estaba mi sobrina, que estaba mandándole un mensaje de texto a alguien, y abrí la puerta.

—¡La leche! —exclamó ella antes de poder contenerse.

«La leche», y tanto que sí.

La puerta se abría a una moderna y elegante cocina. Encimeras de cristal ahumado y una cocina de acero inoxidable Viking. Un frigorífico enorme, un banco que envolvía una mesa con espacio para seis comensales. Había ventanas por todas partes, y la estancia estaba iluminada por una luz dorada. El salón tenía chimenea. ¡En una casa flotante! Un sofá, un precioso sillón de cuero y una mesita de café de cristal.

—¡Ostras! —exclamé—. Es preciosa.

Mi sobrina no replicó, se limitó a entrar rápidamente y a soltar las maletas de golpe.

—¿Te importa llevarlas al dormitorio, cariño? —le pregunté.

—No sé dónde está —me contestó.

—Pues vamos a buscarlo.

No estaba lejos... La casa flotante no podía tener más de setenta y cinco metros cuadrados. Poe abrió una puerta y entró, tras lo cual dejó las maletas en mi cama... una cama de matrimonio que tenía delante un armario empotrado y una cómoda. El cuarto de baño era incluso mejor que el del apartamento de Bobby, ya que el suelo de ese era de piedrecitas. Incluso tenía bañera.

—Es como un hotel de los buenos —dije, intentando imaginarme viviendo allí.

—No sabría decirte —replicó ella.

—¿Dónde está tu habitación? —le pregunté.

—Aquí no tengo habitación.

—Sí que la tienes —le aseguré—. Creo que está escaleras arriba.

Acerté. Había un segundo dormitorio, algo más pequeño que el primero, pero más grande que el que tenía en casa de mi madre. Otro dormitorio, un espacio abierto con un futón y una escalera que llevaba a la azotea, desde la que se tenía una vista espectacular de la enseñada y del océano. Muebles de teca con cojines naranjas y rojos, y un mueble bar. Podría cultivar plantas aromáticas allí arriba y también flores. Era el lugar más maravilloso en el que había vivido. ¡Gracias, Collier Rhodes!

Me volví hacia mi sobrina con una sonrisa.

—¿No es lo más? De verdad que me gustaría que te quedaras conmigo.

—Lo que tú digas.

Titubeé un segundo.

—La verdad es... la verdad es que me encanta tener compañía. A veces, me altera un poco estar sola. Así que lo digo en serio, ¿de acuerdo? Ven a verme cuando quieras, cariño.

—Deja de llamarme así, tengo un nombre, ¿sabes?

«Que comparta el 25 % de tu ADN no significa que tengas que soportar sus desplantes», me dijo la voz de mi conciencia.

—Hola, ¿este perro es vuestro? —preguntó la voz de una niña.

Poe y yo bajamos, y la rodilla me recordó que hacía poco la habían descolocado de su posición habitual.

En la puerta de la cocina había una niña de pelo castaño y sonrisa dulce.

—Hola, siento interrumpir. Hay un perro muy grandote aquí fuera. Es muy bueno. Supongo que es vuestro, ¿no?

Tendría la edad de Poe, tal vez fuera un poco más pequeña, y su cara era dulce y redonda. Una niña regordeta, muy parecida a como era yo en el instituto.

—Hola —la saludé—. Sí, es mío. Saluda, *Boomer*. —La miré con una sonrisa y la suya se ensanchó... toda una conmoción después de haber pasado dos semanas con mi sobrina—. Soy Nora. He alquilado este sitio. Y esta es mi sobrina, Poe.

—Nos conocemos —dijo la niña—. Hola, Poe.

Mi sobrina gruñó.

—Soy Audrey. —La niña extendió la mano y se la estreché, sonriendo.

—¿Vais juntas a clase? —pregunté.

—Sí. —Audrey miró a Poe, que estaba mandando un mensaje de texto.

Contuve un gemido. Que yo supiera, Poe no tenía una sola amiga en la isla. Volvía a casa en cuanto terminaban las clases y nunca salía los fines de semana.

—Vamos, entra —la invité—. ¿Cómo te apellidas?

—Fletcher.

—Ah —dije—. Fui a clase con Luke y Sullivan. ¿Algún parentesco?

—Sullivan es mi padre. —Sonrió de nuevo.

Sully tenía una hija. Guau. Y la tuvo bastante joven, al parecer.

—Trabajábamos juntos en la marisquería —le dije.

—¿De verdad? ¡Qué bien!

—Si te gusta la fritura, estaba pero que muy bien. Y a mí me encantaba. —Sonreí—. Esto... ¿vivís por aquí?

—No, vivimos en el pueblo —contestó ella—. Pero mi padre es el dueño de los astilleros, así que vengo mucho por aquí.

—¿Y qué tal le va a tu tío? —Eso de sonsacarle información a la niña estaba muy bien.

—Bien, supongo.

—Te ofrecería algo de beber, pero no tengo nada todavía. ¿Quieres un vaso de agua?

—Ah, no, no pasa nada. Solo quería saludar y asegurarme de que esta preciosidad tenía dueño. Me encantan los perros.

—Poe, ¿lo has oído? Le encantan los perros, como a ti.

—Odio a los perros.

—Menos a *Boomer,* claro —aclaré. Al escuchar su nombre, el perro le pegó el hocico a la cadera.

—¿Tú también vas a vivir aquí, Poe? —le preguntó Audrey.

—No, no voy a vivir aquí. —Me miró un segundo, a modo de desafío silencioso.

—Se quedará a veces —la corregí—. O eso espero. Y tú puedes venir cuando te apetezca, Audrey.

—Gracias —me dijo, con una sonrisa deslumbrante—. Es el sitio más increíble del mundo, ¿a que sí?

—¡Ya te digo! No me creo la suerte que he tenido de que estuviera en alquiler.

Volvió a sonreír.

—En fin, me alegro de conocerte. Nos vemos en clase, Poe.

Poe levantó la vista.

—Sí. Nos vemos, Audrey.

Me puse delante de la puerta para ver cómo se alejaba, y para asegurarme de que no se caía por el muelle y se ahogaba.

—Es superagradable.

Poe no dijo ni mu.

—¿No te parece? —insistí.

—Ya. Deja de intentar emparejar a la gente.

—Solo creo que sería agradable si tú...

—Nora. Deja de mover los labios.

Me apareció un tic nervioso en el ojo.

—¿Te importa llevarme al supermercado, preciosa? Esto... Poe. —Se me pasó por la cabeza que no sabía si mi sobrina tenía un nombre compuesto.

—¿Puedo negarme?

—Que sepas que lo de adolescente-guapa-pero-resentida-con-el-mundo está muy pasado de moda. Hazme el favor de darme cuartelillo y dejar el topicazo de lado. Al fin y al cabo, te quiero. Estoy lesionada, tengo algunos huesos rotos, y necesito ayuda.

—Que lo voy a hacer.

Respiración de yoga, respiración de yoga...

—Gracias. Prepararé unos *brownies* a la vuelta, ¿te parece?

Así que, sobornada con la promesa de chocolate, mi sobrina y yo fuimos al supermercado para llenar mi cocina perfecta. Fue muy curioso pasear por los pasillos del supermercado de Sammy... y que conocieran a Poe más que a mí. Una vez que la saludaban a ella o que asentían con la cabeza, porque ser la nieta de Sharon Stuart conllevaba cierto respeto, pillaba a las personas mirándome a mí mientras me reconocían poco a poco y el desconcierto las ruborizaba. «Nora, ¿en serio? ¿La gorda esa que le robó la beca a Luke Fletcher? ¿La que mandó a Sully al hospital?».

Gracias a la rotación en Psiquiatría, me sabía al dedillo todo lo relacionado con la proyección y las profecías autocumplidas. Desde que abandoné Scupper Island a los dieciocho, había intentado ser otra persona.

Aquí me costaba más, porque los recuerdos nunca morían.

Esa noche, intenté controlar la ansiedad para que no me abrumara a medida que el sol se ponía. *Boomer* fue un gran consuelo, ya que olisqueó todos los rincones de la casa flotante antes de tumbarse delante de la chimenea de gas, que yo había encendido. Fregué los platos, algo que me gustó al estar en un sitio nuevo. Leí un poco, encendí el enorme televisor, lo apagué.

Luego, hice una ronda de seguridad por la casa: cerré todas las ventanas, que había un montón, cerré las puertas y comprobé por segunda vez que todo estuviera cerrado.

Dios, había mucho silencio. En casa de mi madre, siempre se oía la música de Poe o el ruido de mi madre tecleando en el ordenador, sumida en sus hojas de cálculo. Los ruidos de la calefacción, la tabla que crujía delante del frigorífico, el aullido del viento en la chimenea... Incluso después de quince años, reconocía esos ruidos como si fueran viejos amigos.

En ese sitio, todo era distinto. La casa flotante se mecía constantemente, un poco en cada dirección, elevándose con la marea y las olas más grandes, pese a estar muy bien anclada. El agua chapoteaba contra el casco y las rocas de la ensenada. Oía a lo lejos el rumor de una embarcación con rumbo desconocido... Era precioso todo, me dije. Y silencioso. Después del Incidente Aterrador, detestaba el silencio. Oía un *podcast* todas las noches, por miedo a recordar lo que había pasado. Incluso tumbada entre los brazos de Bobby, necesitaba que algo me llenase la cabeza.

Pero allí, si alguien se acercaba, tal vez no lo oyera.

Boomer me protegería.

Además, tenía una pistola. ¿No lo había dicho? Sí. Por si las moscas. Y, sí, sabía cómo usarla. Era lo primero que había sacado de la maleta, sin que Poe se diera cuenta. Me bastaba con pensar en ella, metida en el cajón de la mesita de noche, para sentirme un poco mejor.

Pronto tendría que acostarme. Se me secó la boca al pensarlo.

Alguien llamó a la puerta, y grité. *Boomer* se levantó de un salto y empezó a ladrar como un loco.

Había alguien allí fuera. Pero ese alguien estaba llamando a la puerta... Seguramente fuera mi madre. O Poe. A través de la ventana, vi que era un hombre, y el miedo se apoderó de mí, haciendo que se me aflojara la vejiga, pero... enseguida me di cuenta de que se trataba de Sullivan Fletcher. Que seguramente no fuera un violador. Y a quien yo conocía de toda la vida. Cuya hija me había visitado esa misma tarde.

Con el corazón en la garganta, me acerqué a la puerta y la abrí.

—Hola —lo saludé con voz de pito.

—Hola —me dijo él—. Mi hija me ha contado que te has mudado aquí.

—Sí, es verdad. Esto... —¿Debería invitarlo a pasar? A ver, que tenía una hija muy maja, pero habían pasado muchos años. ¿Lo seguía conociendo? Además, la gente —tal vez él también— creía que yo era la responsable de su larga estancia en el hospital. Claro que ya se había recuperado.

Estábamos solos allí fuera. Salvo por *Boomer,* nadie me oiría si necesitaba ayuda.

Pero yo era valiente y había sobrevivido a un montón de cosas aterradoras y letales. Se acabó lo de tener miedo —o eso me dije—. Pasar página, blablablá.

—Pasa, Sully —lo invité.

Él entró, y la casa flotante se hizo mucho más pequeña. *Boomer,* mi supuesto perro guardián, le acarició la mano con el hocico. Sully esbozó una sonrisilla y le acarició las orejas a mi perro, lo que quería decir que, a partir de ese momento, Sullivan Fletcher ya podría descuartizarme con un hacha roma: *Boomer* se quedaría mirando el espectáculo, meneando el rabo, a la espera de que le rascara la barriga.

—Esto... ¿quieres tomar algo? ¿Una copa de vino o una cerveza?

—No, gracias. —Me miró el cabestrillo, pero no dijo nada. ¿Estaba analizando mis debilidades? Tenía la clavícula mucho mejor, pero no estaba en condiciones de pelear.

«No vayas por ahí, Nora», me dije. Sullivan fue superagradable en la pastelería la semana anterior. No había motivos para tenerle miedo.

—Tu hija parece estupenda —le dije.

Él sonrió, y mis miedos se esfumaron en un cincuenta por ciento.

—Lo es —me aseguró.

—¿Tienes más hijos?

—No. —No añadió nada más.

—La tuviste muy joven. —«Caray, Nora, no es asunto tuyo».

—Ajá.

No me dijo quién era la madre. Le miré la mano izquierda. No llevaba anillo.

—Bueno, ¿qué te trae por aquí, Sullivan?

Miró por la ventana.

—Supongo que solo quería darte la bienvenida al vecindario —replicó.

—Gracias.

—Y avisarte de que Luke está viviendo en los astilleros, de momento.

Me atravesó una dolorosa punzada de miedo y perdí el control de la lengua.

—Sí, ya me lo ha dicho mi madre. ¿Cómo está? Me refiero a cómo le va. Esto... ¿se ha casado? ¿También tiene niños? O... un perro tal vez.

Sullivan frunció un poco el ceño.

—Lo siento —me disculpé—. Es que me preocupa que siga... resentido conmigo.

—Lo está.

Mierda.

Boomer se tumbó a los pies de Sully y apoyó la cabeza en uno de sus zapatos.

«Aquí, tontorrón», quería decirle. «Mamá te necesita. Luchar hasta la muerte, ¿te acuerdas?».

—No se fue de la isla al terminar el instituto —me explicó Sullivan al tiempo que se frotaba la nuca... tal vez el lugar donde sufrió las heridas. Contempló la ventana con la mirada perdida—. Bueno, pasó un semestre en la Universidad de Maine, pero luego lo dejó.

Tragué saliva.

—¿Y tú, Sully? ¿Qué pasó contigo?

Me miró.

—Perdona, ¿qué has dicho?

—¿Saliste bien parado? ¿Del accidente?

—Ah, más o menos, sí.

¿Qué quería decir eso?

—Me apené mucho al enterarme de lo que... te había pasado. Que acabaras herido, digo.

—No fue culpa tuya.

—Pues me dio esa sensación.

Se encogió de hombros.

—Que yo sepa, fue mi hermano quien se puso hasta arriba de coca y condujo aquella noche, no tú. A lo que iba... Se ha enterado de que has vuelto y eso ha despertado algunas cosas. Seguramente te suelte algo cuando te lo encuentres por ahí.

Me tensé. ¿Sabes qué? A tomar viento. Ya me había hartado de que los hombres furiosos me dijeran cosas.

—Pues si lo ves, dile que se vaya a la mierda de mi parte, ¿de acuerdo?

Eso. Eso hacía que me sintiera mejor. Eso era una demostración de mi yo valiente. *Boomer* meneó el rabo en señal de aprobación.

Sullivan me miró un buen rato. Luego, esbozó una sonrisilla torcida.

—Claro, Nora —me dijo—. Pero, verás, es mi hermano y va a estar durmiendo en el sofá del despacho, así que lo verás por aquí.

—Entendido.

—Ha tenido problemas con las drogas y con el alcohol, pero ahora se está enderezando.

Oh, la madre que me parió... No bastaba con que tuviera ya un complejo enorme. También era drogadicto. Y vivía al final del camino.

—¿Crees que es peligroso?

—¿Crees que lo dejaría estar cerca de mi hija si lo fuera?

—No tengo ni idea. Llevo diecisiete años sin verte.

—Pues no lo haría. Es inofensivo. Más patético que peligroso, pero no le hizo ni pizca de gracia que tú consiguieras la beca.

Asentí con la cabeza. Patético, claro. Además, yo tenía un perro enorme que, pese a las apariencias, había sido adiestrado para protegerme. También tenía una Smith & Wesson.

—En fin, buenas noches —se despidió Sully.

—Igualmente, Sullivan. Gracias por el aviso.

Asintió con la cabeza y se dio la vuelta para marcharse, y en ese momento lo vi.

Un audífono. De los que se llevaban detrás de la oreja, protegidos en una carcasa de plástico.

—¿Sully? —lo llamé antes de poder morderme la lengua.

No me contestó. Porque no podía oírme.

—¿Sullivan? —lo llamé con voz más alta al tiempo que le tocaba un brazo.

Se volvió.

—¿Sí?

—Tienes un audífono.

Se quedó muy quieto y, después, asintió con la cabeza.

—¿Hasta qué punto has perdido audición?

Titubeó un segundo antes de contestar:

—Pérdida total en el oído derecho y pérdida progresiva en el izquierdo.

Se oyó el graznido de un somormujo, y me pregunté si él lo había oído.

—Nos vemos —me dijo antes de irse. Cerró la puerta sin hacer ruido.

En cuanto se marchó, me fui al portátil para buscar en Google y confirmar lo que ya sabía.

«Pérdida bilateral de audición tras un traumatismo craneoencefálico».

Luke seguía cabreado conmigo. Menuda novedad —pensé las palabras echándole morro—. Lo más importante era que Sullivan había sufrido lesiones hasta el punto de quedarse parcialmente sordo. Si lo que me había dicho era cierto, aunque tendría que consultar con uno de los otorrinolaringólogos a los que conocía en Boston, se quedaría sordo con el tiempo. Tal vez pronto lo hiciera.

Si bien sabía que, técnicamente, no era culpa mía, me sentía como un ser que hubiera salido reptando de debajo de una piedra.

Me desperté a las 3:15 de la madrugada. ¿No era la misma hora a la que Harry Potter había salido de la cama para colarse en la biblioteca en *Harry Potter y la piedra filosofal*? ¿O era cuando todos los horrores empezaban cada noche en *La morada del miedo*? ¿O era cuando las gemelas de *El resplandor...*? Muy bien, esos pensamientos no me llevaban por buen camino.

De todas formas, no era una buena hora para estar despierta en un lugar nuevo donde, si un drogadicto convaleciente, un violador o un psicópata decidían matarme, nadie me oiría gritar.

A ver, ¿por qué había alquilado la casa flotante? ¿Qué tenía de malo compartir habitación con Poe?

Boomer se pegó un poco más a mí y le acaricié la enorme cabeza. El mejor perro del mundo mundial me protegería. Una vez, un hombre se nos acercó en el parque Boston Common y *Boomer* empezó a gruñir. La primera y última vez. Confiaba a ciegas en que mi perro pudiera captar las intenciones de las personas. Le gustaba Sullivan, y Sullivan parecía... En fin, no parecía peligroso.

Busqué el móvil y le mandé un mensaje de texto a Bobby. Estaría de guardia. O dormido. Fuera como fuese, me daba igual. De repente, lo echaba muchísimo de menos.

Hola. Estoy sola en mi casa nueva. Es alucinante. Una casa flotante, la leche. Muy silencioso todo.

Un segundo después, aparecieron tres puntos suspensivos en la pantalla. Estaba despierto y me contestaba, gracias a Dios.

¿Estás bien?
Un poco acojonada, le contesté.
Estás a salvo, cariño. Me tienes al otro lado de la línea.

Me sentí tan agradecida que se me llenaron los ojos de lágrimas. Bobby lo sabía. Claro que lo sabía.

No hay líneas en el caso de los móviles, pero gracias. ☺

Otro mensaje suyo apareció en la pantalla.

¿Te apetece hablar un rato?
Gracias. ¿Alguien nuevo en el hospi?

Un segundo después, apareció su mensaje.

Ha llegado un hombre con el brazo en la mano. Ha sido impresionante.
Yo: *¿Se lo cosieron los de traumatología?*
Bobby: *No, demasiados daños. Pero vaya cuadro.*
Yo: *Me lo imagino.*
Él: *Todos te echan de menos.*

Eso era bueno. Me alegraba saberlo.

Salúdalos de mi parte, diles que Maine es precioso, que tengo un dormitorio extra y que puedo comprarles langostas a los pescadores directamente. Lily sale el 5 de agosto, así que en cuanto la vea, me vuelvo a Boston.

Hubo una pausa más larga. ¿Estaba Jabrielle con él? ¿Eran pareja? ¿Estaba acostada a su lado, desnuda y molesta porque su ex le estaba quitando el sueño?

Él: *Me alegrará verte cuando traigas a Boomer.*

El corazón me dio un vuelco por la tristeza y el amor. Bobby y yo teníamos algo bueno. Un segundo después, me llegó otro mensaje suyo.

> *¿Qué tal las lesiones?*
> Yo: *Mucho mejor. Parece que voy a trabajar en la clínica del pueblo.*
> *Me muero por trabajar de nuevo.*

Una pausa antes de:

> *Es estupendo, cariño.*

«Cariño».

Había llegado el momento de cortar la conversación antes de que dijera algo de lo que me arrepentiría.

> *Gracias por la conversación, Bobby. Me voy a preparar un bocadillo*
> *y a ver Aventura en pelotas.*

Antes veíamos el programa juntos.

> Él: *JUAS. Felices sueños.*

No tenía la menor intención de salir de la cama. Era demasiado aterrador.

Así que me quedé tumbada, acariciando a *Boomer,* mientras me preguntaba si Bobby y yo nos habríamos casado y estaríamos esperando a nuestro primer hijo si el Incidente Aterrador no hubiera sucedido.

Capítulo 10

Hay un momento en la vida en el que reescribes tu pasado. Primero, tus años de adolescencia. Solo tienes que ver cualquiera de esos programas de telerrealidad. Todos esos aspirantes a cantantes, a modelos, a diseñadores o a chefs reposteros hablan de su trágica infancia, de sus sacrificios y de sus dificultades. En televisión, queda mejor si se habla de una época en la que no existía un hogar en vez de contar la verdad. «Estaba tan enfadada con mi madre que aquel fin de semana me quedé a dormir en casa de mi amiga».

Yo también he reescrito mi pasado, empezando por el momento en el que entré en la residencia de estudiantes aquel frío día de enero. Pero, en mi caso, para hacer lo contrario. No quería que me conocieran por todos los sufrimientos que había padecido, quería que me vieran como la persona más feliz del mundo.

Y lo era. Por Dios, vaya si lo era.

Con la felicidad, se acabaron el acné provocado por el estrés, el pelo grasiento y el sudor nervioso. Como ya no estaba depre, solo comía cuando tenía hambre y mis veinte kilos de más desaparecieron. Iba al gimnasio del campus, que no podía ser más moderno, empecé a correr por la orilla del río Mystic, iba a clases de yoga, nadaba y me apunté al club de remo el segundo año. En clase, participaba y descubrí que era graciosa. Presté atención a lo que se decía de mí y descubrí que la gente me quería como amiga.

Nadie me veía como la ladrona que le robó la beca al niño bonito del pueblo. Al contrario, mis compañeros me admiraban por ser la receptora de la Beca Pérez de ese año y por haberlo conocido en persona. Gracias a su generosidad, pude comprarme ropa nueva, ya que me había cambiado el cuerpo, salir a comer *pizza* con mis amigos o pagar un viaje a Londres. La beca cubría diez mil dólares en gastos, así que prácticamente era rica.

Empecé a disociar mi antiguo yo de esa nueva persona. Mi yo isleño de mi yo Pérez.

Cuando hablaba de mi vida, me limitaba a comentar los datos básicos, y me decían que era muy estable y madura. Si describía el hogar donde crecí, decía: «es una isla preciosa. Y pequeñísima». Y, después, me reía con tristeza. «Ya me entiendes, ¡te juro que lo mejor que he hecho ha sido salir de ese pueblecito!»

Pero nunca decía nada malo de Scupper Island. El poco orgullo isleño que tenía me lo impedía. Y Scupper Island seguía siendo el sitio donde bajábamos la pendiente de la carretera de Eastman Hill en bicicleta a medianoche, el de las cuevas que visitábamos con la marea baja y el de los pinos que parecían susurrar secretos.

Lily era mi «hermana bohemia» y no la hermana que seguramente estuviera vendiendo drogas y también consumiéndolas. Después de que Poe naciera, enmarqué una foto suya y dije la verdad, que desearía ver más a mi sobrina. Mi madre... en fin. De ella decía que era la típica mujer de Maine. «Es capaz de arreglar el motor de una embarcación, de cortar su propia leña y de dispararle a una ardilla y cocinarla para cenar. Es increíble».

No decía que mi madre y yo llevábamos diez años sin mantener una conversación de verdad. Que no parecía orgullosa de mí ni impresionada por mis logros. Cuando llegaba el fin de semana de visita de los padres, yo hacía de guía y le hablaba de los edificios del campus, de los programas educativos que ofrecía, de la comida, de mi compañera de habitación. Mi madre asentía con la cabeza de forma distraída, sin hablar mucho, y se marchaba el sábado por la tarde, diciendo que tenía trabajo pendiente. Otros padres se quedaban hasta el domingo.

Bordé el examen de ingreso en Medicina y conseguí entrar en la Facultad de Medicina de la Universidad Tufts. Aquellos años pasaron en un abrir y cerrar de ojos. La cantidad de trabajo que tenía que hacer era inhumana; la información, infinita; y me pasaba la mitad del tiempo, o más de la mitad, sin saber si estaba soltando datos como si fuera un loro o aprendiendo de verdad. Algunas noches, me despertaba después de un sueño inquieto, aterrada porque todo fuera un error, porque me echaran por impostora, porque me expulsaran de la facultad y me denegaran las prácticas para la residencia. Sufría pesadillas en las que mataba a los pacientes. Otras en las que me veía con los brazos metidos en el abdomen de una persona y recordaba, de repente, que no había asistido a clase de Matemáticas y que me escondía en el hospital para que el jefe de estudios no me despidiera. Y otras en las que me despedían y tenía que regresar a Scupper Island.

Pero me mantuve en mis trece. Cuando llegó la hora de elegir especialidad y mis compañeros empezaron a competir por las más difíciles, como cardiología, oncología y cirugía, yo me decanté por medicina interna, con el ojo puesto en gastroenterología.

No era una especialidad tan competitiva. La mayoría de los pacientes no moría. Si cometía un error, era muy probable que pudiera enmendarlo. Aunque había llegado muy lejos, seguía sintiéndome como una impostora.

Mi madre fue a mi graduación.

—Así que ahora eres médico. Quién lo iba a pensar... —dijo con una sonrisa.

El señor Pérez también fue a verme. Me abrazó y me dijo que estaba orgulloso de mí, y después fue a hacer una donación a algún otro edificio.

Si le doy al avance rápido y llego a los años de residencia, puedo afirmar que no se pareció en nada a *Anatomía de Grey,* por sorprendente que parezca. No había cirujanos plásticos realizando operaciones en el cerebro, ni bombas que estallaban en el hospital. Conseguí una beca para la especialidad y, un año después, empecé a trabajar para la compañía médica Boston Gastroenterology Associates, una de las mejores del Estado.

Alquilé un pequeño apartamento en un edificio nuevo y, por primera vez en la vida, empecé a vivir sola. Podía permitirme comprar muebles, y de calidad, además. Mi casa parecía el lugar ideal: espacio abierto con una cocina pequeña, pero perfecta, y un dormitorio con ventanas en dos paredes. Me esforzaba por tenerlo inmaculado, emocionada por la idea de vivir sola, de poder permitirme comprar un cuadro, un sofá verde claro y esponjosas toallas blancas. Compré copas con tallos finos y elegantes para hacer cócteles, lámparas modernas y una mullida alfombra blanca. Trabé amistad con Tyrese, el vigilante de seguridad que trabajaba por la noche, y con los Amberson, una familia con dos niños que vivía en el 3F. Avi, el dueño de la tiendecita situada dos bloques más allá del mío, sabía cómo me gustaba el café y me llamaba «doctora». Había encontrado mi lugar.

Qué fuerte.

Había logrado salir de la isla, había estudiado en una de las universidades más competitivas del mundo, había salido airosa de la carrera de Medicina, de la residencia y de la especialidad. Ya no estaba gorda, no tenía granos, me había hecho amiga de la ropa, era incluso medianamente atractiva. Me encantaba trabajar en el hospital, que era como una pequeña ciudad en la que se desarrollaban multitud de dramas todos los días. El ciclo de la vida del *Rey León* tenía lugar en todas las plantas, y nosotros, los médicos, estábamos en el centro de la acción.

La sensación de ser una impostora se desvaneció. Nora, la Trol; Nora, cuyo padre se marchó sin despedirse siquiera; la hermana fea; la hermana aburrida; la que le robó la beca a Luke Fletcher y mandó a su hermano al hospital... Esa Nora era una criatura del pasado. En aquel entonces, me despertaba todos los días en mi precioso apartamento, deseando llegar al trabajo para descubrir el origen de los problemas de mis pacientes y hacer las rondas. Era una buena doctora, aunque novata, y a mis compañeros les caía bien. Los pacientes hablaban estupendamente de mí. Algunos de mis antiguos compañeros de universidad también estaban en el Boston City, y quedábamos para salir a cenar o a tomarnos algo, para ir de fiesta, al parque Boston Common o al Back Bay.

Salía con hombres, me iba de fin de semana con mis amigas y de vez en cuando pasaba algún fin de semana sola, feliz y contenta, mientras leía, cocinaba, salía a correr o paseaba por Boston. Era muy feliz.

Y Bobby Byrne hizo su aparición.

Ya me había fijado en él. Era difícil pasarlo por alto. Usando las inmortales palabras de Derek Zoolander: era tope guapo. Pasaba del metro noventa y cinco. Musculoso. Pelo oscuro y rizado. Ojos del color de las aguamarinas, de ese tono que solo se consigue usando Photoshop. Era el hombre más guapo que había visto en la vida. Más guapo incluso que Luke Fletcher.

En otra época, habría estado tan fuera de mi alcance que habría agachado la cabeza si pasaba por mi lado. Ya no. A esas alturas, éramos iguales. Yo era una mujer de treinta y dos años, segura de mis habilidades, cómoda en mi propia piel, que disfrutaba consigo misma y quería a sus amigos también.

Bobby era el jefe del servicio de Urgencias, un puesto para alguien joven, ideal para los amantes de la adrenalina y para aquellos médicos que no querían relacionarse con los pacientes. El eslogan de Urgencias era «Arréglalos y lárgalos», y nadie lo llevaba tan a rajatabla como Bobby. De vez en cuando, me llamaban a Urgencias por alguna hemorragia rectal, normalmente a causa de las hemorroides, aunque todo el mundo pensaba que se moría, así que era agradable tranquilizarlos. Miraba a Bobby y él me sonreía.

En el hospital, había un grupo de solteros. Nos hacíamos llamar «Médicos sin pareja», y de vez en cuando quedábamos en Fenway Park o en Durgin Park para comer pudin indio. Bobby estuvo seis meses saliendo con Mia, una asistente social que trabajaba en el hospital. Era muy guapa, aunque estaba demasiado delgada y parecía siempre triste. De vez en cuando, salía con los Médicos sin pareja. Estaba claro que la irritábamos. Ella no era médico y no pillaba el chiste. El grupo no solo estaba formado por médicos, pero era posible que ella no hubiera oído hablar de Médicos sin fronteras, y cada vez que salía con nosotros teníamos que explicarle el porqué del nombre. Pero lo que más la irritaba era su deseo de ser la mujer de Bobby.

No paraba de quejarse por todo y se pasaba todo el rato llamando la atención con sus lamentos. No le caíamos bien, contestaba a nuestras preguntas con monosílabos y siempre tenía un gesto avinagrado. Discutía con Bobby en voz baja y, muchas veces, se iba limpiándose las lágrimas sin intentar disimular siquiera. Le gustaba montar el pollo y a mí me sabía mal por él... y por mí.

Mia no comía nunca y, dada mi condición de médico, me estremecía cada vez que pedía agua con una rodaja de limón en vez de comida. Tenía los dedos hinchados, por el abuso de laxantes, y los brazos eran dos palillos que le colgaban de los hombros. A causa de los vómitos que yo sospechaba que se provocaba, tenía la cara hinchada, los labios agrietados y los dientes transparentes por la pérdida del esmalte.

Quería ayudarla, y quería que me cayera bien, pero era difícil. Saltaba a la vista que tenía problemas y que deseaba que todos lo supiéramos.

Un día la vi en el pasillo, ofuscada y al borde de las lágrimas, aunque esa era su expresión habitual.

—Mia, ¿puedo hablar un momento contigo? —le pregunté, y nos fuimos a una sala de espera vacía.

—¿Qué quieres? —replicó, sin mucha educación.

—Bueno, si te digo la verdad, me tienes preocupadilla.

—¿Por qué? —me soltó ella—. ¿Porque quieres salir con mi novio?

Guardé silencio, sin hacerle caso.

—Estás muy delgada, Mia.

—Soy de constitución delgada. —Miró mi cuerpo de talla 40 con evidente desdén.

—Muestras todos los síntomas de un trastorno alimenticio. Soy médico. Sé de lo que hablo.

Ella puso los ojos en blancos, asqueada.

—Estoy bien.

—Si necesitas ayuda, dímelo, ¿de acuerdo? Te puedo recomendar unos cuantos programas y...

—Nora, no es asunto tuyo. —Se marchó, indignada. La cervatilla herida del hospital con sus patitas de alambre. La anorexia era horrible. La visión deformada de uno mismo, el extraño placer que se obtenía al infligirse daño. Si no cambiaba, se enfrentaba a una vida entera de problemas de salud. A una vida corta. Le pregunté a Roseline por ella, y mi amiga me dijo que todo el mundo le había ofrecido ayuda y que era la actual damisela en apuros de Bobby.

Medité al respecto, te lo aseguro.

Pensé demasiado en Bobby, allí sentada en mi balconcito con una copa de vino en la mano y la mirada perdida hacia el puente Zakim, esa maravilla de la arquitectura. Me gustaba Bobby, pero no pensaba tontear con un hombre que tenía pareja estable.

Una noche que salieron todos los Médicos sin pareja, salvo Mia, Bobby y yo, estuvimos caminando juntos. Le pregunté en voz baja si no le preocupaba la salud de Mia.

—¿Te refieres a su anorexia? —replicó él.

—Bueno, sí.

Suspiró.

—Intento ayudarla, pero está muy contenta con su sufrimiento.

—Sí, eso es típico.

—Sería estupendo salir con una persona normal —comentó, y me miró.

—¿Hay alguien «normal»? —le pregunté, y él se echó a reír. La emoción me provocó un nudo en el estómago.

Dos semanas después, Mia dejó su trabajo en el hospital y regresó a Minnesota con sus padres para someterse a tratamiento. Bobby me envió un mensaje de texto contándome las noticias. Me sentí aliviada por Mia. Y emocionada por la parte que me tocaba.

Bobby era libre y me demostraba su interés sin disimulos.

Durante un par de meses, mantuvimos lo nuestro en un simple coqueteo amistoso. Yo lo trataba de la misma manera que trataba al doctor Breckenridge, un médico setentón al que todos queríamos mucho. Pero el doctor Breckenridge no me ponía a cien.

Bobby era fantástico. Gracioso, listo, mordaz. Nuestra amistad era tan estupenda que casi no quería iniciar una relación sentimental con él. Salíamos a correr por el río Charles. Vimos a un cantante de *blues* maravilloso en un bareto de mala muerte que era el escenario ideal. Almorzábamos juntos en la cafetería del hospital. Paseábamos por el Camino de la Libertad y, después, nos tomábamos unas cuantas cervezas Sam Adams.

Hasta que una noche, mientras regresábamos después de haber comido unas *pizzas* con Médicos sin pareja en la *pizzería* Regina original, en North End, Bobby me agarró la mano y me resultó maravilloso. No hizo nada más, pero para nosotros quedó claro y para los demás, también.

—¿Cuánto tiempo más vais a fingir que no sois pareja? —preguntó Roseline.

—No somos pareja —contesté—. Somos dos fascinantes seres conformados por montones de células, un milagro de la creación.

—Que se mueren el uno por el otro —añadió Tom, un traumatólogo.

—Eso también —añadió Bobby, haciendo que todos rieran.

Fue un momento mágico. La preciosa primavera había llegado después del largo invierno y éramos un grupo de jóvenes amigos al comienzo de lo que estaba claro que serían sus ilustres carreras profesionales con el amor en el horizonte. La noche de *pizza* con los amigos con la que soñaba en el instituto.

Dos días después, Bobby me besó.

—¿Vas a acostarte alguna vez conmigo? —me preguntó.

—Algún día, quizá —le contesté—. Pero hoy no, claro.

Había tenido novio antes —tres, o mejor dicho dos y medio—, pero nunca había estado enamorada. Estaba segurísima de que eso iba a cambiar pronto.

Pasó otro mes de coqueteos, besos y paseos tomados de la mano antes de que por fin fuéramos a mi apartamento y procediéramos a reírnos, a desnudarnos, a reírnos un poco más, a besarnos y, al final, a hacerlo.

Eso era, pensé cuando acabamos y nos quedamos tumbados en la cama. Sexo fabuloso, un hombre gracioso, popular y listo, y yo, que también era, por fin y aunque resultara sorprendente, todas esas cosas —salvo lo de ser un hombre.

Durante tres meses disfruté de la mejor época de mi vida. La vida marchaba a toda velocidad en todos los ámbitos: profesional, personal, sentimental y de salud. Bobby y yo pasábamos algunas noches de la semana juntos, nos reíamos y veíamos películas de terror de los años sesenta, hacíamos el amor, comíamos tortitas a las dos de la madrugada y nos reíamos un poco más.

Era un hombre muy considerado. Algo que me sorprendía, porque como médico era brusco y eficiente, no le gustaba tomar a los pacientes de la mano, algo que a mí me encantaba. Un domingo por la tarde, me llevó un bote para hacer pompas de jabón con la varita y todo, y nos sentamos en el balcón mientras veíamos flotar a las pompas. Si me pasaba toda la noche velando a algún paciente en estado crítico después de haber sufrido una hemorragia intestinal, él aparecía con una gran tarrina de helado y una mantita. Una noche, estábamos acurrucados en la cama y me dijo:

—Si no puedo olerte el pelo por lo menos una vez al día durante el resto de mi vida, me suicido.

Me pareció una proposición matrimonial.

—No te suicides —le dije al tiempo que le apretaba la mano, disfrutando de la sensación de sentirme amada.

En el trabajo, yo demostraba una energía inagotable, le sonreía a todo el mundo. Tenía incluso ganas de ponerme a cantar. Cuando no estaba con Bobby, me sentía casi enamorada de mí misma. Una noche, estaba sentada en mi balcón e intenté meditar sobre lo mucho que había conseguido. Era una doctora de éxito profesional a la que le encantaba su trabajo, que vivía en una ciudad norteamericana fantástica, que tenía un apartamento fabuloso con unas vistas magníficas. Mis amigos eran estupendos, graciosos, listos y amables. Y, además, tenía un novio ideal.

Era muy distinta de la muchacha más odiada de Scupper Island. Los recuerdos de mi último día de instituto me provocaban escalofríos, así que los desterré. Había pasado toda una vida desde aquello.

En la calle, vi a un hombre paseando a su perro, un chucho marrón y blanco. El hombre miró hacia arriba y lo saludé. Él me devolvió el saludo.

—Qué mono el perro —le dije, alzando la voz, la persona más simpática de Nueva Inglaterra era yo.

—Gracias. ¿Es bonita la vista desde ahí arriba? —me preguntó él.

—La mejor —contesté. Sí. La vida era maravillosa.

Hasta que dejó de serlo.

Un martes salí de la consulta y fui al hospital para visitar a un par de pacientes, me pasé por Urgencias y conseguí dedicar cuatro minutos a besar al doctor Byrne en un armario de suministros. Después me fui en metro, en «la T», como llamaban a mi vecindario, me detuve en la tienda de la esquina para comprar unas cuantas verduras y hablar un rato con Avi mientras me comía una barrita Snickers. Al salir, un hombre abrió la puerta y la sostuvo para que yo pasara.

—¡Gracias! —exclamé, irradiando felicidad por todos los poros de mi cuerpo porque así de enamorada de la vida estaba.

—De nada —replicó él.

Un nubarrón estropeó mi alegría.

Lo supe. En aquel momento, supe de forma instintiva que no era un buen hombre. Llevaba una gorra de los Red Sox calada sobre los ojos. Una cazadora que le quedaba grande. No había comprado nada, pero estaba saliendo de la tienda.

«Qué bonito, Nora», me reprendí. «Un hombre abre la puerta para que salgas y tú lo tomas por un terrorista».

Al final, resultó que era un terrorista. Porque a mí me aterró.

Sí, ya no era una inocentona que acababa de bajar del *ferry*. Sí, había crecido en una isla donde ni siquiera cerrábamos las puertas con llave, porque eso solo lo hacían los turistas, que tenían algo valioso que robar, no nosotros.

Pero llevaba desde los dieciocho años viviendo en Boston. No había tenido el menor problema con la delincuencia jamás, pero sabía que debía caminar rápido y llevar el bolso cruzado para que no me lo robaran de un tirón. No entraba en ascensores con gente que tenía mala pinta. Vivía en un edificio que contaba con un vigilante de seguridad, el sonriente y reconfortante Tyrese. Siempre cerraba las puertas con llave. Hasta la corredera del balcón, y vivía en el tercer piso.

Me despedí de Avi con un gesto de la mano y caminé las tres manzanas hasta mi casa, no muy rápido, pero tampoco despacio. Miré hacia atrás dos veces, como después le conté a la Policía. Nadie me seguía, pero me sentía intranquila. Llamé a Bobby. Saltó el buzón de voz, pero hice como que él contestaba.

—Hola, guapo. ¿Cómo estás? ¿Quieres venir dentro de un rato? —Tenía una doble guardia, como bien sabía yo después de haber estado montándomelo con él—. Muy bien, guapetón. Hasta ahora. —Ya se lo explicaría después.

Entré en mi edificio, agradecida al ver al fuerte y corpulento Tyrese. Le pregunté por sus gemelas y me enseñó un par de fotos que llevaba en el móvil. Después, me subí en el ascensor, pulsé el tres e intenté relajarme.

«Deja las paranoias», solía decirme mi madre cuando me ponía nerviosa, usando el fuerte acento de la isla que cambiaba las palabras y las hacía parecer otras.

Mi madre no se asustaría. Ella nunca se asustaba.

Además, estaba en casa. Estaba a salvo. Ese hombre podía ser un pervertido o lo que fuera, pero ya no importaba.

Por si acaso, saqué el móvil y marqué el número de la Policía, salvo por la última cifra, aunque dejé el dedo encima.

La puerta de mi apartamento no estaba forzada. La abrí sin soltar el teléfono. Todo estaba tal cual yo lo había dejado. Ordenado y tan bonito como siempre, con un ramo de gerberas rojas en la mesa del sofá y seis limones en un cuenco en la encimera de la cocina, porque me gustaba. No había nadie en el balcón, tal como debía ser.

No era un apartamento grande. El único escondite sería el armario del dormitorio o la bañera, si cerraba las cortinas. Y yo nunca las corría del todo porque había visto muchas películas de terror. Estaba al tanto de esas cosas. Todos los días las dejaba a medio correr porque me gustaba el estampado de pájaros y flores.

Solté las bolsas de la compra, entré en el dormitorio y, aunque me sentí un poco tonta, miré en el armario. Nadie. Miré en el cuarto de baño. Nadie. La cortina de la bañera estaba a medio correr, tal como yo la había dejado.

Borré del móvil el número de la Policía y lo dejé en la cómoda, a punto de echarme a reír por mis paranoias. Bajé las persianas y decidí que me pondría el pijama de Gryffindor, de seda y con rayas rojas y doradas, imposible resistirse, vamos, y que vería un rato la tele. Bobby me llamaría después y nos echaríamos unas risas, como siempre.

Pero como el miedo no se iba, decidí no cambiarme de ropa e invitar a Roseline. Solo vivía a dos manzanas de distancia y yo tenía una botella de *fumé blanc* en el frigorífico.

Entré en el cuarto de baño para lavarme y me incliné sobre el lavabo para echarme agua en la cara.

Había algo diferente.

«Corre».

Fue una orden que recorrió todas las células de mi cuerpo, surgida de mi cerebro reptil, la parte más antigua del cerebro humano donde residen los instintos, libres del sistema límbico de las emociones y de la racionalización. «Corre», me decía esa voz, informándome de que mi vida estaba en peligro. La obedecí antes de haber procesado siquiera esa idea. Mi cerebro empezó a funcionar a toda máquina y los pensamientos se sucedieron con rapidez y claridad.

Era consciente de todos los músculos de mi cuerpo. Del impulso de los cuádriceps, del psoas iliaco y de los glúteos máximos. Del estiramiento y la contracción de los deltoides y de los bíceps, que parecían ir a cámara lenta. Un paso y mi pie contactaba con la moqueta, mi brazo izquierdo se adelantaba y el derecho, iba hacia atrás. La pierna se estiraba hacia delante como la de un corredor. Llevaba tacones, pero mis pisadas eran firmes y seguras, impulsadas por la adrenalina.

La cortina de la bañera estaba corrida del todo.

El hombre estaba en el cuarto de baño.

Oí las anillas metálicas al deslizarse sobre la barra cuando la descorrió.

Di una segunda zancada. Yo corría en silencio. El aire pareció convertirse en plasma denso y rojo.

«Date prisa».

Sus pasos quedaban amortiguados sobre la moqueta del pasillo. Yo estaba en el salón, a tres pasos de la puerta. Estiré el brazo para aferrar el pomo y abrir, pero él se lanzó sobre mí, arrojándome de bruces al suelo, y se me sentó encima.

—Hola —me dijo y un miedo como el que jamás había sentido me dejó helada.

Chillé, y él me dio un puñetazo en la mejilla izquierda, que era la parte de la cara que quedaba a la vista. El chillido cesó y mis pensamientos se vieron invadidos por la impresión, el dolor y una sensación irreal. Nunca me habían pegado, y en ese momento sentía un dolor candente en la cara. Pataleé y agité los brazos, pero fue en vano. Él se levantó, me agarró por los tobillos y me arrastró por el pasillo mientras yo me retorcía y forcejeaba. Se me salió un zapato. ¿Podría aferrarlo y golpearlo con él? Estiré un brazo, pero ya estaba demasiado lejos.

—¡No! —grité—. ¡Suéltame!

Siguió arrastrándome por el pasillo. Me agarré al marco de la puerta del cuarto de baño, pero no tenía la fuerza necesaria para sujetarme. Siguió arrastrándome, sentí la abrasión de la moqueta en la barbilla antes de llegar al dormitorio, a mi precioso dormitorio con sus suaves paredes grises, su colcha azul marino con las flores rosas, el jarrón rojo y los cojines.

Me oí gritar una y otra y otra, y otra vez, cada vez que respiraba. El edificio era nuevo, y las paredes eran gruesas para que los vecinos no se molestaran entre sí. Intenté alejar mi peso de él para desequilibrarlo y logré que me soltara una pierna. Traté de darle una patada, pero como estaba boca abajo, no lo golpeé. Él me cogió de nuevo por el tobillo y me cruzó las piernas para darme la vuelta, así que, de repente, me encontré tumbada de espaldas.

—¡Socorro! —grité. Esa palabra tan triste y tan patética. Él me asestó una patada en las costillas, y por Dios, no se había quitado los zapatos. El dolor se extendió como una mancha roja por todo el torso. No podía respirar. Cada vez que lo hacía, mi garganta emitía un pequeño chillido.

Una parte de mi cerebro me daba instrucciones serenas. La otra, gemía por el terror. «No pasa nada. Sigues aquí».

«Señor, Señor, ayúdame».

«Te ha dejado sin aire, pero estás bien. Como mucho, tienes una costilla rota».

«Por favor, por favor, por favor. ¿Qué hago? ¿Qué hago?».

«Estás entrando en estado de *shock*. Mantén la calma. Mantén la calma».

El hombre se cernía sobre mí y me miraba. Me pareció enorme.

Iba a violarme. Tal vez incluso me mataría después, y eso hizo que el terror ganara. Mi cerebro se quedó en blanco y la voz desapareció. Solo lo veía a él y solo contemplaba el daño que iba a hacerme.

Seguía mirándome y su rostro parecía normal y anodino. Voldemort, la némesis de Harry Potter, con su rostro malévolo y sin nariz, era un personaje imposible de olvidar.

En el pasado, cada vez que me imaginaba en esa situación, porque toda mujer se imagina violada, asesinada y dándole una paliza a base de patadas a su agresor durante el proceso, me veía como una guerrera de pensamiento ágil, capaz de asestar puñetazos en la nuez y patadas en las pelotas, y de dejarlo tieso. De dejar sin conocimiento a ese gilipollas que se había atrevido a intentar violarme, momento en el que añadía otra patada por si las moscas. La escena acababa conmigo como vencedora, una heroína, un modelo para todas las mujeres.

Pero, en el momento en el que estaba sucediendo de verdad, lo único que deseaba era no morir.

Mi madre lucharía. Y ganaría. Lily también. Nadie se atrevería a hacerle daño a Lily.

Los pulmones empezaron a funcionarme de nuevo y respiré hondo al tiempo que me ponía en pie y lo atacaba, con el puño y con todas mis fuerzas, alcanzándolo en la cabeza. Se me entumeció la mano al instante.

No había sido un buen golpe. Él me lo devolvió, casi con serenidad, con el puño, en toda la cara y la cabeza se me fue hacia atrás, empecé a llorar y se me llenó la nariz de sangre. Perdí el equilibro, pero intenté darle una patada, y él se inclinó hacia delante y me agarró del pelo, torciéndome el cuello.

Chillé, más alto en esa ocasión, pero estábamos en abril y, en esas fechas, hacía tanto frío en Boston como si fuera invierno. Las ventanas de los distintos apartamentos eran nuevas y cerraban perfectamente para proteger del frío que supuestamente acabaría al día siguiente, porque ya daban una temperatura de más de quince grados, el típico clima de Nueva Inglaterra. Las paredes eran de ladrillo. Dos noches antes, Bobby había hecho una broma después de una sesión de sexo especialmente atlético.

—Menos mal que los vecinos no pueden oírnos —comentó después, mientras me abrazaba.

No hacía ni diez minutos que había bajado las persianas. Nadie me vería mientras me violaban. Nadie vería a una mujer intentando que no la mataran. Pensé en el parque Boston Common, tan bonito en primavera, con la estatua de Paul Revere y los tulipanes. En el pequeño restaurante de paredes de ladrillo donde Bobby y yo cenamos la otra noche. En cómo me sentía cada vez que me ponía la bata blanca y entraba en el hospital.

Esa noche iba a morir.

«Concéntrate, Nora. Lucha por vivir. Lucha por seguir aquí».

Era la voz de mi madre.

El hombre me puso de pie tirándome del pelo.

—No quiero hacerte daño —dijo, y estuve a punto de echarme a reír, porque a esas alturas ya tenía la cara hinchada. Intenté golpearlo de nuevo, en la nuez, pero estaba mareada y él me atrapó el puño antes de asestarme un bofetón en la mejilla. Grité otra vez. No, fue un gemido. Ese sonido tan débil me rompió el corazón.

No iba a ganar. No iba a ser la heroína triunfal que recibiría los halagos de la Policía. Nadie sabría lo mucho que habría luchado.

«Al menos inténtalo».

El hombre, cuyo nombre jamás descubriría, se limitaba a mirarme. Intenté golpearlo una vez más, sin fuerza en los brazos. Intenté golpearlo en el lateral del cuello, más que en la nuez, porque el brazo se me fue hacia un lado en el último momento. Él me dio otro bofetón justo sobre la oreja, haciendo que me pitara el oído y que se me ladeara la cabeza.

—Haz lo que te digo. Si lo haces, me iré. Si forcejeas, te mataré.

Supuse que iba a matarme de todas formas, pero que tal vez sucediera un milagro, que tal vez los Amberson, que vivían en el 3F, necesitarían que cuidara de Chanelle, el bebé, y llamarían a la puerta. A lo mejor podía ganar un poco de tiempo.

—¿Cómo te llamas? —me preguntó.

—Nora —susurré. No debería habérselo dicho. Debería habérmelo inventado.

—Quítate la ropa, Nora.

Me desabroché la camisa mientras las manos me temblaban de forma descontrolada. Me bajé la cremallera de la falda y me la quité mientras las lágrimas se deslizaban por mi barbilla. Después, me quité el sujetador. «No lo pienses, no pienses que estás desnuda». Me quité las bragas.

—Acuéstate en la cama. Boca arriba.

Le obedecí con piernas temblorosas, mientras me castañeteaban los dientes.

—No tienes por qué hacer esto —dije—. No lo hagas. No eres una mala persona.

Se bajó la cremallera de los *jeans* y se metió la mano mientras me miraba a los ojos.

Empecé a rezar. «Por favor, déjame vivir. Por favor, déjame vivir».

El hombre empezó a pasearse de un lado para otro mientras se tocaba y susurraba lo que iba a hacerme. Me ordenó que le dijera que quería que me hiciera daño, que me violara, que hiciera un sinfín de obscenidades y barbaridades.

Y lo repetí todo.

Al parecer, las palabras no bastaron. No lograba empalmarse.

Un rayito de esperanza logró penetrar la absoluta oscuridad de mi terror.

—A lo mejor deberíamos tomarnos un descanso —dije, y él me cruzó la cara con tanta fuerza que la cabeza se me fue hacia la izquierda. La sorpresa hizo que no lo sintiera durante un segundo. Después, la cara empezó a arderme. Noté el gusto de la sangre en la boca. Quizás hasta tenía un diente flojo.

El hombre se metió las manos otra vez por debajo de los *jeans* y empezó a murmurar cosas horribles, empezó a insultarme. Puta. Zorra. Cosas peores.

«Piensa», me dije. «Piensa en algo». Debería vomitar, pero había pasado tanto tiempo desde el almuerzo que a esas alturas ya tendría la comida en el intestino, seguramente en el colon. ¿Podía hacer pipí? ¿Le daría asco? Lo intenté. No salió nada.

«Piensa».

Bobby y yo habíamos visto la película *Marte* ese fin de semana, acurrucados en el sofá. Menudo marrón, ese, ¿eh? Matt Damon, hijo adorado de Boston, se quedó atrapado en Marte, completamente solo. No se pasó todo el tiempo aterrado, aunque tenía buenos motivos para estarlo.

«No creo que Matt Damon vaya a ser útil en esta situación», me dijo la parte serena del cerebro. «Además, es una obra de ficción».

Así que no era útil, a menos que intentara sacar agua de la hidracina.

Mi terrorista seguía paseándose de un lado para otro. Se golpeó en la cabeza y, por algún motivo, eso me asustó más que la mano que tenía debajo de los pantalones.

Me percaté del entumecimiento que empezaba a invadirme. El dolor palpitante seguía presente, pero parecía más lejano. Era demasiado. Me estaba hundiendo en el colchón. Quería dormirme. Seguramente tuviera una conmoción cerebral.

Y eso es lo que caracteriza al terror más abyecto: es imposible mantener la consciencia. Bueno, tal vez alguien sea capaz de mantenerse consciente. Si se es madre, por ejemplo, y tu hijo es la persona en peligro. Y sí, yo estaba aterrada al máximo. Había un intruso en mi casa que me había pegado, que estaba intentando mantener una erección el tiempo suficiente para violarme y que, posiblemente, me matara después. Hazme caso, eso es lo más aterrador que te puede pasar. Pero allí estaba yo, preguntándome por qué Matt Damon era tan atractivo.

La mañana parecía muy lejana. Como si fuera una vida diferente mientras me vestía, aquel momento en el que me preocupaba por parecer una doctora de éxito. Me encantaba la camisa blanca. Era de una mezcla de seda y algodón. Si se manchaba de sangre, ¿se quitaría después la mancha?

«Piensa, Nora. Concéntrate».

Intenté memorizar la cara del hombre. Era un bostoniano normal y corriente. No muy alto, no muy atlético, delgado, pero con barriga cervecera, con mal color de cara, unos cuantos granos y los dientes de abajo, torcidos. Pelo castaño. Ojos azules.

Parecía muy normal.

—¡Deja de mirarme! —exclamó él, que se abalanzó sobre mí con los puños apretados.

Me acurruqué en posición fetal para protegerme, pero me golpeó en las costillas y dolió, muchísimo. El dolor se me extendió por todo el cuerpo en terribles oleadas.

—Túmbate de espaldas y ábrete de piernas —me ordenó.

El terror me invadió de nuevo, caótico e inquietante, y se me quedó la mente en blanco. Lo obedecí otra vez. Descubrí una telaraña en un rincón del techo. El próximo fin de semana limpiaría el apartamento, con la escalera y todo, y llegaría a todos los rincones. O no. A lo mejor para entonces formaba parte de un caso de asesinato.

Lo miré. Todavía no se le había levantado y, cuando se dio cuenta de que yo lo estaba mirando, se abalanzó sobre mí y yo me encogí, momento en el que él se rio. Fue un sonido cruel y seco.

¿Qué podía usar como arma? ¿El jarrón rojo de Home Goods? Si se lo estrellaba en la cabeza, ¿sería suficiente? ¿Podría rebanarle el pescuezo con un trozo de cristal?

¿Dónde estaba mi teléfono? ¿Dónde lo había dejado? Podría haber marcado esa última cifra. Sabía que algo iba mal, ¿por qué no le había hecho caso a la intuición? Podría haber marcado y haber gritado antes de tirar el teléfono, porque de esa manera la Policía podría haber rastreado la llamada o, al menos, eso pensaba, habrían aparecido en mi apartamento y habrían echado la puerta abajo, y yo estaría a salvo.

Él se la estaba cascando cada vez más rápido.

«Piensa, Nora. Piensa. Sé tan lista como Matt Damon. Él encontraría una solución».

—Tengo una pregunta —dije. A lo mejor podía conseguir un poco de tiempo. Hablé con lengua de trapo, y eso me intranquilizó—. ¿Cómo has entrado?

Él se alegró, como si estuviera muy orgulloso de sí mismo.

Me dijo que llevaba un tiempo planeándolo. Que me vio un mes antes en la tienda de la esquina. Que me siguió desde lejos para intentar averiguar dónde vivía.

Después, empezó a pasear su perro por mi calle para descubrir mis hábitos, para saber a qué hora llegaba mi novio. Y que me vio una noche en el balcón.

Era el hombre al que saludé. Desde el tercer piso no alcancé a verle bien la cara.

Había esperado hasta volver a verme. Esa noche, después de abrirme la puerta de la tienda para que yo saliera, rodeó la manzana a la carrera para llegar a mi edificio antes que yo. El apartamento situado debajo del mío estaba vacío. Trepó por la magnolia, saltó al balcón y desde allí trepó hasta el mío y abrió la cerradura. Era sorprendente lo que se aprendía viendo YouTube, dijo. Se escondió en la bañera, para que yo no lo viera en un primer momento.

Dijo que acababa de entrar cuando yo llegué.

Si no me hubiera parado para hablar con Tyrese, podría haberlo visto en el balcón y podría haber huido. En cambio, me paré a hablar con Tyrese porque no me sentía segura.

La ironía podía ser una zorra despiadada a veces.

Yo lo había saludado con la mano. Había saludado a mi futuro violador mientras él me acosaba. Qué buena persona era esa tal Nora Stuart.

Miré el reloj. Había pasado una hora, tal vez un poco más.

Seguía sin empalmarse.

El cerebro reptil intervino de nuevo con una nueva palabra.

«Peor».

—Nora, ¿quieres un poco de agua? —me preguntó Voldemort y, aunque esa noche ya era surrealista de por sí, ese fue el momento más extraño de todos, quizá.

—Sí, por favor —contesté.

—Quédate aquí. No te muevas. Te traeré agua y, después, me iré si me prometes no llamar a la Policía. ¿De acuerdo?

—De acuerdo. —Por supuesto, señor. No se preocupe.

«Ahora», me dijo el cerebro reptil. «Vete».

Me levanté de la cama antes incluso de que él saliera del dormitorio. No se dio cuenta.

El dolor del costado era espantoso y me sangraba la nariz. Tenía el ojo izquierdo cerrado por la hinchazón, pero lo seguí por el pasillo, a poco más de un metro de distancia. Podía olerlo. Olía su sudor. Ese hedor tan asqueroso.

Él se detuvo. Yo también me detuve, a algo más de un metro de su espalda. El miedo pareció concentrarse y levantarme del suelo. Ni siquiera respiraba. Todas las células de mi cuerpo estaban concentradas en él. Oía los latidos de mi corazón. Era el único movimiento de mi cuerpo.

Empezó a moverse de nuevo. Entró en el salón y rodeó el sofá de color verde claro para ir a la cocina. Yo seguí hacia la puerta.

Lo vi dirigirse directamente hacia el extremo de la encimera, porque allí era donde estaban los cuchillos, colocados en un taco de madera, una de mis compras más satisfactorias. Un juego de cuchillos de Williams-Sonoma. Cuchillos para todos los usos: de puntilla, pelador, cebollero, de filetear... De asesinar.

Alargó el brazo y aferró el más grande de todos.

Lo vi con el rabillo del ojo, porque ya estaba casi en la puerta. Tenía el pomo muy cerca.

Y, en ese momento, lo agarré, quité el pestillo.

«Sal. Vamos. Vamos. Vamos».

Y salí, corrí por el pasillo hacia la escalera, y me di cuenta de que estaba chillando con una voz irreconocible. Ronca, histérica, pero con un mensaje claro.

—¡Llamad a la Policía! ¡Llamad a la Policía! ¡Llamad a la Policía!

Jim Amberson, el padre del piso 3F, abrió la puerta y me vio.

—¡Ayúdame! —grité mientras me acercaba a él a trompicones.

—¡Por Dios! —dijo—. ¡Entra!

Cerró de un portazo en cuanto estuve dentro, echó el pestillo y llamó a gritos a su mujer. Los niños llegaron corriendo y después se detuvieron en seco al verme amoratada, desnuda, ensangrentada e hinchada. Chanelle empezó a gritar.

Me fallaron las piernas y la vejiga al mismo tiempo, de manera que me senté en un charco de orina, con la espalda pegada a su puerta.

—La Policía —dije entre sollozos—. Llamad a la Policía. Llamad a la Policía.

Me llevaron al hospital, donde me hicieron radiografías, me mimaron y mis compañeros me ofrecieron un tratamiento de cinco estrellas. El gerente me visitó y se le llenaron los ojos de lágrimas cuando me agarró la mano amoratada. Me hicieron radiografías de tórax y de cráneo. Tenía una fisura en una costilla y un hematoma óseo en el mentón. La inflamación me había cerrado el ojo izquierdo, y tenía la cara...

En fin. Todos hemos visto imágenes de mujeres agredidas. También tenía contusiones en las piernas, en los tobillos y en los costados. No había daños en los órganos internos.

La Policía me dijo que fui lista, valiente y afortunada. Les dije que comprobaran las grabaciones de la cámara de la tienda de Avi. Fotografiaron mis heridas y me preguntaron varias veces si me había violado. Enviaron a una agente para preguntarme lo mismo y después a un asesor profesional para casos de violación. Cuando tuvieron confirmación de que no había sido violada, enviaron a un dibujante para hacer un retrato del agresor. También me visitó una asistente social para hablarme del trastorno por estrés postraumático y del *shock*. Me dieron un sedante. Los dientes dejaron de castañetearme y descubrí que el mentón me dolía horrores.

—Llamaré a tu madre —se ofreció Bobby. No se había separado de mí desde que me ingresaron.

—No.

—Nora, debería saberlo.

—No. Ya ha pasado. No la llames.

—¿Estás segura?

—No es de esas madres. Si se entera... No la llames.

Además, solo quería dormir. Mi madre... siempre que pensaba en ella, surgía esa especie de culpa, o lo que fuera. Y estaba demasiado cansada como para pensar en eso.

Miré a Bobby. Recordé el momento en el que se preguntó cómo sería salir con una persona normal. Habíamos sido tan normales, tan felices, nos lo habíamos pasado tan bien... y yo acababa de esa guisa. Tenía la cara de todos los colores y habían estado a punto de matarme. Se acabó el sol y la alegría.

—Vamos a dejarlo un tiempo —susurré mientras le daba un apretón en la mano, lo que me provocó un repentino dolor en los nudillos, por culpa del puñetazo que conseguí asestarle al agresor—. Esto no es lo que tú buscabas.

—No pienso irme a ningún lado —replicó él con voz segura, pero temblando un poco—. Voy a quedarme aquí contigo. Te quiero, Nora.

Todos mis amigos y mis compañeros me visitaron al día siguiente, y me llenaron la habitación de flores. Bobby se quedó conmigo. Estuve dos días ingresada, aunque más por cortesía profesional que por necesidad.

La noticia apareció en todos los medios: «Joven doctora escapa de asalto a domicilio y sobrevive a intento de violación y asesinato». No permití que mi nombre trascendiera, porque no quería que me tildaran de «pobrecilla». Bastante tenía con que lo supieran mis compañeros.

La Policía no llegó a atraparlo. Al parecer, se fue por donde había entrado, por el balcón. Peinaron el vecindario, pero no dieron con él.

Fui incapaz de regresar al apartamento.

—Te vienes a vivir conmigo —dijo Bobby—. No discutas. De todas formas, solo era cuestión de tiempo.

Me sentí agradecida. Muy, muy agradecida.

Tyrese, que se echó a llorar al verme la cara cuando llegó la ambulancia, se encargó de la mudanza.

Sufría pesadillas por las noches, me despertaba empapada en sudor y parloteando por el miedo. Me aterraba quedarme sola en cualquier sitio. Bobby se tomó dos semanas de descanso, una decisión sin precedentes en su carrera profesional, y se portó conmigo de maravilla. Permitía que me desahogara. Y entendía cuando no me apetecía hacerlo. Me contó anécdotas de su infancia, y me aferré al amor que sentía por él, intentando que se llevara por delante la fealdad, el miedo, la crudeza.

Esperé a que los moratones desaparecieran antes de volver al trabajo. Fingí que había sido valiente, que había esquivado una bala y que estaba agradecida y bien.

Pero no era así.

—¿Te has enterado de lo del asalto a ese domicilio? —me preguntó mi madre en nuestra llamada bimestral—. Lo he visto en las noticias de la NECN. ¿No fue cerca de tu casa?

—Ajá —contesté—. Bueno, ahora vivo con Bobby. Ya... Mmm... Ya no vivo allí.

—Me alegro, supongo. Nunca se sabe. —Hubo una pausa—. Nora, ¿estás bien?

—Estupendamente. ¿Qué sabes de Lily y Poe?

—Que están bien, supongo. También se han mudado.

Seguimos fingiendo que hablábamos un rato más. Le dije que debería venir a Boston de visita, que la ciudad estaba preciosa en primavera.

—A lo mejor Bobby y yo vamos a la isla en junio —mentí. Fue un alivio cortar la llamada. Mi madre no podía darme lo que yo necesitaba, nunca me lo había dado, pero Bobby se portó fenomenal.

Me llamaba durante el día si yo no estaba en el hospital, para asegurarse de que siempre estuviera con amigos y nunca sola. Me llevaba a restaurantes raros, llenaba mis días de entretenimientos divertidos como los paseos por la ciudad en los Duck Boats o las tirolinas. Me hacía reír, me preparaba la cena, me regalaba flores, veíamos películas alegres y programas de televisión de remodelar casas, porque cualquier cosa violenta, cualquier cosa relacionada con algún crimen, me hacía temblar.

Si me despertaba gritando, me abrazaba.

—Estoy aquí —me decía—. Estás conmigo, nena. Estoy aquí.

De alguna manera, sus palabras nunca lograban tranquilizarme. Roseline, que había crecido en un vecindario violento en Puerto Príncipe, me entendía.

—Cuando sucede algo así —me dijo con la mirada perdida—, te das cuenta de que esas cosas pasan en todos lados, a todas horas. No es que el mundo haya cambiado. Es que ahora eres consciente del lado feo de la vida. —Me agarró la mano y me dio un apretón.

Intenté mejorar. Fui a ver a una terapeuta especializada en ese tipo de trauma. Me aseguró que todo lo que estaba sintiendo era normal, algo que yo ya sabía. Me apunté a clases de defensa personal, de esas en las que hay que golpear a un hombre vestido con un traje acolchado, que guarda un extraño parecido con Poppy Fresco. Yo no era la única que había sufrido una agresión, y me ayudó un poco saber que otras mujeres habían pasado por lo mismo que yo, y por cosas peores, y que habían sobrevivido.

Bobby y yo retomamos el sexo un mes después del Incidente Aterrador. Empecé a llamarlo así para minimizar su impacto, y porque las expresiones «agresión» o «asalto a domicilio» me parecían terroríficas. Cada vez que mi mente recordaba algo relacionado con mi agresor —un hecho constante—, intentaba verlo como Voldemort. Al fin y al cabo, Voldemort muere. En cuanto al sexo, necesitaba que Bobby ocupara más espacio en mi cerebro para apartar a Voldemort.

Quería mantener una buena relación física, que el sexo fuera reafirmante, normal.

—¿Estás segura? —me preguntó Bobby.

Lo estaba. Fue delicado y amable, y me alegré cuando todo acabó. Un obstáculo superado.

Pero las cosas no eran iguales.

Mi alegría se había ido. Los días parecían un poco más grises. Nos buscamos a *Boomer,* una bola inquieta multicolor, el único que conseguía disipar los nubarrones. Ese cachorro tontorrón, que dormía conmigo cuando yo me echaba una siesta, con la cabeza en mi cadera y una pata sobre mi pierna.

A los diez meses empecé a sentir cierta... impaciencia por parte de Bobby. Se estaba cansando. Sintió lo mismo con Mia, la anoréxica. Ser el caballero de brillante armadura era divertido durante una temporada, pero serlo siempre... cansaba.

La idea de estar sin él me provocaba un pánico atroz. Volvería a ser la antigua Nora, la mujer feliz y de éxito que se vestía fenomenal. Durante esos meses, no me había quitado el uniforme de trabajo, algo que no iba en contra de las normas, salvo de las mías propias. Sería extrovertida y simpática de nuevo, lista e independiente. Bobby me querría con el mismo fervor que había demostrado cuando me velaba en el hospital... o incluso más, con la misma avidez y alegría que demostraba antes del Incidente Aterrador.

Así que redoblé mis esfuerzos. Me obligué a hacer las cosas que hacía antes. Empecé a correr junto al río Charles otra vez, aunque con un aerosol de pimienta, un silbato antivioladores y un perro grande... *Boomer* creció muy rápido. Salía con Médicos sin pareja, le organicé la despedida de soltera a Roseline, hice de dama de honor en su boda. Hice algunas horas gratuitas en una clínica de Dorchester, aunque iba y volvía en taxi, y llamaba a Bobby en cuanto entraba. Me asustaba mucho la posibilidad de verlo, o ver a alguien parecido a él; me asustaba que me siguieran, que me agredieran, que me sucediera otro Incidente Aterrador... del que no saliera tan bien parada.

Mejoré. Al menos, de cara a la galería. Pero aquellos rayos de sol que parecía irradiar mi piel antes, aquella alegría y aquel amor que sentía por la vida... tenía que fingirlos. Todo lo que me había llevado hasta ese momento de mi vida había desaparecido. La mujer que había conseguido la Beca Pérez, que se había graduado entre los primeros de su promoción, que había conseguido trabajar en uno de los mejores hospitales del mundo... la mujer que había conquistado a Bobby era un recuerdo y, en su lugar, había alguien que se limitaba a seguir adelante.

En cuanto a Bobby, todavía decía que me quería. Pero ya no me parecía tan sincero como antes.

Todo siguió pareciéndome gris hasta el momento en el que me atropelló la furgoneta con la hormiga gigante en el techo.

Capítulo 11

—Estás contratada, querida. ¡Eres una monada!

Parpadeé.

—Esto... gracias. Bien. Es estupendo. —Mi entrevista había durado cuatro minutos.

La doctora Amelia Ames, directora emérita de la Clínica Ames, se levantó un poco tambaleante, y me tendió la mano para darme un apretón.

—Nos vemos... ¿mañana? ¿Hemos dicho que mañana empiezas?

—Sí. Hasta mañana.

Estaba segurísima de que no había café en la taza de la doctora Ames.

Tres días después de la mudanza a la casa flotante, me quité el cabestrillo y comprobé que tenía el brazo en condiciones óptimas para trabajar, aunque me dolía un poco. Así que le envié un mensaje de correo electrónico a la directora de la Clínica de Urgencias de Scupper Island. Adjunte mi currículo y la documentación necesaria. Me llamó la noche anterior y allí estaba. Contratada.

—¡Tachán! —exclamó la doctora Ames, que se acercó a la puerta de su despacho haciendo eses y me la abrió—. Encantada de verte de nuevo.

—No nos habíamos visto...

—¡Chao! —Y cerró la puerta.

No hubo recorrido por el hospital, ni preguntas sobre mi experiencia.

—Hola —me saludó una mujer que tendría mi edad—. Soy Gloria Rodríguez. ¿Es usted la doctora Stuart?

—Sí. Llámame Nora. Encantada de conocerte, Gloria. Creo que acaban de contratarme.

Gloria rio.

—Pues sí. Eres médico y puedes ejercer en Maine, con eso es suficiente. La verdad, es imposible contratar a alguien de fuera, salvo los residentes de Portland. A nadie le gusta tanta tranquilidad. Además, las conjuntivitis y las torceduras de tobillo no son precisamente enfermedades que causen furor entre los médicos, y son el noventa por ciento de lo que tratamos. Vamos, te enseñaré las instalaciones.

Gloria era enfermera. La clínica contaba con cuatro enfermeras, un médico semijubilado que hacía las urgencias nocturnas, el residente de turno y la doctora Ames.

—Su familia donó dinero para la clínica hace unos doce años, así que es la directora —dijo Gloria, que gesticuló con los dedos para entrecomillar lo que decía mientras enfilábamos el pasillo—. En realidad, no ejerce.

—Me alegro de oírlo —repliqué. Gloria era muy guapa, con una larga melena oscura y superlisa, y las curvas de una *pin-up* de los años cuarenta. Era más joven que yo, solo llevaba un año trabajando después de haberse graduado, y me cayó bien de inmediato.

La clínica era muy normalita, aunque estaba mejor equipada que muchas de las que yo había visto, gracias al dinero de los Ames. Contaba con seis habitaciones para alojar a los pacientes que necesitaran un ingreso y con seis camas para urgencias. De vez en cuando, había un caso lo bastante grave como para que aterrizara el helicóptero de emergencias médicas y se llevara el paciente a Portland.

—Normalmente tratamos lo básico —dijo Gloria—. Infecciones de garganta en invierno, picaduras de abeja en verano o el típico caso de hipotermia si alguien pasa demasiado rato en el agua. De vez en cuando, viene algún pescador con un corte feo. Nada que pueda compararse con el Boston City, estoy segura.

—Me parece perfecto.

—¿Te importa si te pregunto qué haces aquí? —dijo.

La historia de que me atropelló una hormiga podía esperar.

—Mi sobrina está pasando el verano con mi madre, y no las veo mucho. ¿Conoces a mi madre? ¿Sharon Stuart?

—Sí, claro que la conozco.

—Ajá. Pues aquí estoy. He pedido una excedencia en el Boston City, pero volveré en agosto.

—Estupendo. —Gloria miró la hora en su reloj—. ¿Te apetece almorzar? En esta época del año, no hay mucho movimiento y si viene alguien, la recepcionista nos avisará. Podemos ir al Red Fox. Está aquí al lado.

La recepcionista no estaba cuando llegué hacía ya una hora. Era la señora Behring, la madre de Joey, uno de los íntimos de Luke Fletcher.

—Hola, hola —fue su afectuoso saludo—. Soy Ellen Behring, ¡encantadísima de conocerte! Me habían dicho que hoy entrevistaban a una nueva doctora. ¿Qué te trae por Scupper Island? ¿Te quedarás mucho tiempo?

Otra isleña que no me reconocía.

—Hola, señora Behring. Soy Nora Stuart. Fui al instituto con Joey.

Su expresión flaqueó.

—¡Ah! Sí, es verdad. No... no te había reconocido, Nora. Estás... muy cambiada. ¿Eres médico?

—Sí. He venido a pasar el verano —contesté.

—Ah —replicó ella con la confusión patente en la cara.

—Vamos a almorzar al Red Fox —dijo Gloria—. Si nos necesitas, danos un toque, ¿de acuerdo? ¿Quieres que te traigamos algo?

—Me he traído el almuerzo de casa —respondió ella, que seguía mirándome con expresión interrogante. A esas alturas, ya me había acostumbrado.

Era un día precioso para ser mayo. El fuerte viento que azotaba desde el mar mantenía a raya a las moscas negras y el cielo era de un azul cristalino. El verano comenzaría oficialmente dentro de dos semanas.

—¿Cómo acabaste en Scupper Island, Gloria? —le pregunté.

—Mi familia es de Boston —respondió— y de vez en cuando pasábamos las vacaciones en Maine. Kennebunkport, Camden, Bar Harbor. Siempre me ha encantado esta zona. Y tenía la fantasía de venir y enamorarme de un pescador de langostas...

—El sueño romántico de toda mujer —murmuré.

—Exacto. Algo que, por cierto, todavía no ha sucedido. Pero da igual. La isla es preciosa, la gente es muy amable y el sueldo no está mal. Ya casi llevo un año aquí.

—¿Dónde vives? —quise saber.

—He alquilado un apartamento en la calle Rock Ledge. Es una casa con dos viviendas y vistas al mar.

El Red Fox era un sitio nuevo, para mí. Conseguimos una mesa al lado de la ventana porque a esa hora estaba casi vacío.

—Bienvenidas al Red Fox —nos saludó la camarera—. ¿Cómo est...? Ah, eres tú. Ya me habían dicho que has vuelto.

Era Amy Beckman, la Reina de las Cheetos, otrora la enemiga acérrima de cualquiera que tuviera una talla mayor que la 36 y, durante todo el instituto, la novia de Sullivan Fletcher.

Estaba casi igual, los mismos ojos azulísimos y los mismos pómulos afilados, y la misma constitución atlética. Parecía haber perdido su adicción al bronceado, ya no tenía la piel naranja. La edad también le había otorgado cierto reposo, y su atractivo juvenil se había convertido en una belleza serena.

Aunque todavía me ponía los pelos de punta. ¿Cuántas veces me había hecho llorar? ¿Cuántas veces se había reído de mi ropa? ¿Cuántas veces se había burlado de mí cuando pasaba delante de ella en la cafetería con una ensalada, porque sabía que en cuanto llegara a casa me iba a poner hasta las cejas de queso?

—Amy —la saludé con el entusiasmo de una ardilla recién atropellada en la carretera—. ¿Cómo estás?

—Es evidente que os conocéis —terció Gloria—. Amy está en mi club de lectura. ¡Oye, deberías unirte, Nora! Es más bien un club de bebidas, pero nos encantaría que te apuntaras.

—A lo mejor. —Ni hablar—. Gracias por la invitación.

Amy seguía mirándome.

—¿Qué os pongo?

Como siempre, afloró el antiguo instinto de elegir la comida según quien tuviera delante. ¿Una ensalada? No, eso sería una regresión al pasado. ¿Una hamburguesa con queso para demostrar que por fin controlaba la ingesta calórica? Siempre y cuando hiciera una hora de pilates en casa, algo que el omóplato y la rodilla no me dejaban intentar todavía, claro.

—Yo quiero la ensalada de langosta con rúcula —contestó Gloria con una sonrisa—. Agua con gas y limón, por favor. Gracias.

—Pues lo mismo para mí —dije.

—Estupendo —replicó Amy, cerrando su libretita con tapas de cuero—. Ahora mismo vuelvo.

—Empiezo a percibir cierto tufillo —comentó Gloria—. ¿Has contagiado a alguien de tifus? ¿Eres una asesina en serie? ¿Te has acostado con los maridos de todas las isleñas?

—¿Has leído mi diario? —bromeé, aunque guardé silencio después. Gloria parecía buena persona, pero... en fin. Solo hacía media hora que la conocía—. A veces, creo que es difícil marcharse de un lugar tan pequeño como este, ¿no crees?

—Por Dios, sí —contestó—. Mi familia es mexicana, ¿sabes? Cualquiera diría que acababa de amenazar con comerme el muslo de mi sobrino recién nacido cuando les dije que me iba de Newton. Mi madre se echó a llorar, hizo un altar en el salón y empezó a encenderle velas a la virgen para que yo cambiara de opinión. Mi padre estuvo un mes sin hablarme. Ni que le hubiera dicho que me iba a Marte.

—Pero, en cierto modo, es muy tierno. Estaban tristes porque no podrían verte. —A diferencia de mi madre, que apenas si se percataba de mi ausencia.

—La leche, ¿eres tú? ¿Nora Stuart?

Gloria y yo nos volvimos.

—¿Xiaowen? —dije, soprendidísima. Debía de ser ella. No había cambiado nada.

—¡No me lo puedo creer! —exclamó—. ¿Cómo estás, bruja? —Se acercó a mí con los brazos extendidos para abrazarme y con una sonrisa de oreja a oreja.

—Estoy bien —respondí al tiempo que me levantaba para abrazarla—. ¡Qué alegría verte! ¡Madre mía!

—Estás divina. Ya no estás gorda. ¡Estás guapísima, caray! Bueno, guapa, no, pero estás fantástica. ¡Mira el pelo! Vendería mi alma al diablo por conseguir ese brillo. ¿Lo has comprado o qué? Confiesa o te rajo.

—Una hora de plancha —contesté. Señalé a Gloria—. ¿Os conocéis?

—No —respondió Gloria—. Gloria Rodríguez. Soy enfermera en la clínica donde va a trabajar Nora. ¿Te apetece comer con nosotras?

—Xiaowen Liu. Gracias, me encantaría. Normalmente como sola cuando vengo, así que es aburridísimo de la muerte. Estoy en la isla por trabajo, pero ya no me relaciono con nadie.

Ya no hablaba con un acento tan marcado como antes y desde luego que no la recordaba hablando con tanta soltura, pero me alegró ver a alguien que de verdad se entusiasmaba al verme.

—Bueno, ¿qué te trae por aquí si ya no tienes amigos? —le pregunté con una sonrisa.

—Soy bióloga marina —contestó—. Trabajo en el Darling Marine Center, pero vivo en Cape Elizabeth.

—¿Qué haces exactamente?

—Bueno, la verdad sea dicha, soy la caña. La experta en el rejuvenecimiento de la población de moluscos de toda Nueva Inglaterra. Ahora mismo, estoy supervisando la cría de ostras en agua salada, en estructuras instaladas a una milla de la costa para repoblar las zonas sobreexplotadas. Es estupendo, ¿verdad? Voy a salvar el mundo empezando con el marisco. —Me miró con expresión sonriente—. Ya me conoces, estaba escrito que fuera la repera.

—Desde luego —repliqué—. Ya era la repera cuando estábamos en el instituto. Una Gryffindor total.

Xiaowen se echó a reír.

—Ya veo que sigues siendo una friki de Harry Potter.

—Sí. Por supuesto. Nunca traicionaré a Hogwarts. —Lo sentí en ese momento, ese fogonazo de mi antiguo yo Pérez.

—¿Estás casada, Xiaowen? —le preguntó Gloria—. ¿Lo he pronunciado bien?

—Sí, muy bien. Y no, no estoy casada. Estuve comprometida, pero lo dejé. Pero eso, amigas mías, es una historia digna de ser contada con unos martinis. Stuart, deberías venir a mi casa. Las dos. Gloria, no serás una asesina en serie, ¿verdad? Tú también puedes venir. Pero, Stuart, dime una cosa. ¿Qué narices estás haciendo en la isla? Si digo que te fuiste quemando rueda, no exagero.

Le ofrecí la misma respuesta vaga que le había dado a Gloria. La familia, un accidente de tráfico sin importancia que me había dejado un poco lesionada.

Amy nos trajo la comida, y masculló algo dirigiéndose a Xiaowen antes de volver a la cocina. Saltaba a la vista que no eran amigas. Eso hizo que mi yo más mezquino se alegrara. Al fin y al cabo, ¿cuántas veces había sufrido por culpa de Amy y de las Cheetos? Cuando acabamos de almorzar, Gloria, Xiaowen y yo habíamos quedado en la casa flotante a finales de esa semana para tomarnos unas copas de vino y unas tablas de queso.

Me hice cargo de la cuenta y les dije a ellas que otro día pagarían, y le dejé a Amy una propina del quince por ciento. Siempre acostumbraba a dejar el veinte, pero preferí mostrarme poco amistosa.

Nos separamos en el aparcamiento y, como ni la rodilla ni el hombro me estaban matando, decidí hacer a pie el resto del camino hasta el centro del pueblo. Mi madre me había abierto un apartado postal, y tenía que echarle un vistazo.

A lo mejor Bobby me había enviado algo.

Desterré ese pensamiento. La semana siguiente lo vería, porque a *Boomer* le tocaba pasar una temporada con él.

Los narcisos y los tulipanes se mecían por el viento delante de la mayoría de las tiendas de la calle Main, y algunas ya habían llenado las jardineras con pensamientos, aunque a esas alturas todavía no podía descartarse una buena helada. Pasé por delante de la librería, donde entraría de regreso... Necesitaba algo que leer durante las tranquilas noches en la casa flotante, además de Harry Potter, por supuesto. Pero nada que fuera inquietante. Stephen King tardaría unos meses más en reconquistarme.

El ultramarinos de Scupper Island era la joya de las tiendas del centro. Seguía manteniendo el aspecto original de cuando la abrieron, con ese suelo de madera pulido tras cien años de pisadas, la estufa de madera en el centro y las estanterías de roble. Estaba a rebosar de todo aquello que una persona podía necesitar, como detergente para la ropa o paños de cocina, tenacillas y pinchos para el marisco, gigantescas ollas blancas esmaltadas, coladores, cucharones y cuencos pequeñitos para servir la mantequilla derretida. Pero también contaba con artículos tradicionales: tazas de latón esmaltado en blanco y azul, crema de manos hecha con leche de cabra, galletas caseras, sartenes de hierro fundido y montones de langostas. También había muchas postales, vendían helados por la ventana trasera en verano y había camisetas de manga corta con dibujos de mosquitos que se llevaban a los niños. El negocio siempre había ido bien. Para ser isleños, los Fletcher eran una familia acomodada.

Atravesé la tienda hasta llegar al otro extremo, donde estaba la oficina de correos, con sus cientos de apartados postales y sus cerraduras de combinación.

Saqué mi correo, un sobre con la bonita letra de Roseline, bendita fuera, y ¡por Dios, una carta de Bobby! ¿Una carta de mi novio, el médico de Urgencias?

Error. Exnovio.

De todas formas, me emocionó. La leería esa noche en la azotea para poder saborearla, siempre y cuando no fuera una factura reenviada, claro. Sería una Lizzie Bennet moderna, con vino en vez de con té.

También tenía un aviso de paquete. Me acerqué al mostrador. La señora Fletcher, la madre de Luke y Sullivan, estaba ocupada con unos papeles en el otro extremo.

Pasó de mí.

—Disculpe —dije—. Hola, señora Fletcher.

Nada.

Puse los ojos en blanco.

—Hola. ¿Tengo un paquete?

Nada. Había una campanilla en el mostrador, así que la agité. Con fuerza.

—¿Qué quieres? —me soltó ella.

—¿Cómo está, señora Fletcher? No sé si me recuerda, pero fui al instituto con sus hijos. —Sonreí, sin intentar siquiera parecer sincera—. Nora Stuart.

—Por supuesto que te recuerdo, claro que sí. —Insertar una música inquietante y maligna de fondo. Tun-tunnn, tun-tunnn.

—¿Me puede dar el paquete? Apartado ochenta y ocho. Muchas gracias.

Ella refunfuñó algo, se dio media vuelta y arrojó el paquete sobre el mostrador.

—Una atención al cliente fantástica —comenté mientras ojeaba el grueso sobre.

Era de la cárcel para mujeres del Estado de Washington. Abrí la boca.

—Tu hermana estará en la cárcel, pero vale veinte veces más que tú —dijo la señora Fletcher.

Parpadeé, dolida por el comentario. Mi hermana, la que se dedicaba al trapicheo. La ladrona.

Aunque claro, la señora Fletcher también creía que yo era una ladrona.

—Que pases un buen día, Teeny —me despedí, usando su ridículo nombre a propósito.

Decidí dejar a un lado su feo comportamiento. Mi hermana me había mandado algo, y eso era una novedad. Toda una novedad. Nunca me había enviado nada, ni cuando estaba en la universidad ni haciendo la residencia. De vez en cuando, muy de vez en cuando, contestaba mis mensajes de correo electrónico o mis mensajes de texto, pero ella nunca iniciaba el contacto. Llevaba tres años sin saber nada de ella.

¿Qué me habría mandado mi hermana? Era un sobre pequeño, de los que iban forrados con plástico de burbujas. Lo miré mientras regresaba al Mini.

También esperaría para abrirlo.

Me detuve en la floristería, Island Flowers, otro negocio nuevo, y me entretuve hablando un poco con el dueño, un hombre muy simpático con las manos llenas de tierra. En mi antiguo apartamento, tenía hierbas aromáticas sembradas en macetitas, en la ventana de la cocina. No había razón alguna para no volver a tenerlas. Olí el cilantro y estuve a punto de desmayarme. Compré hierbabuena, romero y orégano. Y también un par de plantas ornamentales con flores. ¿Por qué no?

—Iré a por mi Mini —dije.

—¡Perfecto! —exclamó el dueño—. Las colocaré en una caja para que no se te vuelquen.

Mientras regresaba a la clínica, donde había aparcado, contemplé el mar, que ese día era de un azul oscuro. Esa noche habría luna llena, así que la marea sería alta. Me sentaría en la azotea y...

Me di de bruces con alguien. Sentí un ramalazo de dolor en el hombro.

—¡Lo siento mucho! —dije—. ¡No estaba...!

Era Luke Fletcher.

El muchacho que un día me amenazó con violarme, estaba segurísima de no haberlo malinterpretado, por haberle robado algo que él creía suyo.

Me enderecé al instante.

—Luke —dije.

—Trol.

Así que me había reconocido, como su hermano.

Seguía siendo guapísimo, aunque los estragos de su lucha contra el alcohol y las drogas eran evidentes. Estaba más delgado de lo que yo lo recordaba y tenía varios capilares rotos en las mejillas. También vi varias cicatrices que podían deberse a la costumbre que tenían los drogadictos de pellizcarse. Pero las drogas y el alcohol no habían afectado a su estructura ósea, ni a su abundante pelo rubio oscuro, ni a su porte mientras andaba por la acera.

—Me han dicho que somos vecinos —comentó, sin mirarme siquiera—. Mi hermano me ha dicho que ha ido a verte.

—Tu sobrina también.

—Mantente alejada de mi familia —me ordenó.

—Fueron ellos los que vinieron a verme —puntualicé. Y, después, en un intento por mostrarme amigable, por aquello de pasar página y tal, añadí—: Audrey es un encanto.

—Te crees la leche, ¿verdad? —me soltó—. Vives en la casa flotante, apareces aquí con tu grado en Medicina...

—He venido para estar con mi sobrina, Luke. Nada más.

—Me follé a tu hermana. ¿Lo sabías?

Sus palabras me golpearon en el pecho como si fueran un bate de béisbol. Guardé silencio.

—Como casi todos los demás, claro —añadió—. Estaba buena. No como tú.

Tragué saliva.

—¿Has acabado de rememorar los viejos tiempos? Porque si mal no recuerdo, acabamos el instituto hace diecisiete años. —Buena réplica, pero Luke sabía que me había hecho daño.

—Algunas cosas no cambian nunca —dijo.

—Y otras sí. En fin, tengo trabajo. Deberías probarlo. A lo mejor te sienta bien.

—Nos vemos... vecina —replicó.

—Es posible. —Mi voz sonó normal, un comentario sin importancia.

Lo rodeé y seguí andando hasta el Mini, deseando haber elegido un vehículo más grande, como un Range Rover o un Cadillac Escalade. Me temblaban las piernas, pero esperaba que él no se percatara.

Me había enfrentado a cosas peores que Luke Fletcher, mucho peores.

Pero las piernas me temblaban de todas formas.

Cuando llegué a la ensenada, descargué las compras, dejé las plantas en el muelle y le dije a *Boomer* que no se comiera la hierbabuena.

Después, me senté unos minutos y practiqué la respiración de yoga.

Luke era perro ladrador, pero poco mordedor. La típica historia del muchacho querido por todos que se transformaba en un hombre amargado.

Jim, el agente inmobiliario, me había asegurado que la casa flotante era tan segura como cualquier otra residencia, pero en ese momento no me lo parecía. Claro que tenía un perro grande que me adoraba y una pistola.

Me entretuve limpiando el resto de la tarde, algo que siempre hacía que me sintiera mejor. Después de la cena y de leer unos cuantos capítulos de *El prisionero de Azkaban,* subí a la azotea. Las plantas y las flores eran justo lo que necesitaba. Allí arriba era como estar en el paraíso. Además, tenía una vista fantástica y veía a cualquiera que se acercara.

Había llegado la hora de leer el correo. No iba a permitir que Luke Fletcher me arruinara la noche. Ya me había arruinado demasiadas.

Roseline me enviaba una postal con dos ancianas comiendo salchichas en plan obsceno y una nota muy tierna en la que me decía que estaba pensando en mí y que quería dejar a su marido durante cuatro meses para vivir conmigo en la casa flotante, así que me avisaba de que me aprovisionara de buen vodka. Sabía que lo hacía todo para animarme, ya que Amir y ella eran muy felices, así que me sentí agradecida.

El siguiente sobre. ¿El de Bobby o el de Lily?

Elegí el de Lily.

Dentro del grueso sobre había un folio con las palabras escritas a lápiz y una letra que me resultaba dolorosamente familiar, aun después de todos esos años.

No me escribas más.

Las palabras me atravesaron el corazón como si fueran un cuchillo cortando una ciruela pasada. Al principio, fui incapaz de respirar y después tomé una honda bocanada de aire cargado con el olor a pino. Me temblaban los labios por el esfuerzo de contener... los insultos. O los sollozos.

Supongo que no le habían gustado mis cartas sobre el cormorán ni sobre la lluvia.

No me decía cómo estaba. No me decía a qué se dedicaba. No me preguntaba por Poe ni por nuestra madre ni por nada.

—¡*Boomer*! —grité, con la voz quebrada, y mi perro llegó corriendo, agitando las orejas y con su enorme sonrisa perruna. Saltó los tres metros que separaban el muelle de la casa y, después, subió la estrecha escalera hasta la azotea y se lanzó a mis brazos.

No sabría qué hacer sin mi perro, tampoco quería averiguarlo. En ese momento, no podía soportar esa idea. Le abracé el cuello peludo y dejé que mis lágrimas le mojaran el pelo mientras él jadeaba en mi oreja y meneaba su enorme rabo.

No sabía si algún día sería capaz de asimilar la idea de que mi hermana ya no me quería. De que llevaba años sin quererme. Décadas.

Tenía a Roseline, que para mí era más una hermana que lo que Lily lo había sido en veinte años. Tenía otros amigos en casa, en Boston, esa ciudad tortuosa y retorcida. Tenía a Bobby, aunque ya no estuviéramos juntos. Y en Scupper Island tenía a... En fin, tenía a Gloria y a Xiaowen, que eran una nueva adquisición, pero que estaban llenas de potencial. Tenía a mi madre, más o menos. Tenía a Poe...

Mejor dejarlo llegado ese punto.

Solté a mi perro y abrí el sobre de Bobby, ya no tan emocionada por su carta como lo estaba antes. El sobre y el papel habían sido un regalo de su madre, comprado en Crane, con sus iniciales grabadas, RKB. Robert Kennedy Byrne. Si se era de ascendencia irlandesa y se vivía en Boston, al menos un miembro de la familia llevaba ese nombre en honor a los Kennedy. La carta decía:

> *Hola, Nora:*
> *Espero que te estés recuperando. Quería decirte que Jabrielle y yo no estamos juntos. Fue algo ridículo, impulsivo y un error, también.*
> *Además, ella no es tú.*
> *Nos vemos la semana que viene. Dime si necesitas algo.*
>
> Bobby

En fin. Eso era algo sobre lo que reflexionar.

«Ella no es tú».

Desde luego que era agradable saberlo, sobre todo porque mi hermana, que estaba sola en una cárcel y separada de su familia por todo un continente, no tenía espacio en su celda, ni en su corazón, para mí.

Capítulo 12

Sucedió algo que me dejó con la boca abierta.

Mi madre fue a verme y, además, me pidió consejo.

Una de las cosas que más me gustaban de la casa flotante era que podía ver a la gente acercarse, dado que había que recorrer el muelle para llegar hasta mí. Y el miércoles por la noche, mientras cortaba verduras para hacer un revuelto, mi madre aparcó a un lado del camino y recorrió el muelle a paso vivo antes de entrar por la puerta y meterse en la cocina. Sin llamar.

—Me preocupa Poe —anunció. *Boomer* levantó su corpachón de la alfombra y se acercó para saludarla, meneando el rabo y tirando un posavasos que estaba en la mesita del sofá.

—Hola, mamá —la saludé—. Siéntate. ¿Quieres una copa de vino, una cerveza o algo?

—Agua —contestó—. Gracias. —Echó un vistazo a mi casa nueva—. Muy elegante todo, ¿no? —Allí estaba, ese deje de desaprobación.

—Es un lugar especial —repliqué con serenidad. Le llené un vaso de agua, no quisiera Dios que comiera o bebiera algo que no fuera puramente de subsistencia—. ¿Qué le pasa a Poe?

Mi madre se sentó a la encimera, tensa, como si nunca se hubiera sentado en un taburete en la vida.

—A ver, tiene unas notas pésimas y, aunque hablaba un poco más antes de que tú vinieras... —comenzó e hizo una pausa para que el sentimiento de culpa se me clavara bien hondo—, ahora no abre la boca. No tiene amigos que yo sepa. Se queda sentada con el teléfono pegado a la cara y casi no sale de su dormitorio.

—Pues parece una adolescente normal —le dije.

—Bueno, su madre está en la cárcel, Nora, por si se te ha olvidado. Yo no diría que eso es muy normal.

No le había mencionado a mi madre lo de la nota de Lily. Ni lo haría.

—Bueno, a lo mejor Poe puede quedarse a dormir el viernes por la noche —sugerí.

—¿Y de qué va a servir eso?

Hablar con mi madre era como morir picoteada por gallinas.

—Un cambio de aires, a lo mejor podríamos ver alguna película, hablar, comer chocolate y hacer lo que suelen hacer las mujeres para estrechar lazos.

Mi madre frunció el ceño.

—Si crees que va a servir de algo, adelante. Aunque no veo cómo.

—¿Lily va a salir en agosto como estaba previsto? —le pregunté.

—Ajá.

—En ese caso, supongo que lo mejor que podemos hacer es conseguir que Poe se sienta segura y querida hasta entonces. Aunque no reaccione, es importante oír que alguien dice que te quiere, que se alegra de verte o que quiere pasar tiempo contigo.

—¿Eso es lo que te enseñaron en la universidad?

—Sí. Durante la carrera de Medicina y también durante la residencia. Hice una rotación en Psicología. Soy médico, que no se te olvide. Bueno, ¿qué te parece si practicamos? Yo te digo algo bonito y tú puedes decirme si hace que te sientas mejor.

—Yo estoy bien.

—Sígueme la corriente.

—De acuerdo. —Bebió un sorbo de agua y puso los ojos en blanco.

—Mamá —comencé—, siempre he admirado lo tranquila y competente que eres.

—En fin, ¿y cómo se supone que debo ser? ¿Tengo que ir por ahí como un pollo sin cabeza?

—Buen trabajo, mamá. Ahora te toca a ti decirme algo bonito. —Estaba haciendo trampas, lo sabía. Buscaba aprobación maternal.

Mi madre suspiró.

—Bueno, para mí que estabas más guapa con algo más de carne encima, la verdad.

—No, te has confundido, mamá. Algo bonito.

—Eso era bonito.

—Me has dicho que estoy demasiado delgada.

—Te he dicho que siempre fuiste una muchacha de buen parecer y que no tenías que perder peso y ponerte ropa elegante para que los demás se dieran cuenta.

Una de cal y otra de arena.

—Gracias, mamá. Ha sido muy tierno. Ahora, en cuanto a Poe, deberías decirle algo en plan: «Aunque las circunstancias no sean las mejores, me alegro de que podamos pasar tiempo juntas».

—¡No me alegro, no, señor! ¡Mi hija está en la cárcel!

—Estamos mintiendo, mamá. ¿De acuerdo? Aunque me siento muerta por dentro, finjo hasta que se me pase. ¿Ves la sonrisa? ¿Me ves preparar una cena nutritiva y cuidada para una sola persona? ¿Me ves disfrutar la vida con una copa de vino al día? Eso lo que hacen los seres humanos.

Frunció el ceño.

—¿Por qué te sientes muerta por dentro?

—No me siento así. Estaba exagerando. —Empecé a cortar las zanahorias de nuevo. Collier Rhodes tenía unos cuchillos estupendos, así que debía andarme con mucho ojo para no cortarme las yemas de los dedos, porque todavía me ponía muy nerviosa cuando había cuchillos de por medio.

—Has estado muy rara este último año.

—¿De verdad, mamá? ¿Cómo te has dado cuenta? —Bebí un sorbo hostil de vino, si es que se puede hacer algo así—. Le mandaré un mensaje de texto a Poe y tú te asegurarás de que viene a casa. ¿De acuerdo? Pues estupendo. Gracias por pasarte.

—Deberías comer más carne —me dijo mi madre—. Estás muy blanca.

—Muy bien. Adiós.

Una vez que atravesó el muelle y se metió en el Subaru, me bebí el resto del vino del tirón.

—Soy gastroenteróloga, mamá. A ver, ¿cuántos intestinos gruesos has limpiado? Cualquiera diría que sé un poquito más que tú de lo que es comer sano, ¿no crees? A lo mejor la facultad de Medicina no era solo para matar el tiempo.

Alguien llamó a la puerta. Oh, oh. «Las diatribas mejor me las guardo para mí solita».

Era Audrey Fletcher, la hija de Sullivan.

—¡Hola, Audrey! —la saludé.

—¿Puedo pasar? —me preguntó con timidez.

—¡Pues claro! Encantada de recibirte. Estaba preparando la cena. Siéntate. ¿Te apetece algo de beber?

—¿Tienes un refresco de cola?

—No, cariño, lo siento. ¿Qué tal agua con gas con una rodaja de...? A ver qué tengo por aquí... —Abrí el frigorífico—. ¿Qué te parecen unas moras para darle un toque de sabor?

—Sería estupendo. ¡Hola, *Boomer*! Hola, precioso. —Se arrodilló en el suelo para hacerle mimos al perro.

—¿Tienes perro? —le pregunté mientras le preparaba la bebida.

—No. Un gato. Es bueno. Sooty. Ya es bastante viejo y le costaría acostumbrarse a un perro.

—Claro. Bueno, ¿qué te cuentas? ¿Cómo te van las clases?

—Van bien. —Esbozó una sonrisa titubeante, y sentí que la empatía me abrumaba.

—Yo odiaba el instituto —confesé al tiempo que le daba la bebida, que parecía sofisticada y divertida, con las moras flotando entre el hielo y bailoteando por las burbujas.

—¿Por qué lo odiabas? —me preguntó.

Puse unas cuantas tiras de zanahoria en un cuenco, les eché pimienta y coloqué el cuenco entre las dos antes de comerme una. Después, seguí preparando la cena, cortando el cilantro, cuyo aroma limpio y fresco flotó en el ambiente.

—En fin, no era muy popular, la verdad. Demasiado lista, demasiado rara, demasiado torpe. Y mi hermana era guapísima, así que mi autoestima brillaba por su ausencia.

—Mi madre es muy guapa —dijo ella con voz pensativa. Bebió un sorbo de agua—. Y mi padre es guapísimo también.

—Cierto —repuse, aunque la cara que se me vino a la cabeza fue la de Luke... y no de la mejor forma—. Tu padre era muy majo en el instituto.

Audrey sonrió.

—Seguro que sí. Es el mejor del mundo.

—¿Eres hija única?

—Tengo un hermanastro. Rocco. Tiene siete años. —Hizo una pausa—. Mis padres se divorciaron cuando yo tenía tres años.

—¿Conozco a tu madre por casualidad?

—Amy Beckman. Supongo que también iba a clase contigo.

Alcé la vista de repente.

—Vaya. Así que siguieron juntos.

—No durante mucho tiempo. Me tuvieron con veinte años y se divorciaron a los veintitrés.

Sentí un aguijonazo de satisfacción. Siempre creí que Sullivan se merecía a alguien mucho mejor que Amy, un tópico con patas.

Claro que también recordaba haberla visto llegar a la marisquería con un ramo de altramuces una tarde de verano, sonriente y dulce, y que yo fingí que no los miraba mientras él la besaba.

Todo el mundo tenía dos caras. O tres. Incluso siete.

—¿Te llevas bien con tu hermano? —le pregunté.

—Ah, sí. Lo quiero mucho. A ver, él vive con mi madre y yo vivo con papá, así que no puede tocar mis cosas ni nada de eso. Pero es estupendo. Monísimo. —Sonrió de oreja a oreja y le devolví la sonrisa—. Le hago camisetas de vez en cuando. Le pinto dinosaurios y todo.

—Guau, ¿sabes coser?

—Estoy en el club de diseño en el colegio. Hacemos ropa y más cosas y, al final de año, hacemos una gala. Como *Pasarela a la fama*.

—¡Me encanta ese programa! ¿También te haces la ropa?

Se miró la camiseta y los ceñidísimos *jeans*, que no le sentaban nada bien.

—No. Soy como Michael Kors. Hago mejor ropa de la que me pongo.

Me eché a reír.

—A Poe también le encanta la moda —le dije. Al menos, eso creía. Leía muchas revistas y en la mayoría aparecían famosas en la alfombra roja. Y Poe desde luego que tenía un estilo propio con el pelo azul y todo eso.

—Creía que a lo mejor le gustaría unirse al club, pero... —Audrey se encogió de hombros, colorada. Era evidente que Poe le había dado largas.

A mi sobrina le iría bien tener a una niña buena de amiga. Y tal vez a Audrey le fuera bien tener a una rebelde de amiga.

—Oye, Audrey, ¿crees que podrías venirte el viernes a dormir? Va a venir Poe y sería estupendo que tú también pudieras hacerlo.

—¿En serio? —La alegría que reflejó su cara fue tal que supe enseguida que no recibía muchas invitaciones. Era como ver a mi yo adolescente.

Salvo que su padre estaba allí y la quería. Al igual que su hermano. Y, con suerte, también la quería Amy.

—Sí. Pero solo si te apetece. Y, evidentemente, tendré que preguntárselo a tus padres.

—¡Voy a llamar a mi padre ahora mismo! —exclamó ella, sacando el móvil—. ¿Papá? ¡Hola! Estoy en casa de Nora... ¡Ajá!... No, he venido en bici... No sé, no lo he visto. Oye, ¿puedo quedarme a dormir aquí el viernes? Poe va a venir... Su sobrina... De acuerdo, espera.

Me dio el móvil.

—Hola, Sullivan —lo saludé.

—¿Nora?

—La única e incomparable. —Hice una mueca—. ¿Cómo estás? —Intenté hablar vocalizando, pero sin que fuera demasiado evidente.

—Bien. Estoy bien. ¿Y tú?

—Estupendamente. Esto... mi sobrina se va a quedar a dormir el viernes y creo que sería divertido que Audrey también pudiera venir. ¿Te parece bien?

Hubo una pausa, durante la cual todas mis inseguridades abrieron los ojos y se desperezaron. «¿Por qué iba a dejar que mi hija fuera a tu casa, Trol? ¿Por qué iba a querer que fuera amiga de la imbécil de tu sobrina? ¿Eres una depredadora sexual que quiere que mi hija se quede a dormir en tu casa?».

—Claro —contestó él—. Gracias.

—¡Estupendo! Puede venirse antes de la cena, ¿qué te parece?

—Me parece muy bien. ¿Tiene que llevar algo?

—No, pero gracias.

—Gracias a ti —replicó él—. La dejaré en tu casa a eso de las cinco.

Le devolví el móvil a Audrey, que le dijo a su padre que volvería pronto a casa. Colgó y me miró con una sonrisa deslumbrante.

—Oye —le dije—, Poe no... En fin, está pasando por un mal momento. Te agradezco mucho que hayas aceptado venir.

—¿Me tomas el pelo? Si nunca me invitan a nada. —Dio un respingo y luego cerró la boca de golpe mientras se ponía colorada como un tomate.

—A mí me pasaba lo mismo, Audrey. Venga, vamos a unirnos las tres parias —le dije con una sonrisa, y el alivio se le reflejó en la cara.

Algún día, aunque en ese momento no me creyera, Audrey Fletcher sería despampanante. No guapa, porque se parecía demasiado a su padre para serlo, pero tendría la clase de cara que aguantaba décadas, no solo hasta el último curso del instituto.

Cuando llegó el viernes por la noche, estaba preparada. Tenía un maratón de *Pasarela a la fama* en el reproductor, algunos platos sanos y otros que no lo eran tanto, cuatro colores distintos de pintauñas y una mascarilla de barro que proclamaba ser del Mar Muerto —*La Mer Morte,* según el paquete—. Había ido a Portland en *ferry* y me había metido en una tienda de Target para hacer acopio de provisiones; también compré la última película apocalíptica para adolescentes y algunos juegos de mesa —de la vieja escuela, lo sabía, pero iba a costar que Poe participara en una conversación.

También me había tomado la molestia de que su habitación resultara acogedora. Había recogido unas flores y las había dejado en el cuarto de baño y en la mesita de noche, junto con mi ejemplar de *Harry Potter y la piedra filosofal,* que ya había perdido la cuenta de todas las veces que lo había leído.

Audrey dormiría en la sala abierta, bajo el tejado a dos aguas. También dejé flores allí.

A las cinco en punto, mi sobrina llegó a la puerta.

—¡Hola, cariño! —la saludé e hice ademán de abrazarla. Ella movió los hombros para evitar el abrazo.

—¿Por qué estoy aquí? ¿Es un castigo? —me preguntó.

—Es un premio, la verdad, y consiste en pasar tiempo con tu simpatiquísima tía, que te adora —respondí.

—Preferiría estar en casa.

—¿Con la abuela?

—En cualquier sitio menos aquí.

Era veinte años mayor que Poe, me recordé, pero me entraron unas ganas tremendas de preguntarle «¿por qué eres tan cruel conmigo?» y de echarme a llorar.

—¿Por qué eres tan cruel conmigo? —le pregunté. No me eché a llorar, ¡hurra!

—¿Por qué finges que te importa? —replicó ella—. Sé que solo vas a quedarte durante el verano.

—¿Eso quiere decir que debería pasar de ti todo este tiempo?

—Sí. —Lo dijo de tal forma que el rechazo se hizo eterno, y suspiró. *Boomer,* ajeno por completo a los peliagudos cambios de humor de los adolescentes, le acarició el delgaducho muslo a Poe con el hocico.

—En fin... —dije—. Se me había ocurrido que... igual podríamos pasar tiempo juntas, hacer cosas juntas, conocernos mejor, comportarnos como si fuéramos de la misma familia. —Me encogí de hombros con los ojos como platos.

—Por lo que he oído, la familia tiene la costumbre de marcharse sin más para no volver —replicó—. Perro, déjame tranquila.

—Supongo que te refieres a mi padre. —¡Bien! ¡Por fin! Podíamos hablar del tema—. ¿Qué te contó Lily?

—¿Me das una copa de vino? —preguntó Poe, que se sentó en un taburete, junto a la encimera, encorvada como una gamba.

—No. ¿Qué sabes del tema?

Poe suspiró.

—Bueno, que era estupendo y que la abuela era una bruja insoportable a todas horas y que él estaba escribiendo un libro, pero que a ella le molestaba su talento y le dio la patada, y que la vida fue todavía más asquerosa después.

—A ver, las cosas sí empeoraron, pero esa no es la historia completa. —Claro que yo tampoco la sabía—. La vida era estupenda antes de que se fuera. —Como la tonta que era, seguía defendiendo a mi padre, el ausente.

Los ojos de Poe se movieron un poco, pero no me miró. Bingo. Estaba interesada.

—Eso no es lo que dice mi madre.

—Venga ya. En fin, tal vez podría enseñarte algunas de las cosas que hicimos y así podrías decidir por ti misma.

Volvió a clavar los ojos en la encimera.

—Tal vez —susurró ella.

—¿Cómo has dicho?

—Tal vez.

—¿Eso es un «sí, ¿por qué no?, no tengo otra cosa que hacer»?

Juraría que casi sonrió.

—Tal vez —repitió.

—¡Hola! ¿Llego pronto? ¿O tarde? —Audrey estaba allí, en el vano de la puerta. Su padre estaba detrás de ella, con una mano sobre su hombro.

—¡Hola, Audrey! No, llegas en el momento perfecto. —Le di una patada a mi sobrina en la pierna.

—Hola, Audrey. ¿Quieres jugar con las Barbies? —le preguntó ella.

Audrey esbozó una sonrisa titubeante.

—Venga, entra —le dije—. Hola, Sully.

Él asintió con la cabeza.

—¿Alguna alergia alimentaria, alguna medicación o algo que debería saber? —le pregunté a Sullivan. Intenté no clavar la vista en su audífono.

—No —me contestó—. ¿Vas a estar sola esta noche?

—¿Te refieres a si va a recibir visitas de caballeros? —preguntó Poe.

—Ajá. A eso me refería. —Esbozó una sonrisilla torcida.

—Solo vamos a estar nosotras tres —le aseguré—. Oye, ¿tienes un momento?

Sullivan miraba a Audrey, que estaba acariciando a *Boomer*.

—¿Sullivan? —le puse una mano en el brazo. Me miró de repente. Con esos ojos castaños, serenos y profundos—. ¿Puedo hablar contigo un momento?

Salimos al muelle, desde donde podíamos ver que Poe no estaba hablando con Audrey y que esta fingía que no le importaba mientras le rascaba la barriga a *Boomer*.

—¿Qué pasa? —me preguntó.

—El otro día vi a Luke —dije.

Esperó a que continuase.

—No hará nada, ¿verdad?

—No. Solo está... —Sullivan se encogió de hombros—. Solo está un poco amargado. Sobre todo ahora que has vuelto y estás viviendo aquí... —dijo y señaló con la barbilla la casa flotante— y te estás haciendo amiga de Audrey y demás.

—¿Sigue consumiendo?

—No. De vez en cuando bebe más de la cuenta, pero ya no conduce. Le retiraron el carnet.

Asentí con la cabeza.

—Me he enterado de que te has cruzado con Amy —dijo Sullivan.

—Pues sí.

—No sabe que Audrey está aquí. Yo tengo la custodia.

—Eso me dijo Audrey. —Esa historia tenía su miga, no me cabía la menor duda.

—Si Amy lo hubiera sabido —añadió Sully en voz baja—, le habría pedido a Audrey que pasara la noche en su casa, y ella le habría dicho que sí, porque quiere a su madre, y Amy no pasa mucho... En fin. Audrey le habría dicho que sí.

—Ah.

—Así que no se lo mencioné, porque creo que sería bueno que mi hija tuviera una amiga, y Poe parece una buena cría.

—¿Lo parece?

Se encogió de hombros.

—No parece horrible.

—No. No es horrible.

Esbozó una sonrisilla, y algo me dio un vuelco en el pecho.

—Gracias por invitar a Audrey. Llámame si necesitas algo. —Me dio un trocito de papel—. Mi móvil.

Entramos de nuevo y Sullivan dijo:

—Me voy, cariño. Pásatelo bien, ¿de acuerdo?

Audrey se puso en pie con mucho trabajo... Le sobraban unos veinte kilos, y recordé la dificultad de movimientos, la envidia que les tenía a las que se podían levantar desde el suelo, aunque estuviera con las piernas cruzadas, con la elegancia de una garza.

—Adiós, papá —le dijo, y lo abrazó y lo besó en la mejilla.

Otro vuelco en el pecho.

—Adiós, cariño. Te quiero. —Señaló a Poe con la barbilla—. Pásatelo bien, Poe.

—Gracias —replicó ella, sin mirarlo.

Sullivan se fue, y un momentáneo silencio se hizo entre las tres.

—En fin, se me ha ocurrido preparar *pizza* casera para cenar. Tengo algunos juegos y también tengo preparado maratón de *Pasarela a la fama*, y... Bueno, podríamos dar una vuelta en canoa si os apetece.

—¿En canoa? —preguntó Poe—. ¿En serio? Paso.

—Esto... yo también paso —dijo Audrey—. A lo mejor otro día. A esta hora, los mosquitos son una pesadilla.

—Bien pensado —repliqué—. Bueno, ¿con qué os gusta la *pizza*?

—La *pizza* engorda mucho —protestó Poe, que clavó los ojos en el móvil para mensajearse con sus misteriosos amigos de Seattle.

Estupendo. Audrey no querría comer *pizza* cuando Poe, la gacela, acababa de declarar que engordaba mucho. Apreté los dientes, furiosa con mi sobrina.

—Me gusta con tomate y salchichas —contestó Audrey y volví la cabeza para mirarla.

—¡Estupendo! —exclamé—. A mí también. ¿Qué me dices de los champiñones?

—Me encantan.

—Poe, ¿por qué no preparas la ensalada?

—No, gracias.

—Voy a decírtelo de otra forma: Poe, haz el favor de preparar la ensalada. Lo tienes todo en el frigorífico.

Con un suspiro martirizado y tras una larga, larguísima, pausa, Poe se levantó, se quitó la cazadora de cuero y dejó al descubierto su camiseta y sus delicados omóplatos. Tenía un tatuaje nuevo: unas alas de ángel. La piel seguía enrojecida por el trabajo de la aguja.

Me entraron ganas de abrazarla, de lavarle la cara y de mandarla a la cama.

—¿Qué hago yo? —preguntó Audrey, y le di los platos para que pusiera la mesa.

Parloteamos sin parar mientras trabajábamos, hablando de su trabajo en los astilleros, de lo mucho que le gustaba pescar y de lo que haría ese verano.

—Mi padre dice que podríamos irnos a pasar un fin de semana largo a alguna parte —dijo Audrey—. Creo que me apetece ir a una gran ciudad, porque solo he visto Boston unas pocas veces. A lo mejor Nueva York. O... bueno... Seattle... Me han dicho que es lo más.

Las dos esperamos a que Poe contestara. No lo hizo, se limitó a cortar las cebolletas como si el cuchillo pesara veinte kilos.

—Seattle es preciosa —le dije.

—Ah, ¿eres una experta porque has estado tres veces? —preguntó Poe.

—Cinco, y sí, Audrey, la torre Space Needle es...

—Una catetada para turistas —soltó Poe.

—... es muy rara vista desde fuera, pero puedes comer en la parte más alta y las vistas son increíbles. La comida es estupenda. A ver, nunca he comido mal en Seattle. Le echan salmón y cangrejo a todo, marisco fresco... Que sí, que de eso tenemos aquí, pero...

—¿Os importa cambiar de tema? —pidió Poe.

—Qué va —le aseguró Audrey—. ¿De qué te gustaría hablar? —Le sonrió a mi sobrina, que la miró con gesto torcido.

—No sé, Audrey —le dijo Poe—. ¿Qué te parece de las Girls Scouts? Porque tú eres una Girl Scout, ¿a que sí?

—Ya no —contestó Audrey—. Pero fue divertido mientras duró.

Touché, Poe. Audrey se negaba a que le aguaran la fiesta, y bendita fuera por esa actitud.

Esa fue la tónica de toda la noche. Audrey, simpática pero algo nerviosa, como si creyera que la iba a mandar de vuelta a casa si no se comportaba como la alegría absoluta. Poe, en cambio, se mostró como la reina del aburrimiento. Jugamos a Manzanas con Manzanas, vimos *Pasarela a la fama* y cenamos. En fin, Audrey y yo lo hicimos, aunque me di cuenta de que Audrey no dejaba de mirar la *pizza* después de comerse una única porción. Poe masticó un trocito de espinaca de la ensalada y se dejó todo lo demás en el plato.

Cuando anuncié que era hora de acostarse, a las 11:30, una hora que me parecía lo bastante tarde, estaba agotada. Las acompañé a sus habitaciones y les deseé buenas noches. Poe cerró la puerta enseguida.

—Te pido disculpas por su comportamiento —le susurré a Audrey.

—Te he oído —dijo Poe.

—¡Pero si habla! —exclamé—. Buenas noches, cariño. —No obtuve respuesta—. Buenas noches, Audrey.

—Muchas gracias por invitarme —me dijo ella—. Nunca he dormido en una casa flotante. —Me dio un abrazo de forma impulsiva y, después, colorada, subió a su habitación.

Me sentí culpable por el hecho de que me cayera mil veces mejor que Poe.

—Vamos, *Boomerang* —le dije al perro—. Otro pipí y nos acostamos.

Saqué al perro y anduve unos pasos por el muelle mientras *Boomer* se internaba en el bosque para olisquear un poco y hacer sus cosas.

El cielo era un manto estrellado sobre la ensenada. No soplaba el viento y las olas apenas agitaban el agua contra el muelle mientras subía la marea. Los pinos estaban recortados contra el oscuro cielo, y tomé una honda bocanada de aire mientras me imaginaba que el aire fresco de la isla limpiaba mis pulmones urbanitas. Aunque me encantaba Boston, algunas cosas olían fatal: los gases que escupían los camiones por la autopista de peaje de Mass Pike y el hedor a excrementos humanos y humedad de Back Bay; la línea naranja del metro, que siempre olía a orín; el olor a azufre de North Station en invierno.

Allí, en la isla, el aire era tan puro que casi podías sentir cómo los pulmones se te ponían de color rosa.

—Vamos, *Boomer* —lo llamé en voz baja, por si las niñas se habían dormido ya. Mi perro saltó, obediente, al muelle—. Muy bien —le dije, acariciándole la cabeza—. Gracias, muy bien.

Me di media vuelta para abrir la puerta y, en ese momento, vi algo.

Un puntito de luz anaranjada en mitad del bosque que brilló antes de apagarse.

Había alguien allí fuera, fumando. Nada más pensarlo, capté el olor a tabaco. El punto naranja brilló de nuevo cuando la persona dio otra calada.

Boomer gruñó.

La tierra no era mía. No era mi propiedad, así que no podía decir que estaba allanándola. Lo que sí hice fue entrar en la casa, cerrar las puertas con llave y todas las ventanas, y también bajé las persianas. Fui a ver a las niñas, que estaban dormidas.

Le mandé un mensaje de texto a Sullivan.

Alguien está fumando en el bosque, al norte del muelle.

En la pantalla del móvil aparecieron tres puntos suspensivos, que me tranquilizaron. Estaba despierto y me estaba contestando.

Cierra las puertas con llave.
Yo: *Ya lo he hecho.*
Sullivan: *Voy a llamar a mi hermano ahora mismo.*

Después, fui al dormitorio y saqué la Smith & Wesson 1911, regresé al salón y esperé, con la vista clavada en la puerta.

Si alguien entraba, si Luke Fletcher entraba, ¿le dispararía? ¿Lo mataría con su sobrina dormida en el piso superior? ¿Sería capaz de apretar el gatillo? ¿Bastaría que me viera con una pistola y un perro enorme para detenerlo, o tendría que disparar? Podría dispararle en la pierna. No quería matarlo. Al otro hombre, a mi terrorista particular, sí. A ese podría matarlo. Pero él no sabía que me encontraba allí. No había registros públicos de que me hubiera mudado a Scupper Island. ¿O sí? ¿El contrato de alquiler? ¿Era información pública?

Un segundo después, me llamaron al móvil, y di tal bote que parecía que me hubieran acuchillado.

—¿Diga?

—Soy Sullivan.

—Hola.

—Luke me ha dicho que estaba dando un paseo por el bosque. No era su intención asustarte.

Inspiré hondo, consciente de que el corazón se me iba a salir del pecho.

—Ya.

—Le he dicho que te deje tranquila y que vuelva a los astilleros.

Bajé los hombros casi diez centímetros por el alivio.

—Gracias, Sully.

—¿Cómo dices?

—Gracias.

Hubo una pausa.

—¿Quieres que me pase por ahí?

Pues sí. Sin embargo, también recordé estar tirada en la calle, con la mascota de Fumigaciones Beantown mirándome desde arriba, mientras pensaba que esa no era la persona que quería ser y que había perdido la oportunidad de cambiar.

Carraspeé.

—No, estoy bien. Nos vemos mañana. Oye, voy a ir a Boston en *ferry*... ¿te parece que deje a Audrey en casa de camino?

Hubo otra pausa que hizo que me preguntara si me había oído bien.

—No, puede ir andando a los astilleros —me contestó—. Mañana trabaja.

—Ah. De acuerdo. —Me mordí el labio—. En fin, lamento haberte despertado.

—No estaba dormido.

Me lo imaginé en casa, solo, o tal vez no, sentado en el borde del colchón. Tenía una buena cara, sí, Sullivan Fletcher tenía una buena cara. Una cara serena, tranquilizadora. Me bastaba con pensar en ella para sentirme más segura.

—Buenas noches —me dijo.

—Buenas noches —repetí.

Y me acosté. Con mi perro y mi pistola, por si las moscas.

Capítulo 13

Querida Lily:

Sé que me has dicho que no te escriba, pero ¿a quién le importa tu opinión?

¿Sabes qué? Voy a trabajar en la clínica de Scupper Island durante el verano. Ayer llegó una señora con un recién nacido y al olerle la cabecita, recordé a Poe cuando era diminuta. Era la niña más bonita del mundo. Sigue siéndolo. Te echa de menos. Y yo también.

Te quiere,
NORA

Había un cuenco con limones en la encimera. Las gerberas rojas en la mesa del sofá. Mi pequeño apartamento, tan ordenado y bonito como lo dejé. Mi hogar perfecto.

Pero, en esa ocasión, la puerta corredera del balcón estaba abierta y yo sabía que él ya había entrado. Fingí no haberme dado cuenta, pensando que si lograba pasar de él, desaparecería. Lo oí en el cuarto de baño, entrando en la bañera. Oí cómo se deslizaba la cortina de la ducha por la barra. Pero estaba segura, segurísima, de que si pensaba que yo no reconocía su presencia, desaparecería de alguna manera.

Hasta que se abrió la cortina de la ducha y, en esa ocasión, salió armado con el cuchillo.

Me desperté sobresaltada por culpa de la pesadilla, empapada en sudor y jadeando como *Boomer* después de una carrera.

Y, por cierto, ¿dónde estaba mi perro? ¿Y el hombre que estaba la noche anterior en el bosque? ¿Era Luke o me había encontrado Voldemort?

Madre mía, ¿dónde estaban las niñas?

Salí escopetada de mi dormitorio y las encontré sentadas a la mesa de la cocina. Poe, despatarrada, y Amy enfrente. Ambas me miraron.

—¿Estáis bien? —les pregunté.

—Sí, por sorprendente que parezca —respondió Poe.

—¿Quieres café? —me preguntó Audrey.

El corazón me latía a mil.

—Mmm... sí. Gracias.

Audrey me ofreció una taza. Ya había colocado el azucarero y la jarra de la nata en la mesa.

—¿Una pesadilla? —me preguntó Poe, cuyos ojos me miraban de arriba abajo.

Asentí con la cabeza.

—En casa de la abuela, te pasabas la noche hablando.

—Lo siento —murmuré. Me pregunté si habría dicho algo que la preocupara. Aunque claro, preocuparse por su tía no parecía ser uno de los problemas de mi sobrina, y eso me alegraba. Quería ayudarla, no empeorar sus traumas.

—¿Queréis que haga gofres? —sugerí. La casa flotante de Collier Rhodes estaba equipada con todos los electrodomésticos habidos y por haber.

—Tengo que trabajar —contestó Audrey—. Me iré andando hasta los astilleros. Pero gracias por invitarme a dormir —me dijo—. Y, Poe, ha sido agradable estar contigo.

—Ya. Lo mismo digo. —Poe esbozó una extraña sonrisa, y sentí una punzada en el pecho. Estaba casi segura de que, debajo de esa fachada dura, había una niña solitaria.

Abracé a Audrey.

—Gracias por aceptar la invitación, cariño. Puedes venir cuando quieras.

—¡Lo haré! Gracias. Ha sido muy divertido. Adiós, *Boomer*. —Le revolvió el pelo a mi perro, levantó su mochila del suelo y se marchó.

—Es muy simpática —dije mientras me sentaba.

—Seguro que te gustaría tenerla como sobrina en vez de tenerme a mí.

Bebí un sorbo de café.

—Qué va. No tiene el pelo azul y a mí me encanta el pelo azul.

Poe puso los ojos en blanco, hasta el punto de que estuvo a punto de dislocárselos, extendió el brazo hacia el café y dio un respingo. Tenía una marca húmeda en el hombro de la camiseta.

—¿Cómo va ese tatuaje? —le pregunté.

—Bien.

—¿Te importa si le echo un vistazo?

—Sí que me importa. Pervertida.

—Creo que puede estar infectado. Soy médico, ¿recuerdas?

Ella titubeó y, después, se levantó la camiseta.

Ajá. Las alas del ángel estaban supurando.

—Voy a por bacitracina. Espera.

Una de las veces que fui a Seattle de visita, cuando Poe tenía cuatro años, descubrí que le encantaba fingir que estaba enferma para que yo la cuidara. Levantaba la manita y me pedía que le pusiera un apósito en el dedo y le diera un bombón Hershey para que mejorara. Después, comprobaba si tenía fiebre y le ahuecaba la almohada.

—Descansa —le decía— y la tita te dará un masaje en los pies.

Aquella fue la mejor visita. De verdad que pensé que Lily y yo nos uniríamos más después de aquel momento. Incluso me abrazó cuando me fui.

Cuando llamé una semana después, Lily no me contestó ni me devolvió la llamada. Tampoco contestó el mensaje de correo electrónico que le envié.

Fui al cuarto de baño en busca del botiquín de primeros auxilios y de una toalla limpia, que humedecí con agua caliente del grifo. Poe seguía sentada a la mesa cuando volví, de espaldas a mí. Me pareció que sus omóplatos eran los de una niña, muy pequeños y frágiles.

—¿Está muy asqueroso? —me preguntó sin rastro de acritud en la voz, toda una novedad.

—A mí no me lo parece —contesté al tiempo que presionaba con delicadeza el tatuaje con la toalla húmeda—. He visto cosas muy asquerosas y esto no es nada.

—¿Qué cosas asquerosas has visto? —me preguntó. ¡Madre mía! ¡Mostraba interés por el trabajo de su tía!

—Bueno, un día vino a la consulta una mujer con mal aliento. Y no estoy hablando de que le oliera mal porque hubiera comido cebolla durante el almuerzo. —Le quité la toalla templada, le apliqué la pomada antibiótica y luego cubrí el tatuaje con gasa y esparadrapo. Acto seguido, le puse un paquete de hielo encima para que disminuyera la inflamación—. El aliento le olía a heces. Vamos, que parecía una alcantarilla.

—Puaj.

—Sí. Era difícil contener las arcadas.

—Bueno, ¿qué le pasaba?

—Hedor hepático. Lo llaman «el aliento del muerto». Se produce en algunos pacientes con fallo hepático grave y significa que las enzimas hepáticas llegan a los pulmones.

—¡Por Dios! —exclamó antes de fingir una arcada—. ¿Sobrevivió?

—No. Murió unas horas después. —Beatrice LaPonte, de Dorchester. La segunda paciente que se me murió.

—¿Es duro ver a alguien...? Tú ya me entiendes.

Le quité el hielo de la espalda y le bajé la camiseta.

—Sí.

Guardó silencio durante un minuto. Su cuello era delgado y el color azul del pelo resaltaba, por extraño que pareciera, esa piel tan blanca. No pude resistirme y extendí un brazo para acariciarle la nuca.

Ella dio un respingo.

—¿Qué haces? No te pongas rara, ¿eh?

Cerré los ojos un instante.

—¿Te apetece acompañarme a Boston hoy? —le pregunté.

—¿Por qué?

—Voy a llevar a *Boomer* para que Bobby lo vea. Mi exnovio. Podemos ir de compras o ver una película, ¿sí?

—Paso. —La adolescente enfurruñada había regresado.

—Muy bien, pero antes de llevarte de vuelta a casa de la abuela quiero enseñarte una cosa, ¿de acuerdo?

—¿Tengo alternativa?

—No. Te lo he dicho así por educación.

Un cuarto de hora después estábamos en el Mini. *Boomer* iba en el asiento trasero con la enorme cabeza asomada por la ventanilla, loco de alegría. Poe no había querido conducir, así que yo hice los honores. Enfilamos el camino de arena lleno de baches hasta llegar a la carretera y, de allí, al pueblo. El tráfico empezaba a ser más intenso con la llegada de los visitantes del fin de semana. Me alegré al ver que la cola en la pastelería de Lala llegaba hasta la acera.

Seguimos hacia el oeste, pasando por Penniman State Forest y subiendo Eastman Hill, donde mi padre nos llevó tantas veces a Lily y a mí. La Colina de la Adrenalina, la llamaba mi padre.

No recordaba que fuera tan empinada.

El Mini redujo la marcha automáticamente para subir la cuesta, que tendría casi un kilómetro. Arriba del todo había una roca enorme de granito, rodeada de pinos y de robles. Los robles estaban empezando a echar las hojas, y aunque el aire era frío, el sol calentaba.

—¿Me has traído aquí para que vea una piedra? —me preguntó Poe al tiempo que salía del Mini, con *Boomer* pisándole los talones.

—Tu madre y yo solíamos venir a este sitio. Nuestro padre traía las bicis en la camioneta, veníamos de noche. Nos sentábamos en la piedra unos minutos mientras él nos echaba un sermón.

Ella me miró, interesada en contra de su voluntad.

—¿Sobre qué?

—Sobre no tener miedo. Sobre tener aventuras. Sobre vivir la vida al máximo. —¿Lo había conseguido yo? ¿Había estado a la altura de sus esperanzas y expectativas? ¿Aprobaría mi padre mi yo adulto? ¿O estaría más satisfecho del estilo de vida de Lily?

Claro que él no era precisamente un buen modelo a seguir, después de haber abandonado a sus hijas tal como lo hizo. Pero el amor por él se grabó en mi corazón en la tierna infancia y borrarlo no era tan fácil como podía parecer.

En fin. El objetivo de la excursión era demostrarle a Poe que su madre y yo estuvimos unidas en una época de nuestras vidas. Y, tal vez, ofrecerle una visión de su madre... diferente de la que ella conocía. *Boomer* me lamió un pie para animarme.

—Estaba muy oscuro —seguí—. Nos sentábamos aquí y contemplábamos el pueblo, las farolas cuando se encendían, y nos parecía todo muy acogedor. Pero para volver a casa teníamos que bajar la cuesta.

Poe se mantuvo en silencio.

—Así que nos montábamos en las bicis. Bueno, Lily tenía que ir con papá, porque era muy pequeña. Y bajábamos la colina tan rápido como podíamos.

Más silencio, y después:

—¿No os caísteis nunca?

—Estuvimos a punto. Pero yo siempre la bajaba con miedo, con sermón o sin sermón.

Al mirar la empinada cuesta, recordé que me aterraba la idea de perder el control del manillar, de pisar un bache y de acabar volando. Siempre bajaba acicateada por el miedo, acompañada por el crujido de la gravilla que me golpeaba las piernas al salir despedida bajo las ruedas.

Recordé la euforia, y el alivio, que me invadía al llegar abajo.

—A tu madre le encantaba —dije—. Se sentaba en el manillar de la bici de papá con los brazos abiertos en cruz, como si estuviera volando.

—Sí, le gusta la velocidad.

No supe si lo dijo con segundas o no.

—¿Es una buena madre? —le pregunté.

—Nora, está en la cárcel. ¿Tú qué crees? —Pero lo dijo con labios temblorosos.

Deseé poder abrazarla.

—De todas formas, debes de echarla de menos.

—Tengo que hacer los deberes. ¿Podemos acabar este viajecito al pasado, si no te importa?

—Claro. —Suspiré y regresamos al Mini. Hicimos en silencio el resto del trayecto, que era corto. Poe bajó en cuanto me detuve en el camino de tierra que llevaba hasta la casa de mi madre.

—¿Poe? —la llamé mientras me bajaba.

—¿Qué?

—Lávate el tatuaje tres veces al día con agua tibia y ponte bacitracina después. No te conviene que empeore.

Ni siquiera volvió la cabeza.

Cuatro horas después, tenía delante de mí el paisaje urbano de Boston, y el corazón me dio un vuelco. *Boomer* también pareció percatarse de que habíamos vuelto a casa. Claro que él fue capaz de percibir el olor de la ciudad mucho antes que yo. Empezó a menear el rabo, y le sonreí mientras le acariciaba la cabeza.

Iba a echarlo de menos como si me amputaran el brazo derecho. Pero me las apañaría bien sola. Tenía que hacerlo. Tal y como mi padre afirmaba hacía tantos años, la vida consistía en enfrentarse al miedo.

Cuando el *ferry* llegó al muelle, vi a Bobby. Necesitaba cortarse el pelo y afeitarse. Parecía el modelo de un anuncio de J. Crew. El hombre que había conquistado Nora, la simpática, la exitosa doctora que ganó la beca Pérez y la McElroy de gastroenterología.

Me sonrió nada más verme.

—Hola, forastera —me saludó—. Te veo mucho mejor.

Boomer saltó sobre él mientras movía el rabo, babeaba y lo lamía. El saludo típico de los boyeros de Berna.

Yo también me acerqué a él, y Bobby me recibió con los brazos abiertos.

Nos dimos un largo abrazo.

Olía muy bien. Sentí el roce de sus costillas mientras pegaba la mejilla a su hombro.

—Hola —dije con voz ronca.

—Espero que no tengas que volver rápido —comentó mientras aferraba la correa de *Boomer*—. Había pensado que podíamos almorzar juntos.

—Claro —repliqué.

—Estás estupenda, de verdad. —Me tocó la clavícula con delicadeza, y el contacto me excitó al instante—. ¿Todo bien?

—Sí —contesté.

—Pero no se te ocurra levantar diez kilos de peso, ¿eh?

Sonreí.

—Lo que usted diga, doctor Byrne.

—¿Adónde te gustaría ir? —me preguntó—. Tengo todo el día libre.

Eso sí que era raro. Bobby nunca se tomaba el día libre.

—He quedado para comer con Roseline, pero... ¿Te apetece dar un paseo? Aquí hace menos frío que en Scupper Island.

—¿Tienes bien la rodilla como para pasear?

—De momento, sí.

—Estupendo. —Me tomó de la mano, y me invadió una sensación cálida que me puso un poco nerviosa. Me alegré de haberme puesto ropa bonita: *jeans,* botas de ante de tacón bajo, jersey verde botella de cachemira, cazadora marrón de cuero y el pañuelo *vintage* de Hermès que encontré en una tienda de segunda mano y que fue una ganga.

—¿Cómo van las cosas en el hospital? —le pregunté, y él me habló de los pacientes y del personal, del niño que desapareció durante diez minutos porque no quería ponerse la vacuna del tétanos, lo que obligó a aplicar el protocolo de emergencia para niños desaparecidos y a cerrar el hospital. Paseamos entre las multitudes de Boston, sorteando a los seguidores de los Red Sox que se dirigían a Fenway y a los grupos de estudiantes que hablaban a gritos y hacían el tonto.

Era agradable estar de vuelta.

Nos detuvimos en una pequeña cafetería situada cerca del Instituto de Arte Contemporáneo y nos sentamos un rato para observar a la gente mientras el aire me agitaba el pelo. La camarera se acercó a nuestra mesa y admiró al mejor perro del mundo mundial, tras lo cual pedimos el almuerzo y vino.

Todo era muy romántico. El sol, la brisa de la bahía, Bobby y su sonrisa seductora. Como en los viejos tiempos.

—Cuéntame cómo van las cosas en Scupper Island —me dijo una vez que nos sirvieron la comida, de manera que me lancé a contarle una versión abreviada de los acontecimientos.

Le hablé de mi casa flotante, de lo bonita que era. Le dije que mi sobrina se había quedado a pasar la noche conmigo, que me había reencontrado con algunos antiguos compañeros del instituto, que hablaba mucho con mi madre.

Mientras le contaba cosas, los acontecimientos parecieron adaptarse a mis palabras. Mi madre parecía más amistosa, no tan distante. Los ruidos de Maine por la noche, más bonitos y no un recordatorio de lo expuesta que me sentía en la casa flotante. Poe era una adolescente alegre, no enfurruñada.

Al fin y al cabo, nunca le había contado a Bobby la verdad sobre mi familia. No había motivos para empezar a hacerlo en ese momento.

La camarera nos trajo la cuenta y Bobby pagó. Le eché un vistazo al reloj.

—¿Quieres venir a mi casa? —me preguntó de repente, al tiempo que extendía un brazo para colocarme un mechón de pelo detrás de la oreja. Ese gesto que siempre me irritaba. Yo era capaz de manejarme el pelo sola, gracias—. A nuestra casa, quiero decir —añadió.

—Bobby, lo hemos dejado.

—Lo sé. Pero no estoy con Jabrielle.

—Tampoco estás conmigo. —Levanté una ceja y esbocé una sonrisilla para quitarle hierro al asunto.

—Te echo de menos.

«Me alegro. Te lo mereces».

Se apoyó en el respaldo de la silla y acarició a *Boomer,* que estaba intentando subírsele al regazo.

—A ver, es normal que te eche de menos. Hemos estado juntos mucho tiempo. Y antes fuimos amigos. Pero supongo que no me había dado cuenta de lo vacía que me parecería la vida sin ti.

Tenía un piquito de oro. Yo ya había apurado el vino, pero fingí beber un sorbo de la copa porque necesitaba un escudo.

—Muy bien —siguió—. La falta de respuesta también es una respuesta. Lo siento.

—Te agradezco el sentimiento, pero creo que... en fin. Creo que por lo menos necesitamos pasar más tiempo separados. —Solté la copa—. Me voy. Cuida bien a mi niño. —Me incliné y torcí el gesto, porque el movimiento de la rodilla me recordó que había sido tan tonta como para que me atropellara una furgoneta, y después besé a mi perro—. Hablaremos en breve, ¿de acuerdo?

—Mándame un mensaje de texto cuando estés en la isla para saber que has llegado sana y salva. —Bobby se puso de pie, me abrazó otra vez y me besó en la mejilla.

Después, me besó en la boca. Fue un beso fugaz, pero firme y decidido. Un recordatorio de la vida anterior al Incidente Aterrador.

—Cuídate —le dije y me alejé tan rápido como pude.

En ese momento, caí en la cuenta de que tal vez lo que Bobby y yo necesitábamos de verdad era tomarnos un descanso.

Capítulo 14

Unos días después del traspaso de *Boomer*, me encontraba en la clínica, delante del ordenador. Tal como Gloria había dicho, los casos eran bastante básicos en su mayoría: una niña con un esguince de tobillo, un adolescente con cuatro picaduras de abeja que estaba histérico, aunque no era alérgico, y, después, una ancianita con dolor estomacal severo por estreñimiento.

—Llevo once días sin hacer caca —protestó la mujer.

Contuve una mueca. No era raro en personas mayores, pero ¡la madre del cordero! Con razón estaba que mordía.

—Dejaré que usted se encargue de este caso, doctora Stuart —dijo la doctora Ames, que sonrió a la paciente. Gloria y yo sospechábamos que le echaba un chorrito de alcohol al café, pero, eso sí, llevaba el pintalabios perfecto—. ¡Una vez tuve a una paciente con un estreñimiento tan severo que, cuando por fin la vaciamos, había perdido tres kilos! ¡No había visto tanta caca en la vida! —Sonrió, complacida por el recuerdo.

—Gracias por compartirlo con nosotras —repliqué.

—¡De nada! —A continuación, levantó la voz—: Señora Constantine, Nora es excelente en desimpactación. ¿A que sí, cariño? ¡Unas manos increíbles! En fin, tengo que hacer unas llamadas. ¡Avísame si me necesitas para algo, Nora, querida! —Se fue haciendo eses a su despacho.

—¿Por qué me grita? —preguntó la paciente.

—Tiene una personalidad única —contesté—. Pero tiene razón, esto se me da muy bien.

—Estupendo —replicó ella—. La última vez que lo hicieron, fue como si el médico usara la trompa de un elefante.

—Tiramos a la basura las trompas el año pasado —le aseguré con una sonrisa.

Te ahorraré los detalles, pero después de un enema aplicado con sumo cuidado y con unos supositorios de glicerina debajo del brazo, la señora Constantine se marchó, mucho más feliz.

—Día ajetreado —comentó Gloria, mientras yo terminaba el informe y se lo enviaba a la aseguradora—. ¿Te mueres de aburrimiento?

—Qué va. La verdad es que es muy entretenido ver tantos casos distintos.

—¿Echas de menos Boston?

—Un poco. ¿Y tú?

—En fin, no soy de la ciudad propiamente dicha, ¿sabes? —dijo.

—¿Y qué te trajo aquí? Además de la fantasía con el pescador de langostas, claro.

—Quería un cambio. Me gustaba el ritmo más pausado de la isla, y también me gusta dirigir este sitio. Sin ánimo de ofender. —Sonrió—. Mi familia es muy intensa. A ver, cada dos por tres hay una primera comunión o un bautizo o un nacimiento. Mi madre me llama cuatro veces al día solo para «estar al tanto». Tengo que fingir que la cobertura es mala para conseguir un poco de paz y tranquilidad. Los quiero con locura, pero es que te acabas hartando hasta de lo bueno, si es demasiado, ya me entiendes.

—La verdad es que no. A lo mejor podemos cambiarnos las familias.

—Supongo que no estás muy unida a la tuya.

Me encogí de hombros.

—Ya conoces a mi madre.

—Es una mujer impresionante.

Sentí una inesperada punzada de orgullo.

—Lo es. Pero no es muy cariñosa que digamos.

El timbre sonó, haciéndonos saber que teníamos otro paciente.

—Cuatro en un solo día —dijo Gloria, con una mueca—. Esto parece la estación central en hora punta. A ver qué pasa ahora.

Unos minutos después, Gloria me pidió que fuera a la consulta. Se trataba del señor Carver, que antiguamente le daba trabajo a mi padre de forma esporádica. Henry, de nombre de pila, según su historial.

—Hola, señor Carver —lo saludé—. Me alegro de verlo de nuevo.

—Ah, Nora —dijo, poniéndose colorado—. Esto... no te esperaba a ti.

—La presión arterial es normal, el ritmo cardíaco es perfecto, con una saturación de oxígeno en sangre del 98 por ciento —anunció Gloria—. Avísame si me necesitas. —Salió de la consulta.

—¿En qué puedo ayudarlo? —le pregunté.

—En fin... ¿No hay otro médico que pueda atenderme? —preguntó a su vez—. ¿Un hombre?

—Me temo que no.

Él suspiró.

—Todo lo que me diga es confidencial, señor Carver.

—No parece que tengas la edad suficiente para ser doctora.

Siempre me ha encantado esa frase.

—Bueno, tengo treinta y cinco años. Primer grado y especialidad en Medicina en la Universidad de Tufts, especialista en el Boston City, socia y miembro de Boston Gastroenterology Associates, con licencia para ejercer como médico de familia y gastroenteróloga... ¿Sigo?

—Es... algo personal.

—Le aseguro que ya estoy de vuelta de todo.

Se puso más colorado.

—¿Disfunción eréctil? —aventuré.

Él apartó la vista, poniéndose como un tomate.

—Bingo.

Le habían recetado un tratamiento para la hipertensión, una causa típica en casos de disfunción eréctil. Le hice unas cuantas preguntas y le realicé un examen. Básicamente, era el hombre para el que se había inventado la Viagra. Le hice una receta, le puse al día de los efectos secundarios y de las señales de alarma, y le recomendé una farmacia en Portland, por si no quería comprar el fármaco en la isla.

—Es estupendo —me dijo, con evidente alivio—. Gracias, Nora. Digo... doctora Stuart.

—Con Nora me vale —le aseguré.

—Tu madre debe de estar muy orgullosa de ti.

—Eso espero. Por cierto, me preguntaba una cosa... ¿conoce a alguien que pueda estar interesado en... a ver... en salir con mi madre? Me preocupa que se sienta sola.

Volvió a ponerse colorado.

—Ella es... En fin, voy a tener que pensarlo bien.

—Lo sé, lo sé, estoy haciendo de casamentera, pero ¿qué le voy a hacer? —Sonreí—. Todos nos merecemos amor, ¿verdad? Llámeme si tiene alguna duda con el medicamento.

El señor Carver se marchó sin perder el rubor. Una pena que estuviera casado. No me habría importado tenerlo como padrastro.

Llevaba varios días sin ver a mi madre, aunque le había dejado un mensaje en el contestador del fijo. No tenía móvil. Poe había ido a casa para cenar conmigo la noche de la abrazoterapia y estuvo gruñendo un rato mientras yo intentaba hacerle preguntas. Progresábamos.

Me asomé al despacho de Gloria.

—Voy a ver a mi madre —le dije—. ¿Quieres que te traiga algo de almuerzo?

—Me estoy comiendo una ensalada —contestó con una mueca—. De col rizada.

—Tu tracto intestinal te lo agradecerá. De acuerdo, nos vemos dentro de un rato.

El hotel Excelsior Pines, donde mi madre trabajaba desde hacía mucho, era un precioso hotel blanco de tres plantas en primera línea, con unas vistas panorámicas inigualables. Era un sitio popular para celebrar bodas en verano y tenía ofertas especiales de otoño e invierno para atraer a los forasteros en temporada baja.

La señora Krazinski trabajaba en el mostrador de recepción. Era la madre de Lizzy Krizzy.

—Hola, señora Krazinski —la saludé al entrar. En la chapa identificadora que llevaba se leía «Donna». Curioso que, de pequeña, nunca sepas los nombres de pila de los adultos.

—Hola, Nora —replicó—. Tu madre me ha dicho que has vuelto para pasar el verano. ¿Cómo estás?

—Estoy bien. ¿Y usted? ¿Cómo está Lizzy?

—Ah, Lizzy está bien. Ahora vive en Connecticut y trabaja en Wall Street. Su marido se queda en casa, cuidando de los niños. Ya tienen tres. —Sacó el móvil y me enseñó la foto de una familia sonriente. Lizzy estaba igualita.

—Oooh, qué bien. Salúdela de mi parte, ¿quiere? —Me alegró saber que le iban bien las cosas.

En ese momento, recordé que su casa estaba en alquiler.

—¿Dónde viven usted y el señor Krazinski? —le pregunté—. Vi que su casa estaba en la lista de propiedades para alquilar.

—En fin, nos divorciamos hace ya cinco años.

—Vaya, lo siento. Ya sabe cómo es mi madre. No es de las que se van de la lengua.

—Ajá. Ahora vivo en un apartamento a la vuelta de la marisquería. Supongo que has venido a ver a tu madre, ¿no?

—Así es. ¿Está ocupada?

—Bueno, ya la conoces. Siempre está trabajando. Ve a verla, cariño.

La señora Krazinski siempre había sido muy amable. Me detuve.

—Señora Krazinski —dije en voz baja—, espero que no la incomode lo que voy a preguntarle, porque trabaja con mi madre, pero ¿ha oído algo acerca de mi padre? Acerca de adónde se fue al dejar la isla.

Frunció el ceño.

—No, cariño, lo siento. No he oído nada en todo este tiempo. Solía preguntarle a tu madre cuando se fue, pero ella tampoco sabía nada y, después de un tiempo, dejé de hacerlo. Supuse que si tu madre quería que yo me enterase, me lo habría dicho.

Eso era típico de mi madre, sí.

—En fin, me encantaría saber lo que sucedió, así que si se le ocurre alguien con quien yo pudiera hablar...

—Claro, cariño. Anda, ve a ver a tu madre.

La obedecí. Mi madre estaba sentada en su mesa, con un vaso de yogur sobre un montón de carpetas.

—Hola, mamá.

—Hola, Nora, ¿qué pasa?

—Nada. Solo quería saludarte.

—Oh. En fin, pues, hola.

Mis dos preguntas acuciantes, que eran «¿pillas cacho?» y «¿qué le pasó a papá?», no pegaban ni con cola en la misma conversación. Decidí centrarme en la Operación Buscarle Rollo a Mamá.

—Me preguntaba si te apetecía venir a cenar el viernes a la casa flotante —le dije—. Voy a organizar una cena. —No la había planeado, pero ¿por qué no? Había llegado el momento de alardear de mi nueva casa.

—No me van esas cosas, Nora.

—Por favor, mamá, ven. —La miré fijamente.

—En fin, ¿y qué hacemos con Poe?

—Poe también puede venir, o se puede quedar sola. Casi tiene dieciséis años.

—Tengo que trabajar. —Clavó la vista en el ordenador.

—Siempre tienes que trabajar.

—Exacto. Pero te lo agradezco de todas formas.

—Mamá, ven a mi casa a cenar, por favor. Hazlo por mí.

Suspiró.

—De lo contrario, me veré obligada a presentarme en la sesión de abrazoterapia y...

—De acuerdo, de acuerdo, iré. ¿A qué hora? Que no sea muy tarde. Me gusta acostarme antes de las nueve y media.

Victoria.

—¿A las siete?

—¿Te crees que esto es Francia o algo? Bueno, de acuerdo.

Respiración de yoga, respiración de yoga.

—¿Quién más va a ir?

—Unos amigos, nada más. —Todos los solteros de menos de ochenta años que pudiera encontrar. Invitaría al señor Dobbins, a Bob, nuestro hambriento alcalde, y a... En fin, ya encontraría a un par más. Se me ocurrían tres. Invitaría también a Xiaowen y a Gloria. Creía que en mi casa entrarían unas diez personas... Collier Rhodes no había escatimado en espacio.

Una cena que sería maravillosa. Me gustaba cocinar y, sinceramente, sin *Boomer* me sentía sola.

Con la primera parte de la misión cumplida, salí del hotel y regresé a la clínica. Los cornejos de la calle Maine estaban floreciendo, y el aroma de sus flores parecía flotar en el aire de tal forma que siempre me encandilaba. Me detuve en la librería, compré la última novela de Stephen King, en contra de mi voluntad, pero ese hombre me tenía dominadita. Añadí unas cuantas postales con panorámicas de Scupper Island para mandárselas a mis colegas de Boston.

—¿De dónde eres? —me preguntó la mujer que había tras el mostrador mientras me cobraba. Me sonaba su cara. Penny, así se llamaba. Penny Walters. Iba a la misma iglesia que nosotras. No tenía hijos, si no me fallaba la memoria.

—De aquí, la verdad —contesté—. Soy hija de Sharon Stuart.

—¡Ah, claro! Me encanta tu hija —me dijo—. Es maravilloso ver a una adolescente a la que le gusta leer.

—Poe es mi sobrina —la corregí—. Soy Nora, la otra hija. —Al ver su expresión desconcertada, añadí—: La doctora que vive en Boston. Mi madre tiene dos hijas.

—No, lo recuerdo. Es que pareces muy... joven.

—Gracias.

No se trataba de que pareciera joven, lo tenía clarísimo. Se trataba de que ya no era una niña gorda con acné y el pelo hecho un asco. Y de que no había vuelto en quince años. Y de que, al parecer, mi madre no hablaba mucho de mí.

Penny se afanó detrás del mostrador.

La puerta se abrió y apareció Xiaowen.

—¡Hola! —la saludé con una sonrisa.

—Hola. ¿Qué has comprado? Oh, Stephen King. Odio a ese hombre.

—Lo sé. Es la leche. ¿Qué buscas tú?

—Cometí el terrible error de prestarle mi ejemplar de *Harry Potter y la cámara secreta* a mi sobrino y adivina a quién se le ha caído en la bañera. Por cierto, lo he tachado de mi testamento.

—¿Prestas tus libros de Harry Potter? —le pregunté, horrorizada.

—Ya no. Ese cabroncete me debe veinticinco dólares. ¿Lo tienes en existencias? —le preguntó a Penny—. En tapa dura, claro.

—Te lo pediré —le dijo Penny.

Xiaowen suspiró.

—En fin, adiós a mi fin de semana.

—Oye —le dije—, solo por esta vez, te prestaré el mío. Pero espero que lo trates como si fuera el Gran Evangeliario de San Columba, ¿entendido?

—Lo leeré con guantes puestos.

—Nada de comida, ni agua ni fuego cerca del libro.

—Entendido. —Sonrió.

—¿Qué haces el viernes por la noche? —le pregunté—. Voy a organizar una cena.

—¿Para adultos?

—Eso mismo. ¿Te apuntas?

—¡Joder, sí! ¿A qué hora? ¿Vas a invitar a hombres? Porque te aviso de que no estoy en el mercado, pero todos acaban tirándome los tejos. Es mi cruz: todos los heteros y la mitad de los homosexuales me desean.

—¿Cómo culparlos? —repliqué con una sonrisa.

—¿Me estás tirando los tejos? ¿Cómo culparte? ¡Me encantaría ir! ¿Algún antiguo compañero de clase al que podamos torturar con lo bien que hemos envejecido?

—¿Tienes a alguien en mente?

—Georgie Frank. Dios, estaba coladita por él en el instituto. Sigue viviendo aquí, ¿no?

Hice una mueca.

—Esto... pues no sé. La verdad es que no lo recuerdo.

—¡Venga ya! Estaba buenísimo. ¿El que se estaba quedando calvo? ¿Ese con los dientes enormes? ¡Por favor! ¡Si era como Neville Longbottom! En el instituto ni se dignaba a mirarme.

—¡Ah, ese! Sí, claro. Lo llamaré.

—Y puede que a los Fletcher. ¿Quién era el macizo? Era mi compañero de laboratorio. ¿Mike?

—Luke. Seguramente a él no lo llame. —No, una no invita a un gilipollas a su casa.

—Ah, espera. Le ganaste en algo... ¿Qué era? ¡Una beca! ¡Tú conseguiste la Beca Pérez! ¡Se me había olvidado!

—¿En serio? A ver, ¿no eras tú otra de las candidatas?

Resopló al oírme.

—Siento decirte que no tengo una tigresa por madre, Nora. La mía es más una gatita. Mi nota media ni se acercaba a la tuya. Solo se me daban bien las Matemáticas y las Ciencias. Aprobé raspando Lengua y Ciencias Sociales, y no porque sea china. El problema era que odiaba leer hasta que J.K. Rowling me hizo ver la luz.

—Voy a cerrar para la hora del almuerzo —nos interrumpió Penny—. Si habéis terminado ya...

—Que sí, ya nos vamos. Pídeme el libro, ¿quieres? Vendré a por él la semana que viene. —Me dio un rápido abrazo—. Los criaderos de ostras me esperan. Te veo el viernes. ¿Quieres que vaya antes y te vea hacer todo el trabajo mientras yo me bebo una copa de vino?

—¡Sí! —contesté—. No sabes cuánto me alegro de que puedas venir. La cena acaba de mejorar muchísimo.

—La verdad es que sí. —Sonrió.

Salimos de la librería y Xiaowen se subió a su precioso deportivo, un Porsche plateado, y se alejó por la calle.

Me vibró el móvil. Bobby, que me mandaba unas fotos: *Boomer* tumbado en mitad de lo que en otro tiempo fue nuestra cama, con la cabeza en la almohada; *Boomer* en el parque Boston Common, con aspecto muy elegante mientras olfateaba a un chihuahua.

Te echamos de menos, decía el mensaje. *Ojalá que estés teniendo un buen día.*

No quería volver con Bobby Byrne, me recordé. Claro que solo habíamos disfrutado de tres meses normales. Si pudiéramos retomar las cosas tal como habían sido...

Pero era imposible. Él se había cansado de mis problemas después del allanamiento. Le había acariciado el pelo a Jabrielle y había coqueteado con ella mientras yo estaba en la cama, herida e inconsciente. No me merecía.

Aun así, me resultaba «maravilloso», de un modo algo inquietante, que quisiera recuperarme.

Aquella noche, me tumbé en el sofá con una copa de vino tinto, por motivos medicinales, regodeándome en mis planes para la cena. ¿Sabes quién no estaba casado, aunque seguía llevando la alianza? El señor Carver, el de la receta de Viagra —que la señora Carver descansara en paz, pero era evidente que él estaba preparado para volver al terreno de juego, así que...—. Y sí, estaba libre el viernes, aunque también algo desconcertado por mi invitación.

Bob Dobbins dijo que sí en cuanto las palabras «mi madre» salieron de mi boca. También iba a asistir Jake, el capitán gruñón del *ferry*, porque era otro soltero —dos divorcios, pero no iba a juzgarlo—. Con suerte, se ducharía antes, porque a juzgar por cómo olía, no era un hábito diario —ni semanal—. Así que tres solteros más o menos aceptables para mi madre, además de Gloria, Xiaowen y yo.

Georgie Frank era el dueño del hotel donde trabajaba mi madre. ¿Quién lo iba a decir? Y, según su perfil de LinkedIn, había mejorado su aspecto, lo mismo que le había pasado al actor que interpretó a Neville Longbottom. Por desgracia, tenía otro compromiso esa noche, así que le dije que teníamos que quedar un día con Xiaowen para recordar viejos tiempos. Parecía un hombre agradable.

Era curioso cómo cambiaban los recuerdos una vez en el pueblo. En el instituto, me sentía la adolescente más solitaria del mundo. Sin embargo, Georgie se había alegrado tanto de saber de mí que me pregunté si había dejado escapar amigos potenciales mientras me afanaba en ser desdichada.

Los pájaros estaban trinando. Lily decía que esas eran sus nanas. ¿A que era una idea monísima? Llevada por un impulso, me levanté y saqué una de las postales que había comprado ese mismo día. Era la sempiterna foto del atardecer en el muelle, con los veleros —todos de turistas estivales— reflejados en la mar serena y las rocas doradas y los pinos de la isla a su espalda, como una fortaleza lejana.

Querida Lily:
Los pájaros están trinando, cantando sus nanas, y los murciélagos han salido. El otro día llevé a Poe a Eastman Hill. Es más empinada de lo que recordaba. Tú la bajabas con los brazos en cruz como si estuvieras volando, pero nunca te caíste. Papá nunca lo permitió.

Te quiere,
NORA

¿Qué más daba que no me contestase? ¿O que no le hubiera dicho a Poe que me diera recuerdos? ¿O que no se hubiera puesto en contacto conmigo de ninguna forma en los últimos cinco años? Mi hermana iba a tener noticias mías, y punto. Escribí la dirección de la cárcel, despegué un sello y lo metí todo en el bolso para poder enviar la postal a la mañana siguiente a través de la desagradable oficina de correos de Teeny Fletcher.

En ese momento, de repente, las luces se apagaron. Pegué un salto y me derramé vino sobre la camiseta. Mierda.

Todo se quedó a oscuras, ausencia total de luz. Era como si la oscuridad tuviera textura, como si fuera una presencia siniestra. Además, me había bebido copa y media de vino, había empezado el libro de Stephen King y estaba un poco achispada.

Sin el zumbido del frigorífico y del calentador de agua, sin las lucecitas que daba por sentado, como la del cargador del portátil, la del reloj del microondas y la del detector de incendios, me sentía totalmente perdida. Tenía la sensación de que la casa flotante se movía sobre el agua de forma distinta a cuando podía ver.

Oí un golpe en el muelle. Eso era normal, ¿no? El muelle y la casa flotante hacían ruido a todas horas, emitían crujidos y chirridos. Tal vez, de vez en cuando, también algún golpe contra algo.

Ojalá *Boomer* estuviera conmigo, porque me sentiría muchísimo más segura.

El corazón me dio un vuelco y se me aceleró. No como si empezara a fibrilar, pero casi.

«Se ha ido la luz, Nora. No te rayes». La electricidad se iba en la isla muchas veces. Claro que sí. Casi todos los habitantes tenían un generador para cuando había tormenta, huracanes y ciclones extratropicales en otoño, y tormentas de nieve en invierno.

Pero no había tormenta en ese momento.

¿Alguien me había cortado la electricidad?

Luke Fletcher. O... o él. Voldemort, el que no podía ser atrapado, gracias por nada, departamento de Policía de Boston.

¿Me había encontrado?

Era posible. Podría haberme seguido hasta allí. Si de verdad estaba obsesionado conmigo, tal vez lo había deducido. Podía haber leído el *Scupper Island Weekly,* un periódico que solo tenía versión digital y que había publicado un breve artículo sobre mí hacía dos semanas. «La doctora Stuart, que estudió en el instituto de Scupper Island, practicará la medicina en la Clínica Médica Ames cuatro días a la semana».

Me volví en busca del móvil, ya que tenía una aplicación para convertirlo en linterna, loado fuera Apple, y me golpeé con la mesa, que estaba atornillada al suelo. Me quedé sin aliento. Eso me iba a dejar un buen moratón, pero no podía gritar, porque si había alguien allí fuera, no quería que pudiera localizarme.

Reptar. Sí. Era una idea estupenda. No sabía por qué, pero todo el mundo reptaba en las películas, ¿no? Y a lo mejor así conseguía no golpearme de nuevo con la mesa si me arrastraba por el suelo.

Me puse de rodillas y tanteé el suelo. ¿Dónde narices estaba mi móvil? ¿En la mesa? No. Uf... ¿en el sofá? Me arrastré por el suelo, con un dolor lacerante en la rodilla. Ya, ya, la muy cabrona se me había dislocado, ¿no? Eso me llevó a intentar reptar sin usar esa pierna, así que acabé casi dando saltitos, pero sin despegarme mucho del suelo, e hizo que me sintiera como un licántropo a punto de convertirse en lobo.

Tanteé con las manos. Tanteé otro poco. Nada.

¡Mierda! Me golpeé la cabeza con la mesita auxiliar. ¿Tenía que estar todo atornillado al suelo? A ver, que sí, que supongo que tenía que estarlo, porque era una casa flotante, pero eso dificultaba mucho las cosas cuando se reptaba para huir de un asesino en potencia, ¿no?

No encontraba el móvil.

Pero sabía muy bien dónde estaba mi Smith & Wesson, vaya que si lo sabía.

Gateé a saltitos por el pasillo y me golpeé la cabeza con la pared —tengo la misma elegancia que Audrey Hepburn—, antes de dirigirme a tientas al dormitorio, buscando con las manos la jamba de la puerta.

«Seguí arrastrándome por el pasillo. Me agarré al marco de la puerta del cuarto de baño, pero no tenía la fuerza suficiente para sujetarme».

Mierda. No era el momento de revivir el pasado.

—Estás en Maine —susurré—. Estás bien. Ve a por la pistola y a por el móvil.

Otro golpe en el muelle. Ay, Dios, ay, Dios. Ya estaba en el dormitorio y la rodilla me dolía a rabiar. Busqué a tientas el cajón de la mesilla y di con la pistola.

Me levanté. Ya sabía dónde estaba. Me había adaptado a la oscuridad. Como un *ninja* —con la rodilla mal, temblores extremos y un ligero olor a merlot con notas de ciruela y tabaco—, recorrí el pasillo y me escondí detrás de la encimera de la cocina. «Eres una mujer fuerte y valiente, Nora», me dije. Y no me lo creí.

Había un hombre en el muelle, iluminando el camino con una linterna.

¿Sería capaz de dispararle a una persona? ¿A alguien que tal vez quisiera matarme? ¿Qué decía la ley acerca de matar a alguien que se metía en tu casa? ¿Estaba bien? Seguramente no lo estuviera. A ver, que había leyes acerca de matar alces. Seguramente las personas también estuvieran protegidas.

Además, estaba eso de «no hacer daño» que había jurado. Dispararle a alguien con una pistola me parecía que era hacerle daño.

«Tranquilízate, Nora. Respira hondo».

Antes de convertirme en Harry el Sucio tal vez debería averiguar quién estaba allí fuera.

—¿Nora?

Sabía cómo me llamaba, fuera quien fuese. Luke sabía cómo me llamaba. Al igual que el hombre que intentó matarme.

—¿Nora? Soy Sullivan Fletcher.

—Ay, Dios —dije, y me dejé caer al suelo al tiempo que la pistola se me escapaba de entre los dedos laxos.

—Nora, ¿estás en casa? —me preguntó.

Me levanté como pude y fui a trompicones a la puerta.

—Hola —lo saludé. Estaba recortado contra el cielo estrellado, pero era Sullivan, no había duda.

—Se me ha ocurrido venir a ver cómo estás. Estaba en los astilleros. —En ese preciso instante, las luces se encendieron, y parpadeé. Sully frunció el ceño—. ¿Estás bien? —preguntó.

—Claro —contesté.

Clavó la vista en el suelo de la cocina.

—Es una pistola impresionante la que tienes ahí.

—Sí. Eso.

—¿Seguro que estás bien? Pareces... alterada.

¿Lo parecía? Me miré en el espejo que estaba colgado a la izquierda de la puerta. Ay, mierda, «alterada» lo definía bien. Y se quedaba corto al mismo tiempo. Mi pelo había adquirido el volumen de un matojo de esos que rodaban por el desierto y se me había corrido el rímel. En la camiseta, tenía una mancha de vino tinto sobre una teta.

—¡Estoy bien! —exclamé—. Solo un poco... ¡Hola! ¿Qué tal? Pasa.

Lo hizo, aunque con paso titubeante.

—¿Te importa esperar un segundo? Esto... tengo que cambiarme.

—Claro.

Hice ademán de recoger la pistola del suelo.

—¿Qué tal si lo hago yo? —se ofreció él al tiempo que me interceptaba con rapidez. Después, recogió la pistola, le sacó el cargador y también descargó la bala que estaba en la recámara—. No entra en mis planes que me disparen hoy.

—No. En los míos tampoco. —Tomé una entrecortada bocanada de aire—. Bien. Vuelvo enseguida.

Corrí al dormitorio y cerré la puerta. Me quité la ropa y me puse a toda prisa unos pantalones de yoga y una camiseta ancha, y después me recogí el pelo en una coleta. Me puse un poco de crema hidratante en los párpados y me limpié el rímel corrido con un pañuelo de papel. Todavía me temblaban un poco las manos.

Sully estaba sentado en el sofá cuando regresé al salón. La Smith & Wesson estaba en la encimera de la cocina.

—Bueno... —comenzó él.

—¿Quieres algo de beber, Sully? —le pregunté.

—Claro.

Saqué una cerveza para él, porque me parecía de los que bebían cerveza, y yo me llené un vaso de agua antes de sentarme en el sillón, frente a él.

Nos miramos en silencio un minuto. Él bebió un sorbo de su cerveza y, después, la dejó en la mesita auxiliar contra la que yo me había golpeado la cabeza.

—¿Siempre abres la puerta con una pistola en la mano?

—No siempre.

—Ese chisme puede hacer mucho daño.

—Por eso la tengo.

Me miraba fijamente. Claro, tenía pérdida de audición, así que seguramente tenía que mirarme los labios mientras yo hablaba.

Era un poco desconcertante.

—¿Qué tal tus orejas? —le pregunté, pero cerré los ojos—. Me refiero a tu oído. ¿Cómo va? —Lo miré a los ojos mientras sentía que me ardían las mejillas.

No me contestó. Recé para que no me hubiera oído, y después me sentí culpable por hacerlo.

—¿Cómo está Audrey? Me refiero a si está sola, sin electricidad.

—Está con su madre.

—¡Ah, bien! Es estupendo, quiero decir, porque dijiste que no pasaban mucho... ¡En fin! Me alegro. De que pasen tiempo juntas. —Inspiré hondo, contuve el aliento y lo solté despacio.

No había amenaza. Podía relajarme. Era graciosa. Era valiente y lista.

—¿Cómo estás, Sully?

Se le formaron unas arruguitas alrededor de los ojos.

—Estoy bien.

—Estupendo.

Se le ensanchó la sonrisa. No mucho, pero lo suficiente. Tenía una buena cara, sobre todo con la sonrisa. Una cara serena. Una cara agradable.

—¿Quieres venir a cenar el viernes por la noche? —le pregunté, llevada por un impulso—. He invitado a varias personas.

—Claro.

—No tienes que venir, pero... Ah, estupendo. Esto... a las siete. —Había aceptado. Eso fue... eso fue muy bueno.

Me miraba fijamente de nuevo. Supongo que por lo de la pérdida de audición. Tomé una honda bocanada de aire e intenté parecer seria.

—¿Puedo preguntarte algo, Sully?

—Adelante.

—¿Qué se siente? Al no oír.

Clavó la vista en su cerveza.

—Bueno, es evidente que puedo oír. Solo que... no demasiado bien. Y no oigo nada por el oído derecho. Está empeorando en el izquierdo. —Bebió un sorbo—. Algunas palabras se cortan o las oigo raro. Tengo que hilar las frases. A veces, me equivoco, sobre todo cuando estoy cansado.

Así que tenía un trastorno del procesamiento auditivo, además de la sordera en el oído derecho. Muy común después de una lesión cerebral.

—¿Lees los labios?

—Ajá.

—¿Qué me dices de la lengua de signos?

—Estoy aprendiendo. Audrey también.

La idea de que estuvieran aprendiendo juntos la lengua de signos hizo que se me encogiera el corazón.

—Sullivan, siento muchísimo lo de tu accidente.

—Ya te dije que no fue culpa tuya.

—Pero estuve... involucrada.

—No lo estuviste.

Volvía a ser generoso.

—En fin, pues tengo la sensación de que sí lo estuve.

—¿Puedo preguntarte yo algo? —dijo.

—Claro.

—¿Por qué te da miedo la oscuridad? Los cortes de luz son habituales en la isla. Ya lo sabes.

Titubeé.

—No se lo digas a nadie, ¿quieres? —Él asintió con la cabeza, y sentí que podía confiar en él. Era el padre de Audrey, al fin y al cabo. El bueno de Sullivan, el tranquilo—. Yo... esto... tuve una experiencia el año pasado. Una mala experiencia.

—¿Qué clase de experiencia?

—De las muy malas. —Hice una mueca en un intento por quitarle hierro. Cuanto menos dijera, mejor, o eso creía.

Él no habló durante un segundo, y me pregunté si me había oído.

—¿Te hicieron daño? —me preguntó.

Un recuerdo de mi cara, amoratada, con el corte en la barbilla, el ojo izquierdo totalmente cerrado por la inflamación, acudió a mi cabeza. Los días en los que solo el pelo de loca me hacía creer que la del espejo era yo.

—Un poco.

No me hizo más preguntas, y eso me encantó de él.

—Pero aquí estás —me dijo.

Esas palabras parecían insignificantes, pero consiguieron tranquilizarme.

Bobby solía abrazarme con fuerza y susurrarme que estaba a mi lado, que yo estaba a salvo, que nunca dejaría que me hicieran daño. En aquel momento, agradecí muchísimo contar con él, ya que me sentía como un pajarillo herido y lo necesitaba hasta tal punto que hizo que me sintiera débil.

Sully y sus serenos ojos castaños... me decían algo distinto. No sabía muy bien qué era, pero era algo mejor.

—¿Estás bien aquí? —me preguntó de repente—. Ahora que ha vuelto la luz.

—Sí. Gracias. Muchísimas gracias, Sullivan, por venir a ver si estaba bien.

Se sacó la cartera y buscó una tarjeta.

—Es mi fijo y el teléfono de los astilleros. Ya tienes mi móvil —me dijo—. Si necesitas algo, llámame. —Dejó la tarjeta en la encimera y luego me miró—. Buenas noches.

Tras decir eso, se marchó, y sus botas resonaron por el muelle. Un segundo después, oí que arrancaba la camioneta. El sonido se perdió en la distancia y todo volvió a quedarse en silencio.

Media hora antes, tenía tanto miedo que había estado a punto de dispararle a mi antiguo compañero de clase. En ese momento, en cambio, me sentía bien.

Capítulo 15

El viernes por la mañana me levanté tarde. Como tenía el día libre, no necesitaba ir con prisas para preparar la cena.

Al final, invité también a Amelia. Gloria me dijo que no tenía vida social, y mi sentido de la obligación luterano hizo acto de presencia. Además, era ella quien firmaba mis nóminas. Un detalle importante.

Ese día no había clases porque el personal educativo tenía jornadas de formación, así que decidí llevarme a Poe a dar un paseo y fui a casa de mi madre. Después de solo veinte minutos tratando de convencerla, en los que recurrí a órdenes, súplicas y sobornos, conseguí que mi preciosa sobrina se pusiera una cazadora vaquera y saliera conmigo.

La carretera de acceso a nuestra propiedad continuaba unos cuantos metros más y se internaba en el bosque, en cuyo límite había un cartel que prohibía tirar basura y bañarse. Rodeé la cadena que bloqueaba el paso y Poe me siguió.

—¿Adónde vamos? —me preguntó.

—A un sitio donde jugábamos tu madre y yo —contesté.

—Qué bien —murmuró.

Atravesamos el bosque por un sendero cubierto de agujas de pino. El viento era agradable y el cielo, de un precioso tono de azul. Las gaviotas graznaban sobre nuestras cabezas y una corneja saltaba de rama en rama, graznando de vez en cuando como si quisiera participar en la conversación.

Poe estuvo a punto de darse de bruces contra un árbol, porque no dejaba de mirar el móvil.

—Aquí no hay cobertura —dijo.

—Vaya por Dios.

—Borde —musitó mientras se metía el móvil en el bolsillo.

—¿Cómo van las cosas en el instituto? —le pregunté.

—Bien.

—¿Quedas alguna vez con Audrey?

—No.

—¿Tienes algún amigo?

—¿Qué sentido tiene hacer amigos cuando voy a regresar a Seattle dentro de unos meses? —me preguntó ella a su vez, con una paciencia más que exagerada.

—Ahí le has dado —repliqué—. Pero sería agradable tener algún amigo. Para cuando vengas de visita a casa de la abuela. —Aparté una rama para no darme en la cara y la sostuve para que Poe pasara. El olor a mar era más fuerte—. Por cierto, me encantaría que vinieras a Boston de visita. Cuando te apetezca. A lo mejor incluso podrías buscar universidad cerca. Hay muchas y muy buenas, además de un sinfín de restaurantes y de actividades interesantes. —Parecía una guía turística.

—¿Tienes un apartamento? —me preguntó.

—De momento no. Vivía con mi novio. Y antes vivía sola en un apartamento estupendo. —Mejor no pensar en eso—. Muy bien, casi hemos llegado.

Salimos del bosque y llegamos a las enormes piedras doradas que conformaban la orilla. La marea había bajado, y el lecho rocoso se veía oscuro allí donde había estado cubierto por el agua una hora antes.

Mis pies no se habían olvidado de nada. Las grietas que tenía que saltar, la piedra inclinada donde podía tomar impulso, la roca elevada donde se acumulaba el agua cuando bajaba la marea. Efectivamente, allí estaba y en el agua había dos cangrejos violinistas, moviéndose en su propio mundo. Sabía moverme por la isla como si nunca me hubiera ido.

Allí estaba la piedra que parecía el perfil de una anciana. Y la que Lily llamaba «el Diente», porque su superficie parecía la de una muela.

Y, por fin, llegamos. Salté a la pequeña playa rocosa.

—Tachán —dije al tiempo que movía el brazo al estilo de Vanna White, la presentadora de *La ruleta de la suerte,* y fingía que no me dolía ver ese sitio otra vez—. Vamos, baja.

Para acceder a la entrada de la cueva, había que adentrarse un poco en el mar. Y los pies se mojaban a menos que la marea fuera de las más bajas, como sucedía en ese momento. Cuando la marea subía, la cueva se inundaba. Eché a andar, acompañada del crujido de los guijarros bajo mis pies.

El interior estaba húmedo y olía a salitre. Los recuerdos afloraron en tropel a mi mente.

Era como si viera a Lily. Como si oyera su escandalosa e inesperada risa mientras se agachaba a mi lado. Su dulce sonrisa, el hoyuelo de su mejilla izquierda, su lustroso pelo negro.

Poe me siguió al interior. Ni siquiera ella podía mostrarse desinteresada en ese lugar.

—Qué chulo —dijo, con la boca entreabierta.

—Fingíamos que esta era nuestra casa —dije, hablando más conmigo misma que con Poe—. Tapábamos la entrada con algas, como si fuera una puerta, para que los pescadores no nos vieran desde el mar. —Señalé el fondo de la cueva, la zona donde esta se estrechaba y se levantaba una piedra de superficie más o menos plana—. Esa era nuestra cama. —Me acurrucaba al lado de mi hermana y la abrazaba porque no era lo bastante ancha como para que nos acostáramos las dos. Ese cuerpecito menudo pegado al mío. Tragué saliva—. Hacíamos un círculo con piedras aquí y fingíamos que encendíamos una hoguera. A veces la abuela nos hacía bocadillos de mantequilla de cacahuete y manzana y nos los comíamos aquí. Las gaviotas nos seguían para que les diéramos algún trozo.

Y, después, cuando mi padre empezó a cuidarnos, hacíamos lo que llamábamos «El desafío de la cueva». ¿Quién aguantaba más dentro de la cueva a medida que se llenaba de agua? Era una habilidad de supervivencia, decía él, y recuerdo el terror que me invadía cuando veía que el agua nos llegaba a las rodillas, a la cintura, a los hombros.

Yo siempre era la primera en salir, y los esperaba en el Diente hasta que veía sus cabezas emerger del agua. Mi padre y Lily se quedaban en el interior hasta que me aterraba la idea de que se ahogaran y, justo cuando estaba a punto de irme en busca de ayuda, salían riéndose, jadeando y triunfales.

Eso no pensaba decírselo a Poe.

La cueva era lo bastante grande como para que las dos pudiéramos estar de pie, pero no mucho más. Al igual que muchas otras cosas de la infancia, parecía haber menguado. Pero olía igual. Las piedras húmedas y frías, el agua salada que salpicaba y se agitaba.

—Tu madre y yo creíamos ser las únicas que conocían este sitio —dije—. Y nuestro padre. Hicimos la promesa de no enseñárselo nunca a nadie.

—¿Alguna vez lo has hecho? —me preguntó Poe—. Me refiero a si has traído a alguien.

—No hasta hoy.

—¿Y ella?

Tal vez no. Tal vez viniera con los muchachos con los que se acostó, o con Amy Beckman para fumar marihuana. La idea me atravesó como si fuera una lanza. Si Lily se había burlado de mí aquí, si se había burlado de nuestros juegos, si este lugar no era tan sagrado para ella como lo era para mí...

—No lo sé —dije con voz ronca.

No importaba. Lily me había abandonado hacía mucho tiempo.

Una ola pequeña rompió contra mi pie.

—Será mejor que nos vayamos —dije—. La marea está subiendo y la cueva se inunda rápido. Es fácil ahogarse aquí dentro.

—¡Uf! —exclamó Poe—. Nora...

Era curioso, pero no recordaba que me hubiera llamado antes por mi nombre.

—¿Qué, cariño?

—Gracias por enseñármela.

—De nada. —Le sonreí, y ella estuvo a punto de devolverme el gesto.

Cuando regresamos a casa, mi madre ya había vuelto. Miré el reloj. La hora del almuerzo. Mi madre solía regresar a casa para almorzar, o se llevaba el almuerzo al trabajo. Nunca compraba nada en el pueblo, nunca salía a comer. Eso sería un derroche.

—Hola a las dos —dijo.

—Me voy a mi habitación —anunció Poe. Después, me miró y, por sorprendente que pareciera, me abrazó con timidez, y eso hizo que fuera todavía más dulce. Se me formó un nudo en la garganta.

—¿Vendrás a cenar? —le pregunté.

—¿Con toda esa gente mayor? ¡Uf, no! Gracias. —Puso los ojos en blanco, pero no parecía tan asqueada como siempre, y después se fue escaleras arriba.

Mi madre estaba en la cocina, ojeando el correo. Me senté a la mesa. Como todo en la casa, era un mueble resistente y desgastado, como ella. La semana anterior se celebró el Día de la Madre. Le regalé un vale regalo para un *spa,* en Portland, en el que se incluía manicura, pedicura y un tratamiento facial. El mismo regalo de siempre. Pero ese año la había visto guardarlo en el estante de las especias y cuando salió de la cocina, fui a echarle un vistazo. Efectivamente. Allí estaban todos los demás. Nunca los había usado.

Claro que siempre me decía que era un regalo muy bonito. Era un enigma mi madre.

—¿Qué tal te ha ido el día, mamá?

—Bien. ¿Y a ti?

—Fenomenal. Estoy deseando que llegue la hora de la cena.

—Nora, por cierto. La verdad es que no quiero ir.

—Pero vas a hacerlo e incluso te lo pasarás bien.

Resopló y abrió el frigorífico para hacerse un sándwich. El mismo de siempre: dos lonchas de pollo, una de queso amarillo, mostaza y mantequilla, y pan integral de trigo. Me vio observándola.

—¿Quieres uno?

—No, gracias. Oye, ese queso es muy graso, por si no lo sabes. Ni siquiera es queso.

—Me gusta.

Y a mí. ¿A quién no?

—Solo me preocupo por tus niveles de colesterol.

Dejó el sándwich en un plato, se sirvió un vaso de leche y se sentó a la mesa. Le dio un bocado al sándwich y lo masticó con parsimonia, como hacen las vacas.

Ese era el momento más íntimo que podíamos tener mi madre y yo.

—Mamá, una pregunta.

—Qué raro.

—Sí, bueno. Es sobre papá.

Siguió masticando.

—¿Qué pasa con él?

—¿Alguna vez tuviste noticias suyas? ¿En algún momento?

Tragó y bebió un sorbo de leche.

—Nora, hemos hablado de esto miles de veces.

—No, no lo hemos hecho.

Un suspiro.

—No sé nada de tu padre desde hace veinte años.

—Pero ¿alguna vez tuviste noticias suyas? A ver, en algún lado tiene que estar.

—Estoy segura de que eso es cierto.

—Solo quiero saber qué le pasó. Si está vivo siquiera. ¿Lo sabes?

—¿Crees que lo maté?

—Lo he pensado a veces, pero no, no lo hiciste.

Le dio otro bocado al sándwich.

—Había días que me daban ganas de matarlo.

—Sí, estoy segura. Venga ya, mamá. Lo he buscado en Google miles de veces. ¿Tenía algún amigo que yo no conozco?

—No lo sé, Nora. No veo qué sentido tiene esto después de tantos años.

—Era un padre fantástico. No tiene sentido lo que pasó.

Mi madre guardó silencio durante un minuto.

—Si hubiera sido un padre fantástico, no os habría abandonado.

Asentí con la cabeza.

—Es difícil reconciliar esas dos realidades, sí.

—En fin, pues has tenido veinte años para hacerlo, cariño. Veinticuatro, pero ¿quién lleva la cuenta? Tengo que volver al trabajo. Nos vemos esta noche. ¿A qué hora?

—A las siete.

—Supongo que no llegaré a tiempo para ver *La ruleta de la suerte*. —Otro suspiro. Se levantó e hizo ademán de llevarse el plato y el vaso al fregadero.

—Yo lo hago, mamá.

—No es necesario —se negó ella, que ni siquiera me miró. Estaba molesta, por la cena y también por la conversación.

—Muy bien —dije—. Hasta luego.

Xiaowen cumplió su palabra de venir pronto, beber vino y limpiar las ostras que ella misma trajo, procedentes de sus propios criaderos. Nos comimos unas cuantas, acompañadas por una copa de vino y disfrutamos de ese sabor fresco del océano con un puntito dulce que, según me explicó, se debía al lugar donde habían colocado el criadero, en la desembocadura del río. Además, se había puesto el traje de neopreno y las había elegido ella misma.

Era muy agradable contar con su compañía.

—¿Odiabas el instituto tanto como yo? —le pregunté mientras cortaba los extremos a los espárragos que iba a servir.

—Dios, sí —contestó ella—. Esas imbéciles fueron muy crueles conmigo. Me sentía muy agradecida cada vez que me saludabas por los pasillos.

—Lo mismo digo. —Guardé silencio—. Ojalá nos hubiéramos relacionado más en aquel entonces.

—Sí, eso pienso yo. Pero era muy tímida y tú... tú parecías muy triste.

—Lo estaba. —Piqué un poco de perejil sin mirar a mi amiga—. Mi padre nos abandonó cuando yo estaba en quinto, y mi hermana y yo nos distanciamos mucho después de aquello.

—Recuerdo que era mala como ella sola —comentó Xiaowen—. Una vez me tiró un tampón usado en los lavabos.

Levanté la cabeza al instante.

—¿En serio?

—Ya te digo.

—¡Lo siento mucho! Por Dios, eso es... Qué horror. —Siempre sospeché que Lily era así, pero no quería que fuera cierto.

Oí la vibración del teléfono. Gloria, que se disculpaba con un mensaje de texto porque no podía venir. Su hermana había tenido una crisis, así que se había ido a Boston en el último *ferry* y me decía que nos veríamos el lunes. Le respondí diciéndole que esperaba que todo se arreglara.

—Me temo que Gloria no puede venir —dije.

—Qué pena —comentó Xiaowen—. ¿Estáis muy unidas?

—Todavía no. Pero es una enfermera fantástica y nos llevamos muy bien en el trabajo. Oye, hablando de trabajo, esta semana he visto por lo menos a tres muchachas con trastornos alimentarios. Dos bulímicas y una anoréxica. No sé si te acuerdas, pero yo tenía problemas con la comida.

—Como sois los norteamericanos... —comentó Xiaowen, y suspiró.

—Ya. Pero estaba pensando en hacer algo para concienciar a la gente. —Pensé en la dulce Audrey—. Una carrera divertida. Todos los cuerpos, todas las tallas, algo así.

—¿Quieres que te ayude? Como no voy a casarme este verano, tengo mucho tiempo libre.

—¡Sería estupendo! —Le ofrecí otra ostra—. ¿Quieres hablar de tu prometido?

—Si por «hablar» te refieres a «matarlo», la respuesta es sí. —Sorbió la ostra—. Ya en serio, no hay mucho que contar. La típica historia de ver lo que me apetecía ver y de acabar dándome de bruces contra la realidad. Me puso los cuernos.

—Le odio.

—Gracias.

Alguien llamó a la puerta y allí estaban todos, alineados en el muelle como si estuviera a punto de dispararles. Mi madre, Bob Dobbins, Henry Carver, Jake Ferriman, con un paquete de doce cervezas, Amelia, con una botella, y justo en el otro extremo del muelle, Sullivan. Eran las siete en punto.

—Sullivan Fletcher —murmuró Xiaowen con admiración—. Si no tuviera el corazón de hierro, me pegaría a él como una lapa. —Me miró—. No está mal.

—Su hija viene a menudo —aduje—. Y la otra noche me hizo un favor. —Aunque, en realidad, Xiaowen tenía razón. Abrí la puerta—. ¡Hola a todos! ¡Qué puntuales! Pasad.

—Tú primera, Sharon —dijo Bob. Mi madre lo miró, irritada. Supongo que si Bob no pagara por la abrazoterapia, mi madre no le haría ni caso. Claro que Bob llevaba una... mmm, blusa amarilla con volantes y todo. Y, si no me equivocaba, se había echado el bote entero de Polo de Ralph Lauren.

—Bob. —Estornudé después de que me besara la mejilla—. Me alegro de que hayas podido venir. ¡Señor Carver! ¿Cómo está?

—Llámame Henry —me dijo él—. He traído vino.

—¡Gracias! —exclamé al tiempo que aceptaba la botella de Strawberry Hill de Boone's Farm—. Tendremos que abrirla para el postre. —O regalársela a algún borracho que hiciera eses por las calles de Boston.

—¡Qué sitio tan mono! —exclamó Amelia—. ¿No os parece divino? —preguntó, recalcando cada palabra—. Soy Amelia Ames —le dijo a Jake—. Encantada de conocerte.

—Ya nos conocemos —replicó él, que aferró con más fuerza el paquete de cervezas.

—¿Ah, sí? No lo recuerdo. Nora, querida, te he traído vodka. —Dejó la botella en la encimera, dando un golpe—. Sé buena y sírveme una copa, ¿de acuerdo?

—Supongo que no será la primera del día —murmuró Xiaowen—. ¡Vamos, señoras y señores! Muévanse un poco y despejen la cocina.

Sullivan fue el último en entrar.

—Hola —le dije.

—Hola —replicó él al tiempo que me ofrecía una tarta.

—¡Una tarta!

Todavía estaba templada.

—De fresas y ruibarbo —dijo.

—¿La has hecho tú? —Dado el jaleo procedente del salón, me aseguré de mirarlo a la cara para que pudiera oírme.

—Ajá.

—¿Te importa si me escondo en el dormitorio y me la como ahora mismo?

Él esbozó una sonrisilla. Mis partes femeninas también sonrieron. Carraspeé.

—¿Te apetece beber algo?

—Claro.

Les serví vino a mis invitados, vodka para Amelia, y a Jake le ofrecí una copa que él rehusó porque ya iba por su segunda lata de cerveza. No dejaba de mirarle el pecho a Xiaowen.

—¿Cuándo se sirve la cena? —quiso saber mi madre.

—Pronto —contesté—. Tenemos queso, galletas saladas y gambas. Y ostras que ha traído Xiaowen.

—¿Cómo ha dicho que te llamas? —le preguntó Bob.

—Xiaowen —repitió ella.

—¿Cómo? Vaya nombre —replicó él—. ¿No tienes un apodo que sea más fácil de pronunciar?

—¡Claro que tengo un apodo! «Jódete». ¿Eso sí sabes pronunciarlo? —Sorbió una ostra y le hizo una peineta. Bob parpadeó y clavó la vista en sus pies.

Tuve que contener la carcajada.

—Se pronuncia así, Bob: si-ao-wen —dije para ayudarlo—. Son tres sílabas de nada. Mamá, ¿te apetece una copa de vino?

—Agua, por favor.

Por supuesto. No quisiera Dios que se relajara bebiendo. Su expresión dejaba claro que rumbo al patíbulo estaría más contenta.

—Hablando de nombres, a mí me pusieron Amelia en honor a Amelia Earhart —comentó Amelia con la vista clavada en el techo—. Era mi tía abuela.

—¿Ah, sí? —replicó el señor Carver—. Siempre la admiré. Mi mujer... —Se interrumpió, porque se le quebró un poco la voz—. Mi mujer fue a una fiesta de Halloween disfrazada de ella una vez.

Jake abrió otra lata de cerveza.

—¿Te gustan los hombres mayores? —le preguntó a Xiaowen.

—Me gustan los hombres que se bañan —respondió ella—. ¿Cuándo fue la última vez que viste la ducha?

—Nora, déjame ayudarte —dijo mi madre, que se puso en pie—. A ver si así empieza la función.

Sullivan, entretanto, observaba la escena. Deseé que no tuviera problemas para seguir la conversación. Me vio mirándolo y asintió levemente con la cabeza.

—¿Qué hacen aquí todos estos hombres? —masculló mi madre cuando estuvimos en la cocina.

—Eh... pues no lo sé. Es que me encontré con ellos por el pueblo. —Mentí—. Xiaowen no es un hombre. Yo no soy un hombre. Tú no eres un hombre.

—Nora Louise, ¿estás haciendo de casamentera?

Oh, oh... Había usado mi nombre completo.

—¡No! Me encontré al señor Carver en la pastelería y me acordé de que solía contratar a papá para hacer ciertos arreglillos. Y, claro, Bob, el que va a la abrazoterapia, también conocía a papá. Se me ocurrió que a lo mejor sabían algo.

Mi madre suspiró.

—Estás obsesionada con tu padre.

En realidad, yo había mentido, pero mi madre no andaba desencaminada.

—Te gustan todos los presentes, ¿no? —le pregunté—. Me refiero a que no estás enfadada con ninguno de ellos.

—No, Nora. Me llevo bien con todos —me soltó, y la irritación hizo que se le notara más el acento isleño—. El problema es que me parece raro que una mujer de treinta y cinco años invite a esta gente a cenar.

Me hice la sueca mientras servía el vino.

El menú consistía en cordero y vieiras, puré de patatas con beicon, espárragos y *crème brûlée* de postre. Decidí que guardaría la tarta de Sullivan para mí. A lo mejor la compartía con Poe. Y con Audrey. Y con Xiaowen, claro.

Le eché un vistazo al cordero, saqué los espárragos del frigorífico, llevé de vuelta a mi madre al salón y pillé un trozo de queso.

—¿Cómo está Audrey? —le pregunté a Sullivan.

—¿Cómo dices?

Acabé de masticar.

—Que cómo está tu hija —dije, alzando la voz.

—Ah. Está bien.

—Se está poniendo gorda —comentó mi madre.

Di un respingo.

—¡Mamá!

—Es verdad. —Se encogió de hombros—. Deberías ponerla a dieta. Estar gordo no es bueno.

Fue como si nos hubiera dado un bofetón en la cara a Sullivan y a mí.

Sullivan la miró.

—Gracias por el comentario —dijo.

—Lo siento mucho —murmuré, pero él no me oyó.

—La dieta es fundamental para estar sano —terció Amelia—. Y, por supuesto, Nora está de acuerdo conmigo. Al fin y al cabo, es especialista del aparato digestivo. ¿Quién quiere otra copa? ¿Alguien quiere que le rellene la copa? —Se levantó para acercarse al frigorífico, donde había guardado el vodka.

—El hígado también es importante para estar sano —comentó Xiaowen—. Jake, como no dejes de mirarme las tetas, te saco los ojos.

—En fin, Sharon —dijo Bob Dobbins—. La abrazoterapia me está ayudando mucho. Me preguntaba si podía concertar una cita privada.

—Bob, ya lo hemos hablado. La respuesta es no.

—¿Los zapatos que llevas son de piel de avestruz? —le preguntó Xiaowen.

—¡Sí! —respondió él, encantado.

—Tienes un estilo increíble.

—¡Me encantan los hombres que llevan joyas! —exclamó Amelia—. Esas pulseras son de cobre, ¿verdad?

Bob extendió los brazos.

—Sí —contestó—. Me ayudan con la artritis. ¿Veis los anillos? También son de cobre. —Llevaba uno en cada dedo, salvo en los pulgares. Que Dios lo ayudara si alguna vez se topaba con algún adicto a la metanfetamina dispuesto a robar para comprar su dosis.

Mi madre se miró el reloj.

—¿Qué pasa con la cena, Nora?

—Dentro de diez minutos, mamá. Aguanta. Cómete una ostra.

—No, gracias. ¿Os importa si pongo la tele para ver *La ruleta de la suerte*?

Mierda. Nadie se negó.

—¿Dónde tienes el mando? —me preguntó.

—En la estantería, al lado del globo terráqueo —murmuré.

Ella lo localizó, pulsó el botón y en la tele aparecieron Vanna y Pat, con todo el esplendor de la alta definición.

—No sé qué hacen para seguir así después de tantos años —dijo mi madre—. La tal Vanner sigue estupenda.

—A mi mujer le encantaba este programa —comentó el señor Carver, cuyos ojos se llenaron de lágrimas en esa ocasión. Me senté a su lado y le di unas palmaditas en el hombro.

—¿Cuánto tiempo ha pasado? —le pregunté.

—*¡El bosque encantado!* —masculló mi madre—. Por Dios, ¿cómo ha podido fallar eso?

—Tres años —contestó el señor Carver—. Pero parece que fue ayer.

Empezó a llorar.

Por Dios. Le ofrecí una servilleta de papel y le supliqué mentalmente a Xiaowen que me ayudara. Como solía suceder, todos los ojos estaban clavados en la tele, incluidos los suyos.

—*¡Peligro inminente!* —exclamó Xiaowen con alegría—. Esta es mía, señora Stuart.

—No está mal —replicó mi madre.

—Yo concursé una vez en *¿Quién quiere ser millonario?* —dijo Amelia.

—¿Eres millonaria? —quiso saber Jake, que abrió otra cerveza. Otro invitado con problemas de bebida. Me pregunté si Uber daba servicio en Scupper Island.

—Sí —contestó Amelia—, pero no gracias al concurso. ¡Mi abuelo era un barón ladrón, uno de aquellos empresarios que se forraron de forma poco escrupulosa! Qué gracioso, ¿verdad?

Le di unas cuantas palmaditas más al señor Carver antes de irme a la cocina y echar los espárragos a la misma sartén en la que había frito el beicon.

—¿Necesitas ayuda? —me preguntó Sullivan, que me siguió a la cocina.

—No, no hace falta. Sully, siento muchísimo lo que ha dicho mi madre. Audrey es una niña maravillosa y estupenda.

—Lo sé —repuso él—. Y tiene sobrepeso. A Amy le gusta... —Se frotó la nuca—. Le gusta comprarle a Audrey comida basura y, cuando le digo que no lo haga, se enfada conmigo. Dice que estoy intentando evitar que se lo pase bien.

—Qué fuerte. —Presioné un poco las puntas de los espárragos, que adquirieron un intenso tono verde.

—No quiero que Audrey tenga problemas. Ni de salud ni en el instituto. A esa edad, los niños pueden ser muy crueles. —En ese momento, pareció recordar con quién estaba hablando—. Esto, por cierto... siento mucho que mi hermano se metiera tanto contigo.

«Meterse conmigo» no era precisamente el término que yo habría elegido para describirlo. Y no solo era su hermano. También fueron su exmujer y la mayoría de sus amigos.

—No fue muy agradable, la verdad. —Nos miramos en silencio un rato.

Tenía la cara curtida por el sol y las inclemencias del tiempo, y ya estaba moreno. Trabajar en los astilleros implicaba pasar mucho tiempo al aire libre. Su cara no tenía nada especial. Ojos castaños, nariz recta, rasgos normales, pero cuando se unían todos, una música de película porno empezaba a sonar en un rincón de mi cerebro.

Era un hombre que transmitía mucho con los ojos. Y, en ese momento, parecían reírse de mi escrutinio.

El volumen de la música de película porno subió.

—Muy bien —dije—. A ver, ¿puedes llevar esto a la mesa? —Le entregué el cuenco donde había servido el humeante puré de patatas.

—¡Adoptar a un perro! —gritó mi madre. Xiaowen chocó los cinco con ella.

—¡La cena! —anuncié.

—El programa ha acabado, de todas formas —replicó mi madre, que apagó la tele—. Hablando de perros, ¿dónde está *Boomer*?

—Con Bobby. Todo el mundo a la mesa.

—¿Quién es Bobby? —preguntó Amelia, que se acercó a la mesa haciendo eses y estuvo a punto de caerse de la silla.

—Su novio —contestó mi madre.

—Mi exnovio —la corregí.

—Bob, no te sientes a mi lado. No me fío de ti —dijo Xiaowen—. Sully, siéntate entre nosotros, ¿te parece? Muy bien. —Y se lo llevó a donde lo quería, que no era a mi lado.

Me pregunté cómo sería lo de no oír nada. Lo de preguntarse, tal vez, por qué alguien te llevaba a un lugar concreto mientras intentabas interpretar lo que te habían dicho.

Deseé que me hubiera oído decir «exnovio». Era difícil interpretar su expresión.

Bob pasó a mi lado y su colonia me rodeó como si fuera una neblina verde.

—¡Esto huele que alimenta!

A lo mejor. Pero yo tenía las fosas nasales saturadas con el olor de Polo de Ralph Lauren.

—¿Dónde está Jake? —pregunté. Juraría que estaba con nosotros hacía un instante.

Contestó él mismo, mientras abría la puerta del cuarto de baño:

—¿Tienes ambientador?

—Te dije que esto era una mala idea —comentó mi madre.

—¿Esto es cordero? —preguntó el señor Carver—. Mi mujer preparaba el mejor cordero del mundo. —Más lágrimas. Por Dios.

—¿Os he mencionado que soy vegetariana? —preguntó Amelia con voz alegre—. Te lo dije, ¿verdad, Nora?

—No, no lo hiciste —le contesté.

—¿El vodka que bebes es apto para vegetarianos? —le soltó Xiaowen.

—Sí que lo es —respondió ella, ufana—. No te preocupes, Nora. Comeré unos cuantos espárragos. —Antes de que pudiera detenerla, se llevó uno a la boca—. ¡Mmm, qué rico! Tienes que decirme cómo los has preparado.

«Con grasa de cerdo», pensé. En fin, ojos que no ven, corazón que no siente.

Jake se sentó al lado de mi madre. Cuando le pasaron el puré de patatas, se llevó la cuchara de servir a la boca.

—Voy a por otra cuchara —dije y me puse en pie de un brinco. Fui a la cocina, volví, reemplacé la cuchara babeada y me senté otra vez—. Me alegro mucho de que todos hayáis venido.

—Oh, oh. Tengo que hablar con Roca otra vez —anunció Jake—. He debido de almorzar algo que me ha sentado mal, no sé si me explico. —Se levantó a la carrera y volcó la silla, que Sully levantó.

Ojalá hubiera suficiente lejía en la casa.

—Sharon, esta noche estás muy guapa —comentó Bob, inclinándose hacia delante y entrelazando los dedos adornados con los anillos de cobre, que tintinearon al rozarse.

—Déjalo, Bob.

Concentró su atención en Xiaowen.

—En fin, últimamente me ha dado por leer sobre la Guerra de Corea.

—¿Y a mí qué me cuentas? —le preguntó ella.

—Eres coreana, ¿no?

—Soy china.

—¿Te gusta la comida china? —insistió él—. Yo soy fan del pollo General Tao.

Xiaowen suspiró. Por lo menos, mi madre y ella habían congeniado de maravilla. Incluso oí reír a mi madre, algo inusual. Jake volvió del cuarto de baño y salió corriendo otra vez cinco minutos después. Amelia se bebió el vodka. El señor Carver logró contenerse lo justo para que yo le preguntara si le gustaba la jubilación, y él siguió hablando de su mujer. Eso hacía que uno se preguntara para qué quería la milagrosa pastillita azul.

—¿Cómo se llamaba? —le preguntó Sullivan.

—Beatrice —respondió él, que empezó a llorar de nuevo—. Era una mujer maravillosa. —Más sollozos.

—Nora —dijo mi madre—, ¿por qué no vas al grano, a ver si así podemos irnos todos a casa? —Me atravesó con su mirada de tortuga: implacable y firme.

—Eh, ¿a qué te refieres, mamá?

—Nos has invitado a todos para ver si sabíamos qué le sucedió a tu padre.

¡Ah, sí! La mentira que le conté acababa de volverse en mi contra. O más bien la mentira a medias. Porque claro que quería saber qué le había pasado a mi padre.

—Sí. En fin, como muchos de vosotros sabéis, mi padre se marchó de la isla cuando yo tenía once años. Han pasado ya veinticuatro. Esperaba que alguno de vosotros recordara adónde fue.

—Un poco tarde para preguntarlo a estas alturas, ¿no? —comentó Jake, que acababa de salir del cuarto de baño—. Por cierto, tienes que poner papel higiénico. —Cogió un rollo de papel de cocina de la encimera y regresó al cuarto de baño. Tuve que contener un grito.

—Recuerdo a tu padre —murmuró Bob Dobbins—. Un buen hombre.

—Jake tiene razón —dije—. Ha pasado mucho tiempo, pero me preguntaba si alguno de vosotros sabía algo. He buscado su nombre en Google mil veces, pero es un nombre muy común y... En fin, no he encontrado nada.

Sullivan me miraba fijamente, pero no dijo nada.

—¿Nadie sabe nada, entonces? —preguntó mi madre, haciendo la pregunta por mí.

—Tanta gente que se ha ido... —musitó el señor Carver—. Tu padre. Mi Beatrice. Mi perro, Licorice, ya está muy mayor también.

—Bueno, si mi padre... en fin, si murió, también me gustaría saberlo —dije.

Pasó un segundo en completo silencio.

—Pues ahí lo tienes —repuso mi madre—. En fin, gracias por la cena, Nora. —Echó la silla hacia atrás—. ¿Te ayudo a recoger? No queremos hacernos pesados.

—Yo... esto... —De momento, había conseguido comer un trozo de cordero, pero al mirar en torno a la mesa me di cuenta de que, efectivamente, los demás habían apurado sus platos.

—No hay prisa —empecé a decir, pero me mordí la lengua. Jake estaba violando mi cuarto de baño. Bob no era un buen candidato como padrastro y el señor Carver estaba llorando con la cara enterrada en una servilleta.

—He traído a Amelia y a Jake, así que me los llevo de vuelta —dijo Bob—. Nada de conducir bajo la influencia del alcohol cuando yo estoy de servicio —añadió—. Mucho menos cuando yo soy el alcalde y tal. ¡No lo puedo permitir! Sharon, ¿quieres...?

—No —lo interrumpió ella.

Muy bien. Que se fueran todos. A lo mejor Xiaowen y Sullivan se quedaban.

¿Dónde estaba Amelia, por cierto? Me aterraba entrar en el cuarto de baño después de que lo hubiera usado Jake. Llamé a la puerta.

—¡Un momento! —gritó Jake desde en el interior. Oí ruidos que todo gastroenterólogo que se preciara reconocería. Di un respingo y, después, contuve las ganas de llorar. Tal vez lo mejor fuera quemar la casa flotante entera.

Amelia debía de haber subido a la azotea. Así que a lo mejor se había caído al agua y se había ahogado, y eso no estaría bien.

No. Al pasar por la puerta de mi dormitorio, la vi. En mi cama. Dormida como un tronco. Babeando en mi almohada, de hecho.

—Oye, Amelia. ¿Amelia? Es hora de irse. —Le sacudí un hombro con delicadeza. Ella no se movió. La sacudí con más fuerza.

—Estoy muy cansada —dijo—. Esta semana he trabajado mucho. —Se incorporó hasta sentarse. Todavía llevaba los labios perfectamente pintados—. No me siento bien. —Se llevó una mano al abdomen.

—Vamos a llevarte a casa —repliqué—. Bob se va ya.

—¿Te ayudo? —Era Sullivan.

—¿Me echas una mano, cariño? —le preguntó Amelia al tiempo que extendía un elegante brazo hacia él.

—Claro. —Se acercó a ella y la rodeó con un brazo para ayudarla a levantarse.

—Eres un encanto —le dijo Amelia justo antes de vomitarle encima.

Y me refiero a que le vomitó encima. El vómito lo alcanzó en el cuello y se deslizó por su camisa. Sentí una arcada.

—¡Uf! —exclamó ella—. Lo siento muchísimo. Pero ahora me siento mejor. —Vomitó de nuevo, por si acaso Sullivan no se había dado cuenta antes—. ¿He comido mantequilla, quizá? Llevo tanto tiempo siendo vegetariana que cualquier producto de origen animal me afecta.

—Nada de mantequilla —dije—. Esto, Sully, mi cuarto de baño está aquí al lado. Hay toallas y demás. Ahora mismo vuelvo.

Me miró con cara de circunstancias antes de entrar. Salí con Amelia al pasillo para llevarla al otro cuarto de baño. Al de Poe, no al que había usado Jake, y le di una manopla.

—¡Qué casa más bonita! —exclamó ella mientras se lavaba—. ¿Sabes quién fue el arquitecto que la diseñó?

—No. Pero gracias por venir, Amelia. Vamos a llevarte a casa, ¿de acuerdo? Se está haciendo tarde. —Ni siquiera eran las ocho y media. La llevé por el pasillo hasta la puerta. Los demás la esperaban en el muelle.

—En fin, buen viaje, chicos —me despedí—. ¿Dónde está el señor Carver? No me he despedido de él.

—Ya se ha ido —contestó mi madre, que señaló las luces que se alejaban—. Oh, oh. —Se llevó las manos a la boca y gritó—: ¡Henry! ¡El ciervo! ¡Por el amor de Dios!

Contemplamos espantados cómo el señor Carver arrollaba a un integrante de la fauna salvaje de Scupper Island.

Xiaowen soltó algo que se parecía sospechosamente a una carcajada.

Corrí por el muelle. El vehículo del señor Carver estaba solo a unos trece metros de donde lo había aparcado, pero al parecer iba demasiado rápido.

El pobre ciervo estaba tendido de costado, jadeando. Por Dios, ¡pobrecillo! Tendríamos que llamar al jefe de la Policía para que lo sacrificara de un disparo, y a saber lo que tardaba en llegar.

El pobre animal tenía los ojos desorbitados. ¿Y si lo acariciaba? Claro, que eso a lo mejor lo asustaba. Además, igual tenía garrapatas. Pero si estaba a las puertas de la muerte, a lo mejor debía consolarlo. ¿Consolarla? ¿Era macho o hembra?

—¿Está muerto? —preguntó el señor Carver entre sollozos—. ¿Malherido?

—Mmm... no está muerto todavía —contesté. Saqué el móvil y llamé a la Policía. No había cobertura, por supuesto. Mierda. Me subí al techo del vehículo del señor Carver y levanté el móvil. Ajá. Dos puntos. Eso bastaba.

—Policía. Por favor, díganos cuál es la emergencia.

—Hola. Soy Nora Stuart y vivo en la Avenida Spruce Brook. Acaban de atropellar a un ciervo.

—Hola, Nora. ¡Soy la señora Krazinski! ¿Cómo estás, preciosa?

—Bueno, no muy bien. ¿Y usted?

—Estupendamente. Tu madre me dijo que celebrabas una cena esta noche.

—Sí, y, en fin, es que Henry Carver ha atropellado a un ciervo y... —Bajé la voz—. Y creo que hay que sacrificarlo.

—Mierda. Y el jefe no está. Su hija, ¿te acuerdas de ella? ¿Caroline? Bueno, ¡pues ha tenido un niño! El tercero.

—Qué bien. Pero ¿qué hacemos con el ciervo moribundo?

—¿No puede encargarse tu madre de él?

—Es posible, sí. —Mi madre seguramente podía torcerle el cuello al estilo de Jason Bourne, y Bambi iría de camino al cielo.

Todos los invitados a la cena habían cruzado el muelle.

—Nunca se sabe —comentó Xiaowen—. Con un poco de fisioterapia igual está comiendo la semana que viene.

—Acabaré con su sufrimiento —se ofreció mi madre—. Nora, corre a casa y tráeme mis cuchillos de caza.

—¿Qué?

—Es un ciervo que acaba de morir —me recordó, como si yo fuera la persona más tonta del mundo—. No pienso desperdiciar la carne.

—¿Te importa si me llevo una pata? —preguntó Jake, que se abrió otra cerveza.

—Ay, Dios mío —sollozó el señor Carver—. Beatrice... le encantaban los animales.

—Cuando era pequeña e íbamos a las Adirondacks —dijo Amelia—, entró un cervatillo en la casa y se acostó al lado de nuestro perro. Fue un momento entrañable. Hasta que el setter irlandés lo mató, claro. *Whiskey* se llamaba. Un perro precioso.

—No te importa si me quedo a mirar, ¿verdad? —me preguntó Xiaowen—. Tu madre me pone mucho.

—Eres una pésima amiga —repliqué.

Mi madre volvió por el muelle, cuchillo en mano.

«Extendió el brazo y aferró el cuchillo más grande de todos».

Una sensación gélida me bajó por la espalda y, por un segundo, el oscuro cielo de Maine y la luna creciente desaparecieron. Regresé a mi apartamento con la puerta cerrada. ¿Lo lograría? ¿O él me atraparía antes? El pomo, tan suave y duro bajo mis doloridos dedos. Yo en el pasillo, corriendo, gritando...

No, no. No podía recordar aquello. Esa era mi madre, la mujer más competente del mundo. No era un asesino ni un violador. Y, detrás de ella, estaba Sullivan Fletcher, con el torso desnudo en la penumbra y la camisa manchada de vómito en una mano.

«Concéntrate en eso. Concéntrate en él. Estás a salvo. Estás a salvo. Sobreviviste».

Las pulsaciones disminuyeron. Sullivan Fletcher irradiaba una serenidad que me atraía mucho. A lo mejor porque era padre. A lo mejor porque no oía la cháchara y el mundanal ruido. A lo mejor porque él también había sufrido y se había recuperado.

Supuse que debería ofrecerle una camiseta. Aunque claro, antes tenía que ocuparme de una jefa borracha y de un ciervo moribundo.

Además, Sully sin camisa era una vista maravillosa.

De repente, el ciervo dio un respingo. Me aparté de un salto mientras el animal se ponía en pie con dificultad y echaba a correr hacia el bosque dando tumbos.

Nadie dijo nada durante un minuto.

—¡Muy bien! —exclamé—. ¡Qué noche más divertida! ¡Tened cuidado todos! Señor Carver, ¿se encuentra bien como para conducir?

—No ha muerto —dijo él, que se limpió las lágrimas—. A lo mejor ha sido Beatrice, que ha obrado un milagro.

—Eso mismo estaba pensando yo —mentí—. Adiós. Gracias por venir.

Todos se subieron a los vehículos. Xiaowen me abrazó, muerta de la risa.

—Mañana hablamos —logró decirme antes de subirse a su Porsche plateado. Cuando se fue, me quedé sola con Sully.

—Vamos, pasa y te doy una camiseta —le dije al tiempo que enfilaba el muelle. Él me siguió.

—Estaba deseando ver cómo despellejaba tu madre a ese ciervo —comentó y, de repente, estallé en carcajadas.

La sonrisa de Sully fue visible en la penumbra, mientras me agarraba del brazo para que yo no acabara en el agua.

Entré en la casa doblaba de la risa.

Todo estaba hecho un desastre. Había platos en la mesa del comedor, en la del sofá y en el suelo. Y mil copas y vasos, según parecía. Comida por todos lados. Entré en mi dormitorio y saqué la camiseta de manga corta más grande que tenía: una de publicidad de una tienda de artículos de pesca llamada Blackbeard's Bait and Tackle que compré durante un viaje a Cape Cod con Médicos sin pareja cuando Bobby y yo solo éramos amigos.

—Toma —le dije a Sullivan al tiempo que le ofrecía la camiseta. Él se la pasó por la cabeza con rapidez y el movimiento hizo que se le contrajeran los músculos de los costados y que sus hombros rotaran. Un ejemplo perfecto de la anatomía masculina.

Xiaowen tenía razón. Sullivan Fletcher no estaba nada mal para mí.

Pero no estaba buscando un rollo de verano. Porque en agosto volvería a Boston. Sullivan nunca se marcharía de la isla. Y, además, tenía una hija. Y yo no sabía si él buscaba un rollo o no. Tenía que lidiar con una hija, con una exmujer, con un negocio y con un hermano problemático.

—Deja que te ayude a limpiar —se ofreció.

—Ni hablar —rehusé—. Vete a casa.

—No voy a dejarte sola con este desastre. —Sus ojos eran un delicioso caramelo, cálido y tentador.

—Claro que me vas a dejar —repliqué—. Es lo que tiene que te vomite encima una invitada, que te libras.

Frunció el ceño un poco.

—De verdad que lo hago con mucho gusto.

—No hace falta, Bobby. —¡Mierda! ¿A qué venía eso?—. Jo, quiero decir, Sullivan. A ver, es que soy muy especialita con la limpieza y, además, tengo que hacer unas llamadas.

Su expresión cambió, aunque no movió ni un solo músculo.

—De acuerdo. Hasta otra, entonces. Gracias por una cena estupenda.

Echó a andar hacia la puerta, y cerré los ojos. Un buen hombre, y yo le daba la patada.

Corrí hacia la puerta y lo pillé cuando iba por la mitad del muelle.

—¿Sully? ¡Sullivan! Gracias por la tarta.

O no me oyó o se negó a replicar.

Capítulo 16

Querida Lily:
Se me había olvidado lo bonito que es el mes de mayo en la isla.
Todas las hojas han brotado y los pájaros se despiertan a las 4:47
todas las mañanas. He visto tres gazapos esta mañana, y eran mo-
nísimos. La otra noche, Poe vino a casa para hacer los deberes, y yo
le preparé tomate y queso a la parrilla. Lo comíamos por costum-
bre el primer día de invierno, ¿te acuerdas?

Te quiere,
NORA

El fin de semana previo al Día de los Caídos, embarqué en el *ferry* a Boston para recuperar a mi perro. Estaba emocionadísima por la idea de tenerlo de vuelta, de poder acariciarle las sedosas orejas, de mirar sus preciosos ojos castaños y de sentir su tranquilizadora presencia a los pies de la cama. Bobby quería a *Boomer,* claro, pero el mejor perro del mundo mundial era mío. Mi alma gemela.

Fue decisión mía buscar un perro después del Incidente Aterrador. Bobby y yo fuimos al refugio de animales, y allí estaba, con doce semanas, el fruto del amor entre un boyero de Berna y un rottweiler. Crecería demasiado para la mayoría de los bostonianos y sus apartamentos. Una miradita a sus preocupados ojos bastó para sellar el trato. Y ya sabes lo que dicen de las mascotas adoptadas: nunca olvidan quién los rescató.

Al final, resultó que *Boomer* me rescató a mí. Consiguió que saliera a la calle —armada con un aerosol de pimienta y un silbato antivioladores—. Si un desconocido se acercaba, el rabo de *Boomer* me hacía saber si la persona era problemática, porque yo le tenía miedo a todo el mundo.

En casa, cuando el corazón me provocaba un ataque de pánico al latir más deprisa que el de un colibrí y era incapaz de respirar ni de recordar dónde estaba, *Boomer* se daba cuenta y me acariciaba la mano con su aterciopelada trufa, gimiendo para demostrar su amor y su preocupación. Cuando Bobby trabajaba de noche, el perro se quedaba pegado a mi lado y, la verdad fuera dicha, me hacía sentir más segura que Bobby.

Así que sí, me alegraba de tenerlo de vuelta. Y me estaba quedando corta.

También me moría por ver de nuevo a Bobby. Se había portado estupendamente esas dos semanas al enviarme fotos, mandarme mensajes de texto para saber cómo estaba e incluso al mantener una larga y agradable conversación telefónica una noche, mientras yo estaba sentada en la azotea de la casa flotante, contemplando el atardecer. Fue casi como volver a ser mi yo Pérez.

Me preguntaba qué pasaría en agosto, después de que Lily y Poe se reunieran y se fueran a Seattle, tal como estaba previsto. ¿Qué me depararía el futuro cuando yo volviera a Boston? Con un poco de suerte, mi madre ya estaría saliendo con alguien, porque, pese a lo independiente que era, seguro que se sentía sola. Necesitaba un apartamento. Tal vez uno que me gustase tanto como el mío. Tal vez pudiera sentirme a salvo allí.

Tal vez debía darle a Bobby otra oportunidad. No debería haber estado pensando tanto en Sully... mi estancia en la isla era temporal.

Y Bobby quería que volviéramos a estar juntos. Si yo había superado la fase gris, tal vez fuera como en los viejos tiempos. Casi no lo culpaba por lo del pelo de Jabrielle. Era guapísima, aunque un poco víbora, creída y ligera de cascos.

Los tres meses de perfección del inicio de mi relación con Bobby... tal vez merecía la pena intentarlo de nuevo.

De modo que, esa mañana, aunque no me volví loca con el maquillaje ni me pasé una eternidad mirando la ropa del armario, sí me esforcé un poco en arreglarme. Cambié la cazadora vaquera por un abrigo de brocado ligero y en vez de las botas de agua L.L. Bean, obligatorias durante la primavera en la isla, me puse unas botas de vaquero. Al conjunto, le añadí un pañuelo y unos pendientes largos.

En el trayecto de ida, decidí preguntarle a Jake por mi padre. Era la única a bordo del *ferry,* que cabeceaba por las olas mientras las salpicaduras me estropeaban el trabajo de plancha que me había hecho en el pelo. Se me encresparía. Me había preparado para esa contingencia con una goma para el pelo.

Entré en la cabina.

—Jake, ¿te acuerdas de que te pregunté por mi padre la otra noche?

—¿Sí? Creo que estaba en el baño.

—Ya, ahora que sacas el tema, puedo hacerte una revisión gratuita si quieres, solo tienes que decírmelo. O podrías tomarte una pastilla de loperamida la próxima vez.

—¿Qué pasa con tu padre?

Me cerré el abrigo.

—En fin, llevas operando el *ferry* desde siempre. ¿Recuerdas cuando se fue de la isla la última vez? Llevaría una o dos maletas. A lo mejor estaba alterado.

Jake encendió la pipa y el humo dulzón flotó en el ambiente.

—Ajá, lo recuerdo.

El corazón me dio un vuelco.

—¿En serio? ¿Te importa... te importa contarme lo que recuerdas?

Le dio una calada a la pipa, apretándola con los dientes amarillentos.

—En fin, tienes razón. Llevaba una maleta o dos. Estaba muy nervioso. Hablaba solo. Me hablaba a mí, le hablaba al muchacho ese... Fletcher y a su madre.

—¿Qué muchacho? ¿Qué Fletcher? ¿Sullivan?

—El que jugaba en todos los equipos.

—¿Luke?

—Supongo. El que no estaba en la cena del otro día en tu casa. El asunto es que tu padre se tiraba de los pelos aquel día. —Lo que quería decir que estaba muy alterado—. Supongo que tu madre lo echó de casa. Y que a tu padre no le hizo gracia. Dijo que ella iba a conseguir lo que quería, que no dejaba de atosigarlo con lo que estaba bien y lo que no, y que nadie debía decirle qué tenía que hacer.

Así que habían discutido. Su madre nunca lo había admitido, pero Lily lo había sabido de alguna manera.

—¿Recuerda si fue a Portland o a Boston?

—A Portland.

Clavé la vista en el océano gris, con las boyas flotando en las crestas de las olas.

—¿Algo más, Jake? ¿Recuerdas algo más?

Jake me miró, con una expresión inesperadamente tierna en la cara arrugada.

—Sí. Tenía una foto de vosotras dos en la mano. No dejaba de mirarla. Puede que llorase una chispa.

Sentí un nudo en la garganta.

—Gracias, Jake —susurré.

—No las merece.

Volví a cubierta y me senté en la dura silla de plástico.

La imagen de mi padre, alterado y nervioso, aferrándose a una maleta hecha a toda prisa y a una foto en la que aparecíamos Lily y yo... hizo que me entraran ganas de agachar la cabeza y echarme a llorar.

Parecía que iba a tener que hablar con Teeny y con Luke si quería averiguar más cosas.

Cuando atracamos una hora después, Bobby ya me estaba esperando, mirando el móvil. *Boomer,* en cambio, se volvió loco nada más verme.

—¡*Boomer*! —exclamé al tiempo que me arrodillaba y abrazaba a mi perro saltarín—. ¡Te he echado de menos! —Gimió de alegría y me lamió la cara, y después intentó abrazarme al ponerme las enormes patas en los hombros—. ¿Quién es el perro más bueno? ¡Tú, *Boomer*! ¡Todo el mundo lo dice! —Le acaricié la cabeza y me levanté sin dejar de acariciarlo—. Hola, Bobby.

—Hola —me saludó al tiempo que se guardaba el móvil y me ofrecía la correa—. ¿Qué tal te va?

—Estupendamente. ¿Y a ti?

—Bien. Oye, no puedo quedarme. Lo siento mucho. Cosas del curro.

Oh. El corazón se me encogió un poquito.

—Tranquilo. ¿Va todo bien?

—Sí. De maravilla. Voy a echar de menos a este grandullón, pero supongo que puedo soportarlo. —Se inclinó para rascarle la cabeza a *Boomer*—. Nos vemos dentro de dos semanas, *Boomer*. Te quiero.

Esas dos palabras eran para el perro, no cabía la menor duda. Bobby levantó la mano izquierda y, con ese gesto, se alejó.

De acuerdo...

En fin. Fuera «almuerzo con Bobby» de la lista de cosas que hacer hoy. Menudo cambio con la vez anterior, cuando tuvo todo el día para mí.

Eso era algo bueno. Eso reforzaba que la ruptura había sido lo mejor. Eso era justo la clase de indiferencia que proyectaba Bobby y que yo había llegado a detestar.

De todas formas, me descolocó un poco.

Aun así, hacía un día precioso en Boston. Llamé a Roseline, le dije que me había quedado libre antes de lo que pensaba y ella me contestó que estaría en la calle Newbury en diez minutos, así que podríamos ir de compras y comer.

—¡Ay, Dios, te echo muchísimo de menos! —me dijo nada más verme mientras me abrazaba—. ¡Y a ti también, *Boomer*! —añadió, tras lo cual se inclinó para recibir un beso baboso—. La verdad es que a ti te echo más de menos, cariño. No se lo digas a Nora. —Me sujetó con los brazos para mirarme de arriba abajo—. Amiga mía, estás increíble. —Nos abrazamos de nuevo y, luego, echamos a andar, tomadas del brazo.

Las casas de ladrillo de la calle Newbury eran preciosas, y Roseline no dejó de hablar, contándome todos los cotilleos de nuestros amigos y conocidos. Amir y ella irían a Haití de luna de miel atrasada para ver a la familia, a quien yo había conocido en su mayoría a lo largo de los años. Entramos y salimos de las tiendas, para lo cual atamos a *Boomer* a un poste, de modo que pudiera enamorar a los bostonianos carentes de sol, e hicimos lo de siempre: acariciamos bolsos y nos probamos zapatos.

Sin embargo, ¿siempre había sido Boston tan ruidoso? ¿Todos los conductores tenían que gritar barbaridades por las ventanillas abiertas? Sí, por supuesto, era Boston. Los insultos volaban por el aire casi como si fueran algo bueno, tan normales en esa ciudad que su impacto era prácticamente nulo.

—Deberías oír lo silenciosa que es la isla —le dije mientras comíamos, con *Boomer* tumbado a nuestros pies y el sol calentándonos el pelo—. Por la noche, me siento en la azotea y veo el atardecer mientras espanto moscas negras, y es precioso. Por favor, dime que vas a venir a verme.

—¿Te gusta aquello? —me preguntó.

No le contesté enseguida, porque tomé una cucharada de la sopa de ostra.

—A veces sí —contesté—. Claro que todo el mundo me conoce y... —Me encogí de hombros—. Es como si fuera la misma persona que era con quince años, en vez de mi versión adulta.

—A mí me pasa igual cuando vuelvo a Haití —reconoció ella—. Harvard y Yale importan más bien poco. Sigo siendo la niñita que se hizo pis en la iglesia el domingo de Pascua.

—Eso mismo. Esta semana, en la clínica, me han llamado «la gorda» y «la otra hija de Sharon, no la guapa».

—Qué bonito —dijo Roseline, que puso los ojos en blanco—. En primer lugar, eres guapa. ¿Y gorda? ¡Por favor! ¿Es que no tienen ojos? —Le dio un bocado a la hamburguesa—. Por cierto, ¿cómo está tu hermana?

Roseline sabía que mi hermana estaba en la cárcel. Se lo conté cuando pasó todo, y en ese momento me avergoncé de cómo lo había hecho, porque le quité mucho hierro al asunto. Al fin y al cabo, la condena de Lily no era larga y sus delitos no eran espantosos, pero estaba en la cárcel, se mirara como se mirase. Claro que, hacía unos meses, yo había estado desesperada por hablar de cualquier cosa que me hiciera sentir mejor y, de alguna manera, que mi hermana entrase en la cárcel cumplía los requisitos. A ver, que me habían dado una paliza que me dejó al borde de la muerte, pero al menos no era Lily.

Sí. Qué vergüenza.

—Está bien. Creo —contesté, aunque no lo sabía—. He estado pasando mucho tiempo con Poe y con otra niña, la hija de mi antiguo compañero de clase. Es agradable. Se me había olvidado que me caían bien los adolescentes. —Audrey se había pasado por casa esa semana. Dos veces, de hecho. Hablamos de películas y, el jueves, iba a ir para ver *Aventura en pelotas,* un programa que nos encantaba a las dos. Quería que se quedaran otra noche a dormir las dos, pero no estaba segura de que a Sullivan le hiciera gracia la idea, porque había metido la pata hasta el fondo la noche de la cena.

—Bueno, ¿qué pasa con el doctor Bobby Byrne? —me preguntó Roseline.

—No lo sé —contesté—. Llevaba una temporada muy... atento. Muchos mensajes de texto y de correo electrónico, y unas cuantas llamadas. Pero hoy, prácticamente me ha tirado la correa del perro y se ha ido.

—¿Estás pensando en volver con él? —Lo preguntó con un sospechoso deje neutro.

—No lo sé —repetí—. Tuvimos unos comienzos tan buenos, y después...

—Después te dieron una paliza y estuvieron a punto de matarte, y cuando se le pasó el subidón de ser el caballero andante, se aburrió —terminó ella.

—Gracias por recordármelo. Pero es que yo daba pena. Era normal aburrirse de mí, yo lo habría hecho.

—¡Nora! ¡No dabas pena! ¡Estuvieron a punto de matarte!

Las ancianas que estaban en la mesa de al lado nos miraron con evidente interés.

—Cierto —repliqué—. ¿Cómo está su langosta?

Las mujeres se concentraron de nuevo en sus platos.

Rosie bajó la voz.

—Aburrirse porque tu novia está pasando por un bajón no está nada bien.

—Lo sé, pero yo tampoco me gustaba mucho por aquel entonces. Detesto los bajones.

—En fin, todos sufrimos alguno en algún momento, cariño. Mejor tener a alguien que te sujete la mano mientras lo sufres y que no salga corriendo a coquetear con una residente ligera de cascos.

Sonreí.

—No sabes el bien que me haces.

—Lo sé, lo sé. Y tú eres una cruz como amiga.

—Ven a la isla el fin de semana que viene —le sugerí—. Es el Día de los Caídos. Habrá un desfile de embarcaciones y «encanto rústico» es nuestro apodo. ¿Por favor? Así conocerás a mi otra amiga y todo.

—¿Tienes otra amiga? ¡Me has dejado muerta! —Sonrió—. Muy bien, dejaré a Amir en casa. Ya sabes lo que le pasa con los barcos. *Titanic* lo dejó tocado para siempre.

—Nos dejó tocados a todos. Había sitio para dos en aquella puerta.

—Amén, hermana. Pero esos dos últimos minutos valen su peso en oro —replicó.

Pagó ella la cuenta y pasamos el resto de la tarde siendo como antes, como antes de que ella se casara y como antes de que a mí me agredieran.

El lunes por la noche, tras un día en la clínica que consistió en sacarle un anzuelo a Jeb Coffin de la palma de la mano y cerrarle la herida con un punto, volví a casa, me puse unos *jeans* y una camiseta mona con botoncitos en la espalda. Le di de comer a mi amor y luego le tiré la pelota de tenis en el prado que había entre la ensenada y el camino.

Después, metí al perro en casa. Esa noche iba a ir al bar del pueblo para ver si podía hablar con Luke Fletcher acerca de mi padre.

Red's era el local donde se reunían los que empinaban mucho el codo y los que odiaban a los turistas. El aparcamiento estaba lleno de destartaladas camionetas y unos cuantos vehículos de 1970, no de los clásicos, sino de los que seguían funcionando con mucho alambre y cinta aislante.

Nunca había estado allí, era demasiado joven para entrar en bares cuando me fui de la isla. Había llegado el momento de comprobar si estaba a la altura de todo lo que había oído siendo joven.

Aparqué el Mini Cooper en un extremo del aparcamiento y entré. Era un lugar oscuro y mugriento, con el suelo pegajoso, unas pocas mesas de aspecto sucio y una barra en la que los borrachines de Scupper Island podían sentarse. No era un lugar al que acudieran en masa los visitantes, estaba claro: solo para isleños, y en el ambiente flotaba cierto tufo amargo y furioso.

En la barra estaba Luke Fletcher, apoyado con pesadez en los codos. Y aunque se había portado fatal conmigo, no pude contener la lástima que me inundó el corazón. Era un hombre al que las cosas no le habían ido como había planeado, un hombre incapaz de encontrar una salida. Nada de lo que sentirme victoriosa.

El taburete junto a él estaba vacío. Me senté. Luke ni se percató.

—¿Qué quieres, guapa? —me preguntó la camarera, una mujer que debía de pesar por lo menos ciento treinta kilos y con un índice de masa corporal de al menos cuarenta. Con hipertensión, a juzgar por su peso y por lo roja que tenía la cara, y con diabetes en el horizonte, si acaso no la padecía ya.

—Esto... ¿una cerveza? —No pensaba pedir un Martini con granada en ese sitio, lo tenía claro.

—¿De qué tipo? Bud, Bud Light, Miller, Miller Light, Genesee, Old Mil.

—Old Mil —contesté, aunque nunca la había probado. Ni siquiera me gustaba la cerveza.

Luke volvió la cabeza hacia mí un instante y luego me miró fijamente.

—Eres tú.

—Hola, Luke, ¿cómo te va?

Parecía muy borracho. Tenía los ojos enrojecidos y la lengua de trapo.

—De maravilla.

—Me alegro de verte aquí. Me preguntaba si podíamos hablar un momento.

—Ya lo estamos haciendo.

La camarera me dejó la cerveza delante. Era del color de la orina de una persona muy deshidratada: amarilla oscura y, en fin, asquerosa.

—Luke, sé que hay un poco de mala sangre entre nosotros por la Beca Pérez, pero me gustaría que pudiéramos ser amigos.

—¿Un poco de mala sangre? ¿Por qué no me dices cómo lo hiciste? Porque hiciste algo. Lo sé. Tu gordo culo se sacó un as de tu manga de gorda.

Qué encanto.

—Trabajé muy duro, Luke. Siento que no consiguieras la beca, pero no me arrepiento de haberla conseguido.

—Lo que dices no tiene sentido.

—Da igual, deja que te invite a una cerveza. —Hice una pausa—. ¿Vas a conducir de vuelta a casa?

—No —contestó con rencor—. Me retiraron el carnet.

Bien.

—En fin, quería hablarte de una cosa. —Le hice un gesto a la camarera—. Otra ronda para mi antiguo compañero de clase, por favor.

La camarera me miró con los ojos entrecerrados.

—La virgen. Yo también fui compañera de clase de Luke. ¿Quién eres?

—Nora Stuart.

Se quedó boquiabierta.

—¡La leche! Así que perdiste toda la grasa y encontraste todo lo demás. —Se echó a reír—. Soy Carmella Hurley. Hace mucho que no nos vemos.

Una de las Cheetos en los viejos tiempos, junto con Darby Dennings y Amy Beckman. Salvo que ya no parecía una víbora.

—¿Es cierto que eres médico? —me preguntó al tiempo que servía una cerveza para Luke.

—Sí —contesté—. Estoy trabajando en la clínica este verano.

—¡Qué bien! ¡Me alegro por ti! Siempre fuiste muy lista. A lo mejor me paso por allí. ¿Haces reducciones de estómago? —Se echó a reír de nuevo—. Es broma. Pero, ya en serio, a lo mejor podrías recomendarme una dieta. Estoy intentando perder unos cuantos kilos, ¿sabes? Vaya, Froggy necesita otro trago. Ya voy, Froggy. Dios, no te mees encima. —Me miró—. Invita la casa. Me porté de pena contigo en el instituto. De hecho, seguramente te deba todo un barril.

Y así, sin más, se cerró una herida. La gente sí cambiaba. El problema con las adolescentes crueles era que nunca eran felices. Sufrían la presión, y la carga, de ser populares. Lo sabía porque había presenciado cómo Lily se arrancaba el alma a cambio de codearse con el grupo de la gente popular.

Pero, desde mi punto de vista, Carmella había encontrado su camino a la felicidad, aunque supusiera engordar setenta kilos.

—Bueno, ¿qué quieres? —me preguntó Luke.

Me volví hacia él.

Todavía era demasiado guapo, incluso en ese momento, incluso borracho. Lo más irónico era que tenía lo que parecía una cara alegre y amable, siempre al borde de la sonrisa. Aunque tenía los ojos enrojecidos y el ceño fruncido, era imposible no desear que te cayera bien, no ver la versión mejorada de su persona oculta en alguna parte.

Pobre Luke. Tenía muchísimo potencial.

—No sé si lo recordarás —empecé—, pero mi padre se fue de Scupper Island hace mucho. Cuando estábamos en quinto.

Frunció el ceño.

—¿En serio?

—Sí. Jake Ferriman me ha dicho que tu madre y tú ibais en el *ferry* a Portland aquel día. El día que se marchó.

—No me acuerdo.

Asentí con la cabeza.

—Era demasiado esperar...

—Pero puede que mi madre sí. ¡Mamá! ¡Ven!

Parpadeé. No había visto a Teeny Fletcher al entrar y, la verdad fuera dicha, ella me daba mucho más miedo que Luke.

Cuando vio que estaba sentada junto a su hijito, entrecerró los ojos.

—¿Qué quieres? —me preguntó—. ¿Por qué incordias a mi hijo? ¿Le estás restregando tu bonito puesto?

Decían que Lee Harvey Oswald también tuvo una madre pésima, además de sobreprotectora.

—Hola, Teeny —la saludé—. No, solo quería preguntarle por mi padre.

Levantó esas cejas tan depiladísimas que tenía.

—¿Qué va a saber Luke del tema?

—Tengo entendido que los dos estabais en el *ferry* el día que se marchó. Jake Ferriman me ha dicho que ibais a Portland. Que mi padre habló con los dos. Que estaba alterado.

Apretó los labios y esbozó una sonrisa desagradable.

—Ah, sí. Ajá. Allí estábamos.

—¿En serio? No me acuerdo —dijo Luke, que le dio un trago a su bebida.

—Quiero averiguar qué le pasó —le expliqué a Teeny.

—¿Y yo qué gano con eso?

Qué mujer más amable.

—¿Qué te gustaría? —Mierda. Menudo error. Debería haberle ofrecido veinte pavos.

—¿Que qué me gustaría? —chilló—. Me habría gustado que mi hijo fuera a la Universidad de Tufts, eso me habría gustado. Pero tú te cargaste sus posibilidades, ¿a que sí? ¿Y ahora quieres algo de mí? Pues espera sentada, forastera.

Oooh. El insulto definitivo, tildar a un isleño de forastero.

El bar se había sumido más o menos en el silencio.

—Señora Fletcher, siento mucho que siga con la impresión de que le robé algo a Luke. Como bien sabe, la Beca Pérez se le concede al estudiante con la nota media más alta. Yo fui esa estudiante. También tengo entendido que Luke consiguió una buena beca para la Universidad de Maine, que es otra institución muy buena. Xiaowen obtuvo su doctorado en dicha universidad y mírela ahora. Así que, le pasara lo que le pasase a Luke después del instituto, no tiene nada que ver conmigo, y sí mucho que ver con él.

—Que te jodan —me soltó Luke, apurando la bebida.

—Te crees muy importante, ¿no? —Teeny le frotó la espalda a su hijo de una forma que me puso los pelos como escarpias, sobre todo porque él ya tenía treinta y cinco años. Luke no parecía darse cuenta.

—Gracias por vuestro tiempo —repliqué—. Carmella, me alegro de verte. —Al menos, eso sí era verdad.

Y regresé al Mini, más furiosa que preocupada.

Teeny Fletcher no había dicho absolutamente nada de su otro hijo. El que era inocente del todo. Podría haber dicho: «mi hijo sufrió una lesión cerebral traumática por tu culpa y pierde audición cada día que pasa». Aunque no era del todo cierto, eso al menos habría sido algo comprensible, habría sido una madre que sufría por las heridas de un hijo y por las dificultades a las que tenía que enfrentarse.

En cambio, seguía obsesionada con la dichosa beca.

No. No había mencionado a Sullivan para nada.

Capítulo 17

El viernes previo al fin de semana del Día de los Caídos, Roseline vino a Scupper Island y estuvo a punto de desmayarse por la emoción al ver la casa flotante. Dijo que no pensaba marcharse nunca. Nos bebimos una botella de rosado, comimos bizcocho de coco y vimos películas hasta las dos de la madrugada.

Por la mañana nos arreglamos, nos tomamos un litro de café y fuimos con *Boomer* al centro del pueblo para ver el desfile. Era uno de los grandes acontecimientos de Scupper Island. Más que un desfile, era nuestro recibimiento a los veraneantes, que de esa manera podían exhibir sus bonitos veleros de madera, sus lanchas Chris-Crafts y sus yates.

Los colores de la bandera adornaban la calle Main, rojo, blanco y azul, y la pastelería de Lala tenía un cartel que rezaba: «Demuéstrale tu amor a Norteamérica comiéndote un donut». Roseline y yo demostramos nuestro amor por el país y después nos internamos en la multitud para buscar un sitio donde sentarnos en el muelle de madera del pueblo.

El muelle contaba con un madero grueso en el borde, para impedir que los niños o los ciclistas se cayeran al agua. Nos sentamos en el borde del muelle, la mitad de los habitantes de la isla lo hicieron, con los pies colgando hacia el agua, los dedos llenos de azúcar y los donuts todavía humeantes y calentitos.

—Esto es malísimo para el tracto digestivo —dije mientras le daba otro mordisco.

—Cállate —protestó Roseline, que sacó su segundo donut de la bolsa—. ¿Quién te ha pedido opinión? ¿Eres alguna experta o algo?

—¡Ah, ahí está mi amiga! —dije—. ¡Xiaowen! ¡Aquí! ¡Te hemos traído donuts!

—Pensaba que eran todos para mí —murmuró Roseline, pero sonrió, saludó a Xiaowen y se apartó un poco para hacerle hueco en el muelle mientras yo las presentaba.

—Roseline, eres guapísima —dijo Xiaowen—. Nora, tienes las amigas más guapas del mundo, ¿verdad que sí?

—Pues sí —contesté—. Me suelen decir que tengo mucho gusto para elegir mujeres.

—Hola —dijo una voz detrás de mí, sobresaltándome.

—¡Poe! ¡Hola, cariño! ¡Hola, mamá! Recordáis a Roseline, ¿verdad?

—Hola —la saludó mi madre con tirantez, ya que nunca se sentía cómoda con personas a las que no conocía de toda la vida.

Roseline se puso de pie.

—Madre mía, Poe, seguro que no me recuerdas, pero fui a visitarte con Nora en una ocasión.

—Me acuerdo —dijo mi sobrina con timidez—. Me compraste un pañuelo y me lo pusiste en el pelo.

—¡Exacto! Estabas monísima. —Roseline sonrió y volvió a sentarse—. Siéntate a mi lado. ¡Me encanta tu pelo! ¿Cuánto te dura el color antes de que empiece a aclararse?

La señora Krazinski se acercó en ese momento con un donut en la mano y una bolsa de la pastelería de Lala en la otra. Le entregó la bolsa a mi madre.

—Para ti, Shar —dijo—. Hay uno para ti también, Poe, cielo. —Qué mujer más agradable.

—Hola, señora Krazinski —la saludé.

—Cariño, ¿no crees que ya va siendo hora de que me llames por mi nombre de pila y me tutees?

Me reí.

—No sé si podré hacerlo.

—Inténtalo. Donna. —Que ella pronunciaba abriendo mucho la última vocal—. ¿Os importa si me uno?

—¡Claro que no! Siéntese.

Mi madre y la señora Krazinski se sentaron al lado de Xiaowen, y yo me quedé justo en el centro. *Boomer* babeaba entre bocado y bocado del donut que yo le daba.

Fue un momento muy agradable. O, más bien, perfecto. Las mujeres de mi vida y yo. Sonó la sirena, ese largo y triste lamento, y dio comienzo el desfile. El señor Brogan, que era un veterano marinero que luchó en la Segunda Guerra Mundial, era el maestro de ceremonias del desfile, y por tradición iba en la Miss Magalloway, el viejo remolcador que se usó durante las dos guerras mundiales.

Se oyeron vítores, y sentí un nudo en la garganta al ver al anciano vestido con su uniforme. Todos nos pusimos de pie y agitamos las banderitas que el National Exchange Club había repartido antes. El señor Brogan empezó a saludar.

Y allí, en la cubierta, estaba Audrey. Sí, el remolcador era propiedad de los Fletcher.

—¡Estás fantástica, Audrey! —grité, y ella volvió la cabeza. Al verme, esbozó una sonrisilla.

—¡Hola, Audrey! —gritó Poe—. ¡Tú sí que vales!

—¡Es amiga nuestra! —le dije a Roseline—. A veces, se queda a dormir en casa.

Sullivan estaba al timón. Nos miró y tocó la sirena tres veces, enloqueciendo a la multitud.

Y, si no me equivocaba, me sonrió.

Agité una mano, aunque todavía me quedaba un trozo de donut, y él me hizo el saludo típico de un yanqui de pura cepa: un breve asentimiento de cabeza.

Bastó para ponerme colorada.

El remolcador trazó la curva de la bahía, seguido por las embarcaciones de los pescadores de langostas, a las que también saludó la multitud. Después, llegaron los insoportables barcos de los veraneantes, que solo eran de recreo, claro. Pero como éramos muy hospitalarios, también los saludamos y vitoreamos, aunque no con tanto entusiasmo como el que le habíamos demostrado al señor Brogan. Solo faltaba.

Cuando el desfile de embarcaciones acabó, nos pusimos de pie.

—¿Os apetece venir esta noche a mi casa? —les pregunté a mi madre y a Poe—. Vamos a preparar una cena estupenda. Gloria también vendrá. ¿La enfermera que trabaja en la clínica? Señora Krazinski, usted también puede venir si quiere. Donna, mejor dicho. —Al ver la mirada furiosa de mi madre, añadí—: Solo para mujeres.

—¡Claro! —exclamó Poe. ¡Entusiasmada! Qué emocionante.

Tendría que enviarle un mensaje de texto a Audrey para invitarla también. Y a su padre, para asegurarme de que contaba con su autorización. A lo mejor él la acompañaba un rato y podíamos hablar. La idea me provocó un cosquilleo en el estómago.

—¿Qué es esto? —preguntó una voz aguda y desagradable—. ¿Las Naciones Unidas o algo así?

Era Teeny Fletcher haciendo un comentario por el sorprendente hecho de que hubiera en el pueblo dos personas que no eran de raza blanca. Frunció el ceño mientras miraba a Xiaowen.

—¿Tú no eres la oriental esa que fue con mis hijos al instituto?

—No sé. ¿Lo soy? —replicó Xiaowen.

—Todos sois iguales.

—Por Dios —dijo Roseline—. No me puedo creer que acabe de decir eso.

Teeny resopló.

—Y tú ¿quién eres?

—Es mi mejor amiga de Boston —respondí—. Teeny, te presento a la doctora Roseline Baptiste. Roseline, nuestra administradora de correos, Teeny Fletcher.

—Roseline, siempre he pensado que tu nombre es precioso —comentó mi madre. Era muy raro que le hiciera un cumplido a alguien. A lo mejor se estaba ablandando después de todo.

—Gracias, señora Stuart —repuso Roseline—. Se lo diré a mi madre.

—Qué nivelazo tenemos de repente —soltó Teeny—. Todo lleno de médicos por aquí.

—Por suerte para usted, por si acaso llega a ponerse enferma —repliqué.

—Que te crees tú que me iba a poner en tus manos —dijo ella—. Me iría a Portland, por supuestísimo.

Se dio media vuelta con brusquedad y me asestó un codazo en el abdomen. Trastabillé hacia atrás, y mis talones se tropezaron con algo. ¡Mierda, era el madero del borde del muelle! Acto seguido, me encontré en el aire, cayendo hacia atrás mientras veía la cara espantada de Roseline. Golpeé con fuerza el agua helada y me hundí al instante. El cuero cabelludo empezó a dolerme de forma instantánea. El frío era bueno para las inflamaciones y los moratones, pensé, mientras seguía hundiéndome. Me ardían los ojos y los brazos flotaban, a ambos lados de la cabeza.

Cuando llegué al fondo, me impulsé con los pies y empecé a subir a través del agua verdosa y gélida en busca de aire y ruido.

—¿Estás bien? ¡Nora! ¿Estás bien? —gritaba la gente.

—¡Estoy bien! —les aseguré mientras escupía agua salada, entre arcadas. Qué asco. El agua sabía al gasoil de las embarcaciones. Maravilloso.

En fin. Mejor salir. Empecé a nadar despacio hasta la orilla. Mi cerebro hizo un rápido examen de mi condición física. Cabeza, ojos, oídos, nariz y garganta: normales. Cuello: bien, aunque frío. Corazón y pulmones: de momento, bien. Abdomen: hasta arriba de donut. Extremidades: funcionaban, aunque en ese momento estaban congeladas. Sistema neurológico: parecía normal. Le diría a Rosie que me examinara nada más llegar a la orilla. Me dolía la espalda por el impacto contra el agua, pero salvo por eso todo parecía estar bien.

Teeny Fletcher era una zorra. Menos mal que la marea estaba alta, de lo contrario, la caída habría sido tres o cuatro metros mayor.

Poe corrió hasta la orilla, y se me encogió el corazón al ver esa cara tan perfecta desencajada por la preocupación.

—¿Estás bien? —me preguntó.

—Eso creo. Pero el agua está congelada. —Sonreí para tranquilizarla.

Se quitó la cazadora y me la dio.

—Vamos, apóyate en mí.

Lo hice, aunque solo fuera por... en fin, porque ella quería que lo hiciera.

Mi madre y mis amigas me acogieron en su preocupado seno. Xiaowen me quitó un alga del pelo y Roseline empezó a hacerme las típicas preguntas médicas: ¿Qué día era? Etcétera, etcétera. Puse los ojos en blanco y contesté mientras ella me palpaba la cabeza, el cuello y la columna.

—¿No te duele nada? —me preguntó.

—Qué va —contesté al tiempo que empezaban a castañetearme los dientes—. Estoy bien.

Mi madre, que se había mantenido en silencio hasta ese momento, se dio media vuelta como una flecha y le soltó a Teeny Fletcher:

—Más te vale que cambies de actitud rapidito, Louanne Peckins.

—Oh, oh. Había usado su nombre de soltera. Fui incapaz de contener una sonrisa.

—Ha sido un acci...

—Cierra el pico —la interrumpió mi madre—. Estoy hasta el moño de tus llantos y tus lamentos después de todos estos años. Como vuelvas a ponerle un dedo encima a mi hija, te daré un puñetazo en la nuez.

Me quedé boquiabierta.

—Y yo te daré una patada —añadió Poe—. Vamos, Nora. Necesitas una ducha caliente y ropa limpia.

Y así, escoltada por las mujeres que quería, caminé hasta el Mini. ¿Quién me iba a decir que una caída desde el muelle iba a ser el momento más feliz de mi vida?

Siete horas después, estábamos pasándonoslo pipa en la azotea de la casa flotante. Roseline, mi madre, Poe, Donna Krazinski, Xiaowen y Gloria. Nuestras mini Naciones Unidas de feminidad, todas comiendo, riendo y hablando. Les hablé de la carrera. Xiaowen y yo nos habíamos decidido por un nombre: «Sal a correr, sé fuerte». Bob Dobbins se había apuntado. A Donna le pareció una gran idea. Hasta mi madre dijo que colaboraría y Poe se limitó a refunfuñar un poco cuando le pregunté si iba a participar.

—No soy una friki del ejercicio físico como tú —dijo.

—Solo salgo a correr cuatro veces a la semana. Qué voy a ser una friki...

—Sí que lo eres —afirmó Xiaowen—. Tienes razón, Poe. Pero necesito que alguien corra conmigo, así que tendrás que ser tú, o Serena Williams, aquí presente, nos dejará atrás.

—Serena es tenista —le recordó Poe.

—¿Y crees que no puede correr?

—Ahí le has dado.

Esa noche estaba de guardia, así que Poe y yo bebíamos agua con gas y zumo de arándanos. Las demás bebían mojitos, hechos con mi propia menta.

La señora Krazinski era la bomba, algo que yo desconocía hasta ese momento. Convenció a mi madre de que contara las peores anécdotas del hotel y sus huéspedes. Como el hombre que se quedó en el pasillo con un calcetín en el pene cuando se le cerró la puerta de la habitación. La pareja que insistía en hacerlo con la puerta abierta de par en par. O la señora que se emborrachó, vomitó en la bañera y se metió dentro para dormir.

Rosie y Poe habían congeniado. Rosie le estaba contando la historia de un parto en el que el bebé sacó primero una mano, como si estuviera levantado el puño para celebrar su victoria, y ella se vio obligada a meter las manos en la vagina de la madre para girar al bebé, porque si nacía de esa manera, acabaría con una fractura de hombro. Poe parecía alucinada, como era normal, y un poco asqueada. La buena de Roseline, no había mejor método anticonceptivo que las anécdotas más horrorosas de los partos.

Audrey me había contestado antes al mensaje de texto. Estaba con su madre y sentía mucho no poder venir a mi casa. Casi oí su voz lastimera al tener que negarse. Se lo habría pasado fenomenal con nosotras, si no me equivocaba, pensé mientras intentaba desterrar los malos pensamientos que me asaltaban al recordar a su madre y a Teeny. Pero sí, le beneficiaría estar cerca de un grupo de mujeres que eran mejores personas que esas dos.

—Bueno, he conocido a alguien —anunció Gloria cuando nos sentamos para cenar—. Un hombre que tiene un trabajo, que no vive con su abuela, que es guapo, que tiene la edad apropiada y que quiere tener hijos.

—¿Un unicornio? —pregunté, y todas nos reímos.

—¿Dónde os habéis conocido? —quiso saber Xiaowen.

—En Boston, la última vez que fui a ver a mi familia. Llevaba una camiseta de rugby verde y gris...

—¡No! —gritó Xiaowen.

—Dale la patada —dije.

Las demás parecían confundidas.

—¿A cuento de qué? —quiso saber Poe.

—Es un Slytherin —les expliqué—. Los colores de Slytherin son el verde y el plateado.

—Qué tontas sois —soltó Poe.

—No lo había pensado —dijo Gloria—, porque solo me he leído Harry Potter dos veces, como una persona normal. El caso es que estábamos haciendo cola en Starbucks, el que está al lado del *ferry*, ¿sabéis a cuál me refiero? Y la cola era larguísima, vamos, que teníamos delante como a quince personas. Pues empezamos a hablar y resultó que era muy simpático, así que le di mi número de teléfono.

—Invítalo a venir a la isla —sugerí—. Así podremos observar, aconsejar y darte un veredicto.

—Ni hablar —se negó Gloria—. No pienso dejar que vea dónde vivo hasta que no pase por lo menos un mes. Ni siquiera sabe mi apellido.

—¿Por qué, cariño? —quiso saber Donna.

—Porque el último hombre con el que salí acabó acechándome —contestó, agitando una mano para restarle importancia—. No fue nada grave, pero ya me entendéis. Eso de que te levantes a hacer pis a las tres de la madrugada y lo veas en la acera de enfrente mirando hacia la ventana... No, gracias.

Otra vez experimenté esa sensación gélida que me recorría la espalda. Carraspeé.

—¿Qué pasó? Me refiero a que cómo te deshiciste de él.

—Llamé a la Policía, a mi padre y a mis cuatro hermanos. Con esa mierda no se tontea. Perdonadme por hablar así.

—Está más que justificado —la tranquilizó Donna—. Los hombres son unos cerdos. Bueno, muchos de ellos. Me han dicho que algunos no lo son.

—Así que ¿vas a quedar con el Slytherin? —preguntó Poe.

En ese momento, me llamaron al móvil. Era de la clínica.

—Hola, doctora —me saludó Timmy, el enfermero que estaba de guardia, uno de esos hombres que no eran cerdos—. ¡Venga rápido! Tenemos a una adolescente con fuerte dolor abdominal.

—Ahora mismo voy —dije—. Señoras, lo siento mucho. Tengo que ir a la clínica. No me esperéis. Mamá, ¿puedes encargarte tú de asar el pescado?

—Tu madre es una experta con la parrilla —comentó Donna—. Y yo la ayudaré por si acaso.

—Avisa cuando vengas de vuelta —dijo Gloria, que se sirvió otra copa de vino.

—Intentaremos no echar la casa abajo —apostilló Xiaowen—. Pero no te prometo nada.

Enfilé la Avenida Spruce Brook, desilusionada por tener que marcharme, pero también emocionada por la oportunidad de practicar la medicina de urgencia. El frotis del día anterior para saber si los gemelos Robinson tenían una infección de garganta no me provocó palpitaciones —aunque los niños eran monísimos—. La urgencia de esa noche era justo mi especialidad. Dolor abdominal. Dada la edad de la paciente, era posible que se tratara de una apendicitis. Tendríamos que enviarla a Portland si ese era el caso, y si había síntomas de absceso o de perforación, tendría que acompañarla. También podía tratarse de enfermedad inflamatoria pélvica.

Llegué a la clínica a los diez minutos, entré directamente y empecé a lavarme las manos. Timmy entró a través de la puerta batiente, procedente de la consulta.

—Siento haber tenido que llamarla un sábado por la noche.

—Tranquilo —le dije—. ¿Qué tenemos?

—La paciente dice que la conoce. Es Audrey Fletcher. Ha venido con su padre y con su abuela.

¿Audrey? Mierda. Fruncí el ceño y me sequé las manos. Después, me puse la bata blanca y salí por la puerta.

Audrey era la única paciente y estaba acostada en la camilla, hecha un ovillo. Llevaba la bata del hospital. Sullivan se había sentado a su lado y parecía haber envejecido diez años mientras le frotaba la espalda. Teeny estaba revoloteando como si fuera una polilla irritada.

—¿Cuándo va a llegar el médico? —preguntó con voz exigente justo cuando yo entré.

—Estoy aquí —dije mientras me acercaba a Audrey—. Hola, preciosa. ¿No te sientes muy bien?

—Estoy fatal —susurró ella. Tenía las rodillas dobladas y los ojos llenos de lágrimas. Le di unas palmaditas en la pierna.

—Ah, maravilloso. ¿No hay otro médico? —protestó Teeny.

—Mamá, cállate. —Sullivan me miró, con la preocupación pintada en la cara—. Hace una hora o así empezó a quejarse de dolor de barriga.

Miré el monitor del ordenador, donde Tim ya había anotado sus constantes vitales y la sintomatología. Todo era normal, salvo la tensión, que estaba un poco alta, y el pulso, pero eso era normal cuando había dolor.

—Hazle una radiografía o algo —dijo Teeny—. A lo mejor necesita que la llevemos a Portland. Yo me sentiría más tranquila si lo hiciéramos.

—Mamá, por favor —le advirtió Sullivan.

—¿Tiene que estar la abuela aquí? —susurró Audrey.

—No —dije—. Teeny, ¿te importaría esperar fuera, por favor?

—De aquí no me muevo —respondió ella, que cruzó los brazos por delante del pecho.

—Vete, mamá —le ordenó Sully—. No hace falta que estés aquí. Ella no se movió.

—Tim, ¿puedes acompañar a la señora Fletcher a la sala de espera? —dije, sin apartar la mirada de Audrey. Estaba un poco colorada.

Oí un siseo a mis espaldas y, después, a Timmy hablando en voz baja. Bien.

—¿Es el apéndice? —me preguntó Sullivan.

—Vamos a averiguarlo. ¿Me dejas que te toque la barriga? —le pregunté a Audrey mientras me ponía los guantes.

—Claro. —Se giró hasta tumbarse de espaldas e hizo una mueca de dolor.

—¿Vómitos o diarrea? —Ella negó con la cabeza—. ¿Cuándo empezaste a sentirte mal?

—Mmm... esta tarde. Y, después, me puse peor cuando mi madre me dejó en casa de papá.

—¿Has comido algo que no suelas comer? —Presioné en el punto de McBurney. No le dolió, así que no era apendicitis.

—No. La verdad es que no.

—¿Te ha pasado esto antes? —le pregunté.

Miró a su padre de reojo.

—Mmm, puede que sí. Un par de veces, quizá.

—¿Sangre en las heces?

—¿En las heces?

—En la caca.

—Ah. —Se puso colorada—. No, creo que no.

—¿Has perdido peso últimamente?

—Ya me gustaría. —Se puso todavía más colorada.

Hizo una mueca de dolor cuando le palpé el cuadrante inferior izquierdo.

—¿Cuándo hiciste caca por última vez?

—Papá, ¿por qué no te vas? Me da vergüenza que estés aquí.

—Sí, pero yo te cambié los pañales, así que no me voy.

Lo miré con una sonrisa.

—No creo que sea apendicitis, Sully. Pero a lo mejor Audrey se siente más cómoda hablando conmigo sin que tú estés delante.

—Desde luego que sí —repuso ella.

—Me quedo.

—Ahora mismo soy la doctora de Audrey —le dije—. Es menor de edad todavía, así que puedes quedarte si de verdad quieres hacerlo, pero estás haciendo que se sienta incómoda.

—Eso, papá. —Una protesta sarcástica. Siempre era una buena señal.

Él frunció el ceño y le aparecieron dos arrugas sobre el puente de la nariz.

—Muy bien —murmuró—. Estoy fuera, cariño. —La besó en la frente, y para mí fue como si me golpeara en el corazón.

—Está en buenas manos —le aseguré.

Asintió con la cabeza y salió frotándose los ojos con las palmas de las manos, y solo por eso me enamoré un poco de él.

—Nada como un padre sobreprotector —comenté.

—Es que no me gusta hablar de mis funciones corporales con mi padre delante, nada más.

—Es comprensible. Muy bien, algunas de las preguntas que voy a hacerte son un poco delicadas, pero no puedo saber qué es lo que te pasa exactamente si no me contestas con sinceridad. ¿Entendido?

Ella asintió con la cabeza.

—¿Cuándo hiciste caca por última vez?

—Esta mañana.

—¿Y fue normal?

—Sí.

—Bien. Siguiente pregunta. ¿Mantienes relaciones sexuales?

—¡No! Dios, no. Seguramente pasarán treinta años hasta que llegue ese momento o moriré virgen.

Le di un apretón en la mano.

—¿Cómo describirías el dolor que sientes?

—Es como si tuviera un nudo en el estómago. Pero más abajo.

Palpé el lugar que me indicaba. Su sobrepeso era importante, así que costaba trabajo llegar a palparle los órganos con precisión.

—Túmbate de costado, cariño.

Ella lo hizo y vi que tenía dos marcas moradas en la piel.

—¿Esto lo has tenido siempre? —le pregunté. Eran como dos estrías, y tal vez se tratara de eso, de estrías, muchos adolescentes las tenían a causa de los repentinos estirones o del aumento de peso.

—No lo sé —contestó. Una pausa—. Intento no mirarme mucho en el espejo.

Se me encogió el corazón. Conocía muy bien ese sentimiento. Dio otro respingo.

—¿Te duele justo aquí? —le pregunté, señalando un lugar en el costado izquierdo. Ella asintió con la cabeza—. Voy a presionarte el abdomen, corazón. Si tienes que soltar gas, hazlo. Te sentirás mucho mejor.

—¡No puedo tirarme un pedo delante de ti! —exclamó ella.

—Cariño, me han vomitado encima. Se han hecho caca y pipí, y me han manchado de sangre. —Presioné levemente con la palma de la mano—. Una vez, estaba haciendo un examen rectal y, en cuando saqué el dedo, el paciente soltó un chorro de diarrea.

Ella rio... y se tiró un pedo. Bien grande.

—Madre mía. ¡Lo siento! —exclamó, y su cara regordeta se puso como un tomate.

—Pero ahora te sientes mejor —repliqué.

—Sí. —Parecía sorprendida.

Le palpé el abdomen otra vez, pero parecía haberse curado por completo.

—¿Qué has comido hoy?

—No quería decírselo a mi padre —confesó—, porque no le gusta cuando hago estas cosas con mamá, pero hemos comido Oreos y hemos bebido un montón de refrescos con gas. Nos hemos puesto como cerdas mientras veíamos películas. Es... bueno, es divertido. Más o menos. De verdad que intento comer sano casi siempre. —Parecía arrepentida—. Pero es que mi madre y mi hermano son muy delgados, así que no se dan cuenta.

Le pasé la mano por la columna. Se curvaba en la base del cuello. Muchos lo llamaban «joroba de viuda», un nombre un poco despectivo.

—Audrey, ¿tu periodo es regular?

—No mucho. Me viene cada dos o tres meses.

—¿Cuántos años me has dicho que tenías?

—Quince.

Miré sus datos en el ordenador. Medía un metro y cincuenta y cuatro centímetros, y pesaba ochenta y ocho kilos.

—¿Y la espalda? —le pregunté—. ¿Te duele a menudo?

—Sí. ¿Cómo lo sabes?

—Otra pregunta un poco íntima. ¿Tienes más pelo del que deberías tener?

Ella se llevó una mano a la boca.

—Sí. Me da mucha vergüenza.

Tenía el síndrome de Cushing. Estaba casi segura.

—A ver, esto es lo que pasa —le dije al tiempo que me sentaba a su lado en la camilla—. El dolor de barriga seguramente haya sido por los gases de las Oreos y los refrescos, una combinación bastante mala para tu intestino. Pero creo que a lo mejor te pasa otra cosa. Algo que tiene tratamiento y que explicaría esas cosas de las que hemos hablado. ¿Te parece bien si le digo a tu padre que entre?

Ella asintió con la cabeza y me dirigí a la sala de espera, donde encontré a Sullivan paseando de un lado para otro y a Teeny hablando en voz baja por teléfono.

—Está mucho mejor —anuncié. Sully soltó el aire, aliviado, y se pasó una mano por el pelo—. Entra, Sullivan.

Teeny se puso de pie.

—Quédate aquí, mamá —le dijo él sin mirarla.

—Voy a entrar.

—¡Que te quedes aquí! —masculló. Me gustó todavía más al ver que no toleraba interferencias de esa bruja.

Una vez en la consulta, le hice un gesto para que se sentara. Timmy también entró. Me aseguré de que Sully me estuviera mirando y pronuncié las palabras despacio para que no se perdiera nada.

—El dolor era debido a los gases, que a veces pueden provocar calambres abdominales. Pero ya lo hemos resuelto, así que puede irse a casa tranquilamente. Pero después de examinarla, he descubierto que tiene ciertos síntomas que señalan la posibilidad de que sufra el síndrome de Cushing, y me gustaría que le hicieran unas pruebas diagnósticas.

Le expliqué en qué consistía la enfermedad, un posible tumor en la glándula pituitaria, que producía demasiado cortisol, lo que provocaba toda la sintomatología que presentaba Audrey. La obesidad localizada en la zona abdominal, que contrastaba con la delgadez de brazos y piernas. El exceso de vello corporal. La cara redonda. La joroba.

Sullivan no apartó la mirada de mi cara y frunció el ceño.

—¿Cuál es la causa? —preguntó—. ¿Hemos hecho algo mal?

—No, en absoluto —le aseguré—. Si es cierto que tiene el síndrome, le quitarán el tumor con cirugía.

—¿Cirugía? —repitió él.

—Parece muy peligroso, pero en realidad es un procedimiento sencillo. Es muy posible que extirpen el tumor por la nariz, Audrey. Tiene solución.

Audrey me miraba con una mezcla de miedo y alivio.

—Así que ¿hay un motivo por el que soy así? —preguntó.

—Así ¿cómo? —le preguntó Sullivan.

Ella empezó a llorar.

—Gorda, fea y baja, papá. ¡Siempre estoy cansada y me duele la espalda como si fuera una vieja! ¡Tengo pelo en la espalda! ¡Me odio!

Él la abrazó y la estrechó entre sus brazos.

—Tranquila —le dijo—. Eres preciosa. Eres lo mejor del mundo. Y si tienes la enfermedad esa, nos encargaremos de ella. Pero no digas nunca que te odias. Porque eres lo mejor de mi vida. Mi persona preferida de todo el mundo. Te quiero, mamá te quiere y, para nosotros, eres perfecta.

Ella lo abrazó con fuerza y se desahogó llorando. Sully le murmuraba cosas, le acarició el pelo, y yo me volví para darles un poco de intimidad. Timmy yo nos miramos y nos sonreímos, emocionados.

Me hice con una caja de pañuelos de papel y regresé junto a la camilla para ofrecérsela a Audrey, aunque antes me quedé con uno para mí y le di otro a Timmy.

—Creo que deberíais ir a Boston para las pruebas —les aconsejé—. Conozco a un par de especialistas fantásticos que trabajan en el Boston City. Mañana los llamaré, ¿os parece? Mientras tanto, Audrey, vete a casa y disfruta del fin de semana.

Ella se apartó de su padre y me miró con una sonrisa deslumbrante.

—Muchas gracias, Nora —dijo—. El tonto de mi pediatra nunca me había dicho nada de esto. Solo que comiera más verdura y esas cosas.

—Bueno, el síndrome de Cushing no es muy habitual. Todavía no estoy segura al cien por cien de que lo sufras, pero pronto lo sabremos. —Sí que estaba segura, pero los médicos no decíamos esas cosas.

—¡No me puedo creer que lo mío tenga solución! Creo que este es el mejor día de mi vida. —Se bajó de la camilla, recogió su ropa y se fue dando brincos al cuarto de baño para cambiarse.

—Estoy fuera —dijo Timmy mientras salía de la consulta. Oímos la voz indignada de Teeny. Bueno, yo la oí. Sully tenía suerte en este caso de estar un poco sordo.

Sullivan se puso de pie.

—Gracias —me dijo en voz baja y ronca.

—Solo estoy haciendo mi trabajo.

—Se te da bien. —Soltó un suspiro entrecortado—. ¿Qué habría pasado de no haber visto los síntomas? ¿Es...? ¿Es una enfermedad mortal?

Titubeé.

—Puede serlo.

—Por Dios.

—Si tienes alguna duda, que estoy segura de que la tendrás, solo tienes que preguntarme, ¿de acuerdo? No...

Me interrumpió al darme un abrazo. Un abrazo largo.

Sullivan Fletcher era delgado y fuerte, y su cuello olía como el sol. Me estrechó con fuerza un buen rato.

—Gracias —repitió en voz baja, provocándome un escalofrío en el costado.

Después me soltó, justo cuando se abría la puerta del cuarto de baño. Obtuve otro abrazo Fletcher, pero de Audrey en esa ocasión.

—No me lo puedo creer —me dijo.

—Bueno, antes hay que confirmarlo —le recordé. Los médicos nunca nos pillamos los dedos si vemos demasiada esperanza o demasiada desesperación.

—Quiero ser como tú de mayor —me soltó Audrey, sonriendo de oreja a oreja. Le pasó un brazo a su padre por la cintura y le apoyó la cabeza en el brazo.

Sullivan me miró de reojo. Se llevó los dedos a la barbilla y después los apartó, moviéndolos hacia abajo, como si me estuviera lanzando un beso, pero no del todo.

Conocía ese gesto. Me estaba dando las gracias en la lengua de signos.

Sí. No enamorarme de Sullivan Fletcher iba a ser todo un desafío.

Capítulo 18

Cuando yo estaba en primero de Bachillerato y Lily en cuarto de secundaria, las dos asistimos al baile de graduación.

Yo fui con otra muchacha, Emily Case, que, como yo, era una paria en el instituto, otra adolescente invisible con la piel casi translúcida y el pelo del color del agua sucia. No éramos amigas, solo nos unía la certeza de que nadie nos pediría ir al baile, pero siempre era más seguro estar acompañada.

La verdad es que no recuerdo de dónde saqué los ovarios para hacer lo que hice. Recuerdo que me asaltaba el deseo de ir y el de no ir, todo a la vez. No me imaginaba ni por asomo que fuera posible algo en plan *Carrie*, ese momento durante el cual, aunque solo fuera un segundo, la friki conseguía ser popular. Así que, ¿qué más daba si ella acababa cubierta de sangre de cerdo? Era un precio insignificante.

No, sabía lo que iba a suceder. Emily y yo seríamos invisibles durante el baile de graduación, a menos que alguien se tomara la molestia —un alguien femenino, porque siempre era otra muchacha— de meterse con nosotras. Pero, aunque solo tuviera diecisiete años, sabía que las Cheetos estarían demasiado obsesionadas consigo mismas como para fijarse en personas como Emily y como yo.

Sin decírselo a nadie, fui en *ferry* a Portland, entré en la tienda de Goodwill, una cadena de ropa de segunda mano, y compré el primer vestido que no se me ajustaba demasiado, uno azul marino muy aburrido que se ataba al cuello, con lentejuelas en el escote. Tenía un descosido junto a la cremallera, pero podía arreglarlo.

El sábado que se iba a celebrar el baile de graduación, mi hermana anunció que se iría a casa de Darby para arreglarse.

—Me gustaría verte ya arreglada —dijo mi madre.

—Pues vente a casa de Darby —replicó ella—. Si no hay más remedio.

El desdén de su voz era tan evidente que la tensión se habría podido cortar con un cuchillo romo.

—¿Tú también vas a casa de Darby? —me preguntó mi madre.

Lily volvió la cabeza con tanta fuerza que casi se descoyuntó el cuello.

—¿Vas a ir al baile de graduación?

—Sí —contesté con fingida calma—. Emily y yo pensamos que será divertido. —Había otras cosas igual de divertidas que eso, como amputarse una misma la pierna o comerse una rata viva. De todas formas... tenía que hacerlo.

—¿Con quién? —preguntó Lily.

—Con Emily Case.

—¿Quién es esa?

Suspiré.

—Una compañera de clase, Lily.

—¿Y por qué quieres ir?

Una pregunta excelente. Hice ademán de contestar, pero Lily me interrumpió.

—Tú limítate a no hablarme. —Pese a todo el tiempo transcurrido, su crueldad seguía clavándoseme como un puñal.

—Lily, pídele perdón a tu hermana —le ordenó nuestra madre con voz severa.

—Lo siento —canturreó ella.

—¿Con quién vas? —le pregunté. Ya lo sabía, claro. Todo el mundo lo sabía.

—Con Luke Fletcher. —Me miró y me sonrió con expresión perversa, con esos ojos azules entrecerrados, como miraría un gato.

Por eso iba al baile, claro, para verlos juntos. Para ver lo que era ser tan guapa y tener tanta confianza en una misma, sin pretenderlo siquiera, como mi hermana de dieciséis años; para saber lo que era que el muchacho más guapo y más popular de la isla te prestara atención. Para torturarme con el amor no correspondido que sentía por ambos.

No fui a casa de Darby, claro que no. Me quedé en casa e intenté plancharme el pelo, que se resistió con uñas y dientes. Al final, me lo recogí en un moño puritano. El padre de Emily pasó a buscarme, con Emily sentada delante y yo en la parte trasera del monovolumen, que olía a perro. En suelo del monovolumen había una bolsa de *pretzels,* lo que me recordó que tenía hambre.

En aquel entonces, Scupper Island no se podía permitir pagar por un banquete espectacular o por el salón de un hotel para el baile de graduación, de modo que todos los años se celebraba en el gimnasio; la decoración consistía en cintas de papel amarillas y negras, los colores del instituto, con globos negros y amarillos sujetos por pesos a modo de centros de mesa.

Conscientes de nuestro estatus de invisibles, Emily y yo nos pegamos a las paredes del gimnasio y nos sentamos en la mesa más alejada de la entrada. Intenté hablar con ella —¡a lo mejor podíamos ser amigas de verdad!— y le hice todas las preguntas que se me ocurrieron —¿Qué grupos te gustan? ¿Has visto alguna peli buena últimamente? ¿Te gustan las matemáticas?—, pero recibí monosílabos como respuesta y me rendí. Emily se bebía el ponche hawaiano como si no hubiera un mañana y se tragaba las galletitas saladas, una tras otra, como quien comiera pipas. De vez en cuando, le hacía algún comentario, por tonto que fuera, solo para aparentar que estábamos hablando. Aunque nadie se molestaba en mirarnos.

—¡Mira la corbata del señor Severy! —exclamé con una carcajada, aunque la corbata era de lo más normal. Emily no respondió.

Había muchas papeletas de que nos tomaran por locas a las dos. A ninguna nos importaba.

Las Cheetos todavía no habían llegado. El baile de graduación había comenzado hacía más de una hora, y seguramente habían pasado ese tiempo colocándose y bebiendo. Hasta ese momento, todo el mundo —salvo las frikis como Em y como yo— se lo estaba pasando bien bailando y hablando, las muchachas un poco nerviosas por los vestidos y ellos, algo incómodos y sudorosos.

En ese instante, las puertas se abrieron y entraron todas, Amy, Darby y Carmella, tan guapas que daban asco, con ese bronceado de cabina y con los dientes blanqueados artificialmente. Habría vendido mi alma por tener el aspecto de cualquiera de ellas. Eran como preciosas aves exóticas con sus brillantes vestidos y sus relucientes lentejuelas. Sullivan, Brett, Lars y Luke iban detrás, conscientes de que el baile de graduación era para ellas.

Y, después, vi a Lily... Ay, Lily, que era la más guapa del mundo. Era Blancanieves: pura, encantadora y perfecta. No pude controlar la oleada de orgullo y de amor que me inundó al verla.

Mi hermana, aunque pertenecía a ese grupo, no era técnicamente una Cheeto: tenía la piel de alabastro, con el pelo negro y lustroso, y era su color natural, corto y elegante, mientras que las demás del instituto, incluida yo, lo llevábamos largo. Lucía un vestido negro con un hombro al descubierto y una falda de vuelo, con un tejido transparente parecido a la seda sobre la falda, de modo que parecía que flotaba sobre el suelo. No sabía ni cuándo ni dónde había conseguido ese vestido; bien podría haberlo robado, pero daba igual, porque era etéreo, y hacía que a su lado mi vestido azul pareciera tan barato y vulgar como era en realidad.

Por una vez, Lily no iba maquillada como una puerta, de modo que, a su lado, las Cheetos parecían RuPaúl una noche de concierto. No, mi hermana estaba despampanante, sin más. Era Audrey Hepburn. Era Anne Hathaway. Era Lily Stuart, la más guapa de todo Maine. De todo el mundo.

Y estaba con Luke, que ya parecía borracho, con la corbata torcida y los andares torpes.

—Esa es tu hermana —me dijo Emily sin inflexión en la voz.

—Sí.

—No os parecéis en nada.

No me digné a replicar. La verdad, era incapaz de apartar la vista de Lily. Todo en ella era perfecto, sin mácula. Parecía absorber y reflejar la luz al mismo tiempo, y me embargó un sentimiento de ternura hacia ella, la misma que sentía cuando éramos pequeñas y ella se quedaba dormida y yo la miraba fijamente y le acariciaba el pelo hasta que mi madre me ordenaba que parase.

En ese momento, Lily tropezó con una silla y estalló en sonoras carcajadas, y el hechizo se rompió.

Mi hermana estaba colocada. No era una novedad, pero era la primera vez que yo lo veía tan a las claras. Me levanté, y la silla metálica chirrió al deslizarse por el suelo hacia atrás. Lily estaba perdida en el grupo de las Cheetos y sus parejas. Sullivan y Amy bailaban, me percaté, con las frentes pegadas. Él podía aspirar a algo mejor, o eso era lo que yo había pensado siempre.

Me abrí paso hasta la pista de baile, sola, moviéndome como una silenciosa hipopótama entre la multitud, que se apartaba a regañadientes para dejarme paso; algunas me lanzaron miraditas, fijándose en mi vestido, en mi peinado, que ya se estaba deshaciendo, en mis sandalias tan normales. Me daba igual. Quería llevar a mi hermana a casa.

Tenía las pupilas dilatadas y hablaba a chillidos.

—¡Cierra el pico, Brett! —gritó, riéndose como una loca—. No lo he hecho. Bueno, todavía no.

Eso provocó un coro de carcajadas y algunos codazos entre los muchachos. Lo que fuera que Lily todavía no había hecho era de índole sexual. Yo no era tonta.

—Eso no es lo que dice Conrad —replicó alguien.

—¿Y qué? No es para tanto —dijo Darby, que intentaba convertirse en el centro de atención, desplazando a Lily—. Yo ya lo he hecho.

—Y yo —añadió Carmella.

—Venga, menuda sorpresa —soltó Brett—. Vamos, Lily. Bebe un poco más. —Le ofreció una petaca.

—Lily —la llamé—. Hola.

El silencio se impuso en el grupo.

—Hola, Nora —dijo Luke. Al fin y al cabo, estábamos en primero de Bachillerato, antes de que él se diera cuenta de que yo podía robarle el futuro.

—¿Qué haces aquí? —me preguntó Lily—. Ah, ¡ya! ¡Has venido con esa! ¿Eres lesbiana, Nora?

Otra ronda de carcajadas.

—Lily, acompáñame un momento, ¿quieres? —le dije. La agarré del brazo y empecé a tirar de ella hacia el cuarto de baño. Se resistió unos segundos, pero yo pesaba al menos treinta kilos más que ella.

—¿Va todo bien? —preguntó Luke, que nos siguió, parpadeando sin parar. Sí, iba puesto hasta las cejas.

En mi fantasía instantánea, a Luke se le pasaba el colocón. Yo le diría que alguien le había dado drogas a Lily y él se pondría furioso. Sería Brett, y Luke se daría la vuelta y le daría un puñetazo en la cara a Brett antes de llevarnos a Lily y a mí al mirador de Stony Point —no tenía ni idea de por qué—. Lily se quedaría dormida en el asiento trasero, y Luke y yo hablaríamos sin parar, recordando los buenos tiempos de las Olimpiadas Matemáticas y del Club de Robótica de primero de secundaria. Diría algo en plan: «Nora, eres muy graciosa».

Y bastaría con eso. Eso sería lo más para mí.

Pero, en realidad, sabía que no iba a pasar.

—No pasa nada —contesté.

Llevé a Lily a los aseos.

—¿Qué has tomado? —le pregunté, como buena futura doctora que iba a ser.

—No te preocupes por mí —me soltó ella—. Estoy estupendamente. ¿Dónde narices has comprado ese vestido?

—Lily... ¿Sabes qué has tomado? ¿Qué aspecto tenía?

—Nora... ¿Sabes qué aspecto tienes tú con ese vestido? Como un ama de casa cincuentona que se ha colado en el baile de graduación, eso pareces.

La rabia y el odio y el amor me formaron un nudo tremendo en la garganta.

—Eres una víbora, Lily.

Era el primer insulto que le decía... en la vida. Me miró un segundo con esos cristalinos ojos azules, espantada.

Después, se metió de cabeza en uno de los cubículos y empezó a vomitar.

Ay, Dios. Sin embargo, era algo bueno. Así se libraría de lo que había tomado, fuera lo que fuese. Éxtasis, rohypnol o calmantes.

Me arrodillé junto a ella y le puse una mano en la nuca, tal como mi madre solía hacer cuando teníamos un virus estomacal.

—Nora —dijo, mirándome. Tenía los ojos cuajados de lágrimas, y fue superior a mis fuerzas.

—No pasa nada, cariño —repliqué—. Échalo todo.

Volvió a vomitar, y otra vez, y después llegaron las arcadas secas, sin echar nada. Le acaricié el pelo corto hasta que se calmó y apoyó la elegante cabecita en su delgado brazo.

—Vuelve a casa conmigo, cariño —susurré—. Volvamos a casa. Veremos la tele, ¿te parece?

Volvió la cabeza y me miró.

—No lo entiendes, Nora —protestó, al tiempo que cerraba los ojos, y su voz sonó tan cansada que se me llenaron los ojos de lágrimas—. No tienes ni idea.

—No, ni quiero tenerla. No, si implica estar con ellos. Son desagradables, Lily. Te usarán y luego te tirarán.

—No tengo más alternativas, ¿no te parece?

—Claro que sí. Puedes venir a casa conmigo.

Casi se echó a reír. No abrió los ojos.

250

—Claro, claro. Si no estoy con ellos, ¿qué soy? ¿Cómo crees que podría sobrevivir si no fuera popular?

«De la misma manera que yo, pero estaríamos juntas de nuevo».

—Deja que te lleve a casa y cuide de ti. Por favor, Arándano. —El apodo con el que la llamaba.

—Echo de menos a papá.

Las palabras se me clavaron en el corazón.

—Lo sé —susurré mientras le acariciaba la cabeza, deleitándome con la elegante curva de su cráneo—. Vamos, cariño. Vámonos a casa.

Lily abrió los ojos y me miró un segundo, y me di cuenta de lo cansada, de lo vacía que estaba, y me abrumó la necesidad de salvarla.

Sin embargo, en ese momento, se abrió la puerta de los aseos y entró Amy.

—Esto... ¿estáis bien? —nos preguntó.

Durante un segundo, creí que Lily me escogería. Durante un segundo, en sus ojos brilló algo distinto al desdén.

Después, miró a Amy.

—He echado la pota —contestó con voz cantarina mientras se ponía en pie con dificultad—. Ya estoy bien. ¿Tienes chicle?

—Sí. ¿Seguro que estás bien?

—Pues claro. Es que no estoy acostumbrada y eso. —Se enjuagó la boca y escupió en el lavabo, y se las apañó para que no fuera asqueroso.

Amy me miró un momento antes de volver a mirar a mi hermana.

—Lily... esto... ¿cuidado con Luke, de acuerdo? Se lía con cualquiera.

—Lo sé.

—¿Por qué no te vienes conmigo? —le pregunté—. ¿Lily? Creo que lo mejor sería volver a casa.

Me miró a través del espejo.

—Me quedo, Nora —replicó con voz desdeñosa. Lo que fuera que acabábamos de compartir había muerto.

Las lágrimas hicieron que se me formara un nudo en la garganta.

—Muy bien —susurré. Mantuve la vista clavada en el suelo, ese horroroso suelo beis, y me quedé allí plantada, mientras Amy le daba el chicle a mi hermana y parloteaba y se reían, hasta que por fin se fueron.

Te preguntas hasta cuándo vas a soportar los abusos de una persona sin dejar de quererla. Te preguntas cómo es posible que esa persona te trate a patadas y tú te empeñes en recuperarla. Te preguntas cuántos años tardarás en olvidar cómo eran las cosas antes, cuánto tiempo mantendrás esa llamita de esperanza encendida antes de que la riada de su indiferencia la apague.

Mucho tiempo en mi caso. Muchísimo. Y siempre sola.

El jueves, una hora después de volver a casa del trabajo, Sullivan Fletcher me llamó y me preguntó si podía invitarme a cenar.

—Para agradecerte todo lo que has hecho por Audrey.

—Esto... ¡claro! —contesté. Estaba sentada en el sofá con una camiseta y los pantalones del pijama, viendo las noticias —mala idea en cualquier circunstancia—, comiendo pipas de girasol y fantaseando con queso.

—¿Qué te parece el Stone Cellar? —preguntó, sugiriendo el elegante restaurante al que todavía no había honrado con mi presencia—. ¿Te recojo dentro de una hora?

—¡Claro! —repetí—. ¡Nos vemos dentro de un rato!

Colgué y corrí al dormitorio. No era una cita en sí. No debería tratarla como si fuera una cita. Estaba hablando de un padre que quería agradecerme por ser —tos— una brillante doctora; porque sí, habían confirmado el diagnóstico de Audrey en Boston. Sullivan seguramente quería hacerme un montón de preguntas acerca del tratamiento y demás.

Pero eso no quería decir que no pudiera acicalarme un poco.

En Maine había renunciado a intentar domarme el pelo. Mi plancha del pelo no era rival para la vida en una isla donde soplaba el viento y llovía mucho. Pero me lo recogí en una coleta y me puse unos *jeans* con una bonita blusa rosa y una cazadora de ante. Unas sandalias con tacón de madera, un poco de colorete, un poco de rímel, y *voilà*. Ya estaba preparada para la cita, aunque no fuera una cita.

—¿Qué tal estoy? —le pregunté al mejor perro del mundo mundial.

«Preciosa», contestó él. Bueno, me lo dijeron sus ojos. Le acaricié con cariño las aterciopeladas orejas y miré sus cariñosos ojos. Perros. La mejor obra de Dios.

Sullivan llegó cinco minutos antes de tiempo. Parecía que acababa de salir de los astilleros: *jeans* descoloridos y una camiseta. Me alegré de no haberme esforzado mucho. Pausa para unas risas. Aunque era junio, soplaba un viento gélido. Por el amor de Dios, no íbamos a llegar a los diez grados esa noche.

—Hola —me saludó—. ¿Estás lista?

Estábamos en Maine. La conversación no era lo nuestro.

—Y tanto.

Encendí la luz del porche y nos fuimos.

—Bueno, no me esperaba algo así —le dije mientras recorríamos la Avenida Spruce Brook en su camioneta.

Sully no contestó. Claro. Era sordo de ese oído y, a menos que volviera la cabeza, no podría oírme. Me miró de reojo, no sonrió y volvió a clavar la vista en la carretera.

Era un poco raro. Algo a lo que me tendría que acostumbrar, a eso de no hablar durante un viaje. O no, no tendría que acostumbrarme. Solo iba a estar en la isla hasta que acabara el verano. Viajar con Sullivan Fletcher no se iba a convertir en algo habitual.

Quince silenciosos minutos después, estábamos sentados en una mesa del restaurante, un local nuevo, la mezcla perfecta de comodidad y elegancia.

—Su camarera vendrá enseguida —nos dijo el jefe de sala al tiempo que nos daba las cartas.

—Gracias —replicó Sully, con la vista clavada en la suya.

Hasta la sala llegaba el agradable ruido de la cocina mientras preparaban la comida.

—Gracias por invitarme a salir —le dije.

No obtuve réplica.

Claro. Le toqué una mano. Él levantó la vista.

—Oye, me gusta este sitio. Gracias.

Me miró en silencio un buen rato.

—Me gusta mucho esto —repetí.

—En fin, es lo menos que podía hacer.

—Audrey vino a verme ayer. Está contentísima.

—Sí. Es raro que una niña esté tan emocionada por pasar por el quirófano. —Sin embargo, lo dijo con una sonrisa, y como si estuviera tan nervioso como yo, le tembló un poco.

—Hola, soy Amy y seré su... Oh.

Levantamos la vista. Allí estaba su ex, libretita en mano. A Amy se le había desencajado la cara. Sullivan se levantó.

—¿Cuándo has empezado a trabajar aquí? —le pregunté.

—Ayer.

—Deberías habérmelo dicho.

—Lo que hago no es asunto tuyo.

—Pues claro que sí. Ya lo hemos hablado antes, Amy.

—En fin, tú no es que te mates para contarme ciertas cosas, ¿verdad? —replicó ella, al tiempo que me señalaba con el codo—. Si tienes novia, ¿no crees que debería saberlo?

No, qué va, no era una situación incómoda, por favor.

—Hola —la saludé—. ¿Cómo te va, Amy? No soy su novia.

—Claro —dijo ella—. Oye, gracias por lo de Audrey. Fuimos el lunes a Boston y está preparada para pasar por el quirófano. Sully y yo te debemos una muy grande.

Los dos seguían de pie.

—¿Por qué no te sientas un momento? —le sugerí—. Trae una silla. Sully me ha invitado a cenar solamente para poder sonsacarme información. ¿Tienes alguna pregunta acerca de la operación, de la recuperación o de lo que sea?

Sullivan se sentó. Estaba casi segura de que no se había enterado de nada de lo que yo había dicho.

Amy titubeó.

—Tengo que trabajar.

—Toma. —Saqué un bolígrafo y un tique de una gasolinera del bolso, y anoté mi número de móvil—. Llámame si necesitas cualquier cosa. Audrey es una niña maravillosa y me cae muy bien. Habéis hecho un trabajo estupendo con su educación.

La expresión de Amy se suavizó.

—Gracias —dijo en voz baja—. Muy bien. ¿Qué vais a beber? Sully, ¿quieres una Sam's Summer?

—Claro —contestó—. Gracias.

—Yo quiero un mojito —dije—. Se supone que es verano, por mucho que diga el tiempo.

—Vuelvo enseguida. —Cerró la libretita y se alejó.

Sullivan y yo nos miramos.

—Mi ex es nuestra camarera esta noche —dijo, y los dos nos echamos a reír.

—No pasa nada. Sigue siendo muy... —«Di algo agradable, Nora». Miré la carta. «¿Suculenta? No»—. Sigue siendo muy guapa.

—¿Perdona?

Lo miré a la cara.

—Que sigue siendo muy guapa.

—Ah. Ajá.

Amy regresó un minuto después con nuestras bebidas.

—Yo invito —dijo al tiempo que me dejaba el mojito delante.

—Muchas gracias —repliqué.

Me sonrió —«¡Amy Beckman me está sonriendo!», chilló la adolescente friki de mi interior— y dejó la cerveza de Sully en la mesa.

—¿Qué queréis de cenar? ¿Os digo lo que tenemos fuera de carta esta noche?

A Sully le costaría mucho enterarse con el murmullo de los comensales y tendría que mirar fijamente a Amy.

—No, tranquila —dije—. A menos que tú quieras, Sullivan.

—No, me va bien. Pide tú.

Pedí un rollito de langosta —por la mañana saldría a correr, me juré— y una ensalada para contrarrestar la mantequilla —¡ja!—. Sully pidió vieiras.

Una vez que Amy nos tomó nota, me incliné hacia delante. Esa conversación tan intensa me estaba poniendo de los nervios.

—¿Tienes alguna pregunta acerca de Audrey?

—No —contestó él—. El médico que nos recomendaste... ¿Patel? —Asentí con la cabeza—. Nos lo explicó todo con detalle. Ingresa la semana que viene.

—Es un hospital estupendo, y Raj es el mejor. Estoy segura de que todo saldrá perfectamente.

—Amy y yo... de verdad que no sabemos cómo darte las gracias.

Me encogí de hombros, un poco avergonzada y emocionada.

—Solo he hecho mi trabajo. Ya sabes, como un bombero que entra corriendo en un edificio en llamas para salvar vidas y tal.

—Perdona, no me he enterado de nada de lo que has dicho.

Mejor así, porque estaba parloteando.

—Oye, vosotros dos. —Amy de nuevo—. Os cambio a una mesa más tranquila. Está como una tapia, que lo sepas —me dijo ella.

—De eso me he enterado —replicó Sully.

De modo que nos trasladamos a un salón más pequeño, donde solo había tres mesas, todas desiertas.

—Gracias, Amy —le dijo él.

—Que sí, venga —replicó ella—. Brian será vuestro camarero aquí. Gritad si necesitáis algo. —Hizo ademán de volverse, pero se contuvo—. ¿Cómo está tu hermana? —me preguntó.

—Está... le va bien —contesté.

—Salúdala de mi parte.

—Lo haré. Gracias.

Amy se fue, y nos envolvió un relativo silencio.

—¿Cómo está tu hermana de verdad? —preguntó Sullivan.

—No lo sé —contesté—. No me habla.

—¿Por qué no? —Esos ojos castaños estaban clavados en los míos, y había algo en su forma de mirarme, tan intensa, en la serenidad de su cara. De repente, sentí un nudo en la garganta. Me encogí de hombros—. Tú y yo... los dos tenemos problemas con nuestros hermanos —dijo.

—¿Cómo le va a Luke?

Sully desvió la vista hacia la ventana y adoptó una expresión tristona.

—En fin, la semana pasada robó unos mil dólares de los astilleros.

—Lo siento.

—Ya, pero qué se le va a hacer.

—¿Llamar a la Policía?

—No es una opción.

—¿Por qué no?

Suspiró.

—Bueno, ya deberías saberlo. Ha perdido mucho en la vida.

—¿Seguimos hablando de la puta beca?

Sully soltó una carcajada.

—¡Oye! La doctora Stuart suelta tacos. —Sentí que me ardían las mejillas y bebí un sorbo del mojito—. No —siguió él—. No me refería a la beca. O no solo a la beca. Perdió la oportunidad de hacer algo con su vida.

Puse los ojos en blanco.

—Ya, pero, vamos, que no está muerto, ¿no? Podría elegir entre un montón de alternativas que le irían mejor que ser un drogadicto y un borracho. Y hablando de pérdidas, me lo has puesto a huevo... ¿Tú qué? A ver, tú eres quien sufrió en el accidente, Sullivan. Porque tu hermano iba de coca hasta las cejas aquella noche. Y fuiste tú quien se pasó seis meses en el hospital y en una residencia, convaleciente. Eres tú quien está perdiendo audición por aquello. Si alguien ha perdido algo, diría que eres tú.

Me miró fijamente un buen rato.

—Algunas personas soportan la pérdida mejor que otras.

—¿Y es tu trabajo cuidar de él?

—Ajá. ¿No cuidas tú de tu hermana?

—No. Está en la cárcel y, ahora mismo, se niega a contestar las cartas que le mando.

—Pero cuidas de su hija.

En eso me había pillado.

—Sí.

—Y supongo que tú también has perdido algo por el camino, pero lo has sobrellevado mejor, punto.

Sopesé sus palabras.

—¿Es un halago o una reprimenda? —le pregunté.

—¿Las dos cosas? —Sonrió, y su cara pasó de normalita a traviesa en un abrir y cerrar de ojos.

Sullivan Fletcher era... Sí. Lo era. Me temblaban las rodillas por todo lo que era.

—¿Tienes novio? —me preguntó. Sin sutileza alguna, claro que estábamos en Maine.

—La verdad es que no —contesté.

—¿Estás segura?

—Cortamos antes de que me viniera a la isla.

El camarero escogió ese momento para llevarnos la comida.

—¡Hola, soy Brian! —exclamó, como si acabaran de ponerle el nombre y todavía estuviera maravillado—. Aquí está el delicioso rollito de langosta para la preciosa dama, una opción excelente, por cierto, con batatas fritas, uno de mis platos preferidos, y ensalada de col que nuestro chef adereza con unos rabanitos para potenciar el sabor. Y para el caballero, las vieiras, que me encantan, por cierto, sobre todo con puré de patatas y un poco de nata, porque, a ver, hay que vivir un poquito, ¿verdad? Y coles de Bruselas, mi verdura preferida, por cierto. Todo es local y ecológico, por supuesto. ¿Os traigo algo más? ¿Pimienta recién molida, queso rallado, más pan, kétchup, más mantequilla, sal marina, sal rosa, sal del Himalaya, un masaje de pies?

Lo último tal vez solo estuviera implícito.

—Creo que estamos servidos —contesté.

—¡Fantástico! ¡Buen provecho! —canturreó Brian—. ¡Vendré a ver si necesitáis algo en breve! *Buon appetito!*

—A veces, ser duro de oído es una bendición —dijo Sully.

—Dejé de prestarle atención a los diez segundos —confesé, y él sonrió.

Durante unos minutos, Sullivan y yo comimos en silencio. Me moría de hambre, me di cuenta. Y la langosta que hacía unas horas buceaba en las profundidades del Atlántico y que, en ese momento, estaba rebosante de mantequilla y envuelta en un rollito... Sí, sí, saldría a correr al día siguiente. Pero esa noche, comería langosta. Comería y haría preguntas entrometidas, claro.

—¿Cómo te va con la lengua de signos? —le pregunté, mientras me lamía la mantequilla de los dedos con mucha elegancia.

—Bien. Cuesta aprender solo, así que me alegro de que Audrey me esté ayudando. Capta las cosas mucho más rápido que yo.

Sonreí.

—Parece muy lista.

—Lo es.

Bebí un sorbo del mojito y lo observé un segundo. Cuando levantó la vista de su plato, me preguntó:

—Perdona, ¿me he perdido algo?

Meneé la cabeza.

—Pero con respecto a tu pérdida auditiva... ¿Cómo lo llevas? ¿Te sientes triste, furioso o... deprimido?

Esbozó una sonrisilla.

—La verdad es que nada de eso. A ver, hace mucho que sabía que iba a pasar. —La sonrisa desapareció—. Intento oír más cosas, intento acumular sonidos. Los trinos de los pájaros por la mañana. Mi música preferida. La risa de Audrey. Intento llenarme la cabeza con los mejores sonidos. He estado viendo muchas películas de un tiempo a esta parte. —Se encogió de hombros, incómodo, y clavó la vista en el plato.

Ay, por favor... Esperaba que no se me notara que me estaba derritiendo, aunque no las tenía todas conmigo.

—¿Qué música te gusta? —le pregunté.

—Las *suites* para violonchelo de Bach —me contestó—. Bueno, y también *Purple Rain*.

—¡Dios, me encanta esa canción! Y escuchaba las *suites* de Bach cuando me tiraba toda la noche despierta durante la carrera de Medicina —le dije con una sonrisa—. Se suponía que ayudaba a estudiar.

—Supongo que te funcionó —replicó.

Cuando sonreía, me di cuenta de que tenía los colmillos un poco más puntiagudos de lo normal, dándole un aspecto de vampiro. Me imaginé esos colmillos en el cuello y mis partes femeninas hicieron la ola.

—Bueno, ¿por qué has vuelto, Nora Stuart? Tú, que llevabas tanto tiempo sin pisar la isla.

Fue su voz. Su voz ronca y grave, y deseé que él pudiera oírla, porque era una voz maravillosa, con ese tono y esa leve ronquera, como los guijarros que se golpeaban los unos contra los otros en la orilla tras una fuerte ola.

Carraspeé.

—¿Qué me has preguntado?

Otra sonrisa traviesa. Una sonrisa de duro y malote en el padrazo del año.

—¿Por qué has vuelto a Scupper Island?

—Ah, sí. Me atropelló una furgoneta de una empresa antiplagas. Fumigaciones Beantown. Vi pasar la vida por delante.

—¿La viste de verdad?

—Pues no. Pero... quería pasar tiempo con mi madre. Y con mi sobrina.

—Te dio un buen susto, ¿no?

Asentí con la cabeza.

—Y eso otro... lo malo que te pasó. Lo que mencionaste la noche que casi me pegaste un tiro. ¿Fue el atropello de la furgoneta de fumigaciones?

Pinché una batata frita y la partí por la mitad.

—No.

Esperó.

—Un hombre entró en mi casa, me dio una paliza e intentó violarme, y como no lo consiguió, intentó... bueno... intentó matarme. Con un cuchillo. Pero me escapé, y no lo han atrapado, y eso sucedió el año pasado, y por favor te pido que no se lo cuentes a mi madre.

Inspiré hondo y me llevé la copa a los labios para apurarla del tirón. No había sido mi intención contarle la peor noche de mi vida de golpe, pero lo había hecho.

—¿Cómo va todo? —preguntó Brian, que apareció junto a la mesa con una sonrisa de oreja a oreja—. La langosta está para morirse, ¿verdad? La compramos de...

—Ahora no —lo cortó Sullivan.

—¡Entendido! —dijo Brian—. ¡Llamadme cuando me necesitéis!

Se marchó, y el silencio volvió a envolvernos.

Sullivan no dijo nada.

—Una historia para no dormir, ¿eh? —le pregunté. Ojalá hubiera pedido otra copa.

—¿Cómo escapaste?

Suspiré.

—Yo... me fui sin más. Tuve suerte. Eché a correr. Ni... ni siquiera sabía lo que pensaba hacer.

—Sí, lo sabías. Lo sabías bien.

Tenía razón. Lo había sabido. Mi cerebro reptil no había pronunciado las palabras «cuchillo» o «asesinato», pero sí había dicho la palabra «ahora».

—Tuviste mucho más que suerte. Dios. —Tomó una honda bocanada de aire—. Bien hecho, Nora. Pero que muy bien hecho.

Clavé la vista en la mesa.

—Gracias.

Sully extendió un brazo y me instó a levantar la barbilla para poder verme la cara.

—Gracias —repetí.

En esa ocasión, su sonrisa fue tierna.

—Eres increíble —me dijo, y me eché a reír—. ¿Quieres postre? Me parece que te lo has ganado.

De repente, quería estar desnuda con el hombre que tenía delante.

—¿Cómo vamos, pareja? —canturreó Brian.

Con ese hombre no. Con Sullivan.

—Tráenos la cuenta —le dije.

—Ahora mismito —replicó Brian—. ¡Vuelvo enseguida!

—Qué mal me cae —dijo Sullivan, y me eché a reír hasta que se me saltaron las lágrimas.

Sully se echó hacia atrás en la silla y me observó con una sonrisilla.

Por desgracia, cuando por fin volvimos a la casa flotante, era un manojo de nervios. ¿Por qué? Porque se trataba de Sullivan Fletcher, el muchacho a quien conocía de toda la vida. Bueno, ya era un hombre, un hombre cuya hija me tenía en un pedestal, un hombre que había estado casado con una de las personas que dejaron cicatrices en mi alma adolescente, un hombre cuyo hermano y cuya madre me odiaban, etcétera.

Además, estaba Bobby. Bueno, no Bobby, pero... me había confundido de nuevo, en esa ocasión porque me había enviado un mensaje de correo electrónico muy romántico, detallándome todo lo que solíamos hacer antes del Incidente Aterrador. Mi antigua vida, mi yo Pérez.

No me iba a quedar en Scupper Island para siempre. No estaba segura de que fuera lo correcto empezar algo con Sully, por más feromonas que impregnaran el ambiente, y sí, tal vez fuera una reacción infantil y tonta, pero no estaba segura de poder representar a mi yo Pérez cuando Sully había conocido a mi yo isleño. Me di cuenta de que era absurdo, ñoño e infantil, pero también sabía que Sully se merecía que me aclarase al respecto antes de que pasara algo entre nosotros.

Era demasiado bueno para ser un rollo de verano.

Apagó el motor.

—Te acompaño —me dijo.

Mierda. ¿Cómo le decía que no? Era demasiado estupendo, demasiado agradable, esa voz, esos ojos, esa serenidad y esa férrea fiabilidad... Además, ¿recuerdas el abrazo de después del diagnóstico de Audrey? Eso. Sí.

Boomer empezó a ladrar como un loco.

—Soy yo —le dije. El perro ladró de nuevo, no muy contento por la presencia de Sullivan, o no muy contento por el hecho de que no pudiera restregarse contra su pierna, más bien.

Sully y yo nos quedamos delante de la puerta, mientras las polillas revoloteaban alrededor de la luz.

Lo rechazaría en ese momento. Mierda. No iba a ser nada agradable.

—Gracias por la cena —le dije—. Me lo he pasado muy bien.

—Yo también —replicó—. Gracias por aceptar, aunque te avisara con tan poca antelación.

A lo mejor le permitía besarme. Eso estaría bien, ¿verdad? Y, una vez que me besara, estaba convencida de que las cosas subirían de tono sin remisión.

—Buenas noches —me dijo.

Justo al mismo tiempo que yo preguntaba:

—¿Quieres pasar?

—¿Perdona? —me preguntó, y sí, sí, me alegré de que tuviera pérdida auditiva. Ahora vas y me denuncias.

—Nada —le contesté—. Buenas noches. Sí. Conduce con cuidado. A tu casa, digo. Por cierto, ¿dónde vives?

—En la calle Oak.

—Pues *bon voyage*. —«Dios, Nora, cierra la boca».

Me miró otro largo minuto. A lo mejor lo del beso todavía estaba sobre la mesa.

No, no lo estaba. Se despidió de mí al modo yanqui, con un gesto de cabeza, y se marchó por el muelle.

Fin de la cita.

Claro que tampoco había sido una cita de verdad.

Pero había sido romántico de morirse.

—Claro que sí, Nora —me dije al tiempo que sacaba la llave—. ¿Quién no quiere oír hablar de la cárcel y de allanamientos de morada? Más romántico, imposible.

—¿Qué has dicho? —me preguntó una voz desde muy cerca, y casi me lo hice encima.

Luke Fletcher estaba en la plataforma de la casa flotante. El corazón casi se me salió por la boca.

—¿Qué-qué haces aquí? —le pregunté.

Boomer ladraba dentro de la casa. Mierda. Mi perro de cuarenta y cinco kilos estaba dentro. Empezaron a temblarme las manos.

—Se me ocurrió pasarme para tomarme algo. Ya sabes, porque somos vecinos y tal.

—Tu hermano acaba de irse.

—Lo he visto. —Hablaba con voz agradable. Y eso me dio más miedo, por alguna razón. Ah, sí. Porque la voz del otro también había sonado agradable, de vez en cuando. Cuando no me estaba dando una paliza de muerte.

Tragué saliva.

—En fin, Luke, estoy cansada. Tal vez otro día.

—No le toques las narices a mi hermano.

—No lo haré. No te preocupes.

—No lo haré. No te preocupes —repitió en falsete, burlándose de mí.

Boomer ladró de nuevo.

En ese momento, Luke saltó desde la embarcación que había junto al muelle hasta colocarse a mi lado, y di un respingo. Me odié, pero lo hice. Dentro, *Boomer* se volvió loco.

Sin embargo, Luke se limitó a pasar junto a mí, lo bastante cerca como para que yo tuviera que apartarme. Siguió el camino de su hermano por el muelle y giró hacia la izquierda por la Avenida Spruce Brook, en dirección a los astilleros.

Me temblaban las piernas. Abrí la puerta y dejé salir a *Boomer*. El perro corrió tras Luke, ladrando. Bien. Que mi perro lo atacase y se lo comiera.

—¡*Boomer*! —lo llamé después de un minuto, no era de los perros que atacaban, y mi fiel amigo regresó. Además, ¿y si *Boomer* se limitaba a darle lametones a Luke? Lo mejor sería mantener la farsa de que tenía un feroz perro guardián en vez de permitir que me dejara por mentirosa.

Mientras cerraba puertas y ventanas unos minutos después, me pregunté si, en el caso de que Sully hubiera entrado, Luke se habría quedado en el muelle.

Si se habría quedado a mirar.

Capítulo 19

Querida Lily:
Me estoy quedando en Oberon Cove este verano. Por la noche, oigo la marea fuerte del otro lado de la isla. ¿Recuerdas cuando vinimos a esta ensenada y pescaste una lubina rayada que era más grande que tú? Se soltó del sedal de un salto y papá la atrapó como si fuera una pelota de béisbol.

El viernes por la tarde llevé a Poe a pescar, pero soltamos la pescadilla que atrapó. Ahora quiere ser vegetariana. Lo siento. Le está creciendo el pelo y se le ve la raíz oscura, pero le he dicho que la ayudaré a mantener el color azul si eso es lo que quiere.

Te quiere,
NORA

El domingo me pasé por casa de mi madre antes de tomar el *ferry* para hacer el largo trayecto a Boston. Le tocaba a Bobby quedarse con *Boomer*.

Mi madre estaba cortando leña en la parte trasera, y lo hacía con un hacha, no con la máquina de cortar. *Piolín,* cuya devoción lo mantenía siempre pegado a ella incluso al aire libre, se abalanzó hacia mí y, al verlo, *Boomer* se colocó de un salto detrás de mis piernas. Agité la mano para espantar al pájaro, sin darle... ¡Qué pena! Mi madre alzó la vista un momento y, después, siguió con su tarea.

—A lo mejor debería hacerlo Poe —sugerí.

—Se cortaría un dedo —replicó mi madre—. Además, sigue en la cama.

—Bueno, cortar madera es una habilidad útil. Todo el mundo debería saber usar un hacha.

—Es una maza cuña.

—Pues una maza cuña. ¿No hay algún muchacho que puedas contratar para que haga esto? ¿Alguno de los Bitterman? ¿No tenían cuatro hijos?

Mi madre blandió la maza, y partió otro leño por la mitad exacta.

—¿Por qué no quieres que yo corte la leña, Nora?

—No es eso, la verdad. —Mi madre acababa de cumplir los sesenta y era más fuerte que muchos jugadores profesionales de fútbol americano.

Pero algún día sería demasiado mayor para cortar leña. Y yo regresaría a Boston dentro de dos meses. Mi madre seguiría sola, pese a mis infructuosos esfuerzos de emparejarla durante la cena que organicé. Sin embargo, la había registrado en mayoresactivos.com y estaba considerando algunas ofertas.

Mi madre se hacía mayor. El mechón rubio que tenía en el pelo desde siempre ya estaba blanco y era más ancho cada año que pasaba.

Me senté en un tronco y observé durante un minuto o dos cómo *Boomer* olisqueaba las agujas de los pinos antes de marcharnos.

—Mamá, es posible que tenga problemas con Luke Fletcher —confesé.

Ella colocó otro leño en el bloque y lo partió por la mitad antes de partirlo en cuatro.

—¿Por qué lo dices?

—Lo encontré la otra noche en la casa flotante. Y yo no lo invité.

—Dile que te deje tranquila.

—Eso hice.

—¿Quieres que hable con él?

Imaginarme a mi madre partiendo a Luke por la mitad fue muy gratificante. Pero, claro, yo también era muy valiente y fuerte.

—No, puedo apañármelas sola. Es que... no sé. ¿Puedes hablarme de él, sobre lo que ha estado haciendo desde que yo me fui y eso?

—Bueno, si vamos a hablar, haz algo útil y ve apilando la leña —me dijo. La obedecí, sin mencionar que, en realidad, no iba vestida para trabajar. A mi madre no le haría gracia que me pusiera melindrosa con la ropa.

Empecé a apilar la leña mientras ella seguía cortando y, al cabo de unos minutos, dijo:

—En fin, dejó la Universidad de Maine. Volvió y estuvo ayudando a su padre en los astilleros, pero Allan Fletcher murió de forma repentina, así que el otro, Sullivan, se quedó al cargo del negocio. Y lo hace muy bien, según tengo entendido. No como Luke, que era un desastre. Siempre ha sido un borracho y un drogadicto.

Recogí algunos de los leños que ya había cortado. *Piolín* graznó cuando vio que me acercaba demasiado a su amada. Imaginé que lo estrangulaba.

—¿Tomaba drogas? ¿Cuáles, exactamente?

—Solo te cuento lo que he oído. Heroína, cocaína, jarabe para la tos, lo que pillara.

—¿Cómo murió el señor Fletcher? —le pregunté mientras soltaba la leña en el montón. Mi madre no me había hablado nada de la muerte del señor Fletcher porque yo no le había preguntado nunca por él.

—Creo que estaba mal del corazón. O fue por una hemorragia cerebral. Una de las dos cosas. Sully lo encontró muerto al lado de la camioneta. A lo que íbamos, Luke... Teeny le dio dinero y se fue a la gran ciudad o donde fuera.

—¿A Nueva York?

—A Portland.

—¿Cuándo volvió?

Mi madre blandió otra vez el hacha, o la maza cuña o como se llamara.

—Vuelve de vez en cuando, normalmente cuando necesita dinero. Teeny le daba dinero, pero a Sullivan no le parecía bien. Creo que Luke le robó el anillo de compromiso y lo empeñó. Así que Sully le ha obligado a trabajar en los astilleros. —Hizo una pausa y se secó la frente—. Esa mujer siempre ha consentido al peor de sus hijos. Me da pena por Sullivan.

Ah, qué ironía. Mi propia madre también consentía a su peor hija.

—¿No se supone que las madres no deben tener preferidos? —le pregunté, sin poder contenerme. Pese a todos sus dramones, su mal comportamiento y sus delitos, Lily siempre había sido la niña mimada de mamá. Lo seguía siendo.

No respondió.

—¿Luke ha conseguido mantenerse sobrio y limpio alguna vez? —quise saber, retomando el tema de conversación.

—Sí. Muchas veces. Igual que tu hermana. —Estrelló el hacha contra el bloque y me miró directamente por primera vez esa mañana—. Hablando de Lily, me ha dicho que le has estado escribiendo.

—Ajá.

—Quiere que dejes de hacerlo.

—¿Por qué? ¿Está muy ocupada haciendo matrículas?

—No humilles a tu hermana.

—¿Por qué no quiere recibir mis cartas?

—No lo sé, Nora. —Esa era mi madre. Nunca se posicionaba. Al menos, nunca lo hacía abiertamente.

Suspiré.

—Tengo que irme a Boston. Esperaba que Poe me acompañara.

—Pregúntaselo.

Entré, pero Poe volvía a ser la reina de los condenados.

—¿Por qué me despiertas? ¡Solo son las diez y media! ¡Vete!

—¿Quieres venir a Boston?

—¿Para qué voy a ir a Boston?

—¿Para cambiar de aires? ¿Para ir de compras? ¿Para probar su famosa sopa de almejas? ¿Para pasear por el Camino de la Libertad? ¿O ver un partido de los Red Sox? ¿Para conocer la joya de Nueva Inglaterra? ¿Te suena algo? ¿No?

—¡Estoy cansada!

Respiré hondo.

—Muy bien, cariño. Hasta dentro de dos o tres días, entonces.

Se tapó la cabeza con la almohada. Supuse que nuestra conversación había acabado.

Así que al *ferry* solo subimos *Boomer* y yo, con su mapache de juguete, su hueso para morder y su correa extensible.

Me senté en la cubierta, me calé bien la gorra de los Red Sox para evitar que el viento me despeinara y me puse las gafas de sol. *Boomer* se tumbó a mis pies y empezó a mordisquear el hueso. Detestaba llevarlo de vuelta a Boston, detestaba estar sin él. Y si Luke aparecía de nuevo, ¿eh? Solo estaríamos mi pistola y yo, y la última vez que la saqué estuve a punto de disparar a Sullivan.

A lo mejor necesitaba abrazoterapia. Xiaowen estaba en algún lugar de la costa de Oregón, salvando los moluscos de la zona, y no volvería hasta pasados unos días. En esa ocasión, no podía quedar con Roseline porque tenía alguna celebración con su familia política. Gloria estaba visitando a su familia con su novio Slytherin, pero supuestamente regresaríamos juntas en el último *ferry*.

Oí pasos y alcé la vista. Sullivan, Audrey y Amy llegaban a cubierta con una maleta.

—¡Hola! —los saludé.

—¡Hola! —exclamó Audrey, que me dio un abrazo nada más acercarse—. Mañana es el gran día, así que nos quedamos a pasar la noche en la ciudad. ¡En un hotel!

—Vaya. Qué emoción. ¿No viene tu hermano? —Todavía no había conocido a Rocco. Como no era hijo de Sullivan, no visitaba los astilleros, como sí hacía Audrey.

—No —contestó ella—. Se queda con mi abuela. No le ha hecho mucha gracia, pero voy a guardarme el champú del hotel para llevárselo.

—Qué bien —repliqué. Era una niña estupenda.

Sully me saludó con un gesto de la cabeza y ayudó a Amy a bajar de la pasarela a la cubierta. Después bajó él. Parecían cansados y preocupados, no como la paciente, que prácticamente daba saltos de alegría.

—¿Alguna duda? ¿Necesitáis algo? —pregunté.

—Ya has hecho bastante —contestó Audrey.

Amy y Sullivan estaban hablando en voz baja, y su lenguaje no verbal indicaba que estaban discutiendo. Qué pena, el motor del *ferry* impedía que los oyera.

—¿Dónde os vais a quedar, Audrey? —pregunté.

—En el Copley Square Plaza. Mis padres me han dejado elegir.

—Pues has elegido el mejor —repuse, porque era evidente que quería concentrarse en eso—. Celebran la hora del té, según me han dicho.

—¡Vamos a ir! ¿Quieres acompañarnos?

Ni siquiera miré a sus padres.

—No, pero gracias. He quedado con unos amigos.

—Qué pena. —Se agachó para acariciarle las orejas a *Boomer*. Mi perro la miró con su sonrisa perruna y empezó a menear el rabo. Después siguió destrozando el hueso.

Jake llevó el *ferry* a mar abierto y aceleró.

Sullivan contemplaba el océano. Amy estaba tecleando un mensaje en su móvil.

—Bueno, si surge algo o si tenéis alguna duda, ya sabes cuál es mi número de teléfono —le dije a Audrey.

—Gracias —repuso ella.

—Sí. Gracias —añadió Amy. Sully nos daba la espalda, así que no me oyó... o tal vez tuviera cosas más importantes en las que pensar.

—Bueno, si no os importa, voy a entrar. Tengo que leer unas cosas —mentí. Ese momento era para que estuvieran solos en familia, y yo no pintaba nada. Por lo menos tenía a mi perro—. Vamos, *Boomerang* —dije, y mi fiel animal me siguió al reducido interior.

Cuando atracamos en Boston, abracé a Audrey y les deseé lo mejor. Amy y Sullivan estaban preocupados, ¿quién no lo estaría? A su hija iban a practicarle una operación quirúrgica a través de la nariz para llegar hasta al cerebro. Por buenas que fueran las estadísticas de éxito, era normal que tuvieran miedo.

Los observé alejarse y, después, me coloqué el bolso al hombro y puse rumbo al apartamento de Bobby. Como estaba trabajando, me había preguntado si podía llevar a *Boomer* a su casa. Y, tonta de mí, yo le había dicho que sí.

El día era soleado y cálido, hacía más calor que en la isla. Me quité la cazadora vaquera y me la até a la cintura. Mucha gente nos detuvo porque querían adorar a *Boomer,* y yo lo permití. Al fin y al cabo, no tenía otros planes. A lo mejor iba de compras. Era una terapia estupenda para levantar el ánimo.

Me fijé en los letreros que colgaban en los segundos y terceros pisos de los edificios, porque me generaba curiosidad saber a lo que se dedicaban otras personas. Clases de piano. Estudio de yoga. Abogado. Afilador de cuchillos, desde 1938. Sorprendente que no hubiera tenido que cerrar. Escuela de *ballet*. Un investigador privado.

Me detuve.

James Gillespie. Investigador privado. Con licencia. Garantizado. Asegurado.

—¿Qué te parece, *Boomer*? —dije.

«Creo que es una idea estupenda», me contestó él. Bueno, lo sugirió.

Subimos la escalera, llamé al timbre y al cabo de un segundo me abrió un señor mayor.

—Hola —me dijo con una voz preciosa, parecida a la de Morgan Freeman.

—Hola —repliqué—. Creo que puedo tener un caso para usted.

—¿Ah, sí? ¿Quién es este? —Se inclinó para acariciarle las orejas a *Boomer,* y se ganó un gruñido cariñoso por respuesta.

Solo tardé siete minutos. Al fin y al cabo, no sabía casi nada sobre mi padre.

—Si es posible encontrarlo, lo encontraré —me aseguró el señor Gillespie—. Puedo usar distintos recursos. —Dicho con esa voz, lo creí.

Le hice un pago en señal, firmé un documento y listo. Gillespie se despidió de mí y yo regresé al soleado y húmedo exterior sintiéndome bastante mejor.

Al menos era algo. Podía contárselo a Lily cuando fuera en busca de Poe. Podía decirle que lo había intentado, y aunque el señor Gillespie era el tercer investigador privado que había contratado, me sentía mejor si hacía algo.

Puse rumbo al parque Boston Common. Al mejor perro del mundo mundial le encantaría. Además, allí podría seguir ganándose corazones.

El parquecito del centro de la ciudad estaba atestado de gente. Los niños corrían tirando de las manos de los adultos, suplicaban helados o chapoteaban en el estanque, llamado Frog Pond. Había al menos seis discos voladores en el aire, haciendo que *Boomer* ladeara la cabeza, maravillado al ver a sus congéneres corriendo para atrapar esas cosas voladoras. Dos veinteañeros yacían en una manta sobre la hierba, mirándose a la cara sin más. Sonreí y aparté la vista. El amor juvenil. ¿Había algo más tierno?

Y entonces lo vi.

A él. A Voldemort.

Se me paralizó el corazón y me flaquearon las rodillas. Me dejé caer en la hierba y abracé a *Boomer* sin apartar la vista del hombre que me había aterrorizado.

Durante el último año, había creído verlo un montón de veces y el miedo me había amedrentado. Pero siempre me había equivocado.

En esa ocasión, a mi cerebro reptil no le cabían dudas.

Estaba sentado en un banco, comiendo algo. Un helado. Llevaba unos chinos, una camiseta azul de manga corta y su cara seguía siendo de lo más normal mientras miraba de vez en cuando a la gente que pasaba delante de él. Gente que no sabía de lo que era capaz. Lo que le gustaba hacer.

Tenía que ir en busca de un policía. O llamar a uno. Saqué el móvil y, mientras intentaba no quitarle la vista de encima, marqué el número de la Policía.

—Policía, por favor, ¿cuál es su emergencia?

—Hola. El año pasado sufrí una agresión, pero nunca encontraron al culpable y lo estoy viendo ahora mismo. Estoy en el parque Boston Common, justo enfrente de Frog Pond, ¿sabe dónde le digo? ¿Eso es al norte? ¿Al norte del estanque? Y él está sentado en un banco del camino.

—Muy bien, tranquilícese, señora. ¿Ha dicho que sufrió una agresión?

—Sí. Hice una denuncia. Estuve ingresada en el hospital. Fue... fue un horror.

—¿Cómo se llama, señora?

En un primer momento, fui incapaz de recordarlo. Se me quedó la mente en blanco.

—Mmm... Nora. Nora Stuart, con u. Mierda, se está levantando y se dirige al... al este. Hacia la calle Park. ¡Se marcha! ¡Ha pasado por delante de las estatuas de las ranas! ¡Dense prisa!

—Señora, he encontrado su expediente. La Policía va de camino. ¿Puede describirlo?

—Metro setenta o setenta y cinco, unos ochenta y cinco kilos. Pelo rubio oscuro, ojos azules. Lleva unos chinos, una camiseta azul de manga corta, una gorra de los Red Sox. —Como casi todos los hombres de Boston. Me levanté, aferré la correa de *Boomer* y eché a andar. Deprisa—. Lo estoy siguiendo.

—Por favor, señora, no lo haga.

Mierda. Mierda, mierda, mierda. Había un numeroso grupo de personas que se acercaban en dirección contraria, todas con los nombres en las solapas o con tarjetas identificativas colgadas del cuello mientras un guía describía con entusiasmo las maravillas del Camino de la Libertad. Turistas, la leche que les dieron. Voldemort se internó en el grupo y desapareció entre toda esa gente que caminaba con los iPads y los teléfonos levantados. Corrí para sortearlos.

—¡Oh, me encanta tu perro! —exclamó una mujer con un marcado acento sureño.

—Ahora no —repliqué al tiempo que pasaba corriendo a su lado, el epítome de la yanqui maleducada. ¿Dónde estaba? ¿Dónde estaba?

Lo vi a lo lejos. Empecé a correr.

Tal vez él también tuviera un cerebro reptil activo, porque empezó a caminar más rápido al pasar por delante de los vendedores de perritos calientes y del malabarista que lanzaba las pelotas al aire, que hizo que *Boomer* quisiera pararse para jugar, de manera que tuve que darle un tirón, porque estábamos haciendo algo importante. Allí. Allí estaba, sí. En la boca del metro, maldita fuera mi suerte.

—¡Va a bajar al metro! —dije al agente que estaba atendiendo mi llamada—. ¿Dónde narices está la Policía?

Corrí escaleras abajo mientras el agente me gritaba por el teléfono y *Boomer* trotaba, contentísimo. El metro acababa de llegar y la gente subía y bajaba de los vagones. No pude localizarlo. Si soltaba la correa de *Boomer* y lo dejaba, podría alcanzarlo.

El tren se puso en marcha. La frustración y la rabia hicieron que se me llenaran los ojos de lágrimas.

Se había ido. Se había ido.

Cuando abrí la puerta del apartamento de Bobby, antaño nuestro apartamento, esa misma tarde, me sorprendió encontrarlo en casa.

—Creía que estabas trabajando —dije.

—¡Hola! —exclamó él, que salió de la cocina para abrazarme—. ¿Cómo estás, Nora? ¡*Boomer*! ¿Dónde está mi niño? —Se acuclilló y dejó que *Boomer* le colocara las patas en los hombros. Después, me miró—. Estás estupenda. Es fantástico verte.

Todavía sentía náuseas por el subidón de adrenalina y me sentía pegajosa por el sudor y el miedo. La humedad de Boston me estaba encrespando el pelo. No podía estar estupenda, y me irritaba que el tonto de Bobby no se diera cuenta.

La Policía apareció un minuto después de que el tren se fuera. Tomaron notas, pero todos sabíamos que no lo localizarían. Tardé más de una hora en recuperar el ritmo normal de las pulsaciones mientras caminaba.

—Siéntate —me dijo Bobby, que se enderezó—. Como si estuvieras en casa. A ver, que sigue siendo tu casa, ¿no?

—La verdad es que no —contesté—. Pero te agradezco el gesto.

—¿Vino? —Me preguntó.

—¿Agua, por favor?

Bobby se pasó la siguiente media hora hablando, y yo me limité a escucharlo a medias.

Ese era el lugar en el que me había recuperado. El apartamento de Bobby nunca había sido mi hogar, como tampoco lo era la consulta del centro de la ciudad. Era un sitio agradable, cómodo y familiar y, sí, todavía quedaban señales de mi personalidad, como los cojines del sofá o el paragüero, porque en Boston todo el mundo debía tener paragüero. O la alegre tetera amarilla de la cocina.

Ese día, después de haber visto a mi agresor, lo sentía de nuevo como un refugio y eso no me gustaba. No quería el refugio de Bobby. Quería uno propio.

Deseé estar de vuelta en Maine. Con *Boomer,* que realmente era mi perro, no «nuestro» perro. El trato era turnárnoslo, pero de momento la única que viajaba en el *ferry* era yo, porque mi horario me lo permitía. Pero eso se acabó.

—¿Qué pasa, nena? —me preguntó. Nena. ¡Pum!

—Estoy un poco distraída, nada más. Debería irme.

—Pero no me has contado cómo te va —protestó él, acercándose un poco—. Ya sabes, obviamente, que todavía siento algo por ti.

En ese momento, me llegó un mensaje de texto de Jake Ferriman.

El ferry se cancela por mal tiempo. Comprueba a las siete de la mañana si el servicio se ha restablecido.

—Mierda —murmuré.

—¿Qué pasa?

—Han cancelado mi *ferry.*

—Sí, hay previsión de lluvias fuertes. —Ladeó la cabeza—. Vamos a cenar. Puedes quedarte aquí esta noche, si quieres. —Extendió el brazo y me acarició la mejilla, y no, gracias, porque se parecía demasiado a lo sucedido el año anterior, cuando tenía la cara hinchada, magullada y dolorida. Cuando Bobby me cuidó. Me cuidó muy bien. Hasta que se cansó.

—No, gracias. —Me incliné para besar a mi perro en la cabeza—. Sé bueno, *Boomer.* Te echaré de menos. —Miré a Bobby—. Hasta pronto.

—¿Seguro que no quieres quedarte? —Me miró con tristeza.

—Seguro. Pero gracias.

Una vez en la calle Beacon, porque Bobby quería un apartamento en esa calle, aunque costara un riñón y mi antiguo apartamento fuera más grande, más bonito y más barato, le envié un mensaje de texto a Roseline y le dije que me quedaba a pasar la noche en la ciudad. Su respuesta:

¡Vente a mi casa cagando leches! ¡Qué alegría me has dado!

Roseline hizo por mí lo que yo habría hecho por ella. Me dio comida, vino, me prestó un pijama limpio y cómodo, y me invitó a darme un baño en la enorme bañera de su habitación de invitados. Su marido era un encanto, el tipo de hombre con el que se podía hablar de cualquier cosa, pero también sabía cuándo estaba de más.

No le dije a Roseline que había visto a Voldemort. Era absurdo.

Llamé a la clínica y les dije que estaba atrapada en Boston. Unos minutos después, Gloria me llamó y me dijo que ella sí había podido salir vía Portland, conduciendo por la costa, para poder ver al recién nacido de otra de sus hermanas.

—El doctor Larsen te cubrirá —dijo, refiriéndose al médico que se ocupaba de las urgencias nocturnas—. Le encanta hacerse el necesario. No te preocupes.

—¿Te lo has pasado bien con Slytherin? —le pregunté.

—Pues sí —me dijo—. Le di tres oportunidades para que adivinase dónde vivía y no dio ni una. Además, hemos tenido una pequeña discusión que ha sido muy graciosa.

—Supongo que luego hicisteis las paces.

—Ajá. Me envió un mensaje de texto hace una hora, pidiéndome que lo perdonara.

—Una característica importante en un hombre. —Esa era una de las cosas que tenía Bobby: conseguir que se disculpara era tan trabajoso como extraer médula ósea.

—Pásatelo bien con Roseline —me dijo—. Salúdala de mi parte.

No dormí bien. Claro que tampoco sufrí ningún ataque de pánico ni tuve pesadillas. Me pasé la noche pensando.

Por la mañana, la lluvia golpeaba con fuerza los cristales.

—¿Quieres que llame diciendo que no me encuentro bien? —me preguntó Roseline, que ya estaba vestida para irse al trabajo. Amir ya se había ido—. Podemos ir a algún museo, hacernos la pedicura, lo que te apetezca.

—No, no pasa nada —contesté—. En realidad, quiero pasarme por el hospital. Hoy operan a la hija de un amigo. Un tumor en la pituitaria. Síndrome de Cushing.

—Bueno, pues vámonos entonces, *chouchoute*. —La consulta de Rosie estaba justo al lado del Boston City.

De camino, recibí un mensaje de texto de Jake Ferriman diciéndome que volvía a la isla con lluvia o sin lluvia. Le respondí diciéndole que regresaría a la isla en el último, o que me iría a Portland y desde allí, a Scupper Island.

La diferencia entre el hospital más grande de Nueva Inglaterra y la clínica de la isla era abismal. La clínica podía ser tan silenciosa como un estudio de yoga. De hecho, la semana anterior me encontré a Amelia en su despacho, haciendo el loto y dormida como un tronco.

Pero me gustaba trabajar allí más de lo que creía. En Boston, veía más de doce pacientes al día en la consulta. Si tenía quirófano, podían ser seis o siete. Me encantaba mi especialidad, pero la clínica me ofrecía más variedad. Jimmy McNulty, que necesitó ocho puntos de sutura tras caerse de las barras colgantes del parque. Aaron James sufrió una intoxicación alimentaria —¡la fecha de caducidad está para algo, señoras y señores!—. Estaba tan deshidratado por los vómitos y la diarrea que lo dejé ingresado una noche. Yo me quedé con él, porque era viudo, aunque gay, así que por desgracia no era un candidato a padrastro. Como no tenía familia en la isla, me quedé a dormir en la clínica para comprobar su estado cada dos horas y poder charlar con él cuando empezara a sentirse mejor.

Además, quería mucho a mis compañeros de trabajo. Gloria y Timmy eran dos grandes enfermeros, que hasta el momento se habían mantenido firmes en todos los casos, incluso cuando llegó una paciente con un cuerpo extraño en sus partes íntimas... un frasco de perfume sobre el que era imposible que se hubiera sentado, tal como ella afirmaba. Buen intento. Durante mi época de residente había visto por lo menos diez o doce casos similares. Gloria y yo fuimos a ver una película al diminuto cine de la isla la otra noche y nos estuvimos riendo de forma inapropiada recordando el suceso durante los avances de los próximos estrenos.

En el Boston City, había más empleados que residentes en Scupper Island. Sonreí y saludé con la mano al personal que conocía. Me detuve para hablar un momento con Del, mi auxiliar de enfermería preferido, y después me dirigí a los quirófanos. Le enseñé mi identificación a la enfermera de guardia y le pregunté por Audrey. Al parecer, había entrado en quirófano hacía una hora. El doctor Einstein —con semejante apellido, daba mucha seguridad, y además era estupendo— era su cirujano.

—¿Te importa si entro para echar un vistazo? —le pregunté.

—Adelante —me contestó la enfermera.

Entré en el quirófano, alentada por la emoción de saberme entre bambalinas, algo que todavía seguía sucediéndome. Por motivos obvios, no podía entrar sin más, aunque eso fuera lo que hacían en *Anatomía de Grey*. Lo que sí había era una ventana y un intercomunicador. No veía a

Audrey porque estaba rodeada por tres cirujanos, el anestesista, dos enfermeras de quirófano y un auxiliar.

Pulsé el botón.

—Hola, doctor Einstein, soy Nora Stuart, la doctora que ha diagnosticado a Audrey. Solo quería saber cómo va.

—Va estupendamente —me aseguró él—. Las constantes vitales son fuertes y estables, y el tumor está bien localizado. —Lo que quería decir que no tendría que hurgarle mucho en el cerebro. Eran unas noticias estupendas.

—Se lo diré a sus padres. Muchas gracias. —Recé para que el resto de la operación fuera igual de bien y regresé al pasillo.

Sullivan estaba en la sala de espera, con los brazos cruzados por delante del pecho, el ceño fruncido y la vista clavada en el suelo, tenso a más no poder.

Estaba solo.

—Hola —lo saludé, pero él no alzó la vista.

Me acerqué y me senté a su lado.

—Hola —repetí.

Él se sobresaltó.

—¿Está bien? —me preguntó.

—Está muy bien —le respondí—. Acabo de hablar con el cirujano. Todo va estupendamente.

Él tragó saliva, asintió con la cabeza y se pasó una mano por los ojos.

—Creía que ibas a decirme... otra cosa. ¿Qué haces aquí?

—Cancelaron el *ferry* anoche, así que me he quedado a dormir en casa de una amiga. —Lo vi asentir con la cabeza—. Sully, sé que es muy difícil tener una hija en el quirófano, pero no es una operación complicada.

—Tampoco era un paseo por el parque, pero el porcentaje de éxito era muy alto.

—Cuéntamelo cuando sea tu hijo.

Sonreí.

—No quiero ni imaginármelo. —Eché un vistazo por la sala de espera. Vi a una mujer mayor con su hija, de mediana edad, y otra durmiendo en el sofá, con la boca abierta—. ¿Dónde está Amy?

Sullivan meneó la cabeza un poco.

—Ha tenido que regresar a casa. Rocco se ha resfriado. —Se miró las manos y apretó los dientes.

—Ya.

—De todas formas, no soporta los hospitales. Aquí no hacía nada, así que se ha ido esta mañana en el primer *ferry*.

—¿Por qué no soporta los hospitales? —quise saber.

—Porque yo pasé mucho tiempo ingresado en uno —respondió él.

Ay, Dios. Por supuesto.

Pero de todas formas... Su hija se encontraba en el quirófano, con anestesia general, mientras le extirpaban un tumor de una glándula del cerebro. Y Sully estaba solo.

Le toqué otra vez el brazo.

—Si quieres, me quedo contigo.

Me miró con esos ojos oscuros tan bonitos que se llenaron de nuevo de lágrimas. Asintió con la cabeza, el típico gesto yanqui, y clavó otra vez la vista en el suelo.

Qué narices. Busqué su mano y le di un apretón. Él me lo devolvió. Su mano era grande y estaba áspera por los callos.

No me soltó.

Capítulo 20

Me quedé con Sullivan las tres horas que duró la operación, y cuando el doctor Einstein salió para decirnos que estaba en la sala de recuperación y que las cosas habían salido «perfectamente», Sully se dio la vuelta y me dio un largo abrazo.

—¿Puedo verla? —preguntó al tiempo que se secaba los ojos con las palmas de las manos. Todas esas lágrimas por su hija... costaba la misma vida resistirse. El médico le dijo que por supuesto, pero que estaría adormilada.

—Volveré dentro de unas horas para ver cómo sigue —le dije—. Dale un beso de mi parte.

—Gracias —dijo Sullivan. Hizo ademán de añadir algo, pero luego cambió de idea y abandonó la sala de espera.

—Buen trabajo, por cierto —me dijo el doctor Einstein, mientras le sujetaba la puerta a Sully—. La mayoría de los médicos se habrían equivocado en el diagnóstico. —Me guiñó un ojo y acompañó a Sullivan por el pasillo.

Einstein me había dicho que yo era lista. A lo mejor debería tatuarme esas palabras.

Comprobé el móvil: tres mensajes de texto. Uno de Rosie, que me invitaba a quedarme con ella de nuevo; otro de Bobby, con una foto de *Boomer* en nuestra... bueno, en su cama; y el último de Poe:

> *¿Hoy es la operación de Audrey? dile buena suerte de mi parte y que la veo cuando vuelva a casa.*

Buena amiga, Poe, le contesté y también le dije que Audrey había salido bien y le pregunté si quería cenar conmigo al día siguiente.

Me contestó enseguida.

Ok, gracias.

Bajo ese aspecto duro y grosero, había una buena niña que quería salir a la luz, no me cabía la menor duda.

Claro que también pensé lo mismo de Lily, ¿no?

No. Tal vez fuera mi cinismo a aquella edad, pero nunca creí que hubiera una versión mejor de mi hermana. Murió cuando mi padre se fue.

El siguiente *ferry* no salía hasta las seis de la tarde. Llamé a mi consulta, les dije que estaba en la ciudad y les pregunté si me necesitaban.

—¿Quieres hacer dos colonoscopias? —me preguntó Ángela—. Waterman ha tenido una emergencia y me salvarías el culo. ¡Y a los pacientes! —Se echó a reír por la broma.

De modo que fui andando a nuestra clínica y charlé con los médicos, con las enfermeras y con Ángela, que era quien la dirigía, y también hice las colonoscopias, que no son tan espantosas como te imaginas, sobre todo por los fantásticos anestésicos que usamos. Extirpé un par de pólipos, los mandé al laboratorio e hice algo de papeleo.

A eso de las tres, me llamaron al móvil. Era Sullivan.

—Audrey me quiere echar un par de horas —me dijo—. No sé por qué, porque soy el mejor padre del mundo. —Oí una voz de fondo—. Quiere hablar contigo —siguió diciéndome.

—Hola —me saludó Audrey, con la voz como si tuviera un resfriado bien gordo.

—¡Hola, Audrey!

—Dios, papá, ¡esto está altísimo! Avísame la próxima vez, ¿quieres? Hola, Nora.

—¿Cómo te sientes, cariño?

—Con ganas de vomitar, pero me alegro muchísimo de que haya pasado ya. ¿Sabes cuándo empezaré a...? Ya sabes... a mejorar.

Sabía a lo que se refería. A cuándo empezaría a perder peso, a lo mejor a crecer un poco, a perder el vello extra y las marcas moradas. Al fin y al cabo, yo también había sido una adolescente regordeta.

—Bueno, tu endocrino debería poder decírtelo con más seguridad, pero dentro de un par de meses o así creo que ya empezarás a verte y a sentirte distinta.

—No veo el día.

Sonreí.

—Te entiendo.

—Bueno, la enfermera tiene que ayudarme a entrar en la ducha, pero mi padre no se va. Es como el perro más pesado del mundo. —Pronunció la última frase con esmero, era evidente que quería que su padre se enterase bien.

—Estoy en mi consulta al final de calle. ¿Quieres que me lo lleve un rato?

—¡Ay, Dios mío, sí! Sería estupendo. Papá, Nora va a venir para llevarte a dar un paseo. ¿Quieres dar un paseo, bonito? ¿Un paseo?

—Corta el rollo —protestó él, de fondo. Capté el deje risueño de su voz.

—Dile que estaré ahí dentro de un cuarto de hora —le dije—. ¿Necesitas algo?

—Voy servida. Gracias, Nora. ¡Eres la mejor!

El tiempo se había estabilizado, el sol brillaba y la lluvia se había alejado hacia el mar.

—Podemos dar una vuelta a la manzana y ya —dijo Sully, después de que lo sacara del hospital. Miró el edificio como si pudiera ver el interior de la habitación de Audrey.

—Le he dicho que te mantendría ocupado dos horas —repuse—. No me dejes por mentirosa delante de una niña. —Lo tomé del brazo y lo arrastré calle abajo. No fue fácil. Se comportaba como un niño enfurruñado de cuatro años, muy tieso.

—Dos horas fuera es muchísimo tiempo.

—Sully, tiene quince años. Quiere hacer pis y caca sin que su padre la esté oyendo desde la habitación de al lado. Quiere ducharse, ponerse el pijama y mensajearse con sus amigas. No le va a pasar nada.

—Pues yo no lo veo así. Debería estar a su lado. Está enferma.

—No, estaba enferma, ahora se está recuperando. Y, Dios, está contentísima, ¿a que sí?

Eso le arrancó una sonrisa. Después, se le llenaron los ojos de lágrimas.

—No me había dado cuenta de lo infeliz que era por... ya sabes. Por estar un poco regordeta.

Pese a lo poco que conocía a Audrey, diría que estaba protegiendo a su padre al ocultarle su desdicha. La admiración que sentía por ella aumentó. A su edad, yo declaraba mi desdicha a los cuatro vientos. Ni se me ocurrió ocultarla.

—Te quiere con locura —le dije—. Lo mejor que le puede pasar a una niña es tener a un padre con el que pueda contar siempre.

No, si parecía un meme de Facebook. Sentí que me ardía la cara y clavé la vista al frente. Sin embargo, Sully me dio un golpecito con el hombro.

—Gracias —me dijo con una sonrisa—. Ahora que me acuerdo, ¿has tenido suerte en tu búsqueda?

Meneé la cabeza.

—¿Cuánto tiempo ha pasado? —me preguntó.

—Más de veinte años.

—La madre del cordero.

El legendario tráfico de Boston empezaba a intensificarse, de modo que hablar con una persona con problemas auditivos era imposible. Paseamos en silencio un rato. Cuando llegamos a Thoreau Path, me di cuenta de que estaba volviendo a casa.

A mi antigua casa. A mi apartamento del North End.

—Oye, ¿adónde vamos? —quiso saber Sully, que me miraba fijamente para captar mi respuesta.

—Esto... no sé. Supongo que he puesto el piloto automático. —Apreté los puños, porque las manos me ardían—. ¿Quieres ver dónde viví durante un tiempo?

—Claro. Si quieres llevarme.

—No he vuelto desde que... desde que me fui.

Sully me tomó de la mano. No dijo nada.

—Muy bien —dije—. Vamos. —Valiente. Fuerte. Y, en esa ocasión, con un hombre que se había pasado la mañana mostrándose valiente y fuerte. Podía hacerlo.

No era el paseo más turístico: la sosa arquitectura de Boston, los conductores groseros, el ruido de los cláxones, la mole gris que era Boston Garden. Sin embargo, una vez que llegamos a North End, la cosa mejoró.

Enfilé mi calle, sin saber muy bien lo que estaba sintiendo. Nostalgia por la felicidad que experimenté en otra época, por la sencillez de mi vida en aquel entonces, cuando solo pensaba en el trabajo y en los amigos. Tyrese, el amable vigilante de seguridad que usaba un papel para sacar las arañas a la calle en vez de darles un pisotón.

—Aquí está —anuncié mientras me detenía delante del moderno edificio.

—Bonito.

—Lo era. Lo es.

—¿Quieres entrar? —me preguntó.

—Claro.

En ese momento, el corazón me latía muy deprisa. La última vez que pisé el vestíbulo fue aquel día y, de repente, me costaba mucho respirar. Sully me dio un apretón en la mano. Atravesamos las puertas del cristal y entramos en el fresco vestíbulo con el suelo de baldosas y el elegante recibidor.

Tyrese estaba sentado tras su escritorio. No daba crédito cuando me vio.

—¡Doctora Nora! ¡Dios mío! ¡Me alegro muchísimo de verla! —Se levantó y se acercó para abrazarme, casi aplastándome. Cuando me soltó, tenía los ojos llenos de lágrimas—. Está fantástica. ¡Qué alegría para la vista!

La última vez que me vio, yo llevaba el albornoz de Jim Amberson y olía a orina mientras los técnicos de emergencias me sacaban en camilla.

—Hola, Tyrese —lo saludé, con voz ronca—. Te presento a un amigo, Sullivan Fletcher.

—Me alegro mucho de conocerlo, amigo, me alegro mucho. —Tyrese le estrechó la mano a Sully con ganas—. Esta señorita... es la mejor.

Sullivan sonrió.

—Estábamos paseando por el barrio, Tyrese —le expliqué—. Se me ocurrió pasar a saludar. ¿Cómo están tus niñas?

—Estupendamente. Crecen muy deprisa. —Sonrió—. Me alegro mucho de verla, doctora.

—Yo también me alegro de verte. —Titubeé—. ¿Vive alguien en mi apartamento?

Tyrese hizo un leve gesto con la cabeza.

—Lo pintaron de nuevo y pusieron cámaras nuevas en el exterior, para que no pueda repetirse lo que pasó. Ahora vive una pareja. Son amables.

—Bien. Me encantaba el apartamento. —Inspiré hondo—. En fin, saluda a los Amberson de mi parte, ¿quieres?

—Lo haré. Cuídese, doctora. Cuídese mucho. —Me abrazó de nuevo, y Sully y yo nos fuimos.

—Volvamos al hospital —le dije.

Sully me miró un minuto entero y, después, asintió con la cabeza. Me volvió a tomar de la mano e hizo gala de una gran sensibilidad al no hacer el menor comentario sobre las lágrimas que me caían por la cara.

Cuando llegamos al vestíbulo del hospital, me acerqué a los ascensores con él.

—Voy a intentar volver en el *ferry* de las seis —le dije. Ya eran las cinco.

—Muy bien.

Un hombre parco en palabras. Nos bajamos en la planta de cirugía y fuimos a la habitación de Audrey.

—¡Hola, papá! —exclamó ella. Parecía más recuperada. Nadie mejora de la noche a la mañana después de una operación. En ese momento, tenía el pelo recogido en una coleta y la bandeja de la cena delante.

—Hola, cariño —la saludó él, al tiempo que se inclinaba para besarla en la frente.

—¿Cómo te sientes, Audrey? —le pregunté.

—Bien. De maravilla. —Sonrió de oreja a oreja.

—Poe te manda saludos y dice que te verá cuando vuelvas a casa. Audrey sonrió con más ganas.

—¡Lo sé! Me ha mandado un mensaje.

—A lo mejor podéis dormir en mi casa otra vez cuando te sientas mejor.

—¡Claro! ¡Sería estupendo! —El corazón me dio un vuelco por su entusiasmo. Quería a esa niña, no había duda.

—Muy bien, debería irme ya —dije—. Llámame si necesitas algo, ¿de acuerdo? Tú también, Sullivan.

Él asintió con la cabeza y me acompañó al pasillo.

—¿Quieres salir conmigo cuando volvamos a la isla y Audrey se sienta mejor?

—¿Te refieres a una cita de verdad?

—A una cita de verdad. —Esbozó una sonrisilla.

Todos los motivos por los que no debería salir con Sullivan Fletcher parecieron evaporarse. De repente, se me secó la boca.

—Muy bien. Sí. Claro. Ajá. —Inspiré hondo y me ordené tranquilizarme—. Ahora que te he dado cuatro respuestas afirmativas, creo que debería irme.

Su sonrisa se ensanchó.

—Adiós, Sully. Gracias por lo de hoy.

—Adiós, Nora. Y gracias a ti.

Sonreí durante todo el camino de vuelta al *ferry*. Y durante casi todo el camino hasta Maine.

Capítulo 21

El jueves siguiente, convencí a Gloria y a Xiaowen para que me acompañaran a la sesión de abrazoterapia. Esa mañana, vi un panfleto en la pastelería de Lala y estuve a punto de ahogarme con el café: «Abrazoterapia impartida por Sharon Stuart, TA. Todo el mundo es bienvenido. Solo abrazos, nada de toqueteos. 19:00». Supuse que TA era la abreviatura de «Terapeuta de abrazos». Debía de ser algo serio, porque coincidía con la hora de emisión de *La ruleta de la suerte*.

El pequeño proyecto de mi madre, del que se negaba a hablar conmigo, parecía estar floreciendo. Había tenido que mudarse al sótano de la iglesia católica Santa María del Mar, donde nos encontrábamos todos, a la espera de que acabaran de irse los adictos en fase de recuperación... aunque ni rastro de Luke.

Poe también había ido, aunque demostraba su sufrimiento con enormes suspiros y mordiéndose las uñas.

—¿Por qué estás aquí? —me preguntó—. Yo tengo que venir para recolectar el dinero, pero vosotras sois adultas libres. Deberíais estar por ahí bebiendo cócteles.

—Desde luego —murmuró Xiaowen—. Aunque, claro, el espectáculo, el esplendor de la abrazoterapia tira mucho.

—Tu madre ha encontrado un filón, salta a la vista —comentó Gloria—. Debe de haber treinta personas aquí.

Era cierto. No solo estaba Bob Dobbins en busca de emociones, sino también la señora Krazinski y la señora Downs, la de la cara de mala leche perpetua, y unos cuantos turistas, en busca de alguna actividad pintoresca.

Y Amy, que al parecer era una asidua, que me saludó con la mano, pero sin moverse del lugar que ocupaba en un lateral de la estancia. Sabía que Audrey ya había regresado a la isla. Sully la había llevado a la clínica para que le hiciera una revisión. Sully se había marchado con esa sonrisa torcida que me provocaba un hormigueo en mis partes femeninas y un mensaje de despedida: «Te llamaré pronto».

Me gustaba. Me gustaba mucho.

Mi madre pasó a mi lado y me miró con el ceño fruncido.

—¿Qué haces aquí? —masculló.

—Necesito un abrazo —contesté—. Además, la abrazoterapia es un cuento chino y deberías dejar de poner siglas al lado de tu nombre.

—Veinticinco dólares.

—Veo que alguien ha subido los precios.

—Los abrazos duran veinte segundos, así que me los gano. Y cierra el pico.

—Yo también te quiero.

Mi madre puso los ojos en blanco y dio una palmada.

—Muy bien. A ver, dejad de beber el café de Alcohólicos Anónimos y sentaos. Vamos a empezar. ¿Quién quiere ser el primero?

—¡Yo! —contestó Xiaowen al instante.

—¿Le has pagado a Poe?

—Sí. —Se acercó a mi madre y se detuvo delante de ella como si fuera una penitente.

Entretanto, yo saqué el monedero y, luego, un billete de veinte y otro de diez para dárselos a Poe.

—Tarifa familiar —susurré—. Nos cobran más. —Poe resopló.

—Muy bien, cielo —le dijo mi madre a Xiaowen—. Ven aquí. —Extendió los brazos y abrazó a mi amiga. Fue un abrazo largo y firme. Le acarició el pelo. Después, se apartó y dijo—: Eres una buena persona, Xiaowen.

Para mi sorpresa, mi amiga se limpió las lágrimas.

—Gracias, señora Stuart. —Volvió a mi lado—. Caray, tu madre hace magia de Hogwarts de la buena. La leche. —Sacó un pañuelo del bolso y se sonó la nariz.

Era el turno de Bob Dobbins.

—Eres un buen hombre, Bob —dijo mi madre, que se apartó de él después de los veinte segundos de rigor.

La siguiente era la señora Krazinski, y mi madre sonrió. Ese abrazo pareció más natural. Al fin y al cabo, eran viejas amigas y la señora Krazinski no intentaba restregarse contra mi madre como había hecho Bob.

Luego le tocó a Amy.

—Cariño, han sido unos días difíciles para ti —dijo mi madre—. Pero las cosas están mejorando. Aguanta. Eres una buena persona.

El siguiente era un turista, ataviado con unos pantalones cortos rosas con un estampado de ballenas y un polo blanco. Mi madre obró su magia con él, y el hombre le preguntó si podía hacerse un *selfie* con ella.

—Son cinco dólares más —contestó mi madre.

Me puse en la cola. Mi madre suspiró al verme.

—Soy una clienta y ya he pagado —le recordé.

—¿Estás tonta o qué? Muy bien. Ven aquí.

Me rodeó con sus brazos y me estrechó con fuerza.

Xiaowen tenía razón.

Había pasado mucho tiempo desde la última vez que recibí una muestra de afecto de su parte, que fue un beso breve en la mejilla. Estar entre sus brazos me resultó muy familiar: sus fuertes hombros, el olor de su champú, se me formó un nudo en la garganta mientras le devolvía el abrazo de forma titubeante.

—Eres una buena persona, Nora. Ahora, sal de aquí y déjame trabajar.

Ay, las madres. Regresé al lado de mis amigas con un subidón emocional.

—Gloria, ¿tú también quieres que te abrace?

—No, yo voy bien. Mi madre quiere que me mude otra vez a su útero, y tengo que despegarme de ella cada vez que llega la hora de despedirme.

—Pues vámonos a mi casa. Los cócteles nos esperan.

—Ojalá fuera una adulta —comentó Poe.

—Vamos a hacer una cosa —le dije—. Vente después, te preparé algo sin alcohol y podrás estar un rato con nosotras.

Su expresión se animó al instante, aunque debió de darse cuenta, porque no tardó en poner cara de aburrimiento otra vez.

—A lo mejor voy. Bueno.

Veinte minutos después, las tres mujeres más buenorras de Scupper Island estaban bebiendo mojitos preparados con la menta que yo misma había cultivado, sentadas en la azotea de mi casa y comiendo queso, galletas saladas y uvas. Había cortado flores y había añadido unos cuantos tallos de romero para que olieran más. El sol seguía brillante, y el aire era limpio y fresco.

—Noticias importantes, señoras —anuncié—. Tengo una cita pendiente con Sullivan Fletcher, aunque todavía no hay fecha decidida.

—¿Cuál de los dos es, por cierto? —preguntó Xiaowen.

—Tu compañero de laboratorio no, el otro.

—Es muy agradable —dijo Gloria—. Me gustan sus colmillos de vampiro.

Xiaowen se rio.

—Ahora mismo solo pienso en guarradas. En fin, Nora, ¿vas a tirártelo o qué?

Sentí que me ponía colorada.

—Solo es una cita. Es un hombre muy dulce.

—Pero su hermano es un volcán en erupción —añadió Xiaowen.

—Si no fuera un capullo y tal —apostillé yo.

—Sí, me cabrea cuando abren la boca y arruinan la fantasía —dijo ella—. Mi exprometido era también de esos. —Se puso triste—. ¿Qué le vamos a hacer?

—¿Por qué cortasteis? —quiso saber Gloria.

—Me puso los cuernos. A mí, ¿os lo podéis creer? A esto —añadió al tiempo que gesticulaba para señalarse.

—Qué idiota —dije. Extendí un brazo para darle un apretón en una mano. Me miró, agradecida—. ¿Quieres hablar del tema?

—No, por Dios. Gloria, ¿qué tal Slytherin?

—Creo que Slytherin y yo vamos a dar un paso más en nuestra relación —contestó ella.

—¿Quiere entrar en tu cámara secreta? —le pregunté.

—¿Lo del bolsillo era la varita o es que se alegró mucho de verte? —añadió Xiaowen.

—Ven aquí, preciosa, que voy a enseñarte mi *patronus*.

—Qué graciosas sois las dos —replicó Gloria—, parecéis dos adolescentes tontorronas. —Bebió un sorbo de mojito—. En realidad, jugamos una partidilla a *quidditch,* ya me entendéis... Por Dios. No me puedo creer que me lo estéis pegando.

—¿Atrapó tu *snitch* dorada o no? —le preguntamos Xiaowen y yo a la vez. Acto seguido, chocamos los cinco, riéndonos tontamente como las adolescentes que parecíamos.

—No exactamente. Todavía es pronto, ya sabéis. Pero le he dicho mi apellido y he decidido que voy a decirle dónde vivo.

—¿Hoy en día eso es llegar a primera base? —preguntó Xiaowen.

Gloria sonrió.

—Bueno, después de que mi primer novio resultara un acosador, para mí sí lo es. Pero Slytherin es un buen hombre. Incluso le he dicho que lo llamamos así, Slytherin, y le ha parecido fenomenal.

—Así que ha leído Harry Potter —comenté—. Menos mal que podemos marcar esa casilla. ¿A qué se dedica?

—Es médico en el Boston City —contestó Gloria.

—¡Ahí trabajaba yo! —exclamé—. ¿Cómo se llama? ¡A lo mejor lo conozco!

—Robert Byrne.

Tomé una honda bocanada de aire y, con ella, aspiré media hoja de menta, algo que no le gustó a mi garganta. Empecé a toser, porque me ahogaba.

—Hazle la maniobra de Heimlich —ordenó Xiaowen.

—Si puede toser, puede respirar —le explicó Gloria, que tenía razón, pero era difícil dársela, porque se me saltaron hasta las lágrimas.

Además, estaba saliendo con mi ex.

Conseguí sacarme la hoja de hierbabuena —qué finura, qué clase...— y, después, me limpié la mano en los pantalones.

—Robert Byrne —dije, resollando. Me limpié las lágrimas con una servilleta. Podría ser Robert Burn. O Burns, como el poeta—. ¿Es un médico de Urgencias? ¿Ojos azules, alto, vive en la calle Beacon?

—¡Ese es! ¡Así que lo conoces!

Respiré hondo.

—Salí con él. Eh... en realidad, cortamos justo antes de que yo me viniera a la isla.

Hubo un silencio. Los ojos de Xiaowen volaban de la una a la otra mientras sorbía por la pajita.

—Mierda —dijo Gloria.

—A ver, que no pasa nada, pero... ¿No lo sabías? ¿Él no sabía que tú y yo trabajábamos juntas? —¿Le había dicho yo a Bobby que trabajaba con una enfermera que se llamaba Gloria? No lo recordaba.

Gloria cerró los ojos.

—No he entrado en detalles con él. A ver, en serio, que no le dije cuál era mi apellido hasta el viernes. Sabe que soy enfermera, que vivo cerca de Portland y que mi familia vive en las cercanías de Boston.

—Supongo que él nunca me ha mencionado. Y tampoco ha mencionado a *Boomer*. —Hasta hacía poco tiempo, había una foto mía y de *Boomer* en el frigorífico.

—Me dijo... —Se interrumpió—. Me dijo que su exnovia se había llevado a su perro y que estaba pensando buscarse uno nuevo. El sábado fuimos juntos a la protectora de animales para ver cachorros.

—Compartimos a *Boomer* —dije—. Ahora mismo está con él. Con Bobby.

—Se llama Robert.

—¿Ah, sí? —Estaba enfadada, sí. No porque Gloria estuviera saliendo con él, sino porque él no le había hablado de mí.

¿Por qué me invitó a pasar la noche en su casa cuando cancelaron el *ferry*? Si no lo entendí mal, no estaba insinuando precisamente que él dormiría en el sofá. ¿Y sus afirmaciones de que todavía sentía algo por mí? ¿Sus insinuaciones de que quería volver conmigo?

Estaba claro que no le había hablado a Gloria de mí. Y no era por nada, pero la mía era una historia impresionante. Allanamiento de morada y agresión. Atropellada por Fumigaciones Beantown.

—Debería irme —dijo Gloria.

—No, no —repliqué de inmediato, consciente de que llevaba un rato en silencio—. Es que me has sorprendido, nada más.

—Creo que... creo que de todas formas me voy. Las dos tenemos mucho en lo que pensar, así que, eso. Lo siento.

—Tú no has hecho nada malo —repuse—. Nos vemos en el trabajo.

—Desde luego. —Parecía preocupada—. Claro. Gracias. Adiós, Xiaowen.

—Adiós.

Xiaowen esperó hasta que oímos que Gloria arrancaba su vehículo y después me sirvió otro mojito de la jarra.

—¿El mundo es un pañuelo?

—No le ha hablado de mí —dije.

—Sí, me he dado cuenta.

¿Era invisible o algo? Primero en el instituto. No, primero fue mi padre. Después el instituto y, luego, cuando Lily me permitía visitarla en Seattle y más de una persona decía: «¡No sabía que Lily tuviera una hermana!». Después, llegué a la isla y la mitad del pueblo me tomó por mi hermana, porque al parecer mi madre solo hablaba de esa hija en concreto.

Y, en ese momento, descubría que Bobby me había borrado de su vida. Y había dicho que yo me había quedado con el perro, cuando llevaba haciendo el pino con las orejas para llevar y traer a *Boomer* desde que me instalé en la isla.

Xiaowen sacó un iPad de su bolso.

—¿Cuál es su nombre completo? —me preguntó.

—Robert Kennedy Byrne —contesté de forma automática.

—Cómo no... —murmuró ella—. Qué original. —Tecleó algo—. Tachán. Aquí está. Ha subido una foto suya con Gloria.

Levantó el iPad y allí estaban, sonrientes, con gafas de sol, en Instagram, donde yo todavía no tenía cuenta.

—Gracias —murmuré.

—Bueno, ¿con quién estas cabreada? ¿Con él o con ella?

—En fin, sería más fácil si Gloria hubiera usado su nombre como los dos adultos que son —contesté, y después bebí un sorbo de mojito.

—Creo que fuimos nosotras las que le pusimos el apodo.

—Mierda. Tienes razón. —Respiré hondo y miré hacia la ensenada—. Xiaowen, este fin de semana me ha tirado los tejos. Me pidió que pasara la noche con él.

—¿Estás de coña o qué?

—No. —Cerré los ojos—. ¿Se lo digo?

—Ah, creo que él le debe unas cuantas explicaciones. Te apuesto lo que quieras a que lo ha llamado por teléfono y, ahora mismo, no está muy contenta tampoco. —Se puso en pie—. Arriba. Vamos a nadar.

—¿Por qué?

—Para que te libres del hedor de tu exnovio que te enturbia.

—El agua estará a doce grados.

—Tú has crecido aquí. Yo soy bióloga marina. Estoy segura de que sobreviviremos.

—¿Tienes bañador?

—No. ¿Me prestas uno?

—¿Que te quede bien? No. Si quieres uno que se te caiga y al que haya que anudarle los tirantes para evitarlo, sí.

Xiaowen tenía razón. Diez minutos después, caminábamos muertas de la risa por la pedregosa playa, hasta llegar al borde de la ensenada, donde una roca plana se internaba en el agua. Había marea alta, y el agua parecía negra y profunda.

—A la de tres —dijo Xiaowen mientas me tomaba de la mano—. ¡Uno, dos y tres!

Saltamos y el agua nos recibió con su fría dentellada. Emergí de inmediato con la piel enrojecida por el frío. Xiaowen se alejó buceando y, después, salió a la superficie. Su cabeza parecía la de una foca.

—¡Ostras, está helada sin el traje de neopreno! —exclamó, y yo me eché a reír.

Nuestras voces reverberaban en las rocas y ascendían hacia el cielo rojizo. Me sumergí de nuevo y el frío me rodeó la cabeza, pero era un dolor purificante que sosegaba mi furioso corazón. Ya había olvidado a Bobby. Que fuese un cerdo... En fin, ya lo sabía. Simplemente lo había pasado por alto, ¿verdad?

Allí estaba Poe, de pie, como si fuera el fantasma de Lily, en la roca desde la que Xiaowen y yo acabábamos de saltar.

—¿Nora? ¿Qué hacéis nadando? ¿Estáis locas?

—¡Vamos, Poe! —la animé.

—Ni hablar —replicó ella.

—¡No seas gallina! —gritó Xiaowen, aunque los dientes empezaban a castañetearle.

Nadé hasta el borde y trepé con cuidado, porque no quería resbalarme y acabar en el hospital por tercera vez en un año.

Poe extendió un brazo y me ayudó.

—¡Estás helada! —exclamó.

—Dale un abrazo a la tita Nora —dije al tiempo que la rodeaba con los brazos. Ella gritó y se apartó.

Llevaba unos pantalones cortos, un *top* ajustado y unas chanclas.

—Vamos, cobarde —le dije—. El agua está estupenda. Soy médico, no dejaré que mueras.

—Me tranquilizas mucho.

—Vamos. Vive un poco.

Me miró un instante.

—Eso es lo que dice mi madre.

Era la primera vez que mencionaba a mi hermana sin que yo la incitara a hacerlo. Se sacó el móvil del bolsillo y lo dejó en la roca.

—A la de tres —dije, imitando a Xiaowen. Y saltamos cogidas de la mano. Mi sobrina se aferraba a mi mano con fuerza cuando emergimos.

—¡Mierda, está helada! —protestó y, después, me hizo una ahogadilla. Le hice cosquillas antes de subir. A esas alturas, estaba completamente entumecida. A Poe se le había corrido el delineador y parecía un zombi, pero estaba muerta de la risa.

Sus carcajadas me envolvieron el corazón, y atesoré el momento mientras le daba un beso antes de devolverle la ahogadilla. Xiaowen nadó hasta nosotras y las tres nos reímos, chapoteamos, temblamos y nos reímos un poco más.

Casi había oscurecido del todo cuando salimos, tiritando de frío.

—Duchas calientes y cena en mi casa —dije—. Y podéis quedaros a dormir las dos. De hecho, insisto.

—Como si tuviera intención de regresar a Cape Elizabeth chorreando, vamos —replicó Xiaowen que entrelazó su brazo con el mío.

—Llamaré a la abuela —dijo Poe—. Seguramente le venga bien estar a solas después de haber dado todos esos abrazos.

Justo cuando llegamos al muelle algo me llamó la atención y miré hacia el bosque.

Allí, entre la oscuridad de los pinos, vi un brillante puntito anaranjado. Luke Fletcher, fumando.

Si creía que así me asustaba, estaba muy equivocado.

—¡Vete a casa, Luke! —grité—. Y búscate una vida, si no te importa.

Pero el brillante puntito anaranjado siguió donde estaba.

Capítulo 22

Querida Lily:
Te sorprenderías de lo bonita que está Scupper Island. Me muero
por verte en agosto. Mamá y Poe están estupendas. A Poe le encan-
ta mi perro. Seguro que a ti también te encantará. Es un buenazo.

Te quiere,
NORA

Fui a trabajar al día siguiente con el corazón contento, gracias a Xiaowen, a Poe y a las gélidas y purificadoras aguas de Maine. Sí, seguía furiosa con Bobby... o con Robert. Iba a recibir una llamadita de teléfono en cuanto me hubiera calmado un poco. Y también iba a recuperar a *Boomer* para siempre. A la mierda la custodia compartida.

Por irónico que pareciera, me cabreaba más que no hubiera mencionado a *Boomer*. Al cuerno con la mentira esa de que «mi novia estaba pirada, pero la quería». *Boomer* era puro amor. *Boomer* era perfecto. Si Bobby quería salir con Gloria, en fin, tenía muy buen gusto en cuanto a mujeres. Ella era lista, guapísima y graciosa. Y, no olvidemos, a Bobby le gustaba la caza, de modo que la reticencia de Gloria a contárselo todo seguro que había llamado su atención. De la misma manera que yo me negara a acostarme con él los primeros meses que salimos.

Pero *Boomer*... ¿qué clase de capullo no mencionaba a su fiel compañero por su nombre?

Saludé a la señora Behring, que se había sobrepuesto a la sorpresa de que yo me hubiera convertido en alguien de provecho y a quien incluso le caía un poco bien a esas alturas, sobre todo desde que le llevaba deliciosas y caseras, aunque nutritivas, galletas de avena todos los miércoles. Amelia se asomó por la puerta de su despacho.

—¡Hola, cariño! —exclamó. Debía reconocer una cosa: siempre estaba muy contenta. Y ese pintalabios mate... yo sería incapaz de ponérmelo.

—¿Cómo estás, Amelia?

—¡Maravillosamente! Cariño, entra un momento, si no te importa.

Entré en su despacho, que estaba amueblado con mucho gusto, con muebles elegantes y cómodos, y con un cuadro al óleo que solo eran pinceladas de color.

—¿Qué pasa? —le pregunté al tiempo que me sentaba.

—Cariño, ¿hasta cuándo piensas quedarte en nuestra bonita isla? ¿Hasta septiembre?

—Hasta mediados de agosto. Estaré aquí hasta que mi hermana vuelva.

—Está en la cárcel, ¿no?

Di un respingo. No sabía que Amelia estaba al tanto.

—Sí.

—¿Hay alguna forma de convencerte de que te quedes hasta Navidad? El médico que supuestamente debía venir en otoño nos ha abandonado, dejando a nuestra pequeña embarcación sin capitán en lo que sin duda será una estación tormentosa. Dado que durante los meses de temporada baja estaba todo más muerto que en un tanatorio, estaba segura de que exageraba un pelín.

—Lo siento, Amelia, mi excedencia acaba el 30 de agosto.

—Muy bien. Por supuesto, ¡tienes una carrera profesional fabulosa en Boston! Y muy bien por ti. De acuerdo, ¡pues sigue con lo tuyo!

—Gracias por preguntar de todas formas —le dije.

—Avísame si cambias de idea. ¡Eres una incorporación estupenda al equipo Ames!

—Amelia... —dije antes de poder morderme la lengua.

—¿Qué pasa, cariño?

—En fin, si no te molesta que me meta en el terreno personal...

—¡Al grano, cariño!

—¿Has pensado en recibir tratamiento?

—¿Para qué, cariño?

—Para tu alcoholismo.

Se le heló la sonrisa y la tristeza asomó a su cara. Clavó la vista en la mesa antes de mirarme de nuevo.

—He estado en tratamiento muchas veces. Esto es lo máximo que he conseguido. —Hizo una pausa—. Siento muchísimo cómo me comporté la noche de tu cena. Me avergonzó muchísimo vomitarle a ese hombre encima.

—Ah, no te preocupes por eso. Creo que metí la pata con... esto... la mantequilla. Pero me preocupas, Amelia.

Sonrió.

—Gracias. Eres muy amable.

—Si puedo ayudarte en algo...

—Gracias —repitió en voz baja, y sentí lástima por ella al mismo tiempo que un gran respeto. Bien sabía Dios que no era fácil ser alcohólico. Sobre todo, si en otro tiempo fuiste brillante y lo bastante lista para darte cuenta de lo que habías perdido. Se necesitaban muchas agallas para presentarse en la clínica todos los días, todo sonrisas, a sabiendas de que ya nunca podría practicar la medicina.

—Será mejor que me ponga a trabajar —le dije.

—¡Maravilloso! —exclamó, con la sonrisa en su sitio—. Avísame si necesitas algo.

—Gracias —le dije—. ¿Por qué no almorzamos juntas un día de esta semana?

—Me encantaría —contestó ella.

Fui a la zona principal de la clínica para ver qué se cocía.

—Diarrea explosiva en la consulta uno —me dijo Gloria al tiempo que me daba una carpeta.

—Buenos días a ti también —repliqué con una sonrisa.

—Buenos días. —No me devolvió la sonrisa.

La mía desapareció.

—Gloria, creo que deberíamos hablar, ¿no te parece? De Bobby...

—Robert y yo hemos estado hablando sin parar —dijo con retintín—. Creo que lo tengo todo claro.

En fin. Cerré la boca.

—Muy bien. Oye, no, no está nada bien. Creo que debería decirte unas cuantas cosas.

—No es necesario. Pero te lo agradezco igualmente. —Se dio media vuelta y se alejó.

Mensaje recibido. Aunque no era lo que me esperaba.

Entré en la consulta uno y me puse manos a la obra. Era explosiva, sí. La pobre mujer había comido langosta medio cruda, y dicha langosta quiso salir deprisa de su cuerpo.

Dado que Gloria llevaba allí más tiempo y porque yo, básicamente, estaba contratada de forma temporal, ella siempre catalogaba los casos. Si ella podía encargarse de lo básico, como hacer un frotis en caso de una infección de garganta por estreptococos, lo hacía y luego me lo decía. Si el día estaba tranquilo, yo me pasaba por allí a charlar un rato. Si los síntomas del paciente eran más complicados, me asignaba el caso o lo llevábamos juntas.

Ese día, en cambio, yo los recibí todos. Y fue un día muy ajetreado.

Insolación de un adolescente al que no le gustaba la protección solar; un niño de siete años con un esguince de tobillo; una inyección de vitamina B para una anciana; el diagnóstico de mononucleosis y una receta para anticonceptivos para una joven camarera, acompañado de un sermón acerca de la necesidad de usar condones. Dos puntos en la barbilla para un niño que se había caído de la bici.

—Problemas para andar —masculló Gloria—. Consulta cuatro.

—Entendido. —Entré en la sala de consultas, donde encontré a un anciano bastante desaseado sentado en una silla. Ernest Banks, decía la documentación. El nombre no me sonaba. Exudaba el inconfundible olor de alguien que no se lavaba con regularidad y tenía la barba y el pelo grasientos.

—Hola, señor Banks, soy Nora Stuart. —Le tendí la mano y él me la estrechó. Sus ojos azules parecían algo confundidos—. ¿Qué problema lo trae por aquí?

—Me duele al andar.

Me lavé las manos y le hice unas cuantas preguntas acerca de su situación: ¿Vivía solo? (sí); ¿comía de forma regular? (sí, me contestó, pero su delgadez me decía otra cosa); ¿tenía problemas de salud? (no... pero ¿era otra mentira?).

Sus zapatos estaban muy desgastados y los calcetines, grises y húmedos. Se los quité despacio, con mucho cuidado, y me di cuenta de que hacía una mueca de dolor.

Era bastante común que las personas mayores se descuidaran los pies. A veces, costaba llegar a los dedos, y bañarse o ducharse podía suponer un peligro que no estaban dispuestos a correr.

Pero... madre del amor hermoso. Los pies del señor Banks eran los peores que había visto en la vida. Tenía las uñas tan largas que se le habían curvado y se le clavaban en las plantas de los pies hinchados.

Y el olor... Allí había una infección, que supuraba pus verde.

—Vamos a cuidarlo muy bien, señor Banks —le dije, mirándolo con una sonrisa—. Creo que podemos conseguir que se sienta mucho mejor. Espere un momento mientras voy a por lo que necesito.

Gloria no estaba por ninguna parte. Lo que el señor Banks necesitaba era una ducha, una pedicura médica, antibióticos orales y una crema antibiótica para los pies.

—¿Dónde está Gloria? —le pregunté a la señora Behring.

—Ha salido para un almuerzo tardío.

—Estupendo... —Llamé a la puerta de Amelia—. ¿Puedes echarme una mano, Amelia? Tenemos a un anciano que necesita ayuda.

Durante la hora siguiente, Amelia y yo hicimos el trabajo que nunca habría hecho en un hospital de una gran ciudad. Pusimos los pies del señor Banks en remojo con una mezcla de agua caliente y agua oxigenada, y le corté las uñas poco a poco. Las tenía gruesas y duras, más como las garras de un animal que como las uñas de un ser humano. La clínica contaba con duchas, de modo que lo llevamos allí, lo desnudamos despacio, capa a capa, y lo enjabonamos unas cuantas veces. Tenía cortes y magulladuras, y estaba extremadamente delgado.

Lo vestimos con ropa de quirófano, le pusimos una inyección de vitamina B12 y antibióticos, le envolvimos los pies con gasas y lo acostamos en una de las camas.

—Señor Banks —le dijo Amelia—, voy a pedirle que se quede unos días.

—No tengo dinero —replicó él.

—No le hace falta —le aseguró Amelia—. Es nuestro invitado. No le vamos a cobrar nada.

—Supongo que entonces está bien —dijo él, con el alivio reflejado en la cara.

—¿Tiene hambre? —le pregunté.

—Un poco —contestó, aunque se le iluminaron los ojos.

—Ya me encargo yo —dijo Amelia—. Es lo menos que puedo hacer, Nora, y tú tienes más pacientes. El señor Banks y yo vamos a conocernos un poco mejor. —Lo miró con una sonrisa amable.

—Muy bien —dije—. Dentro de un rato, volveré para ver cómo sigue, señor Banks. Póngase cómodo.

El anciano me sonrió, con muchísimo mejor aspecto que cuando entró en la clínica.

Tenía la sensación de que el corazón no me cabía en el pecho. ¡Pobrecillo! Tendríamos que llamar a Asuntos Sociales para que inspeccionaran su casa y evaluaran hasta qué punto era mala su situación.

El buen rollito duró poco.

—Absceso perianal en la consulta dos —anunció Gloria, a la vuelta de su descanso—. Inflamadísimo.

Muy bien. Me estaba mandando un mensaje, no cabía la menor duda. Con un suspiro, fui a ver a mi siguiente paciente y me preparé para drenar pus.

Conseguí no decir nada más sobre Robert Kennedy Byrne durante lo que quedaba de día. No me había mandado ningún mensaje, ni de texto ni de correo electrónico, ni me había llamado, el muy cobarde.

Si Gloria no quería hablar, allá ella.

Cambió de idea.

A las 17:07, entró en mi despacho y cerró la puerta.

—Hola —la saludé.

—Estoy al tanto de todo —me dijo al tiempo que se sentaba.

—Antes de empezar —repliqué—, deja que te diga algo. Me caes muy bien y no quiero que esto sea un problema. Bobby no me dijo que estaba saliendo con alguien, así que me sorprendió. El mundo es un pañuelo y esas cosas. Pero tú y yo somos compañeras de trabajo y también amigas. No me gustaría que eso cambiara.

—Pues ya ha cambiado —repuso—. Me lo ha contado todo.

—¿En serio? —Lo dudaba mucho, la verdad.

—Hablamos mucho de nuestros ex —me aseguró—. Es una de las cosas que más nos ha unido. Robert me lo contó todo sobre ti, aunque no usó tu nombre.

¿En serio? ¿Nunca pronunció mi nombre? ¿Y eso no le resultó raro? Además, tanto insistir con el Robert me estaba mosqueando, lo mismo que esa ceja levantada con gesto de sabelotodo.

—Qué curioso —le dije—. Nunca oí a nadie llamarlo Robert, ni siquiera a su madre. —No replicó—. Bueno, ¿de qué quieres hablar, Gloria?

—No puedo creerme lo poco sincera que has sido conmigo.

—¿Yo? Yo no he sido poco sincera.

—Nunca me dijiste que cortaste con él de buenas a primeras, rompiéndole el corazón.

Resoplé.

—¿Eso es lo que te ha dicho?

—Le diste la patada cuando estaba pasando por un mal momento y te mudaste aquí con tu madre.

—Muy bien, en primer lugar, estoy segura de que era yo la que estaba pasando por un mal momento, ya que dicho mal momento no era otra cosa que el hecho de que me hubiera atropellado una furgoneta que me dejó inconsciente, con unas cuantas fracturas y dislocaciones. También fue un palo despertarme en urgencias y verlo coquetear con...

—Me dijo que te llevaste a su perro...

—*Boomer* es mi perro.

—... y antes de eso, me contó lo mucho que cambiaste después de que empezarais a salir y que acabaste siendo tan neurótica, que acabaste tan deprimida, que estuviste en observación por riesgo de suicidio, y que luego, cuando él estaba pasando por una fase de estrés, le diste la patada.

Tomé una lenta y honda bocanada de aire.

—Nunca he tenido tendencias suicidas. Por el amor de Dios, no tengo ni idea de dónde se ha sacado eso. En cuanto a su estrés... —Levanté las manos para indicar mi impotencia—. Es la primera noticia que tengo. ¿Te gustaría oír la otra versión de nuestra relación? Porque parece que Bobby se ha dejado muchas cosas en el tintero.

—No —contestó—. Estoy bien así. —Se cruzó de brazos y se echó hacia atrás en la silla, desafiándome a contradecir cualquier cosa de las que ella creía.

—Pues muy bien —repliqué—. Cree lo que te dé la gana y buena suerte con él.

—No necesito suerte. Robert y yo solo nos conocemos desde hace un mes, sí, pero ya sé que él es el elegido. Ya me ha dicho que me quiere.

—Aunque todavía no sabe tu apellido ni dónde vives.

—Ya sí lo sabe. —Ladeó la cabeza.

Mierda. Tenía que intentarlo. Los mandamientos de solidaridad femenina lo ordenaban.

—Gloria, el sábado me pidió que pasara la noche con él. Y no me pareció que estuviera dispuesto a dormir en el sofá.

—Sí, claro, seguro. Me contó lo que pasó, me dijo que te presentaste en su casa y le preguntaste si podías quedarte y le dijiste que lo seguías queriendo...

Esa sabandija mentirosa y cobarde.

—Muy bien, se acabó la conversación.

—Me encantaría que pudiéramos seguir trabajando juntas —me dijo—. Sería una pena que tuvieras que irte. Claro que, de todas formas, volverás pronto a Boston.

Tras decir eso, se levantó y se fue.

Me quedé allí sentada, con las orejas coloradas por la rabia, arrepintiéndome de todo lo bueno que había pensado sobre Gloria. Allá ella si quería tener una venda en los ojos, si se empeñaba en ponérsela.

Estuve a punto de llamar a Xiaowen, pero me lo pensé mejor. Al fin y al cabo, ellas también eran amigas. En cambio, abrí la página de Facebook de Gloria.

La noche anterior había subido quince fotos de Bobby y ella. Su estado oficial había cambiado de «soltera» a «tiene una relación con Robert K. Byrne, médico».

Solo Bobby era tan capullo de abrirse un perfil en Facebook y poner que era médico.

Había llegado el momento de llamarlo. Saltó el buzón de voz. Cobarde.

—Hola, soy la patética ex que te rompió el corazón y que estuvo a punto de suicidarse y que también te suplicó que volvieras con ella. Te llamo para decirte que recogeré a *Boomer* el viernes y que se acabó lo de la custodia compartida. Y también para decirte que eres un mentiroso de mierda.

Después, colgué y llamé a Poe para preguntarle si estaba libre para cenar esa noche y si le importaba que Audrey cenara con nosotras. «Cuando sientas lástima por ti misma», decía mi madre, «haz algo bonito por otra persona».

Al hilo de ese pensamiento, recorrí el pasillo para entrar en la habitación del señor Banks. Amelia se había ido hasta el día siguiente, de modo que estaba solo, dormido, con expresión plácida. Comprobé su historial: Amelia ya había llamado a Asuntos Sociales y también había comido bien.

Me acerqué al cabecero de la cama y tiré de la manta para cubrirle los hombros.

Que yo supiera, ese hombre bien podía estar en la misma situación que mi padre. Podría estar solo, sobreviviendo a duras penas, enfermo y sucio.

Se me llenaron los ojos de lágrimas. Si mi padre seguía dando tumbos por el mundo, lo acogería en mi casa. Dejaría que viviera conmigo y me aseguraría de que supiera que alguien lo quería.

Ojalá lo supiera con certeza. Ojalá pudiera encontrarlo.

Audrey llegó andando desde los astilleros y Poe fue en bici a la casa flotante. Preparé una preciosa ensalada con vieiras y dejé que las dos me contaran lo que habían hecho ese día. Audrey había lavado a presión tres embarcaciones; Poe había dormido hasta el mediodía.

—¿Te has buscado un trabajo para el verano, cariño? —le pregunté.

—No —contestó—. La abuela me dijo que tendría que buscarme algo y he echado la solicitud en cuatro sitios, pero nadie me ha llamado.

—Puedes trabajar en los astilleros —dijo Audrey.

—¿Haciendo qué?

—Lo que haga falta. Limpiar las embarcaciones, barnizar cubiertas, vaciar los tigres...

—¿Eso qué es?

—Ya sabes, vaciar las letrinas.

—Qué asco.

—¿Me lo dices o me lo cuentas? —Sonrió.

Habían pasado diez días desde su operación y ya tenía mejor aspecto, parecía más sana, menos cansada. Tenía un ligero bronceado por estar trabajando al aire libre.

—¿Crees que podría hacerlo? —le preguntó Poe—. Me encantaría salir de casa.

—Se lo preguntaré a mi padre, pero sí. —Comió un poco más—. Por cierto, me encanta tu camiseta. ¿Qué quiere decir eso que tiene escrito?

La camiseta de Poe era un *top* cortito con unas palabras en francés, escritas en cursiva.

—«La cabeza llena de estrellas» —le explicó.

—Es monísima. ¿La has hecho tú?

Poe asintió con la cabeza.

—¿La has hecho tú? —le pregunté.

—La abuela me ha estado enseñando a coser.

—Tienes que unirte al club de costura en otoño —le dijo Audrey—. Nos lo pasamos muy bien y tenemos unas máquinas de coser estupendas y todo.

—No sé tanto —protestó Poe.

—Tranquila, para eso está el club. Yo he aprendido mucho. Puedo enseñarte. Mi madre cose muy bien.

—¿Por qué no vives con ella? —le preguntó Poe, y contuve un respingo. Claro que yo también quería enterarme.

—Se casó y tuvo otro hijo —contestó Audrey—. Yo no le caía muy bien a su marido.

—Qué capullo —dijo Poe.

—¿A quién no le vas a caer bien? —protesté, indignada—. Tengo que darle la razón a Poe. Un capullo.

Audrey se encogió de hombros, un poco colorada.

—En fin, el asunto es que me vine a vivir con mi padre para siempre. Pero también paso mucho tiempo con mi madre. Rocco es estupendo. A ver, que también es asqueroso. Es un niño, vamos. Se pasa todo el día, todos los días, haciendo chistes de pedos, y sigue sin saber mear sin ponerlo todo perdido. Me alegro de no tener que compartir cuarto de baño con él. Y mi madre se divorció del capullo.

—Eres la leche, Audrey —le dijo Poe—. Es que no te despeinas por nada.

—Es fachada todo —replicó ella, tras lo cual se llevó un poco de ensalada a la boca—. A veces, solo finjo que todo me parece bien porque ya sabes cómo son las cosas. Si demuestras debilidad, las crueles del instituto atacan.

—Si alguien te dice algo, me buscas. Doy mucho miedo —dijo Poe.

Audrey se echó a reír.

—Muchísimo. —Las dos se echaron a reír por una broma entre ellas que a mí se me escapaba. Al fin y al cabo, Poe me seguía dando mucho miedo en ocasiones.

Me levanté para hacer café... Bueno, la verdad es que lo hice para que las niñas pudieran hablar sin la tía petarda al lado. Supuestamente, yo tenía vida social propia.

Miré el móvil y, ¡milagro!, mi vida social me estaba esperando. Sullivan Fletcher.

¿Estás libre para cenar el sábado?

Me puse muy colorada. Tenía el móvil en silencio, así que ya había pasado la media hora de rigor para no parecer ansiosa.

Claro. ¿Qué tienes en mente?

Los puntos suspensivos expectantes aparecieron en la pantalla.

En mi casa. Audrey estará con Amy. ¿A las 7?

Conté hasta sesenta —de verdad, el mundo de las citas se había vuelto loco— y le contesté.

Me parece bien. Gracias.

Había quedado para cenar con Sullivan Fletcher.
 Tenía que ponerme al día con la cuchilla de afeitar, estaba claro.

Capítulo 23

La cita con Sullivan estuvo condenada al fracaso antes de empezar.

Un consejo para navegantes: no intentes que una relación sexual salve lo que claramente es una catástrofe sin remedio.

Lo primero que salió mal fue que mi madre insistía en afirmar que yo había quedado en cenar con ella esa noche. Algo de lo más ridículo, por supuesto, porque todavía no me había invitado a cenar ni una sola noche —y tampoco yo quería que lo hiciera dadas sus habilidades culinarias o, más bien, la ausencia de dichas habilidades.

—Nora, dijiste que vendrías y Poe está ilusionada. —Su voz era áspera como una lija. *Piolín* chilló para apoyar a su amada.

—Mamá, tengo planes.

—Sí. Con nosotras. He preparado jamón.

Oooh... jamón. Cargado de delicioso sodio y de colesterol. Claro que mi madre lo cocinaría hasta dejarlo seco del todo.

—Lo siento mucho —mentí.

—No me he pasado todo el día en la cocina para que ahora vengas a decirme que tienes otra cosa mejor que hacer, Nora Louise.

Mierda. Había usado mi nombre completo.

—Muy bien, muy bien, déjame hacer una llamada. —Guardé silencio—. ¿Puedo llevar a alguien?

—Sí. —Colgó, enfadada conmigo por no recordar una invitación que no me había llegado.

Si Sully aceptaba, podríamos comer en casa de mi madre, un proceso que de todas formas no duraría más de diecisiete minutos, marcharnos, dar un agradable paseo, tomarnos una copa en su casa y, después, ver adónde nos llevaban las cosas. A lo mejor incluso acabábamos en la cama. A ver... que no éramos niños. Y una vez descartado todo pensamiento de ofrecerle una segunda oportunidad a Bobby, ¿por qué no?

Bobby. Siseé al recordarlo. Robert, mejor dicho, seguía sin llamarme, y el día anterior, cuando fui en *ferry* a Boston, descubrí que estaba trabajando, qué oportuno. Mi perro me esperaba, moviendo el rabo. Había una nota encima de la mesa que decía: «Por favor, deja tu llave».

Algo que hice encantada de la vida. También me llevé la tetera, anda que no, y supongo que eso me otorgaba una pinta un tanto rara: el bolso, el perro y una tetera amarilla de Le Creuset con la que me golpeaba en la pierna a cada furioso paso que daba.

Gloria podía quedárselo enterito.

De hecho, ella era quien más me había decepcionado. Una esperaba que los hombres fueran superficiales, egoístas y todo lo demás, pero cuando una mujer hacía el tonto de esa manera, siempre resultaba sorprendente. Aunque, a esas alturas, solo hacía unos meses que conocía a Xiaowen, estaba segurísima de que ella no reaccionaría como lo había hecho Gloria. ¿Y Roseline? Ni de coña. Nunca se le pasaría por la cabeza darme la espalda, ni aunque la apuntaran con una pistola.

En fin, lo mismo daba. Llamé a Sullivan.

—Hola —lo saludé—. A mi madre se le ha metido en la cabeza que acepté una invitación para cenar esta noche en su casa y se ha enfadado porque se me ha olvidado, aunque, en realidad, no llegó a invitarme. ¿Te importa si cenamos allí?

—Me parece bien —contestó—. Todavía no he empezado a cocinar siquiera.

—Estupendo, fenomenal. Gracias.

—¿A qué hora te recojo?

—A las cinco —respondí—. Ya sabes cómo son los mayores. Les gusta comer temprano. —Mi madre me pegaría una patada si supiera que la había llamado «mayor»—. Oye, ¿y si voy andando hasta los astilleros? Así puedo ver a Poe en acción.

Porque, efectivamente, Sully le había dado trabajo. Audrey le envió la noche anterior un mensaje de texto mientras estaba con Poe en mi casa, y esa misma mañana mi sobrina había empezado a trabajar.

En fin, la invitación imaginaria de mi madre fue el primer mazazo.

El segundo fue Luke Fletcher, ese hijo de puta, tal como iba a empezar a llamarlo.

Me puse un bonito vestido amarillo de verano con unas sandalias de cuña de corcho, que resultaron no ser la mejor elección para recorrer un camino de arena de kilómetro y medio de largo. El sudor me empapaba la espalda y, de repente, sentí que todos los mosquitos de Maine habían recibido un mensaje de texto con mi localización.

Empecé a dar manotazos para apartarlos e intenté andar más rápido, lo que hizo que sintiera una molestia en un talón que presagiaba la aparición de una rozadura. Supuse que podría quitarme las sandalias, pero la arena estaba caliente.

¡Mierda! Se me posó un bicho en el pelo, que tenía todo encrespado, y decidió quedarse allí. Un bicho enorme. Intenté quitármelo, parecía una libélula, y... ¡uf! Acabé partiéndolo por la mitad.

—Me encanta —dije mientras me quitaba el resto del bicho—. Me encanta, de verdad. Lo siento, libélula. —Por supuesto, tenía que ser un insecto precioso, no un asqueroso mosquito chupasangre.

Cuando por fin llegué a los astilleros, estaba sudorosa, con el pelo hecho un desastre, me picaba todo el cuerpo y cojeaba. Respiré hondo varias veces e intenté proyectar serenidad y elegancia. Al no conseguirlo, esbocé una sonrisa y decidí fingir hasta que pareciera verdad.

Allí estaba Audrey, lijando la cubierta de un velero en el dique seco, a unos seis metros por encima de mi cabeza.

—¡Hola! —grité para saludarla.

—¡Hola!

—Señorita, tómeselo con calma —le recomendé—. Recuerda que acabas de operarte.

—Acabo de llegar —replicó ella—. Mi padre me ha dicho que puedo trabajar media hora.

Otra cabeza se asomó por la cubierta.

—Hola, Nora —dijo Poe, sonriendo.

¡Sonriendo!

—¡Hola, cariño! —la saludé—. ¿Cómo va tu primer día?

—Fenomenal. Audrey sabe llevar el timón, ¿lo sabías?

—Lo sospechaba. Me han dicho que esta noche cenamos en casa de la abuela.

—Ajá —repuso ella, imitando a mi madre. Audrey y yo soltamos una carcajada.

—¿Qué haces aquí? —me preguntó alguien que estaba detrás de mí. Me volví.

—Hola, Luke —dije—. Estoy aquí porque voy a cenar con Sully. Y con mi sobrina.

El sol le había aclarado el pelo en algunas zonas y tenía muy buen aspecto. Bronceado y delgado.

—Ya. Tu sobrina trabaja aquí. —Se rascó un brazo con gesto distraído—. Es una muchacha muy guapa.

—Es menor de edad —le recordé para dejar las cosas claras.

—En Maine, la edad de consentimiento legal es a los dieciséis años.

Le clavé el índice en la nuez antes siquiera de ser consciente de que me había movido. Oí el satisfactorio sonido que brotó de su garganta, como si se estuviera ahogando, mientras retrocedía un paso.

—Como le pongas un dedo encima, te descuartizo, Luke Fletcher —mascullé.

—Era una broma —replicó él con dificultad para hablar.

—Yo no bromeo. Ni se te ocurra mirarla.

—Hola. ¿Qué pasa? —Era Sullivan.

Me di media vuelta para asegurarme de que oía todo lo que yo decía.

—Tu hermano acaba de hacer una supuesta broma sobre la edad de consentimiento sexual en Maine en relación con mi sobrina.

Sully lo agarró por la pechera de la camisa y lo zarandeó.

—Luke, te mato. Y lo digo en serio.

Luke levantó las manos.

—¡Venga ya, hermano! ¿Me crees capaz de algo así? Solo estaba intentando cabrear aquí a la doctora Presumida. Era una broma. ¡Por Dios!

—No se hacen bromas sobre sexo con una adolescente, gilipollas. —Sully lo apartó de un empujón—. Recoge tus cosas. Te largas de aquí.

—Sully, venga ya. Ha sido de mal gusto, lo reconozco. Lo siento. Lo siento, Nora. Nunca haría algo así. En serio. Lo siento muchísimo. —Me miró con gesto arrepentido.

—¿Os estáis peleando? —gritó Audrey.

—Estamos discutiendo de forma acalorada —contestó Luke, que la miró con una sonrisa.

—No metas la pata, tío Luke —replicó ella con el ceño fruncido.

—Eso intento. Te tengo a ti como modelo a seguir.

Audrey sonrió y, después, murmuró algo a Poe.

—Sully, ¿puedo quedarme? —preguntó Luke—. Te juro por Dios que nunca he tocado a una mujer de menos de veinticinco años. Veintitrés creo que era la más joven. —Guardó silencio—. No tengo ningún sitio adonde ir. No me dejas quedarme con mamá, y aquí no tengo sueldo.

—Estás pagando lo que robaste.

—Sí. A lo que voy es que me beneficia estar cerca de ti, hacer este trabajo tan duro, porque me ayuda a mantenerme limpio. Vamos, hermano. Ha sido una estupidez decir algo así y me arrepiento mucho.

Casi lo creí.

Sully respiró hondo.

—Hablaremos mañana.

—Muy bien. Gracias, que os lo paséis bien. —Sonrió, pero atisbé una acritud en sus ojos que no me gustó. Sostuvo mi mirada un minuto más, bajó la barbilla y, después, se marchó hacia el interior de uno de los edificios.

—¿Es una persona estable? —pregunté sin rodeos—. ¿Está sobrio? ¿No consume drogas?

—Que yo sepa, está limpio —contestó Sullivan—. Lo siento mucho, Nora. Le gusta cabrear a la gente y se le da muy bien.

—¿Tendrá Poe problemas si sigue aquí?

—¿Cómo dices?

Pronuncié las palabras con más severidad de la que pretendía, dado el tema que estábamos tratando.

—¡Que si Poe tendrá problemas si sigue aquí!

—No. Yo me encargaré de que no le pase nada. No hace falta que grites. Solo pronuncia despacio, ¿de acuerdo?

—Sí. De acuerdo. Lo siento.

Sullivan se pasó una mano por el pelo oscuro y, por un instante, vi el audífono.

—La verdad, no creo que haya traspasado nunca ese límite. Luke tiene... un problema contigo. Te guarda rencor.

—Sí, bueno, pues que lo supere.

—Sí. Tendrá que hacerlo. Sobre todo, si lo nuestro avanza.

Sus palabras me tomaron por sorpresa y me atravesaron el corazón de forma casi dolorosa.

—Señor Fletcher, tiene usted un piquito de oro, pero todavía está por ver si «lo nuestro» existe. Primero, tienes que sobrevivir a una cena en casa de mi madre.

Mi madre nos saludó con un:

—Llegáis tarde.

Después, le ordenó a Poe que subiera para ducharse.

—¿Qué has estado haciendo hoy, Nora? Estás sudando como si fueras un caballo de carreras.

—Gracias, mamá. Me alegro de que hayamos dejado eso claro. —*Piolín* chilló y, después, se abalanzó sobre mi cabeza—. Sullivan, este es *Piolín*, la mascota de mi madre.

—Qué mono —replicó él.

—Espero que te guste el jamón —dijo mi madre.

El pájaro se abalanzó de nuevo sobre mí y me agaché.

—Mamá, por Dios. ¿No puedes meterlo en una jaula?

—Es un pájaro bueno. ¿Verdad que sí, *Piolincito*? Ven aquí. —Extendió un dedo y el pájaro se posó sobre él—. ¿Le das un besito a mamá?

—Mamá, por favor. La gripe aviar. Histoplasmosis. Criptococosis.

—¿De qué estás hablando? No está enfermo, ¿verdad que no, chiquitín? —Lo besó en el pico. *Piolín* chilló y, después, voló hacia algún lugar desconocido, seguramente para adorar a Satán.

Miré a Sullivan.

«Lo siento», le dije moviendo los labios, pero sin hablar en voz alta.

—Así que ¿estás saliendo con mi hija? —le preguntó mi madre.

—Todavía no —respondió él.

—Y estás sordo, ¿no es así?

—Más o menos.

—¿Te ganas bien la vida en los astilleros?

—Ajá —contestó Sully. Cabía la posibilidad de que mi madre hubiera encontrado la horma de su zapato en el arte de la conversación.

—Mamá, por favor —dije—. ¿Podemos sentarnos ya a comer jamón?

—Ve a ver cómo está —me ordenó ella—. Creo que necesita unos minutos más.

—Ya viene cocinado, no sé si lo sabes. Solo tienes que calentarlo.

—Nora, haz lo que te digo. Quiero hablar un momento a solas con Sullivan.

—Qué divertido, ¿verdad? —le dije a él al tiempo que le daba un apretón en un brazo. Sully me sonrió, y sentí una repentina atracción.

A lo mejor podíamos salvar lo que quedaba de día. Me rasqué una picadura de mosquito mientras obedecía a mi madre. Abrí la puerta del horno. El jamón olía bien, sí, y mi madre le había puesto rodajas de piña con guindas en los agujeros, de manera que el jamón parecía tener pezones que sobresalían de forma extraña. En la bandeja inferior había una cama de patatas que se estaban poniendo duras. Mi madre nunca las envolvía en papel de aluminio ni las rociaba con aceite de oliva como hacía yo. Tampoco usaba mantequilla.

En fin. Cerré la puerta del horno.

A su manera, mi madre estaba intentando hacer algo. Normalmente, solo preparaba jamón en Navidad.

—Me muero de hambre —dijo Poe cuando entró en la cocina con el pelo azul mojado.

—Cariño, quería decirte una cosa. Me alegro mucho de que hayas conseguido trabajo en los astilleros. Pero Luke Fletcher... Mantén las distancias con él, ¿de acuerdo?

—¿Porque es un drogadicto que puede corromper mi alma pura?

—Exacto. Y porque también puede ser un viejo verde.

—Qué asco.

—Eso mismo.

—Le daré una patada en los huevos si es necesario. —Me demostró cómo lo hacía—. ¡Toma, hijo de puta!

—Esa boca, esa boca. Estamos en casa de la abuela. Pero sí. Así se hace, cariño. Estoy orgullosa de ti.

Para mi sorpresa, se le llenaron los ojos de lágrimas. Apartó la vista, avergonzada, e hizo ademán de salir de la cocina. La agarré de un brazo y la insté a darse media vuelta para mirarla.

—Estoy orgullosa de ti —repetí—. Por supuesto que lo estoy.

Ella me abrazó con fuerza durante un buen rato.

Fue un momento precioso. Mi esquelética sobrina, toda brazos y piernas, con esa piel tan suave y su dulce olor. El amor me inundó el corazón hasta rebosar. Por eso había ido a la isla. Por eso había regresado.

Y, después, olí otra cosa que no era el champú de Poe.

Algo que olía mal. Algo inconfundible.

Plumas quemadas.

—¡Por el amor de Dios, no, no! —susurré al tiempo que soltaba a mi sobrina.

—¿Qué? —preguntó ella.

—Chitón. Creo que... Mmm... —Abrí la puerta del horno.

Allí estaba *Piolín*. Muerto. Con las patitas levantadas y dobladas contra el pecho, al lado de la última patata de la derecha.

Cerré la puerta de golpe.

—¡Mierda! ¿Ese es *Piolín*? —preguntó Poe, tapándose la boca. Por horrible que pareciera, se echó a reír—. Odio a ese bicho.

—¿Qué hacemos? —masculé.

—¿Cerrar el pico?

—Demasiado tarde. Ve a por Sully. ¡Y no dejes que la abuela entre en la cocina!

—Nora —dijo mi madre—. ¿Qué estás haciendo? ¿A qué huele?

—¡A nada! Es que... Mmm... Es que se me ha caído una cosa en el quemador —grité—. Vete —susurré al tiempo que empujaba un poco a Poe.

—Abuela —dijo ella—. He sacado un notable en el trabajo. ¿Quieres verlo? Señor Fletcher, ¿por qué no... ayuda a... Nora? Ayude a Nora. Necesita... ayuda. —A esas alturas, esa mala pécora estaba muerta de la risa.

—¿Por qué? —quiso saber mi madre—. ¿Se ha cargado mi jamón?

«No, me he cargado a tu mascota».

—He pensado que Sully podía ayudar a poner la mesa —contesté.

Y allí estaba mi madre, en el vano de la puerta de la cocina. Me coloqué delante del horno como si estuviera escondiendo dentro a Edward Snowden.

—¡Hola! —dije con alegría—. ¿Qué pasa?

—Nora, Sullivan es nuestro invitado. No podemos pedirle que nos ayude.

—Mamá, sube a ver el trabajo de Poe, ¿de acuerdo?

Me miró con el ceño fruncido, pero por suerte, se fue escaleras arriba. El olor era más evidente a esas alturas.

—¿Con qué necesitas ayuda? —me preguntó Sully.

Abrí la puerta del horno para que lo viera.

—Eso es... ¡Ay, Dios!

—Debe de haberse metido cuando he abierto la puerta para ver cómo iba el jamón.

Mi madre gritó desde arriba:

—¡Nora, huele que apesta! ¿Qué estás haciendo?

—¡Me he quemado la manga un poco, pero no pasa nada!

—¿Qué quieres que haga? —me preguntó Sully.

—Sácalo —masculé al tiempo que le ofrecía un par de manoplas de horno—. Lo odiaba vivo, pero muerto me tiene acojonada.

Sully metió las manos. ¡Ay, pobre *Piolín*! Se estaba tostando y sus plumas amarillas estaban ya marrones. Si esto fuera *Aventura en pelotas,* se lo comerían. Cerré los ojos.

—¿Vamos a decírselo a tu madre?

—¿Estás de broma? ¡No! ¿Puedes tirarlo en el bosque o algo así?

Me miró con el ceño fruncido.

—Nora... ¿No merece *Piolín* un entierro cristiano?

—No tiene gracia.

—Tiene mucha gracia.

—Sácalo de aquí y ya. —Menos mal que Sully sabía leer los labios, porque en casa de mi madre se oía todo.

—¿Tienes una caja o algo? ¿Una fiambrera?

—¡No! Tíralo en el bosque.

—Pero se lo comerán los zorros.

Recordé todas las ocasiones en las que *Piolín* me había picado o había atacado a mi perro.

—Sullivan, es el ciclo de la vida, vete. —Miré de reojo a *Piolín*—. Lo siento.

—Rezaré una oración mientras lo tiro por ahí —dijo Sully.

—No te molestes. Satán ya lo ha reclamado. —Pero Sully ya se había dado media vuelta, así que no me oyó.

Fui al fregadero para lavarme las manos, porque aunque no había tocado al pájaro ni nada... ¡Puaj! Sullivan hizo lo mismo cuando regresó. Tiré las manoplas del horno a la basura y me lavé las manos de nuevo. Después, espolvoreé nuez moscada en la alfombra del fregadero para disimular el mal olor.

—Este jamón no huele normal —comentó mi madre mientras bajaba la escalera.

Por Dios. Íbamos a comernos el jamón. ¿Y si *Piolín* lo había tocado? ¿Por qué le había enseñado mi madre a ese dichoso pájaro a comer comida humana?

Subí la temperatura del horno con disimulo a 240. Eso mataría cualquier bacteria que hubiera.

—Muy bien, ¿a qué estamos esperando? Nora, Poe, sentaos. Sullivan, vamos. —La obedecimos. Sully se sentó enfrente de mí con una sonrisa, y yo intenté devolvérsela.

—¿Dónde está *Piolín*? —preguntó mi madre y Poe se echó a reír, aunque disimuló fingiendo que se ahogaba. La miré con los ojos entrecerrados—. ¡*Piolín*! —gritó mi madre—. ¡La cena! Vamos, *Piolincito*. ¿Dónde está?

—¿En el infierno? —sugirió Poe en voz baja.

Sullivan contuvo una sonrisa, pero sus hombros se agitaron por la risa.

—Parad —susurré mientras mi madre registraba el despacho.

—¡*Piolín*, chiquitín!

—No te oye —canturreó Poe en voz baja y Sullivan se llevó la servilleta a los ojos para limpiarse las lágrimas, porque se estaba partiendo de la risa. Poe sonrió al ver la reacción de la audiencia.

—Mamá —la llamé con tirantez—. *Piolín* estará descansando.

—El descanso eterno de la muerte —susurró Poe—. Ha dejado este mundo cruel, y ahora está libre de sufrimiento y dolor.

—Calla, Poe —masculló—. ¡Mamá! Vamos. Tenemos un invitado.

—Le encanta comer conmigo —replicó mi madre—. Ya lo sabes.

—Bueno, pues eso no es sano. —Sobre todo porque la descomposición habría empezado—. Vamos a comer y ya está.

—Muy bien —murmuró mi madre—. ¡Por Dios, Nora! ¿Te has cargado el jamón? Has quemado la piña. ¿Qué has hecho?

—¡Lo siento! ¿Sabes qué? —dije al tiempo que me ponía de pie—. ¡Salgamos a cenar a algún sitio!

—No pienso despreciar un buen jamón. Sully, hazme un favor y corta las partes quemadas, ¿te parece?

—Soy vegetariana —anunció Poe—. Se me ha olvidado decírtelo. —Mi madre dejó en la mesa el cuenco con las patatas—. Y ya no como hidratos de carbono.

—¿Qué te pasa esta noche? —le preguntó mi madre—. Cómete la cena y déjate de tonterías de dietas.

Y así fue como disfrutamos de una cena consistente en jamón correoso, patatas duras como piedras y judías verdes tan cocidas que habían perdido el color y parecían puré en la boca.

—Nora, ya que has invitado a Sullivan a cenar, ¿te parece bien buscar un hueco para quedar conmigo esta semana? ¿Para poder hablar?

—¡Ah! Claro —contesté. Estaba pensando en *Piolín* y los zorros. Scupper Island contaba con una enorme población de zorros, así que Sullivan tenía razón. Aunque odiaba a ese pájaro, me estremecí al pensar que le dieran un bocado en la cabeza—. Disculpadme un momento —dije—. Tengo una llamada. Puede ser una urgencia. Sully, ¿puedes...? ¿Me acompañas?

—¿Por qué? No es médico —señaló Poe.

—Es... Claro.

—Nora, atiende la llamada, pero vuelve pronto. Apenas has probado bocado. ¡*Piolín*! ¡*Piolín,* hay judías verdes! ¿Dónde narices se ha metido ese pájaro?

Dios. Me levanté de la mesa y salí por la puerta trasera. No sabía dónde había tirado Sully a *Piolín,* pero había una pala en la parte trasera de la casa. La levanté y busqué plumas chamuscadas. Miré debajo de unos cuantos árboles. Nada. *Piolín* no apareció por ningún lado.

Muy bien. Tendría que buscarlo después de cenar. El bosque era demasiado extenso y no se me ocurría dónde podía haber dejado Sully el cuerpo. Se lo preguntaría, él respondería y, a lo mejor, Poe enterraba al pobre *Piolín* si yo le pagaba. Mucho.

Iba de vuelta hacia la casa cuando vi algo que se me abalanzaba sobre la cabeza. De forma instintiva, me defendí con la pala y lo golpeé, como si fuera Big Papi, el jugador de béisbol, enviando la pelota por encima del Monstruo Verde del estadio de Fenway.

Era *Piolín.*

La madre que me parió.

Había matado a *Piolín* dos veces en una noche. Estaba tumbado en el suelo con las alas extendidas y las plumas chamuscadas. Agitó un ala. Y juraría que volvió la cabeza para mirarme con expresión acusadora. A lo mejor podía curarlo si solo tenía las alas rotas. Ponerle un cabestrillo diminuto o algo así. No. Estaba muerto. No se le movía el pecho.

Mierda.

—¿Nora? —Mi madre estaba en el vano de la puerta—. ¿Ese es...? ¡Ay, *Piolín*!

—Mamá, lo siento mucho. —La culpa hizo que me pusiera a sudar de repente por todo el cuerpo—. Lo siento muchísimo.

—¿Qué ha pasado? —preguntó mi madre.

—Se ha abalanzado sobre mí y...

—Y se ha estrellado contra la ventana —dijo Poe a voz en grito—. ¡Lo he visto! ¡Qué pena, abuela!

Mi madre se quedó donde estaba, con la cara muy blanca. Después, se encogió de hombros.

—Ah, en fin. Era viejo. Me alegro de que no haya sufrido. Gracias por enterrarlo por mí, Nora. Es un detalle.

Y, con esas palabras, regresó al interior. Poe le dio unas palmaditas en el hombro cuando pasó a su lado y después me miró con los ojos desorbitados.

—¡Matapájaros! —susurró.

—No tiene gracia —protesté. A ver, que sí, que algún día la tendría. Dentro de treinta o cuarenta años.

Sully salió.

—Creo que me he perdido algo —dijo.

—Aquí Lázaro, que ha intentado atacarme.

—No lo culpo.

—Y lo he golpeado con la pala.

—Así que no deberíamos tener pájaro, ¿eso es lo que estás insinuando? —Me quitó la pala y recogió al pobre animal—. ¿Quieres comprobar si tiene pulso o algo?

—No. Esta vez está tieso. Lo siento, *Piolín* —dije.

—Vuelve dentro —sugirió Sullivan—. Yo me encargo de esto.

No hubo postre, por supuesto. Mi madre me recordó que fuera a verla alguna noche de esa semana, rechazó mi ayuda para limpiarlo todo y me dijo que me fuera.

—Mamá, siento lo de *Piolín*. Sé que lo querías.

—Bueno. Las mascotas mueren. ¿Qué le vamos a hacer?

Intenté darle un abrazo, como el que ella me dio aquella noche en la iglesia de Santa María del Mar.

—Sí, Nora, de acuerdo, no nos pongamos histéricas —dijo ella mientras se apartaba—. Nos vemos, Sullivan. Sé bueno con mi niña.

Y no dijo más. Nos despedimos de Poe, que estaba de muy buen humor, algo raro, y nos subimos a la camioneta de Sully. Como tenía que mirar la carretera y no podía mirarme la cara, hicimos el trayecto de diez minutos hasta el pueblo en silencio.

No dejaba de ver el pobre cuerpecito chamuscado de *Piolín* en el suelo.

—Ha sido divertido —comentó Sully mientras aparcaba en el estrecho camino de acceso a su casa, que era pequeña, pero monísima. Un bungaló reformado, de dos plantas, con las tejas grises como tenía que ser y las contraventanas blancas. Una valla blanca con unos cuantos *liliums* florecidos y un poco de hierba. En el porche había dos macetas cuajadas de flores moradas.

Teeny Fletcher estaba en el porche, con los brazos cruzados por delante del pecho.

—Hola, mamá —la saludó Sullivan.

—Ah, no, ni hablar —le soltó ella—. Nada de saludos. Lukie me ha dicho que ibas a salir con esta. —«Lukie». Muy mal lo llevaba si a los treinta y cinco años su madre lo seguía llamando así.

—He salido con esta, sí —replicó Sullivan—. De hecho, aquí estamos.

—Hola, Teeny —la saludé.

—No vas a salir con mi hijo —dijo la mujer.

—Pues parece que eso es lo que estoy haciendo —dije—. Fíjese usted.

—Te lo tienes muy creído, ¿a que sí? La doctora que se cree mejor que los demás.

—Hace una noche preciosa, ¿no le parece? —le pregunté.

Sullivan suspiró.

—Mamá, vete a casa, ¿quieres? Soy lo bastante mayor como para elegir a mi...

—¿Y qué pasa con Amy? ¿Qué opina ella de todo esto?

Sullivan se acercó a su madre, le rodeó los hombros con un brazo y la invitó a bajar los escalones.

—Buenas noches, mamá. Ya hablaremos.

—¡No te mereces a mi hijo! —exclamó la mujer al pasar a mi lado.

—Nos vemos por el pueblo —le dije.

Ella me hizo una peineta mientras se subía a su automóvil.

—Qué mujer más cariñosa —comenté cuando Sullivan se acercó a mí.

—Lo siento. Pasa y ponte cómoda. Buscaré algo para beber.

—Que sea fuerte —dije, pero él ya me había dado la espala. Tendría que acostumbrarme a esta forma de hablar. O no. Tampoco pensaba quedarme mucho tiempo en la isla.

A lo mejor podíamos tener una relación a distancia. Ya veríamos cómo iba la cosa.

Me gustó la casa de Sully nada más entrar. La puerta principal daba acceso a una estancia muy amplia con un sofá cómodo y desgastado por el uso, situado delante del mueble de la tele. Me imaginé a Sully y a Audrey allí sentados, viendo un partido o alguna película. También había un sillón grande y una alfombra beis y roja; una estantería con libros de bolsillo y DVD. Y doce o trece fotos de Audrey. De Audrey con Sullivan. De Audrey con Amy e incluso de los tres juntos.

Y una de Audrey con Luke bastante reciente. Del verano anterior, quizá. Audrey parecía tener el mismo aspecto y llevaba pantalones cortos y una camisa sin mangas. Estaban luchando con pistolas de agua, riéndose mientras la luz del sol arrancaba arcoíris a los chorros de agua.

Así que Luke quería a su sobrina. Y ella le correspondía. Era reconfortante saberlo.

Sully llegó con dos copas de vino blanco.

—De momento, ha sido una cita un poco desastrosa —comentó mientras se sentaba a mi lado.

Asentí con la cabeza.

—No te lo discuto. —Bebí un buen trago de vino—. Me gusta tu casa.

—Gracias.

—¿Cómo está Audrey? ¿Se siente bien? ¿Algún problema?

—Está fenomenal. Ya lo has visto.

Asentí con la cabeza. Intenté buscar algo que decir. Pero no se me ocurrió nada.

Igual que a él. Nos miramos al mismo tiempo, sonriendo de forma contrita y apartamos la mirada.

Matar un pájaro parecía cortar el rollo por completo.

Sullivan respiró hondo.

—Bueno.

—Eso.

—Me han dicho que esa enfermera está saliendo con tu ex.

Di un respingo y el vino se me derramó sobre el vestido porque, a ver, ¿por qué no?

—Uf. ¿Te has enterado? Pues sí, es cierto. Se conocieron en un Starbucks cerca de la terminal del *ferry* de Boston.

—Lo siento. No te oigo si no me miras.

—Mierda. Perdona. —Lo miré a la cara y repetí lo que había dicho antes.

—El mundo es un pañuelo —repuso él—. Y ¿cómo lo llevas?

—Bien —mentí—. A ver... supongo que bien. No creo que él haya sido completamente sincero con ella. Mejor dicho, sé que no ha sido sincero con ella. Le mintió sobre mí y a ella le da igual, y en estas circunstancias es cuando detestas ser mujer, porque los hombres parece que afrontáis estas cosas mucho mejor.

Sullivan asintió con la cabeza.

Yo también lo hice.

—¿Quieres que lo hagamos? —le pregunté, porque era evidente que esa noche la conversación no era lo nuestro.

Él se echó a reír y sentí un hormigueo en la barriga, un agradable destello de deseo. Nos inclinamos hacia delante a la vez para soltar las copas en la mesa y nos golpeamos las cabezas. Con fuerza.

—¡Ay! —exclamó él. Lo que necesitaba el pobre. Otra lesión cerebral cortesía de la casa.

—Forma parte de mi ritual erótico —le dije—. Podrías ser mi siguiente *Piolín*.

—Por cierto, cuéntame qué le ha pasado a ese pájaro.

—Lo golpeé con la pala. Y volviendo a lo que te preguntaba antes, de hacerlo y tal, ¿qué te parece?

Esa no era la forma en la que yo solía hacer esas cosas. Nada más lejos de mi intención que alardear, normalmente rebosaba dulzura.

Fantástico, fantástico. Sully se estaba inclinando hacia mí. Me tomó la cara entre las manos y me miró la boca un segundo, observándola con atención. El corazón me dio un vuelco y empezó a estremecerse como... en fin, como *Piolín* moribundo.

Solté una carcajada justo cuando Sully me besaba y me aparté.

—Lo siento. Lo siento. Inténtalo de nuevo.

Lo hizo. Y no besaba mal. Yo tampoco besaba mal, en mi opinión, pero no había chispa. Sus labios eran suaves y me enterró las manos en el pelo, un error porque algunos mechones se le enredaron en los dedos al instante como si fueran la hiedra malévola de algún cuento de hadas.

—¡Ay! —exclamé cuando intentó mover la mano.

—Lo siento.

—No, es mi pelo. Está vivo, es el mal encarnado. A ver... —Me aparté un poco y le ayudé a liberar la mano.

Al final, conseguimos llegar al dormitorio poniéndole mucho empeño. No entraré en detalles. Técnicamente, hubo sexo. Y no fue espantoso. Hubo algunos momentos en los que... conectamos. Pero no fue... Eso mismo.

Después, nos resultó difícil establecer contacto visual y, por desgracia, el contacto visual era necesario para hablar con ese hombre. Me incorporé sobre un codo y fui valiente.

—¿Te he hecho daño? —le pregunté.

Él se echó a reír. Por lo menos, teníamos eso. Le pasé la mano por el pelo y, sin querer, le arranqué el audífono. Estaba claro que no era nuestra noche.

Suspiré mientras le devolvía el aparato y dije:

—A lo mejor solo deberíamos ser amigos. Ya sabes, como me voy en agosto y eso... no sé.

Él me tocó la punta de la nariz con un dedo.

—No has estado tan mal —me dijo.

—Tú tampoco. A lo mejor deberíamos dejar nuestros trabajos y dedicarnos a diseñar tarjetas de san Valentín. —Lo besé en la mejilla—. ¿Amigos?

—Claro.

—Sullivan Fletcher, eres buena persona.

Media hora después, estaba en mi casa flotante. Me duché, me puse el pijama y me acurruqué con *Boomer* en el sofá. Después, le envié un mensaje de texto a Sully para agradecerle de nuevo que se hubiera hecho cargo de sacar al pájaro de la casa, que se hubiera comido la cena de mi madre y que lo hubiera hecho conmigo.

Él me respondió dándome las gracias por soportar a su madre y disculpándose por lo de su hermano.

«Nos vemos», fue su despedida.

No era lo que esperaba ni lo que deseaba. No había sido una noche maravillosa exactamente.

De todas formas, me resultó difícil conciliar el sueño. Hubo unos cuantos momentos en la cama con Sully... en fin, en los que había tenido la impresión de que podía pasar algo especial con él.

—Te vas dentro de seis semanas —me recordé—. Es mejor así.

El problema era que no me lo parecía.

Capítulo 24

Unos días después de la cita que no pudo ser, Poe vino a mi casa después del trabajo para cenar.

Solo llevaba una semana trabajando, pero ya tenía un poco de color, a pesar de embadurnarse con protección total para protegerse la piel de alabastro. Esa noche, no dejaba de hablar de lo estupenda que era Audrey, de todas las cosas que sabía Audrey: colocar trampas para langostas, mareas, tormentas y todo lo que sabían los niños isleños.

—Quiere que me quede a dormir en su casa un día de esta semana —dijo—. Para que podamos hacer carteles y cosas así para la carrera esa de «Sal a correr, sé fuerte».

Pensé en la casita tan mona de Sully, en la estabilidad de la que Audrey disfrutaba. Aunque sus padres estaban divorciados, era evidente que Amy tenía un papel preponderante en la vida de su hija, y si bien yo no tenía muy buena opinión de Luke y de Teeny, ambos querían a Audrey. En cuanto a Sullivan, me apostaría un pulmón a que no había mejor padre sobre la faz de la tierra.

Me pregunté si había hecho algunas de las cosas que mi padre hizo con Lily y conmigo. Los descensos en bici a medianoche por Eastman Hill, los baños en primavera, el desafío de la cueva.

Ojalá que no. El trabajo de un padre era conseguir que sus hijos se sintieran a salvo.

Poe no conocía a su padre. Solo tenía a Lily y a una abuela que le hacía una visita anual de rigor... y a una tía que había aceptado un «no» con demasiada facilidad.

—Me parece estupendo —repliqué, saliendo de mi ensimismamiento—. Bueno... ¿quieres quedarte a dormir en su casa?

Poe se encogió de hombros.

—Supongo. Sí, quiero hacerlo. Siempre ve el lado positivo de todas las cosas. A ver, que no se agobia por nada, pero tampoco es una idiota.

—Hizo una pausa—. Por cierto, no soy lesbiana, por si te lo estabas preguntando.

—Pues no, pero no pasaría nada si lo fueras —le aseguré.

—Todo el mundo cree que lo soy por el pelo, los tatuajes y todo lo demás. Pero creo que soy hetero. Solo que... todavía no me apetece.

—Todavía no has cumplido los dieciséis. Ese «todavía no» es una idea muy madura.

—¿Tuviste muchos novios? —me preguntó al tiempo que pinchaba un trozo de espárrago. Había preparado una cena supersana esa noche: ensalada de quinoa con espárragos, garbanzos, pimientos rojos, pepinos y salmón. Una tarta nos esperaba en la encimera como recompensa.

—No salí con nadie en el instituto. En aquel entonces tenía el atractivo y la energía de un montón de ropa de deporte sucia.

Poe resopló.

—Pero en la universidad, claro que sí.

—¿Eran agradables?

—Pues sí. —Bebí un sorbo de agua—. ¿Tu madre sale con muchos hombres?

Poe tardó un minuto entero en contestar.

—Sí. Había uno nuevo cada poco, aunque fingiera que solo eran amigos.

—¿Qué te parecía que lo hiciera? —le pregunté.

Se encogió de hombros.

—No me importaba. A ver, siempre había gente cerca. Casi siempre teníamos a alguien que se quedaba con nosotras, o nosotras nos quedábamos en casa de alguien. Normalmente, en la de uno de los novios de mamá. —Pinchó un garbanzo con el tenedor—. He vivido más tiempo seguido en casa de la abuela que en cualquier otro sitio.

El corazón se me encogió. Me moría por decirle que podía quedarse en Scupper Island todo el tiempo que quisiera. Quería agarrar a mi hermana y sacudirla con fuerza, decirle que los niños necesitaban estabilidad, constancia y poder confiar en los adultos de sus vidas, y también quería gritarle que en qué narices estaba pensando mientras hacía desfilar a tantos hombres por la vida de Poe.

En otro tiempo, le había hecho algunas sugerencias muy sutiles. Cuando Poe era un bebé, le sugerí que tal vez necesitara dormir más y menos comida basura.

—¿Cuántos niños has criado? —me preguntó Lily, con expresión hosca y gélida.

No me permitió verlas al día siguiente, y me vi obligada a deambular por Seattle, sola, sintiéndome inútil y furiosa.

Le ofrecí dinero a mi hermana, dárselo o prestárselo, pagarle el alquiler, comprarle cosas a Poe. La única respuesta que obtuve fue un «no nos hace falta».

—¿Quieres ayudarme a buscarle novio a la abuela? —le pregunté, y Poe hizo una mueca y sonrió al mismo tiempo.

—¿En serio? Qué asco. ¿Por qué quieres hacerlo?

—Me preocupa. Ha estado sola mucho tiempo. —Y tanto Poe como yo nos iríamos en breve—. Vamos —le dije, al tiempo que me ponía en pie y recogía los platos—. Me he registrado en una página de citas. Estoy haciendo una purga de candidatos antes de presentárselos.

—Me dijo que creía que estabas haciendo de casamentera —confesó Poe, mientras metía su vaso en el lavavajillas—. Cuando lo de la cena aquella, por ejemplo.

—Pues sí. No salió muy bien. Pero alguien atropelló un ciervo.

—¿Qué te pasa con los animales? *Boomer,* yo que tú tendría mucho cuidado, bonito. —Se agachó para rascarle detrás de las orejas. Era la primera vez que le decía algo distinto de «perro».

Limpié la mesa y luego saqué el portátil. Poe se sirvió un trozo de tarta de arándanos, sin azúcar, muy sana, menos por la manteca de cerdo que había usado para la masa, y se sentó a mi lado.

Se me formó un nudo en la garganta de repente. Iba a echarla de menos. Lily saldría de la cárcel al cabo de algo más de un mes. La cuenta atrás de mi tiempo con Poe había empezado y el verano, que al principio se me antojó muy largo, pasaba junto a mí como un río a toda prisa.

Sin embargo, Poe ya era mayor, ya me conocía, así que mantendría el contacto.

Al menos, esperaba que lo hiciera.

—Muy bien —dije tras carraspear—. Allá vamos. —Pinché en la página de las citas y fui al perfil que le había creado a mi madre. La había llamado SuperMainesa en el perfil público.

—Divorciada —leyó Poe en voz alta—, de sesenta y pocos, me gustan los animales... Bueno, le gustaban hasta que te cargaste al suyo... También me gusta la lectura y la satisfacción de un duro día de trabajo. Soy una persona sencilla, honesta y directa. Atractiva y con buen físico. Gran sentido del humor. —Poe me miró—. ¿Sentido del humor? ¿La abuela?

—Es lo que hay que decir —repliqué.

—Bueno, ¿quién ha picado? —me preguntó.

—¡Vamos a verlo! Tres personas. ¡Yuju! —Pinché en el primero: Servus—. «¡Hola, SuperMainesa!» —leí en voz alta—: «Parece que controlas tu vida y que podrías controlarme también a mí.» Ay, Dios, allá vamos. «Soy un macho *veta* muy sumiso»... Poe, anda que las faltas de ortografía... «... en *vusca* de una mujer alfa muy dominante y fuerte. *Acecto* mi inferioridad y se *cual* es mi sitio. *Vibo* con mi madre, que tiene 103 años y me *a* inculcado el amor por la *ovediencia*. Si no te importa *alludarme* a *vañarla* y a cambiarle los pañales ¡quedemos!»

—Parece perfecto —dijo Poe.

—La verdad es que a la abuela le gusta mangonear a los demás —susurré—. Pasemos al siguiente. —Pinché en DoyAmoraEspuertas.

—Me toca leer —dijo Poe, que giró el portátil para poder hacerlo—: «Hola, SuperMainesa, me alegro de que seas tan competente. Voy a serte sincero: soy pobre. No tengo vehículo, mi situación económica es terrible y sigo viviendo en casa con mis cinco hermanas, que son todas unas brujas de cuidado. Tampoco soy el hombre más guapo del mundo. Busco a alguien que me dé apoyo económico, a quien le guste cocinar —también para mis hermanas— y a quien le guste dar largos paseos, pero que no requiera sexo». —Poe se echó a reír—. «Te llenaré de nuevo el corazón. Entre mis gustos están la lucha profesional, las armas militares y... y... y... acurrucarme». —No se pudo contener más y estalló en carcajadas.

—Ay, Dios —dije—. ¿Te das cuenta de lo que te espera? Muy bien, el siguiente. —Pinché en MúsicoPescador—. «¡Hola! Pareces agradable y sencilla». —Miré a Poe—. Podemos decir que es «sencilla», ¿no?

—Desde luego.

—«Soy un profesor de música jubilado, viudo y sin hijos. Me gusta pescar y ver documentales del Canal Historia. Me mudé a Maine desde Florida hace cuatro años y esto me encanta. Si te apetece quedar para tomar un café, puedo pasarme por tu zona. Vivo en Kennebunkport y no me importa conducir».

Nos miramos, un poco sorprendidas por su normalidad.

—Vamos a organizarlo todo —le dije.

—¿Vas a hacerte pasar por la abuela? —me preguntó Poe.

—No, voy a decirle la verdad. Mira. —Leí en voz alta a medida que tecleaba—: «Querido Pescador: soy la hija de SuperMainesa. Estoy ayudando a mi madre con sus citas por internet. Pareces muy agradable. ¿Deberíamos saber algo más antes de concertar una cita para que os conozcáis?».

—Ah, eres buena.

—En cuanto me dé su nombre, haré una búsqueda de antecedentes.

—¿Ves? Por eso eres la adulta.

Hablando de antecedentes...

—¿Cómo se está portando Luke Fletcher contigo? —le pregunté.

Se encogió de hombros.

—No se porta mal. No me habla mucho. Trabaja con los motores y yo hago las tareas básicas, así que no lo veo demasiado.

Eso era lo mismo que me había dicho Sullivan cuando le mandé un mensaje dos días antes.

El portátil emitió un pitido.

—¡Es nuestro pretendiente! —exclamé—. Le gustamos.

—Pobre abuela —dijo Poe—. Sabes que no le va a hacer ni pizca de gracia.

—Ya, ya —repliqué—. Pero igual cuando lo conozca, cae rendida a sus pies.

—¿De verdad crees que va a pasar eso?

—No, pero finjamos que sí.

Dos días más tarde, Richard Hemmings, alias MúsicoPescador, se reunió conmigo en Jitters, la flamante cafetería que acababa de abrir. Su interior era muy mono: mientras que la de Lala era una pastelería en toda regla, Jitters era una cafetería, con techos de hojalata, baldosas blancas y negras en el suelo, y una preciosa puerta de roble. Había un tostador de granos de café al fondo, y el olor era fuerte y rico. Vendían dulces que compraban a Lala para no enfrentarse a los negocios locales, una brillante decisión empresarial. También tenían mesas en la acera, donde los preciosos perros podrían tumbarse y beber agua —o descafeinado con hielo, en el caso de *Boomer*.

Xiaowen llegó cinco minutos después de que *Boomer* y yo lo hiciéramos, y fue al mostrador a pedir su bebida. Quería echarle un vistazo al posible pretendiente de mi madre, y también teníamos que hablar de algunos detalles de la carrera «Sal a correr, sé fuerte», que se estaba convirtiendo en un quebradero de cabeza, quitando la buena causa.

Estábamos en plena temporada alta y Jitters empezaba a llenarse.

Xiaowen se acercó, café en mano.

—Acabo de asegurarme del patronazgo de alguien —anunció, ufana, tras lo cual probó su bebida, que estaba coronada por una montaña de nata montada.

—¡Bien! —exclamé—. Y mi clínica también va a aportar algo de dinero.

Sacó el iPad de su bolso y me enseñó la última línea.

Casi todos los negocios del pueblo iban a patrocinar «Sal a correr, sé fuerte», así que además de cubrir los gastos de los permisos, del seguro, de protección civil y demás, nos sobraba dinero. Encargamos camisetas y yo estaba preparando un tríptico en el que explicaba la pirámide alimenticia y cómo interpretar las etiquetas nutricionales, y una página web enlazaría con otros recursos *online* llenos de información estupenda acerca de la salud, del ejercicio físico y de la nutrición.

El mensaje que quería enviar era nuestro eslogan: hay muchas clases de cuerpos sanos.

Había engordado un poco durante el verano. La verdad era que lo necesitaba. A lo mejor era por el estrés del Incidente Aterrador, a lo mejor intentaba ser perfecta en todo momento, en el trabajo, con Bobby, en el hospital... Aquí, mis estándares se habían relajado un poco. Comía tartas. De vez en cuando, hasta comía tarta con helado. No todas las noches, pero ya no me privaba. Seguía saliendo a correr e iba en bici cuando era posible, con el mejor perro del mundo mundial galopando con paso majestuoso a mi lado.

—Deberíamos tener un eslogan diferente para cada año —propuso Xiaowen—. El año que viene puede ser algo en plan: «Te sorprenderá lo que puedes hacer».

—Me encanta —dije.

Claro que, el año siguiente, ¿podría participar? Estaría en Boston. Era un compromiso enorme.

En fin. Supuse que crearíamos un comité o algo.

—¿De verdad tengo que participar en la carrera? —me preguntó Xiaowen por enésima vez.

—Sí. Para inspirar a la tropa.

—Como *lady* Godiva. ¿Corro desnuda?

—No. No nos interesa enfrentarnos a una revuelta. Ah, mira, ahí está Richard. ¡Hola, Richard!

Me había mandado una foto: era alto, con gafas, buen pelo y tirando a delgado. Se mostró bastante a gusto con la idea de que yo participara en el proceso. Era algo más joven que mi madre, pero en mi opinión eso no era un problema. Llevaba un polo y unos pantalones chinos, con mocasines. Nada de gorra de béisbol, menos mal. ¿Qué les pasaba a los hombres que las gorras de béisbol les reducían el atractivo a la mitad?

—Hola —me saludó, colorado—. Encantado de conocerte, Nora. —Me estrechó la mano y luego se la estrechó a Xiaowen.

—Xiaowen Liu —se presentó ella—. Una gran admiradora de Sharon Stuart.

—Encantado de conoceros a las dos —repuso él.

—Y este es *Boomer,* mi perro —añadí, y aunque *Boomer* estaba echándose una siestecita, meneó el rabo al oír su nombre.

—Es precioso. —El rabo de *Boomer* se agitó con más fuerza—. ¿Queréis que os traiga otro café?

Buenos modales, bien parecido y un poco tímido.

—Yo estoy servida —le contesté.

—Yo no le haría ascos a un trocito de tarta de chocolate —contestó Xiaowen.

—Vuelvo enseguida —replicó él con una sonrisa, y se acercó al mostrador.

—Es una prueba —me explicó Xiaowen—. Si me invita, la habrá superado.

Un minuto después, Richard regresó y dejó un plato delante de mi amiga.

—Te invito —le dijo él.

Mi amiga y yo nos miramos con expresión ufana.

—Xiaowen... —musitó Richard con un deje pensativo—. Significa «del color de las nubes de la mañana», ¿no?

El tenedor se quedó parado a medio camino de su boca.

—Esto... sí. Más o menos.

—Viví en China unos años. Es un nombre muy bonito.

—Gracias. —Me miró—. ¿Y qué significa Richard?

Él se echó a reír.

—Líder poderoso. Creo que mis padres se equivocaron al elegirlo. Soy profesor de música. Bueno, estoy jubilado por una lesión en la espalda. Echo muchísimo de menos a mis alumnos, pero estoy trabajando de voluntario en Portland.

—Qué bien —susurró Xiaowen, al tiempo que se llevaba un trocito de tarta a la boca.

—¡Bueno! —exclamé con voz cantarina—. Richard, quería advertirte de que mi madre es... Es una persona maravillosa. Pero no le hace gracia la idea de que le organicen citas a ciegas, así que...

—Entendido. Somos amigos y ha dado la casualidad de que ella se ha cruzado con nosotros.

—Bingo. Nos conocimos en... ¿Dónde crees que deberíamos decir?

—En un rosal a la luz de la luna —dijo Xiaowen, y Richard se echó a reír.

—¿Qué tal en el *ferry*? —sugirió él.

—Perfecto.

Le mandé un mensaje de texto a mi madre mientras Richard y Xiaowen charlaban sobre Portland, las ostras y la navegación.

Mamá, pásate por Jitters durante el descanso. Estoy aquí ahora mismo y el café es estupendo.

Si se resistía, que lo haría, jugaría la baza del «quiero que conozcas a alguien».

Un segundo después, la inesperada respuesta apareció en la pantalla de mi móvil.

Claro, estoy ahí en cinco minutos.

El hotel Excelsior Pines estaba al final de calle.

Le enseñé el mensaje a Xiaowen.

—Qué raro que sea tan espontánea —susurré.

—Seguro que ha olido el café.

—Es excelente —dijo Richard, que bebió un sorbo—. Xiaowen, ¿has probado el café de Bard? Es mi preferido.

—No, no, no. Tienes que probar el de Speckled Axe. Los de Bard son para novatos.

—Parece una competición de cafés —dijo Richard con una sonrisa.

Unos minutos más tarde, llegó mi madre, con el uniforme del hotel, que consistía en una camisa blanca y unos pantalones negros.

—¡Hola, mamá! —la saludé.

—Hola. Xiaowen, ¿cómo estás, cariño? —Miró a Richard—. Soy la madre de Nora. ¿Quién eres tú?

—Richard Hemmings. —Se levantó y le tendió la mano, que ella estrechó con expresión recelosa—. Encantado de conocerte, Sharon.

—Para ti soy la señora Stuart. —Frunció el ceño—. ¿De qué conoces a mi hija?

—Nos conocimos en el *ferry* —contestó Richard, que me guiñó un ojo—. Me ha invitado a tomar un café con ella y con su simpática amiga. ¿Te gustaría beber algo?

—No, gracias —contestó ella al tiempo que se sentaba.

—Xiaowen y yo estábamos discutiendo sobre la mejor cafetería —comentó Richard—. ¿Tienes alguna preferida?

—Me preparo el café en casa.

—Siempre es el mejor sitio.

—Ajá. —Mi madre se cruzó de brazos y me miró. No le hacía ni chispa de gracia la situación.

—Nora me ha dicho que te gustan los animales, Sharon. ¿Tienes mascotas?

—Mi periquito acaba de morir —contestó ella.

Xiaowen se atragantó aguantando la risa, ya que se lo había pasado de lo lindo con mis historias sobre *Piolín*.

—Perdonadme un momento —dijo antes de dirigirse al cuarto de baño para que la pareja de amantes no tan jovencitos pudiera conocerse mejor.

—Voy a por otro café —dije—. ¿Alguien quiere algo?

Mi madre parecía dispuesta a arrancarme la cabeza de un bocado, pero Richard me miró y me dijo que estaba servido.

Me puse en la cola, que constaba de seis personas, y observé a mi madre. «Ábrete un poco», supliqué en silencio. «No mantengas las distancias con todos».

Claro que tal vez solo mantuviera las distancias conmigo. Al resto de personas parecía caerles muy bien. Solo había que ver su grupo de abrazoterapia.

—¿Nora Stuart? ¿Eres tú, niña?

Levanté la vista y allí estaba el señor Abernathy, el que fuera mi profesor de Lengua, con una taza de café para llevar en la mano.

—¡Señor Abernathy! —exclamé antes de abrazarlo—. ¿Cómo está?

Me miró con una sonrisa de oreja a oreja.

—Me va bien. ¡Mírate! ¡Qué alegría más grande verte!

—¿Tiene un momento para hablar? —le pregunté.

—Pues claro —respondió, con esa voz tan familiar. Nos sentamos en una mesa cerca del mostrador.

—¿Sigue viviendo en el pueblo? —quise saber—. No le he visto por aquí.

—No —contestó—, pero conservamos la casa en la isla y volvemos unas cuantas semanas todos los años. La alquilamos el resto del tiempo. ¿Cómo estás? Siempre esperaba verte en las reuniones de antiguos alumnos y demás.

Asentí con la cabeza, con una punzada de vergüenza.

—En fin, fui a Tufts, como ya sabe, y luego estudié Medicina.

—¡Qué bien! ¡Tu madre debe de sentirse muy orgullosa!

—Bueno, sí. ¿Cuándo se jubiló?

—Unos ocho años después de que te graduaras. Puede que diez. —Bebió un sorbo de café—. ¿Sabes que sigues siendo la única alumna que hizo el trabajo extra de las obras maestras?

Y allí estaba.

—Sí. En cuanto a eso, señor Abernathy —comencé, y me retorcí las manos en el regazo—. Tengo que hacerle una pregunta que tal vez pueda contestarme. ¿Fue eso...? ¿Por ese trabajo conseguí la Beca Pérez?

Ladeó la cabeza.

—¿A qué te refieres?

—¿Fue lo que me dio el último empujón? Porque... —Cerré los ojos—. Porque emborroné la tarea en la pizarra para que Luke Fletcher no pudiera verla.

—Todos tuvisteis cuatro meses para hacer el trabajo.

—Lo sé, pero... quería asegurarme.

El señor Abernathy asintió con la cabeza.

—En fin, que yo sepa, moviste cielo y tierra para hacer ese trabajo, y durante los exámenes finales para más inri. Dudo mucho que Luke Fletcher hubiera sido capaz de hacer algo así. Aunque tampoco importa, niña.

Ya habías conseguido matrícula de honor en mi clase, así que el trabajo no modificaba la nota. Por eso me sorprendió tanto que lo hicieras.

—Si Luke lo hubiera hecho y también hubiese sacado un sobresaliente...

—Ah, entiendo de dónde te viene el sentimiento de culpa. Pero puedes enterrarlo, de verdad. Luke terminó ese parcial con un 7. Sus notas llevaban todo el semestre resintiéndose, y no solo en mi asignatura. Todos hablamos del tema. La noche del accidente de tráfico... Al parecer, no fue su primer coqueteo con las drogas.

Parpadeé. Y volví a hacerlo.

—Oh —susurré—. No lo sabía.

El señor Abernathy extendió un brazo por encima de la mesa y me dio unas palmaditas en la mano.

—Ganaste la beca con todas las de la ley, Nora. Nadie se te acercaba siquiera. —Se sacó el móvil del bolsillo—. Ah, es mi esposa, que se pregunta dónde me he metido. Tengo que irme, niña. Me he alegrado muchísimo de verte. Enhorabuena por todo.

Tras decir eso, se marchó.

Al final, resultó que no le había robado la beca a nadie.

Envuelta en una especie de neblina, me levanté y volví a la cola, y allí estaba Sullivan, oliendo a sol, a salitre y a aceite de motor. Tenía la piel bronceada, de modo que sus ojos parecían un fusible candente.

No había robado la beca. No era responsable del accidente.

Sully nunca me había culpado... y por fin yo podía dejar de hacerlo.

—Hola, guapetón —lo saludé.

Esbozó una sonrisilla torcida y todo mi aparato reproductor hizo la ola, recordándome que me había acostado con ese hombre. Que fue una experiencia mediocre, sí, pero con sus momentos de grandeza.

A lo mejor deberíamos repetirlo por si sonaba la flauta.

Estaba muy cerca de mí, lo bastante cerca para percibir su calor corporal. Miau... Tampoco llevaba una gorra de béisbol, menos mal.

—¿Puedo invitarte a un café? —me preguntó.

—¿Perdona? ¿Cómo has dicho? ¿Me lo repites?

La sonrisa se ensanchó. Había dicho algo... «Vamos a hacerlo encima de una mesa». O no, a lo mejor eso fue cosa de mi cerebro.

—Perdona, ¿qué has dicho? —le pregunté tras carraspear.

Se echó a reír.

—Suelo ser yo quien no se entera de las cosas.

—Estoy... obnubilada por la lujuria, al parecer.

Me recorrió con la mirada.

—¿De verdad?

—Mmm... —Dios. Se me estaban aflojando las rodillas. Me tambaleé y le coloqué una mano en el pecho, sintiendo la camiseta calentada por el sol y los fuertes latidos de su corazón.

—Hola, bombón —lo saludó Xiaowen al tiempo que se acercaba a nosotros.

—Hola, Xiaowen.

—Estamos intentando emparejar a la madre de Nora con ese guapetón de allí.

—Ya veo.

—Sabemos que va bien por la forma en la que está fulminando a su retoño —añadió Xiaowen.

Salí de mi neblina.

—Ya. Será mejor que... que vuelva con ellos.

—¿Estás libre este fin de semana? —me preguntó él.

—Sí.

—Bien.

—De verdad que sois... —dijo Xiaowen—. Tenéis que trabajaros más la conversación de alcoba. Sully, ya nos vemos. Vas a participar en la carrera, ¿verdad?

—No me la perdería por nada del mundo. —Volvió a mirarme a la cara—. Nos vemos pronto.

—De acuerdo.

—Cierra la boca, Nora. Adiós, Sully. —Xiaowen me agarró del brazo y tiró de mí hacia la mesa—. Será mejor que te lances o lo hago yo —me dijo.

—Ya, ya... —Casi no era capaz de pensar.

—Nora —dijo mi madre, con un deje a caballo entre «estás castigada sin salir» y «te voy a dar en adopción»—, este pobre hombre cree que busco novio. Ha venido hasta aquí para conocerme. —Se volvió hacia él—. Siento que hayas perdido el tiempo. Que mi hija te pague el billete del *ferry*. —Se levantó, puso los brazos en jarras y dijo—: Y esta noche vas a cenar a casa sí o sí.

—Qué buen plan —repliqué. Mi madre me fulminó con la mirada—. Sí, mamá —me corregí.

—Lo siento de nuevo —le dijo mi madre a Richard—. Xiaowen, siempre es un placer verte.

Mi móvil pitó: un mensaje de la clínica. Ese día no estaba de guardia, ya que era viernes, por lo que tenía que ser algo gordo.

—Tengo que irme —me disculpé—. Lo siento mucho, Richard.

—No te preocupes —replicó muy amablemente—. Siempre había querido venir a Scupper Island.

—Te acompaño al *ferry* —se ofreció Xiaowen—. Pero no te hagas ilusiones. Se me da muy bien hablar, pero les he puesto la cruz a los hombres.

—Al menos, cuéntame el motivo mientras nos tomamos una copa.

Se marcharon, coqueteando y charlando. Mi madre me fulminó otro ratito con la mirada.

—¿A qué narices ha venido esto?

—Tengo que ir a la clínica.

—Buen intento. El que sea se morirá o se curará, da igual lo que hagas.

—Con eso de que soy médico, tengo un punto de vista un pelín distinto. Hablemos de camino, ¿quieres? —Salió por delante de mí, hecha una furia. Había ido andando a la cafetería y la clínica estaba a cinco minutos a pie—. Lo confieso, mamá. Quiero que tengas a alguien. Lily saldrá pronto de la cárcel, Poe volverá a Seattle, yo volveré a Boston y la vida en la isla no es nada fácil. ¿Tan malo es que me preocupe por ti?

—¡Preocúpate todo lo que quieras! —me soltó—. ¡Pero deja de buscarme pareja! Estoy bien como estoy. Y no llegues tarde esta noche.

Dejé a *Boomer* con Amelia, que lo quería con locura, y atendí al paciente: un niño de vacaciones que se había hecho un arañazo en la córnea. Pan comido, algo de lo que, sin duda, podría haberse ocupado Gloria, pero estaba empeñada en hacerme la vida imposible. Le di a la madre una pomada antibiótica, le dije al niño que no hiciera locuras y fui al mostrador, donde estaba sentada Gloria, con la vista clavada en la pantalla del ordenador mientras fingía que yo no estaba allí.

—El papeleo del último paciente. Me sorprende que necesitaras llamarme, pero me alegro de que lo hicieras. Cuando creas que algo te supera, llámame. —«Y chúpate esa, guapa», añadí mentalmente. Era el final de un largo día y estaba hasta la coronilla de cómo me trataba.

Ese día había ido en bici al trabajo, y había sido una decisión estupenda. Había algo íntimo y emocionante en recorrer un pueblo en bici, aunque fuera uno que conocía tan bien como el mío. Iba a una velocidad lo bastante alta como para no pararme a charlar, pero lo bastante reducida como para captar los aromas de las hamburguesas, de algunos postres y del humo de la pipa de alguien, unos olores más intensos gracias al salitre que flotaba en el aire. A *Boomer* también le encantaba, porque yo era demasiado lenta para él cuando salíamos a correr, obligándolo a trotar. Con la bici, él podía correr a mi lado.

Me detuve en la licorería, que en otro tiempo fue un antro de ventanales amarillentos donde los borrachos compraban el licor, pero que se había convertido en una preciosa vinacoteca, y compré una botella de *pinot noir* para llevarla a casa de mi madre. Metí la botella en la cesta de la bici y continué el camino.

Enfilé la calle Oak, donde vivía Sullivan. Oye, que era una calle tan buena como otra cualquiera. Pedaleé más despacio al pasar por delante de su casa. La camioneta no estaba —algo bueno, porque lo estaba acosando un poco—, pero no sabía si Audrey estaba en casa, en los astilleros o con Amy.

Se podían averiguar muchas cosas de una persona por el lugar donde vivía. La casa de Sully tenía un encanto sereno, estaba bien cuidada y apenas tenía adornos, como el dueño.

Me hizo sonreír.

Seguí pedaleando con la intención de volver a casa, o tal vez, solo tal vez, la de darme un chapuzón y luego ducharme. Empezaba a hacer calor y el cielo, que hacía dos horas era de un brillante azul, empezaba a llenarse de nubarrones grises. La tormenta se acercaba. Ojalá pudiera llegar a casa antes de que descargara. Había llegado a un punto en el que me encantaba cómo se mecía mi casita flotante, cómo los relámpagos iluminaban el cielo y la ensenada, cómo el estruendo de los truenos me hacía dar un respingo en el sillón y chillar.

A unos diez metros de la cima de la colina, allí donde el camino formaba un recodo y se hacía más empinado, me llamaron al móvil.

—Leches... —mascullé. Quería llegar a la cima sin detenerme, alcanzar las pulsaciones necesarias para activar el corazón y quemar las calorías del café con nata que me había bebido. Además de reducir el colesterol y tal, claro.

Me detuve debajo de un pino y saqué el móvil del bolso.

—Doctora Stuart, soy James Gillespie.

Durante un segundo, no recordé de quién se trataba, pero la voz a lo Morgan Freeman me dio la pista. El investigador privado que había contratado aquel día en Boston, cuando vi a Voldemort.

—¡Hola! ¿Qué tal está? —le pregunté.

—Bien. ¿Y usted?

—Estoy bien. ¿Ha... ha encontrado algo?

Hubo una pausa. Nunca era una buena señal.

—En fin, sí y no. Tal como me dijo en mi despacho, el nombre de su padre es muy común. Sin su número de la Seguridad Social, es como buscar una aguja en un pajar.

—Ya.

—Pero sí he encontrado la noticia de la muerte de dos hombres llamados William Stuart. Ambos con la fecha de nacimiento de su padre, ambos nacidos en la ciudad de Nueva York.

El pánico me asaltó y encontró todas las heridas que había recibido: la clavícula, la rodilla, la espinilla cuando me la golpeé con los escalones de la biblioteca de la universidad, todos los puntos donde Voldemort me había hecho daño. «No estés muerto, papá. No estés muerto».

—Uno es de hace diecisiete años. La causa de la muerte fue un accidente de tráfico, en El Paso, Texas. —Hubo una pausa—. La otra, siento decirlo, fue por un suicidio. En Búfalo, Nueva York, hace once años.

Un carbonero se posó en una rama, a mi lado. Eran unos pajarillos preciosos, muy listos y diligentes. De repente, la cabeza empezó a darme vueltas y unos puntos grises oscurecieron al pajarillo, y tomé una honda bocanada de aire.

—¿Doctora Stuart?

—Sigo aquí —le contesté. Hablaba con voz rara. Respiré hondo otra vez. Los puntos grises desaparecieron.

—Ninguno tuvo obituarios y tampoco se indicaron allegados ni esposas. Ni un número de la Seguridad Social disponible. —Tosió—. ¿Alguno de esos lugares tendría sentido?

—Esto... no, la verdad es que no. A ver, podría haber ido a cualquier parte.

—Si tuviera su número de la Seguridad Social...

—Ya.

—Debería aparecer en el certificado de matrimonio de sus padres, si puede conseguirlo. Sin ese número, me temo que hemos llegado a un callejón sin salida.

—Gracias, señor Gillespie. Le haré saber si averiguo algo más. —Corté la llamada y me subí de nuevo a la bici.

No me di cuenta de que estaba llorando hasta que sentí el viento contra las lágrimas.

En vez de ir a casa, fui a la de mi madre, donde dejé la bici apoyada junto a la puerta trasera, una costumbre de la niñez. Poe estaba en el trabajo, lo mismo que mi madre, lo que quería decir que podía cotillear a placer hasta la cena.

Si mi padre estaba muerto, quería saberlo con certeza. No me imaginaba a mi madre tirando un documento tan importante como su certificado de matrimonio... o su divorcio.

Dios. Ni siquiera sabía si mis padres estaban legalmente divorciados.

No se me había ocurrido cotillear cuando llegué a principios de verano y, teniendo en cuenta mis lesiones, habría sido difícil. Uf, parecía que había pasado una eternidad desde que tenía la muleta y el cabestrillo.

La casa olía a pastel de carne. Mi madre lo preparaba en su olla de cocción lenta, una de sus cenas no espantosas. Al menos, no tendría que lidiar con *Piolín,* pensé, y luego me sentí culpable.

Boomer se había tumbado delante de la estufa, jadeando, encantado. Le puse un poco de agua e inspiré hondo. Supongo que debería empezar por el despacho.

Tal como me imaginaba, el escritorio de mi madre estaba ordenado y despejado. Con otro aguijonazo de culpa —porque «punzada» se quedaba corto—, abrí los cajones del archivador. Carpetas bien etiquetadas con las facturas, los tiques de compra, las empresas locales que contrataban sus servicios de contabilidad. Una etiqueta que ponía «Salud»... Dios, ¿me atrevía a mirar allí? Lo hice. Contenía una copia del resultado de su analítica, todo normal, y la anotación de que debía comprarse unas gafas.

Había una carpeta para Poe: notas e informes escolares de Seattle, un informe del departamento de Servicios Sociales de Seattle. «No hay indicios de maltrato ni abandono», decía. Parecía que habían investigado a mi hermana por sus encontronazos con la ley.

Ay, Lily.

No había nada acerca de mi padre.

Subí al dormitorio de mi madre, que estaba al otro lado del estrecho pasillo, en frente del mío. Un recuerdo me asaltó: yo, asustada por algo de noche, cruzando el pasillo en camisón para que mis padres me ayudaran, pero sin querer despertarlos. La mano de mi padre en la cabeza, mientras esperaba a que el agua se enfriase para llenarme un vaso, antes de que me arropase de nuevo en la cama y me dijera que el señor Bowie, mi osito de peluche, me protegería.

No. Había sido mi madre. Recuerdo que me hablaba con gruñidos, fingiendo ser el señor Bowie.

—¡Nadie entrará estando yo aquí! —Y nos reímos a la luz de la luna, mientras Lily dormía como un tronco en la otra cama.

Su dormitorio no había cambiado mucho.

Abrí el cajón de la mesilla y lo cerré de golpe. De acuerdo. Mi madre seguía teniendo necesidades. Me alegraba por ella. Ya buscaría lejía para enjuagarme los ojos y sacarme la imagen de la cabeza.

El otro cajón de la mesilla contenía una novela de Stephen King. Curioso. No sabía que a mi madre le gustara ese escritor. Antes no le gustaba; de hecho, me preguntaba por qué narices leía algo aterrador antes de dormir. Seguramente había caído en la trampa.

Su cómoda contenía lo normal: calcetines, ropa interior, jerséis de cuello vuelto, *jeans*. En el armario, no había nada de interés. Abrigo de invierno, botas, jerséis gordos, un vestido.

Un momento.

Allí, detrás del abrigo de invierno, había una caja. La saqué.

En su interior había fotos. Fotos de mi padre. De nosotras. De nuestra familia.

Ver su cara después de tantos años fue como un mazazo en el pecho.

¡Qué joven estaba! ¿Cómo había pasado tanto tiempo sin él? ¿Cómo habíamos sobrevivido a su pérdida?

Allí estaba, riéndose en la canoa, con el pelo negro y el rostro juvenil. ¿Tal vez de cuando estaban saliendo? Los dos en un sendero de montaña, con cazadoras y sombreros, la vegetación muy brillante a su alrededor.

Mi padre en el hospital conmigo en brazos, recién nacida. Lo sabía porque mi madre lo había escrito en el reverso: «Bill y Nora, a los dos días de nacer».

Había muchas fotos. Algunas estaban enmarcadas, y recordé verlas en el estante, encima del sofá del salón. Algunas estaban descoloridas, otras eran de mejor calidad, pero todas eran un tesoro de recuerdos. Lily, con unos tres años, sentada a lomos de un poni, mientras nuestro padre sujetaba el bocado. Mi padre y yo sentados en su silla, leyendo un libro. Los cuatro entrecerrando los ojos por el brillo del sol. Mi madre y mi padre comiendo algodón de azúcar. ¿Cuándo narices había sido eso? Mi padre dándole la vuelta a las hamburguesas en la barbacoa redonda que teníamos cuando éramos pequeñas. Lily sentada sobre sus hombros, con las manos extendidas para atrapar copos de nieve.

Las fotos eran casi todas de la época dorada: de los primeros siete u ocho años de mi vida. Después, había muy pocas.

¿Por qué nos las había ocultado mi madre?

«¿Y cuándo te las iba a dar, Nora?», preguntó una voz en mi cabeza. «Llevas fuera media vida».

Al igual que Lily.

Boomer me dio en la cabeza con el hocico y me volví hacia él. Me lamió las mejillas... Estaba llorando por segunda vez ese día.

El amor que nos profesaba mi padre, a las tres, emanaba de esas fotos como la luz del sol.

¿Cómo había soportado la vida sin nosotras?

Me apoyé en el fuerte cuello de mi perro y dejé que las lágrimas le empaparan el pelo.

Capítulo 25

Estaba tan inmersa en los recuerdos y la tristeza que no oí el Subaru de mi madre. Cuando me percaté de sus carcajadas, caí en la cuenta de que no sabía cuánto tiempo llevaba en la casa. *Boomer* gimió porque quería bajar a ver a su abuela, pero lo agarré del collar.

Mi madre no estaba sola. ¿Habría llegado Poe? No, porque era el día que iba a dormir con Audrey. O quizá sí era Poe, que se había pasado por casa para recoger algo.

No. Esa no era la voz de mi sobrina. Y mi madre no se reía tan a menudo... al menos, no cuando yo estaba cerca.

Me puse de pie y me crujió la rodilla. Tenía las piernas rígidas, por culpa de todo el tiempo que había pasado sentada en el suelo.

Quería hablar con mi madre de la caja. De mi padre. Tenía que ofrecerme respuestas. Estaba obligada a hacerlo. A lo mejor ese era el motivo de la invitación a cenar, de su insistencia en que fuera a casa.

Eché a andar hacia la escalera. *Boomer* creyó que era la hora de la siesta, así que entró en mi antiguo dormitorio y se subió a la cama de Poe.

—De acuerdo, dejaré de darte la tabarra —dijo una voz femenina—. Suerte esta noche.

—Sí, voy a necesitarla —replicó mi madre—. Luego te llamo.

—Eso espero. —Otra carcajada. Donna Krazinski, era ella. Me pregunté por qué le estaba deseando suerte a mi madre.

Bajé la escalera, entré en la cocina y vi a mi madre y a Donna besándose.

—¡Ostras! —exclamé, y se separaron al oírme.

—Oh, mierda —dijo mi madre. La cara y el cuello se le pusieron como un tomate.

—Donna —dije—, ¿cómo estás?

Ella sonrió.

—Bien, cariño. Siéntate. Tu madre quiere decirte una cosa.

—Ahora que lo dices, creo que me imagino lo que es. —Eso sí, la silla me vino bien, porque tenía las piernas flojas—. Hay una botella de vino en la cesta de mi bicicleta —comenté—. Sugiero que la abramos. Ahora mismo. La he dejado en la parte de atrás.

Donna salió de la casa.

Mi madre se apoyó en la encimera, sin mirarme, y cruzó los brazos por delante del pecho. Solo se oía el tictac del reloj. A lo lejos, un cuervo graznó —a ver, no lo hizo, pero eso era lo que pegaba en ese momento.

—Aquí está —dijo Donna cuando regresó. En cuanto sirvió el vino, apuré el mío de un trago y, después, levanté la copa para que la rellenara. Donna lo hizo sin rechistar.

—Por el amor —propuse como brindis.

Mi madre miró a Donna, que sonrió.

—Por el amor —repitió. Al parecer, mi madre se había quedado muda.

—¿Cuánto tiempo lleváis juntas? —pregunté.

—Va a hacer diez años —respondió mi madre, haciendo que escupiera el vino.

Me limpié la boca con una servilleta.

—Y no se te ha ocurrido mencionarlo nunca porque...

Mi madre se encogió de hombros.

—Porque no es asunto tuyo.

—Prácticamente tengo una madrastra. Yo diría que sí es asunto mío.

Mi madre suspiró.

—¿Habéis salido del armario o es un secreto?

—Estamos casi fuera del todo —respondió Donna al ver que mi madre no hablaba—. Creo que lo sabe todo el mundo.

—Bob Dobbins no —comenté.

—Sí, bueno, la gente inteligente sí está al tanto —replicó mi madre.

—Ese comentario me ofende.

Mi madre alisó las servilletas, que todavía seguían en el frutero de plástico de mi adolescencia.

—Es que... bueno, nos lo hemos tomado con más calma desde que llegó Poe. No quería que se sintiera... no sé.

—No quería que sintiera que sobraba —me explicó Donna—. Poe necesitaba saberse la prioridad de tu madre.

Asentí con la cabeza.

—Así que mi madre es lesbiana. Fíjate tú. En fin, mamá, no podrías haber elegido mejor. Bien hecho.

Donna sonrió de oreja a oreja y me dio un apretón en un hombro. Mi madre parpadeó varias veces.

—¿Eso es todo lo que vas a decir? —me preguntó.

—Mmm... ¿tengo que decir algo más?

Meditó la respuesta un minuto.

—No.

—Bien. Vamos a comer. Me muero de hambre.

La cena duró más de los diecisiete minutos que duraba la comida de subsistencia. Con Donna presente, fue como una fiesta.

Me percaté de que eran una pareja asentada —claro, por fin podía percatarme de los detalles—. Donna le sirvió a mi madre agua sin hielo, tal como le gustaba, y mi madre sacó un cuenco de nata agria con la que Donna acompañó la patata asada, un placer que a mí me había negado toda la vida. El amor y la nata agria. Podría ser un buen tema para una canción.

Donna iba a alquilar su casa porque planeaban vivir juntas. Le pregunté a mi madre cuándo se dio cuenta de que Donna era su media naranja, y ella se ruborizó y confesó que fue cuando tuvo que llevarla a su casa durante una ventisca, y se quedaron atrapadas durante una hora en el Subaru, hasta que Jake Ferriman llegó para rescatarlas.

No la culpaba por no habérmelo dicho. No podía hacerlo.

—Deberías decírselo a Poe —le aconsejé.

—Ajá. Antes quería decírtelo a ti. Pero me ha costado la misma vida, porque no había manera de quedarme a solas contigo.

Ah. La cena durante la que maté a *Piolín*. La rapidez con la que había aceptado esa mañana la invitación para vernos en Jitters...

—Supongo que tendré que abandonar los intentos por emparejarte —dije.

—Gracias a Dios —replicó ella, y le contó a Donna que había conocido a Richard esa mañana, algo que hizo que acabara llorando de la risa.

—Nora, eres un trozo de pan —me dijo al tiempo que me daba un apretón en la mano y, de repente, sentí que se me llenaban los ojos de lágrimas.

—Me alegro de que tengas a alguien, mamá —dije al tiempo que me llevaba una servilleta de papel a la cara—. Me alegro mucho.

Pero esas fotos... Por Dios, con treinta y cinco años y allí seguía, intentando asimilar el hecho de que mis padres no iban a volver, aunque hubieran estado separados durante veinticuatro de esos años.

—Donna, necesito estar un rato a solas con mi hija —anunció mi madre porque, sí, a esas alturas yo estaba llorando como una magdalena.

—Nos vemos mañana. Gracias por habértelo tomado tan bien, Nora —me dijo mientras se inclinaba para abrazarme.

—Estoy muy contenta. No malinterpretes estas lágrimas. Oye, ¿lo sabe Lizzy?

—Claro. Lo sabe desde siempre.

Claro. Porque eran una familia normal.

Donna se marchó, y mi madre y yo limpiamos los platos sin hablarnos siquiera. Preparó su café espeso y nos sentamos otra vez a la mesa de la cocina, donde tenían lugar las conversaciones importantes de verdad.

—¿A qué han venido las lágrimas? —me preguntó.

Tomé una honda bocanada de aire.

—He encontrado las fotos de papá.

Ella asintió con la cabeza, y ni siquiera se molestó en regañarme por haber registrado su armario.

—¿Qué pasó, mamá? ¿Qué pasó con papá?

—Supongo que ya va siendo hora de que lo sepas —contestó con voz recelosa. No, recelosa no. Triste.

Bill Stuart fue el hombre más maravilloso del mundo desde el momento que lo conoció, afirmó mi madre. La alegría de la fiesta. Lleno de energía.

—Con él a cualquiera se le caían las bragas —dijo—. A mí desde luego me pasaba con frecuencia.

—Sáltate esa parte —protesté.

—Llevábamos cinco años casados cuando tú naciste y, poco después, llegó tu hermana —siguió—. Fueron cinco años buenos. A ver, que no fueron perfectos, pero estuvieron bien. —Respiró hondo—. Pero tu padre sufría depresiones de vez en cuando. Se sentaba en un sillón... sin hacer nada. No me hablaba, no se levantaba del sillón, ni siquiera se duchaba. Así que le dejaba un bocadillo al lado y me acostaba, y a la mañana siguiente allí seguía, sentado como una estatua en el sillón, como si no se hubiera movido.

Me imaginé lo confuso que debía de haber sido para una persona tan pragmática como mi madre.

—Y, de repente, se le pasaba —siguió—. Volvía a ser el mismo de siempre, y si le preguntaba qué narices le había pasado, me decía que había tenido uno de sus bajones. La parte positiva era que cuando los superaba, parecía que le habían dado cuerda. Así era como yo lo describía. Le habían dado cuerda y hablaba sin parar, se reía y me hacía reír. Al principio, me pareció gracioso, podía pasarse dos días enteros pintando el salón. Dos días enteros, sin dormir. Supongo que pensaba que tenía mucha energía.

—Trastorno bipolar —dije.

—Ajá. Pero se negaba a ir al médico. —Tomó una honda bocanada de aire—. Era fantástico casi todo el tiempo, Nora. Lo recuerdas, ¿verdad?

Tragué saliva para deshacer el nudo que tenía en la garganta.

—Sí.

—Teneros a vosotras fue lo mejor que nos pudo pasar. Por Dios, ¡lo que os quería! Después de que nacierais, estuvo una temporada muy bien. A lo mejor estuvo tomándose la medicación. A mí nunca me hablaba de eso. Después, cuando teníais cinco o seis años, las depresiones volvieron. Dejó el trabajo y se empeñó en escribir el libro. Y me pareció bien, en cierto modo. Pero cuando empezó a pasar todo el tiempo con vosotras, a todas horas, haciendo todas aquellas locuras... —Meneó la cabeza.

Las aventuras. Los peligrosos descensos en bicicleta, los baños en el océano helado, la búsqueda de emociones, la falta de reglas y la desorganización.

Los recuerdos regresaron a mi mente. La grandiosa idea de mi padre, de lo exitoso que sería como escritor, que nos imaginaba viviendo en una mansión, con criados y todo. Aquella vez que nos llevó a Lily y a mí a Portland para comprarnos ropa nueva, hasta que superó el crédito máximo de la tarjeta. Mi madre devolvió toda la ropa al día siguiente, y Lily y yo lloramos sin parar. Mi padre también se enfadaba muchísimo con mi madre por no apoyar sus ideas, como la de echar la casa abajo y construir una casa en un árbol donde pudiéramos vivir, o la de vender la propiedad y mudarnos a África.

Y todas aquellas aventuras... Por Dios, era un milagro que no acabáramos muertas o en el hospital.

Recordé aquella vez cuando nadamos hasta una pequeña isla a una media milla de la costa, tan pequeña que consistía en unas cuantas rocas y un pino. Pasé mucho frío y acabé agotada, con las extremidades rígidas y hundiéndome cada vez más, porque mi estilo de natación perruno no me ayudaba a ir rápido. Y allí estaban Lily y mi padre en las rocas, gritándome, molestos porque yo todavía no había llegado. Me castañeteaban los dientes y me dolía la cabeza y, de repente, allí apareció mi madre en nuestra pequeña embarcación, y el sonido del motor me pareció lo más maravilloso que había oído en la vida. Mi padre le gritó y le dijo que yo nunca aprendería si seguía mimándome, que sus hijas eran excepcionales, y que ella iba a atrofiarnos.

Pero no fue eso lo que pasó. En realidad, mi madre nos salvó.

Bueno.

Me salvó a mí.

—Lily ha heredado el trastorno, ¿verdad? —le pregunté, aunque en realidad no era una pregunta.

Mi madre asintió con la cabeza y se le llenaron los ojos de lágrimas. A lo mejor si hubiera visto a mi hermana más de un cuarto de hora seguido durante los últimos quince años, me habría enterado antes.

—¿Qué fue lo que hizo que se marchara? —pregunté, con un hilo de voz a esas alturas.

Mi madre le dio unos golpecitos a la taza con un dedo, pero no me miró.

—Le di un ultimátum. O iba al médico y se ponía en tratamiento, o pedía el divorcio. Ese fue el día que se marchó. —Respiró hondo—. Después de unas cuantas semanas, lo localicé en Portsmouth. Había estado usando las tarjetas de crédito y también había hecho otras nuevas, así que Visa y yo lo localizamos. Le supliqué que no os hiciera eso, que os llamara, que se pusiera en tratamiento. Pero se negó. Estaba demasiado ido. Era imposible razonar con él. Para entonces ya me odiaba.

Una lágrima cayó en la mesa. Una lágrima de mi madre. Algo que yo no había visto jamás.

—Antes de que vosotras nacierais, era distinto. Nos queríamos. Pero cuando llegasteis, lo queríais tanto que yo ya dejé de importar. Siempre fue cosa de tres contra una.

—Ay, mamá —susurré. Le ofrecí una servilleta y yo me quedé con otra para poder limpiarme las lágrimas—. ¿Por qué no nos lo has contado nunca?

Ella agitó una mano.

—A lo mejor debería haberlo hecho. Esperaba que regresara. Después de un año, supuse que no lo haría y, para entonces, vosotras estabais pasándolo muy mal. Tú estabas muy triste y Lily, muy enfadada. Me daba miedo deciros que vuestro padre sufría una enfermedad mental. Me daba miedo que eso os destrozara. Creí que lo mejor sería que pensarais que nos habíamos separado porque teníamos problemas de pareja.

—Nunca lo creí. A ver, que sí, pero tenía claro que si papá quisiera vernos, lo habría hecho.

Ella asintió con la cabeza.

—Nora, admito que la situación me superó. Debería haberos llevado a un psicólogo. Supuse que cuanto más estable fuera la vida en casa, más beneficioso sería para vosotras. Ibas muy bien en el instituto y Lily tenía amigos... Supongo que quise creer que ambas estabais bien.

—Lo estaba. Lo estoy, mamá. Estoy bien.

—Sí. Tú lo estás. Pero tu hermana... —Se le quebró la voz.

—Mamá, las cosas son como son.

Ella asintió con la cabeza y se secó las lágrimas otra vez.

Me levanté, le eché más café en la taza y se la puse delante. *Boomer,* cuya siesta se había visto interrumpida por todo ese drama humano, se acercó y le puso la cabeza en el regazo. Ella le acarició las orejas.

—¿Sabes si papá sigue vivo? —le pregunté.

Ella bajó la vista.

Esa fue respuesta suficiente.

—¿Se suicidó?

Negó con la cabeza.

—Tuvo un accidente de tráfico en algún lugar de Texas por culpa de la lluvia. Un choque frontal con un tráiler que invadió el carril contrario. Tu padre iba solo.

El señor Gillespie lo había encontrado después de todo. Un accidente de tráfico en El Paso, Texas, hacía diecisiete años.

Diecisiete años.

Mi padre. Se había ido de verdad. Mi papi. Y, aunque hacía tantísimo tiempo que no lo veía, fue como si me acabaran de arrancar el corazón de cuajo del pecho.

Mi padre, el que hizo que mi vida fuera tan especial, y tan peligrosa, había muerto solo.

¡Ay, papá!

Apoyé la cabeza en la mesa y me eché a llorar.

—Siento mucho no habértelo dicho —susurró mi madre, que me acarició la nuca—. No quería destrozarte el corazón otra vez.

Siguió acariciándome la cabeza y *Boomer,* incapaz de ver tan triste a su amada, se las ingenió para meter el hocico por debajo de mis brazos, así que acabé riéndome.

—Este perro está muy unido a ti —comentó mi madre y, cuando la miré, vi que le temblaban los labios por todos los años que había sufrido en secreto.

La lluvia, que llevaba coqueteando con caer en la isla durante toda la tarde, acabó haciendo acto de aparición y, durante unos minutos, mi madre y yo nos sumimos en el silencio mientras la oíamos.

—¿Lily sabe que es bipolar?

—Sí que lo sabe, sí. Conseguí que se pusiera en tratamiento, pero cuando se quedó embarazada, lo dejó. Creo que desde entonces no ha tenido ningún periodo estable.

Era algo habitual. Con medicación, el trastorno bipolar podía controlarse bastante bien en la mayoría de los casos. Dos de mis profesores de la universidad habían confesado abiertamente padecerlo. Pero a algunas personas la medicación las dejaba inertes. Como si todo fuera gris. Los cambios de humor y la locura eran el precio que pagaban por tener una vida llena de color.

A lo mejor todavía podía ayudar a mi hermana. Al fin y al cabo, yo era médico.

Mi madre arrugó su servilleta hasta convertirla en una bola apretada.

—¿Crees que Poe también lo padece?

—No —contesté—. Creo que Poe ha pasado una vida llena de dificultades.

—Intenté ayudar. Iba a verlas todos los años una vez. O más, en ocasiones.

—Eres una buena madre. Y una buena abuela también.

Ella resopló y después se sonó la nariz.

—No sé yo —replicó.

—Yo sí que lo sé. —Extendí un brazo por encima de la mesa y le di un apretón que ella me devolvió al cabo de un segundo. Y allí nos quedamos, sentadas, mirándonos con los ojos llenos de lágrimas y con las manos entrelazadas.

—Mataste a *Piolín,* ¿verdad? —me preguntó.

—Uf. Sí. Lo siento mucho. No fue mi intención hacerlo.

Ella sonrió.

—Por lo menos fue rápido.

No quise decirle que se confundía. Ya había sufrido bastante. Estuvimos mucho rato allí sentadas, con las manos unidas, oyendo llover.

Capítulo 26

Sullivan me llamó el sábado, a las dos de la tarde.

—¿Estás libre esta noche? —me preguntó.

—Que sepas —dije, mientras le acariciaba las orejas a *Boomer*— que deberías llamar antes. Soy una persona muy ocupada con muchos amigos y responsabilidades. —La verdad era que me había pasado el día anterior llorando en el sofá, en la cama y en la tumbona de la azotea. Con un poco de suerte, ya no me quedaban lágrimas.

—¿Eso es que estás libre?

—Sí.

—¿Te recojo a las ocho?

—Me parece estupendo.

Me alegraría verlo. Saber que mi padre había muerto era como una losa en el corazón. Me dije que, en realidad, no cambiaba nada, aunque sí lo hacía.

No había nada positivo, lo mirara como lo mirase. Mi mente no dejaba de repetir «al menos, no ha sufrido» y «ahora ya sabes lo que pasó» y «esto es mejor que saber que sigue por ahí, sin que Lily o tú le importéis nada, tal vez viviendo en la calle o convertido en un yonqui».

Sin embargo, la niñita que llevaba dentro estaba muy triste, tristísima. Sully sería un bálsamo.

A las ocho en punto, mientras el sol era una bola roja que se hundía en el despejado cielo rosa, oí un motor. El de un barco. Y sí, allí estaba, se acercaba un hombre muy guapo a mi muelle en una pequeña embarcación. *Boomer* empezó a mover el rabo.

—¡Ah del barco! —exclamé cuando Sully me lanzó el cabo—. Qué casualidad verte por aquí. —Enrollé el cabo en el noray.

—Se me ha ocurrido que podría llevarte a dar un paseo —dijo.

—¿También me darás de comer?

Señaló con la cabeza la cesta de picnic que había llevado.

Romántico de morirse.

Metí a *Boomer* en la casa, disculpándome por no llevarlo con nosotros, saqué una botella de vino del frigorífico y también me hice con dos copas, y volví a salir. Sully me ayudó a embarcar, soltó el amarre y subió de nuevo.

—Bonito yate —dije. Y lo era: madera barnizada, dos asientos al timón y dos motores externos. Espacio suficiente entre el timón y el banco que había detrás para más personas, para el aparejo de pesca o, tal vez, para tenderse y mirar las estrellas y darse el lote con un hombre guapísimo si una fuera de las que hacían esas cosas. Y sí, había una manta debajo de la cesta de picnic.

Me senté en asiento del pasajero y Sully se puso al timón.

—Es de mi abuelo —me explicó—. Un Penn Yan de 1959. Solía llevarnos a pescar en este yate o lo anclaba en Portland o en Bar Harbor para pasar el día. No sirve de mucho con mal tiempo, pero esta noche nos vendrá muy bien. —Me miró y sonreí.

Dejamos atrás la ensenada y tomamos rumbo este. El cielo era del color de las fresas y se oscurecía por momentos.

A un lado podía ver los astilleros, con los atracaderos y los diques secos. Le toqué el brazo a Sully.

—¿Sabe Audrey que tenemos una cita? —le pregunté.

—Ajá. Fue idea suya salir en yate. Lejos de los mosquitos, me dijo.

—Dale las gracias de mi parte.

Una luz se encendió en uno de los edificios de los astilleros. Volví a tocarle el brazo para que me mirase.

—¿Sabe Luke que tenemos una cita?

Asintió con la cabeza, pero no añadió nada más.

Rodeamos la costa occidental de la isla y pasamos junto a Osprey Point. Podía ver Deerkill Rock, desde donde mi padre, Lily y yo nos tirábamos al agua. El corazón se me encogió al imaginarme a Poe saltando desde esa altura. Pero nunca nos habíamos hecho daño. Al menos, tenía que concederle eso, aunque solo hubiera sido cuestión de tiempo.

El cielo era de un rojo encendido en ese momento, y desde el mar, la isla parecía preciosa, con las rocas doradas y los pinos recortados contra el cielo. Scupper Island era preciosa.

Curioso que nunca hubiera echado de menos la isla. Pero, en ese momento, no me imaginaba lejos de ella, lejos de las agujas de los pinos calentadas por el sol y del salitre, del aire puro y de las gélidas aguas, de los graznidos de los somorgujos por la noche.

«Ojalá estés en paz, papá».

Salimos a mar abierto. A medida que el color inundaba el horizonte, las estrellas empezaron a brillar como por arte de magia: primero la Estrella Polar, luego la Osa Mayor, y después tantas a la vez que el cielo pasó de un azul oscuro al morado. La Vía Láctea en toda su infinita y mística gloria.

Sully apagó los motores, se apartó del asiento y soltó el ancla. Después, extendió la manta y se pasó una mano por el pelo.

No dijo nada. Tal vez lo abrumara la timidez.

Yo también me levanté, abrí la botella de vino —con tapón de rosca, porque siempre pensaba en todo— y serví dos copas.

—Siéntate —me dijo.

Nos sentamos en la manta, el uno frente al otro, con las piernas extendidas. Audrey había acertado. No había mosquitos.

—¿Tienes hambre? —me preguntó. Negué con la cabeza—. Puedo encender una luz si quieres.

—No, así está bien. Es precioso.

Se hizo el silencio.

—Me costará saber lo que dices si no te veo la cara.

Me levanté y me senté a su izquierda, ya que por ese oído tenía menos problemas.

—¿Qué tal así? —le pregunté al tiempo que le tomaba una mano.

—Bien. —Carraspeó—. Bueno, ¿qué te cuentas?

—Ah, veamos. Mi madre está enamorada de Donna Krazinski y mi padre murió hace diecisiete años.

Me miró un segundo y, después, me besó en la sien y me pegó un poco más a él, de modo que pudiera apoyar la cabeza en su duro hombro.

—Siento oírlo. Me refiero a lo segundo. Ya sabía lo primero.

Sonreí, aunque se me escapaban las lágrimas.

Durante un rato, nos quedamos allí sentados, y la forma en la que se mecía el yate me resultaba familiar gracias a la casa flotante, aunque el movimiento era más brusco en alta mar que en la ensenada. Dejé de llorar y apoyé la mano sobre el corazón de Sullivan, sintiendo sus latidos constantes y lentos. El yate cabeceaba mientras las pequeñas olas le lamían el casco. Las estrellas refulgían en el cielo.

Cuando apuré el vino y Sullivan hizo lo propio, aparté las copas y las dejé sobre el banco, me senté sobre su regazo y lo besé.

Me enterró los dedos en el pelo y me instó a ladear un poco la cabeza. El beso fue cálido, lánguido, perfecto, sus labios se movían despacio sobre los míos. Sabía a vino, y le rodeé el cuello con los brazos para besarlo con más pasión, momento en el que un maravilloso y profundo estremecimiento me recorrió por entero y me llevó a pegarme más a él.

Cuando dejamos de besarnos, nos miramos un minuto entero a los ojos. Después, él sonrió, esa sonrisilla torcida irresistible, y me descubrí devolviéndole la sonrisa.

—Me alegro de que no seamos solo amigos —me dijo.

—Ahora que lo dices, yo también me alegro.

Me tocó la punta de la nariz con un dedo.

Nos tumbamos, tomados de la mano durante un rato, contemplando el cielo. Sentía la cubierta del yate muy dura contra la espalda, pero me daba igual. En ese instante era absoluta y completamente feliz, y esos instantes no son muy frecuentes.

—¿Has terminado con tu antiguo novio? —me preguntó Sullivan.

—Ajá.

—¿Estás segura?

—Segurísima. Es un poco... —Dejé la frase en el aire.

—¿Un poco capullo?

Resoplé.

—En fin, eso también. —Hice una pausa—. Arrogante. Creo que a una parte de él le gustó mucho rescatarme después de la agresión. Todo eso de ser un caballero andante, de que lo necesitara tanto, de que todo el mundo le dijera lo maravilloso que era. Pero se acabó aburriendo del papel. —Otra pausa—. Y de mí. No lo culpo. Yo también me aburrí de mí misma.

—¿Qué cambió?

—Me atropelló una furgoneta.

—Dios. —Se echó a reír. Yo también.

—Ya. Fumigaciones Beantown. Menuda metáfora. —No tenía que hablarle de la vida gris, de enmendar errores, de estar cerca de mi madre. Me daba en la nariz que ya lo sabía—. Así que volví a la isla.

—Bien.

—Eres un hombre de pocas palabras, Sullivan Fletcher.

—Me ayuda a mantener un aura interesante y misteriosa.

—Te funciona. ¿Qué me dices de ti? Seguro que saliste con alguien después de Amy.

Entrelazó los dedos con los míos y me acarició el brazo con un dedo de la mano libre, provocándome un hormigueo en mis partes femeninas. Con un dedo, damas y caballeros. Supe que la experiencia mediocre en la cama había sido mala suerte.

—Sí, salí con algunas. Pero cuando Audrey se vino a vivir conmigo, se acabó.

—¿Puedo preguntarte algo que me ronda la cabeza desde que teníamos quince años?

Lo vi sonreír en la oscuridad.

—Claro.

—¿Por qué ella?

Ese dedo siguió acariciándome arriba y abajo por el brazo.

—No es lo que aparenta —contestó—. Es muy dulce por dentro. —Hizo una pausa—. Tú tampoco eras lo que aparentabas por aquel entonces.

—Sí que lo era. Era desdichada y me sentía sola, una paria.

—Muy bien, sí. Me acuerdo. Pero también eras lista y graciosa, y se te daba bien la gente.

—Se me daba bien la gente... ¿Con eso te refieres a que me empujaran en los pasillos y a que me escupieran en el pelo y a que me escogieran la última para todos los putos grupos en Educación Física?

Me dio un apretón en la mano.

—Los profesores se te daban estupendamente. Y también los turistas en la marisquería. Trabajamos juntos. Te vi en acción.

—Ah, la marisquería. Nada como apestar a grasa, como si no tuviera ya bastante encima.

—Casi no te acuerdas de mí, ¿verdad? —me preguntó, y estaba sonriendo. Casi flirteando—. Estabas demasiado ocupada suspirando por mi hermano.

Me tapé los ojos con la mano libre.

—Quiero acogerme a mi derecho a no declarar. Y claro que me acuerdo de ti.

Se echó a reír de nuevo, y fue un subidón tremendo, porque su risa era ronca y perversa, como si conociera todos mis secretos. Algo que era muy posible, por cierto.

—A veces —comencé al tiempo que le acariciaba la mejilla con un dedo—, a veces hacen falta unos cuantos años para comprender lo que vales. Y quién se merece tu tiempo.

Nos besamos de nuevo, con lengua, y su mano me recorrió el costado a placer. Le enterré los dedos en el pelo y luego le acaricié el cuello, y el tacto de su piel me resultó maravilloso, tan sólida, cálida y deliciosa. Los sonidos del océano, de nuestros besos, de los dos, se fundieron. Ojalá Sully pudiera oírlos. Ojalá fuera una de las cosas que recordara cuando perdiera el oído por completo.

No sé qué hora era cuando paramos. Había pasado muchísimo tiempo desde que me di el lote de esa forma. Demasiado.

—Le dije a Audrey que volvería esta noche —me dijo Sully, al tiempo que me besaba la barbilla.

—Muy bien. —Nos miramos en silencio un minuto entero—. Creo que eres la mejor persona que conozco, Sullivan Fletcher.

—¿Eso quiere decir que estamos juntos?

—Sí. Estamos juntos.

Sonrió, y el corazón me dio un vuelco. Luego se apartó de mí —por desgracia—, arrancó los motores y, bajo el majestuoso cielo, me llevó de vuelta a casa.

Capítulo 27

El miércoles, la clínica estuvo casi muerta. Parecía que había ciclos de vacas gordas y vacas flacas: o estábamos hasta la bandera o no aparecía ni un alma por allí. De momento, mi único paciente había sido un niño de cuatro años, huésped del hotel, con un sarpullido que, me daba en la nariz, estaba provocado por un cambio en el detergente y no porque lo hubieran picado 999 medusas invisibles, como él aseguraba.

—Podría ser la causa —le dije con voz seria—. No es habitual que haya medusas en las piscinas, sobre todo de las invisibles. Pero si ese es el motivo, esta pomada te ayudará.

Su madre sonrió y me dio las gracias, y yo le revolví el pelo al niño, le dije que había sido muy valiente y le di una pegatina de un delfín. Otro cliente satisfecho.

Fui al mostrador para rellenar el historial. Gloria fingió que era invisible.

Muy bien, se acabó.

—Gloria —le dije—, ¿no te molesta que dos mujeres tengan una bonita amistad y que luego dicha amistad se trunque por un hombre?

Tardó cinco segundos en mirarme a la cara.

—Lo siento. Pero es que me parece que lo que le hiciste a Robert es espantoso.

—¿Y qué le hice?

—Estuvo a tu lado cuando pasaste por esa —dijo y guardó silencio mientras hacía el gesto de las comillas con los dedos— «mala racha», y luego le diste la patada cuando él necesitaba un poco de apoyo moral.

—¿Por casualidad te contó en qué consistió mi «mala racha»? —le pregunté, también haciendo el gesto de las comillas con los dedos.

—No. Todavía respeta tu intimidad. Solo me ha dicho que te sentías insegura.

—Es una manera de describirlo. Un hombre se coló en mi casa, me dio una paliza de muerte, intentó violarme y estuvo a punto de matarme. Con un cuchillo.

Se quedó blanquísima y boquiabierta. Fue una imagen muy satisfactoria.

—Así que... sí, seguramente me mostré un poco necesitada después de aquello. Después de que saliera del hospital. Además, seguramente también estuviera un poco nerviosa porque, a día de hoy, siguen sin detenerlo. En cuanto a nuestra ruptura, fue todo cosa de Bobby. Pregúntale por una compañera de trabajo llamada Jabrielle.

Gloria estaba frunciendo el ceño. Empezó a morderse una uña y luego se apartó la mano.

—Y lo último que te voy a decir, Gloria. Me alegro de no seguir con Bobby. Me alegro mucho. Soy muy feliz ahora. Si os lo estáis pasando bien juntos, estupendo. De verdad, no me importa en absoluto. Pero deja de ser tan desagradable. No seas una de esas mujeres.

Sentí la vibración del móvil en el bolsillo, permitiéndome acabar por todo lo alto.

—Perdona —le dije al tiempo que iba a la sala de descanso.

Era Audrey.

—Hola —me dijo—, ¿sabes algo de Poe?

—No. ¿No estaba en los astilleros?

—Sí, pero la han llamado por teléfono y salió corriendo. Iba en la bici y estaba muy alterada.

—¿Te ha dicho quién la ha llamado?

—No. Solo se echó a llorar y salió corriendo. —Audrey hizo una pausa—. Estaba alteradísima, de verdad.

Apreté el puño de la mano libre.

—Muy bien, cariño. Si la ves o tienes noticias suyas, avísame, ¿quieres? Gracias por llamar.

Solo había una persona que pudiera tener semejante efecto en mi Poe. Lily.

Llamé a mi madre al hotel, pero fue Dona quien contestó.

—Acaba de irse a casa, guapa —me explicó—. Dijo que tenía que hablar con Poe.

Mi madre no contestaba al móvil. Llamé a la casa, pero tampoco obtuve respuesta.

Había pasado algo malo. Algo relacionado con Lily. Cerré los ojos y le supliqué en silencio a nuestro padre: «Que esté bien. Cuida de Poe».

Claro que eso de cuidar de los demás nunca se le había dado muy bien.

Debía de tener mala cara, porque cuando me asomé al despacho de Amelia, me dijo:

—Huy, ¿estás bien?

—Tengo que irme. Emergencia familiar.

—Llámame si necesitas algo.

—Gracias, Amelia.

Corrí hasta el Mini, y me alegré de que estuviera lloviendo y eso me hubiera impedido ir en bici. Conduje todo lo deprisa que pude, con el corazón en un puño, mientras mi cerebro se negaba a considerar las espantosas ideas que se me iban ocurriendo.

Llegué a casa de mi madre en tiempo récord y entré a la carrera. Mi madre estaba sentada a la mesa de la cocina, con un cuaderno y el enorme y viejo teléfono fijo a su lado.

—Es Lily —me dijo sin rodeos—. Ha habido una pelea en la cárcel. Ha apuñalado a otra reclusa.

—Ay, Dios. —Me dejé caer en la silla que estaba a su lado—. ¿Está bien?

—Han tenido que ingresar en el hospital a la otra reclusa. Todo debería estar bien. Pero... —Mi madre ladeó la cabeza para mirar por la ventana y tardó varios segundos en volver a hablar. Lo hizo con voz firme—. Lily está en aislamiento. La pelea ha añadido años a su condena. Al menos cinco, según el abogado.

Cerré los ojos.

Mi hermana se perdería el resto de la frágil adolescencia de Poe. Se perdería su primera cita, el baile de graduación, las solicitudes de ingreso a la universidad, cuando cumpliera los dieciocho, tal vez incluso cuando cumpliera los veintiuno. Se perdería cuando Poe consiguiera el carnet de conducir, cuando se enamorara.

—¿Qué le has dicho a Poe? —le pregunté.

—No he podido hablar con ella —respondió mi madre—. El abogado la llamó a ella antes. La he llamado, pero no contesta.

—Audrey Fletcher me ha dicho que salió corriendo de los astilleros, muy alterada.

—Ajá. Acabo de hablar con Sullivan. Supongo que intentará volver a Seattle para ver a su madre.

—En fin, vivimos en una isla, mamá. No puede ir muy lejos. —Tomé una honda bocanada de aire. Un trueno resonó en el cielo—. Llama a Jake Ferriman y dile que no lleve a Poe a ninguna parte.

—Buena idea.

—Llama también a la Policía. Para que estén al tanto. Que alerten a la autoridad portuaria de que una adolescente con pelo azul puede intentar que alguien la lleve a Portland.

—Buena idea. —Me agarró la mano con fuerza—. Gracias, Nora, me alegro de que estés aquí.

—Voy a pasarme por mi casa, ¿de acuerdo? A lo mejor ha ido allí. —Intenté aparentar calma, aunque, en realidad, me estaba costando la misma vida no vomitar.

«Ay, Lily. Estabas a punto de salir. ¡Solo te quedaban unas semanas! ¿Qué narices has hecho?»

Mi madre llamó a Jake. Yo llamé a Poe, pero me saltó el buzón de voz, así que le dejé un mensaje y, después, le mandé un mensaje de texto diciéndole lo mismo.

Sé que ahora mismo estás muy enfadada. Llámame, cariño.
Te quiero.

—Avísame si te enteras de algo, mamá —le dije.

Ella asintió con la cabeza y yo volví al Mini para ir a Oberon Cove, donde aparqué y corrí por el muelle. *Boomer* se levantó de un salto de donde estaba tumbado en la azotea y ladró, feliz.

—¿Poe? —dije mientras entraba escopetada en la casa—. ¿Poe, cariño? —Miré en mi dormitorio, y en el suyo. Había recogido flores para la última vez que se quedó a dormir en casa, hacía tres noches, y seguían allí, dalias y geranios naranjas.

Empezó a llover, con fuerza, con furia.

«¿Qué le has hecho a mi niña, Lily? ¿Cómo has podido hacer algo así?»

Poe tampoco estaba en la azotea.

—Vamos, *Boomer* —le dije, y el perro me siguió escaleras abajo, de vuelta al Mini.

Llamé a mi madre y le dije que me iba al centro del pueblo para buscar a Poe, para hablar con los tenderos y con los pescadores de langostas.

Un momento.

Llamé a Sullivan.

—¿Dónde está Luke? —le pregunté, tensa.

—Está lavando a presión la embarcación de los Donovan. Lo estoy viendo desde aquí. —Los dos sabíamos por qué lo preguntaba—. ¿Ha habido suerte?

—No. Lo siento, Sullivan.

—Tranquila, tenías que preguntar. No le quitaré el ojo de encima.

—Hablamos luego.

—Buena suerte, cariño.

El apelativo me llenó los ojos de lágrimas.

En el *ferry,* le enseñé a Jake la foto de Poe que tenía en el móvil, una en la que estaban Audrey y ella, de cuando se quedaron a dormir en casa, para asegurarme de que sabía quién estaba desaparecida.

—Tendré los ojos bien abiertos —me aseguró al tiempo que se daba un tirón de los pantalones para subírselos.

—Gracias, Jake.

Entré en la librería, en la pastelería de Lala y en los restaurantes, e hice las mismas preguntas una y otra vez.

«¿Han visto a esta niña? Está muy alterada. Se llama Poe. Tiene el pelo azul. Díganle que llame a su tía o a su abuela si la ven».

La última parada en esa calle era el ultramarinos y la oficina de correos. Me preparé para soportar la actitud desagradable de Teeny Fletcher.

—Teeny, mi sobrina...

—Me he enterado. Audrey acaba de llamarme. —Me miró con expresión amargada—. Buena suerte con la búsqueda. Avísanos si necesitas algo.

Parpadeé.

—Gracias.

Volví al Mini y agarré el volante con fuerza. ¿Dónde podía buscarla? ¿En el instituto? Supuse que podría ir allí. Tal vez en el recreo del colegio de primaria. *Boomer* meneó el rabo y me olisqueó la oreja.

—Ahora no —le dije al tiempo que apartaba su enorme cabeza.

Miré hacia el puerto. La marea estaba baja, aunque a punto de empezar a subir. Había luna llena, así que subiría muchísimo esa noche.

Y, en ese momento, lo supe. Supe dónde estaba.

Atravesé a toda velocidad el pueblo, por la Pérez Avenue, dejando atrás el instituto para enfilar la Ruta 12, algo a lo que nunca le encontré sentido, porque la isla no tenía otras once rutas.

Dejé atrás la casa de mi madre. Vi el vehículo de Donna. Bien. Seguí conduciendo hasta el punto donde se acababa la carretera, a unos cientos de metros de la casa, justo en la linde con el parque estatal; después, me bajé y eché a correr, con *Boomer* dando botes a mi espalda, con los belfos moviéndose y el rabo ondeando al viento como una bandera. La lluvia me empapó la camisa, haciendo que chapoteara contra mis costillas.

Debería haberle dicho a alguien adónde me dirigía. Pero allí no había cobertura y no pensaba perder más tiempo regresando.

A través del bosque, mi viejo amigo. Un arrendajo azul graznó, alertando a toda la fauna de mi presencia. Vi algo por delante, un zorro o tal vez fuera un conejo. Salí del bosque a las rocas, con paso firme y seguro, *Boomer* pegado a mis talones, el mejor perro del mundo mundial y más allá. Las olas rompían con fuerza y el océano estaba de un color gris oscuro.

Allí estaba. Nuestra cueva.

—¡Poe! —grité—. ¿Estás ahí dentro?

No obtuve respuesta. Si no estaba allí, no se me ocurría dónde más buscar. Sin embargo, seguiría buscándola hasta dar con ella.

—¿Poe?

Boomer ladró.

Bajé por las rocas y entré, y el gélido olor de la piedra se mezcló con el penetrante salitre del mar.

Estaba acurrucada en posición fetal, en la pequeña roca plana del fondo de la cueva, donde Lily y yo nos habíamos contado tantas historias.

—Ay, cariño —dije. Mis pasos hicieron crujir los guijarros cuando me acerqué a ella—. Lo siento mucho. —La abracé con fuerza y me la pegué al cuerpo, y así sentí cómo se estremecía por los sollozos. Estaba muy delgada, igual que Lily—. Lo siento mucho —repetí.

—¿Cómo ha podido hacer algo así?

—No lo sé, cariño. No sé qué ha pasado.

—¡Ha apuñalado a otra persona! ¡Ahora no va a salir nunca!

Me limité a mecer a mi sobrina y a besarla en la frente. *Boomer* ladró desde el exterior de la cueva, le tenía demasiado miedo al agua como para entrar. Las olas ya llegaban a la entrada. Tendríamos que vadear las rocas para salir.

—Tenemos que irnos, cariño —le dije—. Está subiendo la marea.

—Me da igual —replicó Poe—. Me da igual todo. —Se acurrucó contra mí, como si quisiera evitar un golpe físico, y los sollozos siguieron sacudiéndola.

—Lo siento muchísimo, cariño —susurré—. Ojalá pudiera decirte otra cosa, pero solo puedo decirte que lo siento. Sé que la echas de menos.

Un gemido quedo brotó de la garganta de Poe.

—La echo de menos... y, al mismo tiempo, no la echo de menos, Nora —sollozó mientras me miraba con la cara demudada por el dolor—. La última vez que hablamos le dije que quería quedarme aquí. Que debería volver para vivir con la abuela, y que podríamos estar todas juntas, y me contestó que eso no iba a pasar, y yo... yo le dije que no quería volver a Seattle. Le dije que quería quedarme aquí. Y ahora no va a salir nunca y una parte de mí se... se... se alegra. —pronunció la última palabra casi con un grito, pero después se quedó callada mientras lloraba sin parar.

—Ay, cariño —le dije, abrazándola con más fuerza. Cerré los ojos para contener las lágrimas mientras me devanaba los sesos en busca de algo que decirle, algo que arreglara las cosas.

No se me ocurrió nada. Lo único que podía hacer era seguir a su lado. La marea había subido lo bastante como para que el agua inundase la entrada de la cueva. Nos íbamos a mojar los pantalones, pero ¿qué más daba? Le acaricié el pelo y la oreja que tenía agujereada, y le froté la espalda.

—Cuando llegué a este sitio, lo odiaba —dijo Poe, que se apartó un poco de mí y se secó las lágrimas, haciendo que se le corriera el delineador—. Es más aburrido que una ostra. Pero también es muy... seguro. —Tomó una entrecortada bocanada de aire—. No quiero vivir con mi madre. La quiero muchísimo, pero me alegro de que no pueda sacarme de aquí. Soy una mala hija. Seguro que me odia. Por eso apuñaló a la otra reclusa. Para no tener que estar conmigo porque está muy enfadada.

Poe se deshizo en lágrimas otra vez.

—No, cariño. No. Eres lo mejor que ha hecho en la vida, y tu madre lo sabe. Siempre te ha querido muchísimo.

Sin embargo, las palabras de Poe encerraban algo de verdad. No se trataba de que Lily odiase a su hija... pero de alguna manera, de la peor manera, mi hermana le estaba dando a Poe lo que necesitaba y se estaba asegurando de que nadie se lo pudiera quitar. Si se quedaba en la cárcel, Poe estaría a salvo de ella.

De la misma manera que nuestro padre nos había abandonado para siempre. No para castigarnos... sino para, a lo mejor, limitar los daños.

Ay, Lily.

Si me quedaba alguna duda de que se me había partido el corazón, se disipó en ese momento.

Cuando el agua se me metió en el zapato, supe que teníamos que irnos. Inspiré hondo y levanté la vista.

Vi unas palabras. Abrí la boca. Seguían allí después de tantos años.

El recuerdo brilló como un relámpago. La mano de una niñita que arañaba el techo de la cueva para grabar las palabras, una y otra y otra vez. Las carcajadas resonando en las paredes de la cueva. La mano de Lily en la mía, con las trenzas al viento a su espalda, mientras corríamos de vuelta a casa por el bosque.

—Poe —le dije—, creo que deberías vivir conmigo, no con la abuela.

Dejó de llorar de repente.

—Sí —dije—. Creo que es lo mejor.

—¿En Boston? —me preguntó con un hilo de voz.

—No, aquí. En la isla.

Podía funcionar. Trabajaría a tiempo completo en la clínica. Había ahorrado el dinero suficiente para dar la entrada de una casa. Tenía muebles guardados, a la espera de establecerme en algún sitio.

Poe ya había vivido demasiados cambios. Había hecho amigos... En fin, tenía a una amiga, al menos. Ya estaba matriculada en el instituto.

—Sí. Vive conmigo. Podemos ver a la abuela cuando queramos, pero tu sitio está conmigo. Aquí, en la isla.

Porque ya no quería ser la muchacha que se había ido de Scupper Island. La que había tenido que salir corriendo para encontrarse a sí misma. La que, seamos sinceras, había estado interpretando un papel durante mucho tiempo. No del todo, porque había cosas de mi yo Pérez que eran auténticas. Pero, Dios, ¡qué trabajo me había costado ser esa persona en Boston! La novia de Bobby, la organizadora de escapadas, la alegría de la huerta, la más trabajadora de todas. Llevaba demasiado tiempo esforzándome demasiado.

En Scupper Island, no era perfecta a todas horas, no era tan elegante, no me preocupaba tanto por gustarle a todo el mundo.

Allí, en Scupper Island, la gente me conocía.

Después de todo ese tiempo, era yo misma de verdad.

Y a Poe le pasaba igual. Ya no se paseaba como alma en pena a todas horas, se había deshecho de mucha de su rabia, mantenía conversaciones con los demás, tenía un trabajo y una amiga, y mostraba una dulzura auténtica.

Allí era donde estaba nuestro sitio.

—¿Estás segura? —me preguntó, con esos ojos del color de los arándanos llenos de esperanza.

—Absolutamente segura. Te quiero, ya lo sabes.

—¿Me quieres?

—Sí.

Me abrazó, mi pobre pajarillo, y yo le devolví el abrazo durante un buen rato.

—Vamos. La abuela está hecha polvo. Tenemos que volver.

El agua ya me llegaba por las rodillas y la entrada de la cueva estaba casi cubierta.

—Parece que vamos a tener que salir nadando —le dije. Nos íbamos a cargar los móviles, pero ¿qué más daba?

—No creo —replicó Poe.

—En fin, o lo hacemos o nos ahogamos. —Sonreí—. Puedes hacerlo. Estaré a tu lado todo el tiempo.

De modo que nos metimos en el agua, tomadas de la mano, mientras el agua helada nos dejaba sin respiración, y a la de tres nos sumergimos y buceamos con brazos y piernas para llegar al otro lado. Aunque el agua salada me escocía los ojos, los abrí para asegurarme de que Poe estaba a mi lado.

Durante un segundo, fue Lily, mi hermana perdida y recién hallada en su hija, rebautizada por las gélidas y cristalinas aguas del océano de Maine.

A mi madre le pareció bien que Poe viviera conmigo, aunque se le llenaron los ojos de lágrimas cuando se lo dije.

—Supongo que es una buena idea —me dijo.

—Te veré todos los días, abuela —le aseguró Poe al tiempo que se arrebujaba más en la manta. Mi madre había insistido en envolvernos cual momias a las dos, y Donna estaba preparando café.

—Bueno, tampoco tienes que venir todos los días.

—Lo haré. Te lo prometo.

—Por cierto, la abuela está saliendo con alguien —dije, señalando a Donna con la cabeza—. La señora Krazinski y ella son pareja.

A Poe casi se le salieron los ojos de las órbitas.

—¿Mi abuela es lesbiana? ¡Ay, Dios, soy la leche!

Todas nos echamos a reír, y le alboroté el pelo mojado a Poe. *Boomer* meneó el rabo y esbozó su sonrisa de mejor perro del mundo mundial, contento de que sus mujeres estuvieran a salvo.

A lo largo de los siguientes días, estuve haciendo planes.

A Amelia le encantó que me quedase. Hablamos de los beneficios y de los horarios, y después hablé con Jim Ivansky, el agente inmobiliario que me había encontrado la casa flotante. Una pena que no pudiera permitirme comprarla. Le pedí que estuviera atento por si salía a la venta alguna casa en el pueblo. Llamé a mi trabajo y les di el preaviso de que lo abandonaba, y también les dije que, cómo no, iría de visita. Roseline se echó a llorar cuando se lo conté, y luego me contó sus novedades: estaba embarazada, y me advirtió de que, solo porque viviera en Maine, no me iba a librar de mis deberes como madrina.

Sully... Sully me miró con esa sonrisa destructora de ovarios cuando le conté que me iba a quedar en la isla.

—Que no se te suba a la cabeza —le advertí—. No tiene nada que ver contigo.

—No, no, me conformo con ser un feliz pie de página. —Me besó—. Muy feliz.

Todavía no nos habíamos acostado... En fin, no lo habíamos hecho bien. Pero las niñas se iban a quedar a dormir en casa de mi madre ese fin de semana, así que, con un poco de suerte, remediaríamos ese asunto.

Cinco noches después de que encontrara a Poe en la cueva, recibí una llamada de un número desconocido. Sin embargo, el prefijo era el 206. Seattle.

—Tiene una llamada de la cárcel para mujeres del Estado de Washington —dijo la grabación—. Pulse 1 para aceptarla.

Me temblaba la mano. Pulsé 1.

—¿Lily? —susurré.

Durante un minuto entero, no recibí respuesta.

—Dile que lo siento. —La voz de mi hermana, que llevaba años sin oír, me atravesó como un cuchillo—. Lo siento mucho. Cuida de mi niña, Nora. Cuídala mejor que yo. No tenía que haberme convertido en madre, pero la quiero, y siento mucho, muchísimo, no haber podido hacerlo mejor.

—La cuidaré —murmuré—. Te lo juro, Lily. La cuidaré como si fuera mía.

—Sé que lo harás —replicó, y se le quebró la voz—. Lo sé.

Empecé a llorar y apreté los labios.

—Ella también te quiere —le aseguré—. Te quiere muchísimo.

El llanto de mi hermana siempre me había destrozado. Seguía haciéndolo. Me sequé los ojos con la manga.

—¿Estás bien, Lily?

No me respondió. Claro que no estaba bien.

—Oye —le dije con voz temblorosa—, adivina lo que encontré el otro día. En la cueva. ¿Te acuerdas? ¿Te acuerdas de lo que escribiste?

Siguió en silencio.

—Escribiste: «Nora y Lily juntas para siempre». ¿Te acuerdas? Te mandaré una foto —le dije.

—Nunca... nunca le enseñé nuestra cueva a nadie. Nunca lo hice.

Me tragué un sollozo.

—Te quiero, Lily. Te quiero. Te quiero. Te quiero.

Seguí repitiéndolo hasta que ella colgó con tanta suavidad que no me di cuenta de que se había cortado la llamada. E incluso después seguí repitiéndolo.

«Te quiero. Te quiero. Te quiero».

Capítulo 28

El cielo amaneció despejado y azul la mañana de «Sal a correr, sé fuerte», con una enérgica brisa procedente del océano.

Xiaowen y yo corríamos juntas, porque más o menos estábamos obligadas a hacerlo por ser las organizadoras. Les habíamos pedido a los equipos de campo a través del instituto que nos acompañaran y corrieran con los más pequeños en una carrera más corta que la de los mayores, que haríamos diez kilómetros. Audrey había sugerido que todos llevaran camisetas de superhéroes, así que la plaza del pueblo estaba a rebosar de camisetas de los Vengadores, Batman y Superman. Una niña pelirroja iba de Viuda Negra... Sería difícil correr vestida con cuero, pero lo había clavado.

Audrey no estaba preparada para correr todavía, aunque ya se había comprometido para la carrera del próximo año. Eso sí, iba a caminar tres kilómetros y llevaba una camiseta que rezaba: «Hay cuerpos sanos de todas las tallas». Poe había decidido acompañarla, y llevaba la pancarta de «Sal a correr».

—Tengo que acompañar a mi amiga —adujo.

Me sentía la mar de orgullosa de ellas dos. De hecho, me emocionaba hasta el borde de las lágrimas cuando las miraba. Poe me vio y puso los ojos en blanco, pero con expresión risueña.

Mi madre y Donna se encargaban de repartir agua y de dar un dorsal con su número a los participantes de última hora. Muchos de los pacientes de la abrazoterapia también estaban echando una mano. El señor Carver, el viudo llorón, Jake, Bob Dobbins, que no paraba de dirigirle miradas confusas a mi madre.

—¿Cómo va la cosa? —preguntó una voz y, al oírla, me volví con una sonrisa.

Sullivan Fletcher.

—Hola, guapo —lo saludé.

—Hola.

Nos sonreímos como dos tontos de esa forma en la que solo se pueden sonreír dos personas que acaban de hacer el amor contra la pared. Ah, sí. Un polvazo contra la pared y, después, otro lento y romántico en la cama. Y, después, otro en la cocina. Deberían darnos medallas, desde luego que sí.

Se inclinó y me besó.

—¡Viejos besándose! —exclamó Poe—. ¡No miréis, no miréis! —Audrey se echó a reír.

La otra noche, Sully cenó conmigo en la casa flotante. Poe seguía en casa de mi madre de momento, aunque a finales de verano nos mudaríamos a una casa si aceptaban mi oferta de compra. Sully yo nos sentamos en la azotea con una copa de vino y observamos a *Boomer* lamer la hierbabuena. Yo me reí por algo que él dijo. En ese momento, se inclinó hacia delante y pulsó una tecla en su teléfono.

—La tengo —dijo.

—¿El qué?

—Tu risa. Acabo de grabarla. La guardaré en la carpeta de «lo mejor».

El corazón, los ovarios y todo mi cuerpo entero se derritió por culpa de un ataque de lujuria. Llegamos a duras penas al dormitorio.

—Hola —nos saludó Amy. Llevaba una camiseta de manga corta con un dorsal de la carrera. *Boomer* se acercó para saludarla y le lamió una rodilla.

—Hola, Amy —repliqué. No parecía importarle que yo estuviera saliendo con el padre de su hija. Claro que hacía mucho que ella había olvidado a Sully.

De hecho, Amy no era tan desagradable. Tras su fachada se escondía una persona normal, ya no era la Reina de las Cheetos. Solo una madre de dos hijos, que intentaba ganarse la vida y hacerlo lo mejor posible. Ella no era la única que había juzgado mal a la gente en el pasado. Por irónico que pareciera, la gorda y la reina del baile de fin de curso se habían hecho casi amigas.

—¿Vas a correr los diez o los cinco? —le preguntó Sully.

—Los diez —contestó—. Evidentemente. Tampoco es tanto. ¿Y tú, fofo?

—Lo siento, no te he oído —dijo él.

—He dicho, ¿y tú, fofo? —repitió, alzando la voz y pronunciando despacio cada palabra.

—Lo siento, no te entiendo.

—He dicho... ¡Ah, ya lo pillo! Estás bromeando. Está bromeando, Nora. No suele hacerlo mucho, así que disfruta mientras puedas.

Sully sonrió.

Por supuesto, yo me había enamorado de él.

Era gracioso lo sencillo que resultaba. Cuando se encontraba a la persona adecuada, no había necesidad de ocultar los defectos, solo se intentaba hacer todo lo mejor posible. Era reconfortante admitir los defectos e intentar superarlos. La certeza de que nadie esperaba que estuvieras perfecta a todas horas, que fueras graciosa, activa, atenta... Esa persona solo necesitaba que fueras tú misma. La seguridad de saber que a alguien le encantaba el simple hecho de estar contigo.

Me había apuntado a un curso de lengua de signos con él y con Audrey que empezaría en otoño en Portland. Parecía que iba a necesitarlo.

Le di un apretón en la mano.

—Tengo que ponerme a la cabeza con Xiaowen —le dije.

—Te veo en la llegada —se despidió Amy—. Aunque como corría en el instituto, igual para cuando llegues yo ya estoy en casa. ¡Vaya por Dios!

Yo también me eché a reír.

Xiaowen era la encargada del micrófono, ya que hablar se le daba mejor que a la mayoría de la gente. Les dio la bienvenida a los presentes, saludó a algunos personalmente y dijo que todos podíamos aspirar a estar fuertes físicamente y a disfrutar de buena salud, nos invitó a entrenar con ella y solo soltó cuatro tacos gordos durante el discurso.

Se metió a todo el mundo en el bolsillo, por supuesto. Todos rieron y la aplaudieron. Vi a Richard Hemming entre la multitud, el hombre con el que quedé en Jitters. Mmm... Tenía la sospecha de que a lo mejor quería ver a mi amiga, aunque de momento Xiaowen se estaba haciendo la loca.

—Vamos a empezar —añadió con voz cantarina—. ¡Salid a correr! ¡Sed fuertes! ¡Moved esos culos! —Sonó el disparo que anunciaba el inicio de la carrera y la multitud estalló en vítores. Ya no había gris. Todo era color. El azul del cielo y del océano. Las jardineras y los parterres cuajados de flores. Las puertas de las casas de Maine pintadas de intensos colores.

La variopinta mezcla de camisetas mientras nos movíamos en la misma dirección. Todos juntos.

Reunimos más de quince mil dólares para financiar una campaña con niños desde sexto de primaria hasta segundo de bachillerato. Clases de cocina y de nutrición, material nuevo para el gimnasio, prevención de la obesidad... lo mejor de lo mejor. Después de la carrera, se celebró un almuerzo al aire libre en la plaza del pueblo con hamburguesas y perritos calientes, pero también con hamburguesas vegetarianas, pan integral, ensaladas y fruta. Como solía decir mi profesor preferido en la universidad: «mesura en todo».

—¿Te parece bien que duerma en casa de Audrey? —me preguntó Poe.

—Si a la abuela le parece bien, por mí perfecto —contesté. Mi madre dijo que sí.

—Supongo que no te veré esta noche —dijo Sullivan—. Tendré que hacer palomitas y ver *Bajo la misma estrella*.

—Qué suerte tienes. No pasa nada. Se supone que Xiaowen cenará conmigo.

—Exacto, Sully —apostilló Xiaowen, que le asestó un puñetazo en el brazo para llamar su atención—. Y ya sabes cómo somos las mujeres. Las amigas siempre son más importantes que los hombres. ¿Verdad, Nora?

—Verdad —contesté.

—Dejad de haceros las interesantes —soltó Poe.

—Lo siento —dije al tiempo que me ponía en pie. Con toda la intención del mundo, había participado en las labores de preparación de la carrera para escaquearme de las labores de limpieza. Diez kilómetros eran más que los seis que corría normalmente y empezaba a sentir calambres en los músculos—. Me voy a casa para ducharme y dormir una siesta. Nos vemos luego, gente. Habéis hecho un gran trabajo hoy. Estoy muy orgullosa de todos vosotros.

—Dios, ya está llorando otra vez —protestó Poe.

—Que no, que se me ha metido algo en el ojo —repliqué con una sonrisa. Ella me dio unas palmadas en un hombro.

Mientras *Boomer* y yo sorteábamos la multitud, me sorprendió comprobar que conocía a muchas personas, tanto turistas como isleños. Amelia, que había donado una buena parte de la suma que habíamos conseguido, me saludó con la mano. Llevaba un enorme y precioso sombrero de color beis con un gran lazo en tono marfil, como si estuviera en el Derby. Le devolví el saludo justo antes de darme de bruces con alguien.

Bobby.

—Hola —me saludó. Gloria estaba detrás de él, con los brazos en jarras.

Boomer, como el buen zorrón infiel que era, empezó a moverse y a gimotear porque quería que le hiciera caso.

—Hola, *Boomer* —le dijo Bobby, cuya voz se suavizó un poco.

—Qué sorpresa —comenté.

—¿Cómo estás? —me preguntó.

—Estoy bien.

Tenía pinta de estreñido, así que supuse que había pasado algo. Ah, sí. Gloria le clavó un dedo en la espalda.

—Esto, Nora —dijo él—. Siento mucho haber distorsionado lo nuestro cuando se lo conté a Gloria.

—Haces bien en sentirlo, sí. —Crucé los brazos por delante del pecho.

Él suspiró, el suspiro típico de un hombre obligado a hacer algo en contra de su voluntad.

—Robert, ¿por qué mentiste? —preguntó Gloria.

Otro suspiro.

—Estaba tratando de parecer más interesante de lo que lo soy en realidad.

—¡Oh! —exclamé, admirada—. Gloria, madre mía. Bien hecho.

—Gracias.

Bobby puso los ojos en blanco.

Era difícil creer que me hubiera sentido tan afortunada por estar con ese hombre, un capullo egocéntrico.

—Bobby, estás saliendo con una mujer que te queda muy grande. Suerte para que no huya.

Estaba a punto de darme media vuelta para irme cuando sentí una mano en un brazo.

—Yo también lo siento —dijo Gloria—. Mi historial con los hombres da pena y pensé que este idiota iba a ser distinto, así que me puse a la defensiva y me creí sus cuentos.

—No soy un idiota —protestó Bobby.

—Cállate. El caso es... —Gloria se encogió de hombros—. Espero que podamos... no sé. Por lo menos trabajar juntas como antes.

—Claro que sí —dije—. Vamos, *Boomer*.

La libertad que otorgaba la indiferencia era increíble.

Conduje hasta casa, saqué a *Boomer* del Mini y observé cómo se internaba en el bosque con el hocico pegado al suelo.

Era maravilloso respirar el aire con olor a pino y mar. Había subido la marea y el agua estaba tranquila. Las olas que rompían contra la orilla de la ensenada eran diminutas y la brisa mecía la hierba alta del prado. *Boomer* ladró dos veces en el bosque.

Iba a echar de menos la casa flotante, lo tenía claro. Pero Poe ya había estado mucho tiempo aislada y aunque Collier Rhodes me dejara comprar ese lugar —siempre y cuando pudiera permitírmelo—, estaba demasiado alejado para mi sobrina. Jim Ivanski, el simpático agente inmobiliario, había encontrado una casa en el pueblo estupenda para mí. Algo permanente. Mis muebles, elegidos con esmero y con alegría, me estaban esperando, y juntas podríamos comprar más cosas. Sería nuestra casa. Nuestro hogar.

Por Dios. Los calambres de los músculos empeoraban. Entré en la casa, dejé el bolso en la encimera de la cocina y me topé cara a cara con Luke Fletcher.

Estaba drogado. Tenía las pupilas contraídas al máximo y un tic nervioso en la cara. Se rascaba un brazo.

En la otra mano tenía un cuchillo. El cebollero que se usaba para cortar la verdura.

Por un instante, lo vi todo blanco. La mente se me vació por completo. Me fui, arrastrada por el miedo, que era tan inmenso que borró todo lo demás.

Y, después, regresé y me encontré en la cocina, vestida con la equipación deportiva y sintiendo el suave balanceo de la casa flotante. Delante de un drogadicto armado con un cuchillo.

—¿Puedo ayudarte, Luke? —le pregunté con voz serena.

—¿Dónde tienes el talonario de recetas? —replicó él.

—En la clínica. ¿Qué te has metido? —Me temblaban las piernas por la adrenalina.

—Necesito algo. Hidrocodona. ¿Tienes hidrocodona?

—No tengo medicamentos en casa. ¿Estás bien? ¿Quieres que llame a Sully?

Error. Empezó a golpear la encimera con la punta del cuchillo.

—¿Quieres que llame a Sully? —repitió con voz de falsete, burlándose de mí, como solía hacer—. Te crees muy especial, ¿verdad? Crees que yo soy tonto. ¿Crees que me puedes robar a mi familia igual que me robaste la beca?

—¡Por Dios, ya estamos otra vez con lo mismo!

—Que te jodan. —Amagó con abalanzarse hacia delante blandiendo el cuchillo y el miedo me asaltó de nuevo, reabriendo las antiguas heridas. Tal vez di un respingo e incluso me eché a temblar—. Podría matarte, ¿sabes? —Me amenazó con una sonrisa cruel—. Podría darte un golpe en la cabeza y tirarte al agua, y todos creerían que la gorda estúpida se cayó sola.

—Supongo que es posible. —Por irónico que pareciera, sentí lástima por él. Por el niño bonito del pueblo que acabó convertido en nada.

—No vas a quedarte aquí. No vas a quedarte con Sully y con Audrey para hacerles un lavado de cerebro. Ya me has robado bastante. Sal al muelle, gorda. Ha llegado el momento de que te vayas.

Algo se accionó en mi interior.

El miedo desapareció y, en su lugar, apareció una furia arrolladora.

—¡No te robé nada! ¡Me gané la beca! E hice algo de provecho con ella. Soy médico, pedazo de inútil. Ayudo a la gente. Tú ya ibas de camino a la destrucción mucho antes de que perdieras la beca. Y tienes razón. La tenías al alcance de la mano, pero la perdiste. Podrías haber ido a otra universidad, pero decidiste drogarte y estrellarte aquella noche, y fue Sully quien pagó los platos rotos. Abre los ojos, Luke. Eres un drogadicto patético que vive de la generosidad de su hermano. Deja de quejarte y lárgate de mi casa.

En esa ocasión, sí que se abalanzó sobre mí, y me aparté de un salto, pero no fui lo bastante rápida para un adicto a la metanfetamina. Me rodeó el cuello con un fuerte brazo y me pegó a él al tiempo que me colocaba el cuchillo en la oreja. Le apestaba el aliento.

«Poe. Mamá. Lily. Sullivan. Audrey. Xiaowen».

Me obligó a salir al muelle sin soltarme, para poder golpearme en la cabeza, supuse. Por desgracia, ese plan no me gustaba.

En cuanto estuvimos en el muelle, le asesté un codazo en el abdomen, le mordí en el brazo con todas mis fuerzas, me di media vuelta para golpearle la cara con el borde de la mano y oí el satisfactorio crujido del cartílago de su nariz cuando se rompió. Él gritó y se cayó de espaldas al muelle, momento en el que le asesté una patada en los huevos con todas mis fuerzas, arrancándole un chillido.

Parecía que había merecido la pena pagar hasta el último centavo que me costaron las clases de defensa personal.

Acto seguido, vi pasar una bola de pelo de color negro y marrón, gruñendo con tal ferocidad que pensé que era un oso.

Pero era *Boomer,* que le clavó los dientes en el brazo y empezó a zarandearlo con tanta fuerza que, por un momento, Luke pareció un muñeco de trapo. El mejor perro del mundo mundial. Observé la escena unos segundos y, después, le ordené:

—¡*Boomer*! ¡Suéltalo!

Él me obedeció y soltó un gruñido amenazador mientras enseñaba los dientes.

—No te muevas —le dije a Luke. Tenía la manga manchada de sangre. Pero no me dio pena alguna—. Muy bien, *Boomer*. Muy bien. Quieto aquí.

Entré en la casa, saqué el móvil del bolso y llamé a emergencias para pedir que viniera la Policía y una ambulancia. Después, fui en busca del botiquín de primeros auxilios.

Al fin y al cabo, era médico.

Epílogo

Un año después, Poe se sacó el carnet de conducir y organizamos una fiesta para celebrarlo, ya que a la tercera fue la vencida. Mi madre y Donna; Sullivan y Audrey; Xiaowen y Richard. Georgie, el dueño del hotel, resultó ser gay.

Decoramos todo en amarillo y rojo, los colores de Gryffindor, por supuesto. Colgamos guirnaldas en el porche y usamos platos y servilletas de papel de Harry Potter. Ese fue uno de los requisitos que le pedí a Poe si quería vivir conmigo: leerse los libros. Empezó a regañadientes, pero cayó bajo el hechizo casi al instante. Como el resto del mundo, por supuesto.

También asistieron los otros amigos de Poe: Bella Hurley, la hija de Carmella Hurley, la antigua miembro de las Cheetos; Henry McShane, que estaba coladito por ella; y seis o siete miembros del club de atletismo, del que Poe formaba parte. Como Audrey. Había crecido diez centímetros en el último año, una vez curada del síndrome de Cushing, y había perdido muchos kilos. Era feliz y estaba preciosa, y yo la adoraba. No me sorprendería que fuera una candidata a la Beca Pérez, porque sus notas eran estupendas.

Asistió hasta Teeny Fletcher. Por fin había reconocido que Luke había sobrepasado todos los límites. Y sí, pronto se convertiría en mi suegra. Nunca seríamos amigas, pero podríamos tolerarnos.

Aquel día pensé que Sully iba a matar a Luke. De alguna manera, llegó antes de que lo hicieran los demás y le dio una paliza a su hermano hasta que conseguí interponerme entre ellos. En aquel momento, gracias a Sullivan y a *Boomer,* y a mí, Luke no era una amenaza para nadie.

Luke estaba en la cárcel, limpio. Sully decía que si lo veía en la isla, lo ahogaría con sus propias manos.

Pero una noche, mientras estábamos sentados en el muelle, a solas, comprendí algo.

Si Luke me hubiera matado aquel día, no habría muerto en una calle sucia de Boston, preguntándome quién cuidaría a mi perro, sino con el corazón rebosante de amor por Poe, por mi madre y por esta isla. Habría muerto llena de color, no gris. El cielo azul, el verde intenso de los pinos, los colores cambiantes del océano, los atardeceres anaranjados y malvas. Habría muerto sabiendo que me quería un hombre bueno de verdad.

—Eres la persona más valiente que conozco —me dijo Sully aquel día y me abrazó durante muchísimo rato. Cuando se separó, tenía los ojos húmedos por las lágrimas.

«La persona más valiente». Me gustaba.

Un coro de carcajadas se oyó procedente del porche, donde se habían acomodado los adolescentes. Mi sobrina llevaba el pelo rosa y le sentaba bien. Nuestras miradas se encontraron, y su sonrisa lo era todo para mí.

Lily seguía en la cárcel. Poe hablaba con ella casi todas las semanas. Mi hermana reaccionaba mejor a las llamadas. Se negaba a hablar conmigo por teléfono, pero no me importaba. Había hablado con la doctora de la cárcel sobre su tratamiento y me había dicho que buscaría el equilibrio perfecto entre medicación y terapia para ella. Salvo por eso, me había mantenido apartada de sus asuntos, porque había comprendido que Lily necesitaba encontrar su propio camino.

Le envié una foto de las palabras que grabamos en la piedra.

«Nora y Lily, juntas para siempre».

Y estábamos juntas, más que los últimos veinte años, porque Lily estaba conmigo en la forma de su hija. No sabía qué pasaría cuando saliera de la cárcel... pero era imposible saber lo que nos deparaba la vida. Al fin y al cabo, nunca había imaginado que acabaría regresando a isla.

Los rosales del lateral de la casa estaban cuajados de flores rosas que perfumaban el aire con su olor. Miré el cielo, tan azul y despejado.

Allí arriba, en algún lugar, estaba mi padre.

«Cuídanos, papi», pensé. «Cuida a Lily».

—¿Feliz? —me preguntó Sullivan.

—Feliz —contesté, usando la lengua de signos. Aunque se le daba muy bien leer los labios, no me parecía bien que él tuviera que hacer todo el trabajo. Además, usar la lengua de signos era divertido. Sully había sufrido una significativa pérdida de audición durante ese último año. Pero no se quejaba. Nunca lo hacía.

El gesto para «feliz» consistía en colocar las manos delante del pecho y gesticular hacia delante mientras se sonreía. Un corazón contento rebosante de amor.

Que era justo lo que yo sentía.

Querida Lily:

A Poe le va fenomenal en el instituto. Quedó la antepenúltima en la carrera campo a través y, al final, cruzó la llegada a toda velocidad y ¡tendrías que haber oído nuestros chillidos mientras la animábamos! A mamá casi le dio un infarto. Fue como si hubiera ganado las olimpiadas.

Es tarde aquí y huele a humo de las chimeneas. Las olas rompen contra las rocas y sisean sobre los guijarros cuando vuelven al océano. Pronto hará demasiado frío como para sentarse fuera por la noche durante mucho rato.

Las estrellas brillan muchísimo hoy. Las miraré por ti, hasta que tú puedas volver a casa y verlas con tus propios ojos.

Te quiere,
Nora

Agradecimientos

Muchísimas gracias a Julia Kristina, enfermera titulada y mi querida ahijada, por ayudarme con los tratamientos y la terminología, sobre todo en las escenas que tienen lugar en Urgencias. Gracias también al todopoderoso Jeff Pinco, médico, porque siempre ha estado dispuesto a aconsejarme sobre cualquier cosa, desde mis erupciones cutáneas hasta la velocidad que tendría que llevar un vehículo para matarme si cruzara la calle distraída en mi afán por comprar una *pizza*. ¡Eres el mejor, doctor J! Cualquier error es mío, solo mío.

Gracias también:

A la bombera Kori Kelly, que compartió conmigo su experiencia con la pérdida de audición y el trastorno del procesamiento auditivo. A mis asistentes: Jessica Hoops y Lillie Johnson, que han hecho un gran trabajo durante los últimos dos veranos; a Jennifer Shculten, fundadora del programa Go Far, «Sal a correr», que ha inspirado a miles de niños para salir a hacer ejercicio, descubrir las maravillas del trabajo en equipo y ver lo lejos que pueden llegar en la vida; a Wendy Xu, creadora de los cómics *Angry Girls* y editora sensible donde las haya, gracias por ayudarme con el personaje de Xiaowen, que ahora es más cañera que nunca gracias a tus consejos; a mi amiga, la gran escritora Sherry Thomas, por permitirme usar su nombre; a los PlotMonkeys, que me hacen reír hasta que me duele la barriga y cuyos maravillosos consejos para pulir el estilo mejoran cada uno de mis libros. Huntley, Shaunee, Stacia, Karen y Jen: gracias. Y gracias a mi club de lectura, que insistió en que *Piolín* apareciera en algún libro.

Siempre estaré en deuda con el maravilloso equipo de Harlequin, liderado por mi editora, Susan Swinwood. Muchas gracias a Diane Moggy, Michelle Renaud y a toda la gente que trabaja tantísimo en mis libros. Sarah Burningham de Little Bird Publicity me deslumbra con su entusiasmo, creatividad y energía. Y gracias a la maravillosa Mel Jolly, por recordar todo lo que a mí se me olvida y hacer todo lo que yo no puedo hacer.

María Carvainis, mi agente, me ha llevado de la mano durante más de diez años ya. Señora, gracias por la confianza que ha depositado en esta mujer. Gracias a la cariñosa y fantástica Elizabeth Coops y a Martha Guzman de María Carvainis Agency, Inc.

La pareja de cualquier escritor está condenada a soportar largos silencios cuando el escritor está pensando, así como los *non sequitur* en casi todas las conversaciones, las distracciones, las escuchas a escondidas, los bajones de ánimo y el montón de balbuceos sin sentido. Estoy segura de que nadie lo hace mejor que mi marido. Gracias, cariño.

Gracias a mi hija y a mi hijo, la luz de mi vida, por ser tal como son. No hay palabras que describan lo mucho que os quiero.

Y gracias, lector. Gracias por ofrecerme el regalo de tu tiempo. Lo es todo para mí.

Descarga la guía de lectura gratuita
de este libro en:
https://librosdeseda.com/